Kim Schneyder
Hilfe, ich hab den Prinzen verzaubert!

PIPER

Zu diesem Buch

Heidi Mertens ist Persönlichkeitstrainerin mit Schwerpunkt Hypnose. Hört sich toll an, aber bei ihrem treulosen Verlobten hat ihr das auch nichts genützt. Beim Trostabstecher nach Monaco mit ihren Freundinnen klappt dann aber mehr, als ihr lieb ist: Im Nobelklub Jimmy'z Disco gelingt ihr tatsächlich eine Hypnose – ausgerechnet bei Fürst Albert, den sie mit einer ihrer Freundinnen verkuppeln wollte. Bevor sie ihren Plan aber vollenden kann, wird sie von Alberts Bodyguards auf reichlich uncharmante Art hinauskomplimentiert. Doch Heidis Hypnose wirkt, wenn auch ein kleines bisschen unexakt: Schon am nächsten Tag macht Albert seiner Dauerbegleitung Charlene den Heiratsantrag, gegen den er sich jahrelang erfolgreich gewehrt hatte. Eine reichlich verrückte Geschichte, die Heidi niemand glauben will – deswegen hat sie in diesem Buch die ganze Wahrheit aufgeschrieben.

Kim Schneyder verbrachte ihre Kindheit in Deutschland und in der Schweiz. Nach einer pharmazeutischen Ausbildung war sie unter anderem als Werbedesignerin, Werbetexterin und Eheberaterin tätig. Heute lebt sie mit ihrem Mann und ihrer Tochter in Österreich. Nach ihren Erfolgsbüchern »Frauen rächen besser«, »Ich und er und null Verkehr«, »Hilfe, ich bin reich!« und »Im Bett mit Brad Pitt« ist »Hilfe, ich hab den Prinzen verzaubert!« ihr fünfter Roman. Weiteres zur Autorin: www.kim-schneyder.com

Kim Schneyder

Hilfe, ich hab den Prinzen verzaubert!

Roman

Piper München Zürich

Mehr über unsere Autoren und Bücher:
www.piper.de

Von Kim Schneyder liegen bei Piper vor:
Frauen rächen besser
Ich und er und null Verkehr
Hilfe, ich bin reich!
Im Bett mit Brad Pitt

FSC
www.fsc.org
MIX
Papier aus verantwortungsvollen Quellen
FSC® C083411

Originalausgabe
Dezember 2011

Umschlagkonzept: semper smile, München
Umschlaggestaltung: Cornelia Niere, München
Umschlagmotiv: Artwork Cornelia Niere, Ocean / Corbis Images (Frau)
Satz: Kösel, Krugzell
Gesetzt aus der Quadraat
Papier: Munken Print von Arctic Paper Munkedals AB, Schweden
Druck und Bindung: CPI – Clausen & Bosse, Leck
Printed in Germany ISBN 978-3-492-26429-7

Prolog

Juli 2011

»So, als Erstes schließen wir die Augen, und dann ...«

»Wir schließen die Augen? Heißt das, wir machen die Übung gemeinsam?«, fragt sie verwundert.

»Nein, Liliane, ich meinte natürlich, *du* schließt deine Augen ...«

»Dachte ich's mir doch«, nickt sie eifrig. »Bringt ja nichts, wenn wir beide in Hypnose sind, oder?«

»Das ist noch keine Hypnose, Liliane, wir ... *ich* teste vorerst nur mal deine Suggestibilität«, korrigiere ich sie sanft.

»Okay, alles klar.« Sie nickt konzentriert, atmet noch einmal tief durch, als stünde sie vor der schwierigsten Aufgabe ihres Lebens, und schließt dann die Augen. »Kann losgehen!«

Meine Güte, geht's vielleicht noch ein bisschen theatralischer?

»Also gut, du schließt jetzt deine Augen ...«

»Sind zu!«, meldet sie.

»Ja, das sehe ich, und du machst das sehr gut«, lobe ich sie, um ihr Vertrauen zu stärken. »Und jetzt siehst du nach oben ...«

Sie reißt ansatzlos den Kopf nach hinten und gleichzeitig die Augen wieder auf.

»... *ohne* die Augen zu öffnen oder den Kopf zu bewegen!«, vollende ich den Satz.

»Wie jetzt?« Sie sieht mich vorwurfsvoll an. »Du sagtest doch ...«

»Du musst mich erst zu Ende reden lassen, Liliane.« Ich gebe mir alle Mühe, ruhig zu bleiben, was bei Liliane aber nicht ganz leicht fällt. Sie ist die aufgedrehteste Person, die mir jemals begegnet ist, und allmählich wirkt ihre hibbelige Art ansteckend auf mich. »Also, Liliane, noch einmal von vorn«, beginne ich erneut. »Als Erstes schließt du deine Augen, *dann* guckst du nach oben, *ohne* dabei den Kopf zu bewegen und *ohne* die Lider zu öffnen …«

»Ach, du meinst so!« Ihre Augenlider klappen herunter, gleichzeitig wandern ihre Augenbrauen nach oben, was mich hoffen lässt, dass sie es diesmal richtig macht. »Wobei, *sehen* kann ich so natürlich nichts«, teilt sie mir dann mit.

»Darum geht es jetzt auch gar nicht«, entfährt es mir eine Spur zu streng, und schnell senke ich meine Stimme wieder. »Gut, Liliane, ich werde jetzt bis drei zählen …«

»Und du weißt bestimmt noch alles, was ich will?«

Das darf doch wohl nicht wahr sein! Jetzt hat sie schon wieder ihre Augen offen und glotzt mich eindringlich an.

»Ich will mit dem Rauchen aufhören, mehr Selbstbewusstsein, einen größeren Busen *und* einen Traumpartner«, zählt sie zur Sicherheit noch einmal auf.

»Liliane, bitte!«, stöhne ich auf. »Ich habe mir alles gemerkt, aber ich habe dir auch gesagt, dass wir jetzt nur einen Test machen. Die Hypnose kommt erst später! Und damit du an deinen Märchenprinzen rankommst, muss ich *ihn* hypnotisieren, nicht dich, das habe ich dir doch schon erklärt.«

»Ja, kann sein«, räumt sie schnippisch ein. »Das war aber alles ein bisschen viel auf einmal, weißt du, du solltest das vielleicht besser aufteilen, auf gut verständliche Portionen.«

Ja, genau, *Erbsenhirnportionen*, schießt es mir durch den Kopf, aber ich beiße mir im letzten Moment auf die Zunge, um das für mich zu behalten.

»Egal, Liliane, jetzt weißt du es«, sage ich mit mühsam beherrschter Ruhe. »Könnten wir dann weitermachen?«

»Woher weißt du überhaupt, dass das funktioniert?«, schwenkt sie auf einmal um und legt dabei skeptisch die Stirn in Falten.

»Dass *was* funktioniert? Hypnose?« Ich bin ganz perplex. Ich habe sie fast zwei Stunden lang auf diese Hypnosesitzung vorbereitet, ihr alles haarklein erklärt und versucht, ihre zum Teil absurden Bedenken auszuräumen, und jetzt kommt sie mir auf einmal mit dieser Frage.

»Nein, nicht Hypnose, das ist ein alter Hut«, winkt sie ab. »Ich meine das mit dem Traumpartner. Hast du das überhaupt schon mal gemacht?«

»Ob ich das schon mal gemacht habe?« Ich zögere für den Bruchteil einer Sekunde. »Ja, klar, schon oft«, behaupte ich.

Möglicherweise war es doch keine so gute Idee, ausgerechnet diesen Service anzubieten.

»Bei wem?«, kommt es prompt zurück.

»Darüber kann ich natürlich keine Auskunft geben.« Ich ringe mir ein Lachen ab, das aber reichlich gekünstelt klingt. »Das sind Berufsgeheimnisse, weißt du, alles streng vertraulich.«

Okay, es war *definitiv* keine gute Idee, diesen Service anzubieten.

Sie sieht mich misstrauisch an. »Dann hast du es also noch nie gemacht. Bleibt nur noch die Frage, ob du überhaupt Hypnose kannst«, schiebt sie dann noch reichlich aufsässig hinterher.

»Okay, es war *Albert!*« Mist. *Mist.* Das kam so plötzlich über meine Lippen, dass ich es gar nicht verhindern konnte. »Und es heißt übrigens nicht Hypnose *können*, sondern Hypnose *beherrschen*«, starte ich einen verzweifelten Ablenkungsversuch, aber es ist bereits zu spät.

»Albert? *Welcher* Albert?«, hakt sie sofort nach. »Du meinst doch nicht etwa *den* Albert?«

»Welchen Albert denn sonst?«, frage ich trotzig zurück. »Wie viele Alberts kennst du denn?«

»Du willst also behaupten, du hättest Albert von Monaco hypnotisiert, damit er Charlene ...« Sie stoppt mitten im Satz und schüttelt ungläubig den Kopf. »Ach Quatsch, Heidi, wem willst du das denn erzählen? Das glaubt dir doch kein Mensch.«

»So, meinst du?« Ich halte ihrem prüfenden Blick eisern stand. »Dann hast du dich also nicht gewundert, als er letztes Jahr wie aus heiterem Himmel seine Verlobung bekannt gegeben hat?«

»Doch, schon, das kam ja auch ziemlich überraschend.«

»Genau, weil er sich immer mit allen möglichen Ausreden

gegen diese Heirat gewehrt hat, bis ... na ja, bis er eben mir über den Weg gelaufen ist.«

»Und du hast ihn dann hypnotisiert?« Liliane scheint ganz fasziniert zu sein von der Vorstellung, aber ich kann ihr auch ansehen, dass sie mir immer noch nicht glaubt.

»Allerdings, das habe ich«, bekräftige ich.

»Du musst zugeben, das klingt total verrückt«, wendet sie ein.

»Definitiv, und dennoch stimmt es! Und es gibt sogar Zeugen dafür.«

»Ich kann es trotzdem nicht glauben«, sagt sie, aber jetzt klingt sie schon nicht mehr so überzeugt wie gerade eben noch. »Zumindest nicht, bevor ich die ganze Geschichte gehört habe.«

Die ganze Geschichte also. Mist. Warum konnte ich auch meine verdammte Klappe nicht halten? Liliane starrt mich immer noch herausfordernd an, und ich starre zurück, und dann sehe ich ein, dass es kein Zurück gibt.

Ich lasse die Schultern sinken und atme deutlich vernehmbar aus.

Also schön. Von mir aus.

Dann erzähle ich die Geschichte eben noch einmal ganz von vorn ...

PERSONALITY-COACHING
HEIDI MERTENS

Individuelles Coaching

Individuelle Persönlichkeitsberatung
Analyse von Körpersprache und Mimik
Motivationsreflexion und Zieldefinition
Taktiken zur Konfliktbewältigung
Mentalpower durch Hypnose
Ressourcenmanagement
Wege zu Erfolg und Zufriedenheit

Manager
Politiker
Private
Sonstige

Kurse/Termine/Kosten

Der Coachingprozess startet mit einem persönlichen und kostenfreien Orientierungsgespräch. Die Ziele des Coachings werden festgelegt, ebenso die Zahl der Treffen sowie die sonstigen Modalitäten. Ein individueller Coachingvertrag wird geschlossen. Preise nach Absprache.

Erfolgsgarantie!!!

(= Geld zurück bei Nichterreichen der Coachingziele!)

home
profil
seminare
person
kontakt
impressum
links

✋♋⬧ ☹➚♍♒♏●■✉ ♎♋⬧ ♎◆ ♋◆⬧⬧♏■✉
♎♏st, ♐♏♒❒⬧ ⌘◆ ♎♓❒ ⌘◆❒✓♍♐✏

1

München, Juni 2010

»Du hast ja gar keine Unterhose an!«

Ich komme schneller hoch als ein Knacki, der sich im Duschraum voller Lebenslänglicher nach der Seife gebückt hat, und der bunte Gummiball, den ich eben noch vor dem heranstürmenden Hündchen habe retten wollen, ist mir auf einmal vollkommen schnurz.

Der Mistkerl, der das gerade gesagt hat, hockt auf der Parkbank und studiert interessiert meine unteren Regionen. Augenblicklich schießt mir das Blut ins Gesicht. Ich bin nicht nur fassungslos, sondern auch noch reichlich verwundert, weil Situationen wie diese für einen Profi wie mich eigentlich gar kein Problem darstellen sollten. Als professionelle Persönlichkeitstrainerin kenne ich doch all die miesen kleinen Tricks, mit denen Menschen versuchen, andere weichzukochen, was nichts anderes bedeutet, als dass ich mir in solchen Situationen zu helfen weiß.

Normalerweise.

Bloß heute gestaltet sich die Lage etwas schwieriger, denn mein Gegenüber ist übergewichtig, rothaarig, sommersprossig und grenzenlos unverschämt. Und erst fünf Jahre alt.

Und er ist ein Dellbert.

Wenn man so einen Namen hört, drängt sich einem natürlich sofort die Henne-Ei-Frage auf: Haben die Eltern, als sie ihn das erste Mal erblickten, gedacht, so wie unser kleiner Liebling aussieht, müssten wir ihn eigentlich Dellbert taufen, oder haben sie ihm ohne besonderen Grund in grober Fahrlässigkeit diesen Namen verpasst, und der Kleine ist als verständliche Reaktion darauf so fies geworden?

Auf jeden Fall hätte ich gleich misstrauisch werden müssen, als mich seine Mutter – mit der ich ansonsten gar keinen Kontakt habe – am Telefon anbettelte, ob ich mich nicht für ein paar Stunden um den kleinen Racker kümmern könne. Unglücklicherweise hat sie mich zu Hause erwischt, denn auf meinem Handy hätte ich gesehen, dass sie es war, und gar nicht erst abgehoben. »Bitte, bitte, Heidi, tu mir den Gefallen, ich habe ein Date mit *so* einem süßen Mann, der hat den Pilotenschein und will mit mir einen Rundflug machen, das musst du dir mal vorstellen!« Und als mir nicht sofort eine passende Ausrede einfiel: »Dellbert ist auch ganz lieb, du wirst sehen, der reinste Sonnenschein.«

Mann, konnte die lügen.

Ich bin einfach zu leichtgläubig gewesen, und wohl auch zu überheblich. Ich war der festen Überzeugung, dass es für eine Kommunikationstrainerin nicht weiter schwer sein könne, ein fünfjähriges Kind zu beaufsichtigen. Immerhin bin ich Expertin in Sachen Manipulation, sowohl verbal als auch nonverbal, ich zeige Managern, Rechtsanwälten und Politikern (zumindest soll das meine Klientel der Zukunft werden) Tricks und Kniffe, wie sie ihr Umfeld am besten für ihre Zwecke beeinflussen können, also sollte mir dasselbe doch wohl locker mit einem kleinen Kind gelingen, oder etwa nicht?

Das dachte ich jedenfalls – bis ich Dellbert traf. Wir hatten als Treffpunkt den Chinesischen Turm im Englischen Garten vereinbart, und anstatt zu grüßen, hat Dellbert gleich gefragt: »Hast du Kinder?«

Und ich, um ihm zu beweisen, wie sehr ich aufgeweckte Knirpse wie ihn mag: »Nein, mein Kleiner, das ist das Einzige, was mir zu meinem Glück noch fehlt.«

Darauf er wieder mit einem undefinierbaren Seitenblick und einem schäbigen Grinsen: »Schade, bei dir hätten die bestimmt reichlich zu futtern.«

Und dazu seine Mutter, achselzuckend und mit beschämtem Lächeln: »Kinder!«

Was heißt hier Kinder?, dachte ich verblüfft. *Dellberts!*

Dann hat sie mich gleich auf die wichtigste Regel eingeschworen: »Weder Pommes noch Eiscreme für Dellbert, das musst du mir unbedingt versprechen, Heidi! Dellbert hatte heute schon zu viel.«

Dellbert hatte schon die letzten Jahre zu viel, dachte ich, während ich ihn betrachtete. Eines war auf Anhieb klar: Dellberts Vorzüge lagen definitiv nicht in seinem Äußeren. In Wahrheit hatte er die Statur eines Michelinmännchens, und dazu sah er noch genauso aus wie diese besondere Sorte von Kindern in Filmen und Werbespots: Kinder, die niemand mag, weil sie unappetitlich sind und immer alle anderen rumschubsen, weil sie Grimassen durchs Autorückfenster schneiden oder heimlich Lassie mit Steinen bewerfen, wenn Timmy gerade wegschaut. Oder weil sie ihren Stiefbruder Harry Potter ärgern. Sie verstehen, welchen Typ ich meine?

»Kein Problem, wir kommen schon zurecht«, beruhigte ich sie mit überzeugter Lässigkeit, und in lüsterner Vorfreude auf ihren Hobbypiloten machte sie sich eilig vom Acker.

Dann gab es nur noch Dellbert und mich, und ich nahm mir vor, als Erstes die positiven Seiten des kleinen Knirpses zu ergründen. Denn Fakt ist doch: Kinder sind bloß ein Produkt ihrer Umwelt, also lag es an mir, seinen guten Kern hervorzukitzeln.

Gleich bei der ersten Würstchenbude gab mir Dellbert dann einen kleinen Vorgeschmack, was er sich unter einem idealen Nachmittag im Park vorstellte: »Ich will Pommes!«

»Du hast gehört, was deine Mutter gesagt hat: Keine Pommes und auch kein Eis!«, entgegnete ich mit souveräner und gleichzeitig einfühlsamer Stimme.

Dellbert musterte mich von der Seite.

»Den ganzen Nachmittag nicht?«

»Den ganzen Nachmittag nicht!«

»Das hältst du nicht durch!«, behauptete er mit Unheil verkündender Bestimmtheit.

»Was meinst du mit ›Ich halte das nicht durch‹? Es geht doch eher darum, ob *du* das durchhältst, nicht wahr?«, erklärte ich mit einem milden Lächeln.

»Du wirst schon sehen!«, drohte er mir, dann marschierte er trotzig weiter.

Um beim nächsten Eisstand zu verkünden: »Ich will ein Eis!«

»Nein, mein Lieber, kein Eis. Es dreht sich nicht immer alles nur ums Essen, weißt du?«

Wobei ich eigentlich selber Lust auf eine Portion Erdbeere mit Vanille gehabt hätte.

»Dann halte ich so lange die Luft an, bis ich ersticke!«, sagte er mit zusammengezogenen Augenbrauen.

Was der Kleine für die ultimative Drohung hielt, rang mir gerade mal ein müdes Lächeln ab. Also gut. Es wurde Zeit, ihm meine Überlegenheit zu demonstrieren. Ich platzierte Dellbert auf der nächsten Parkbank und ging vor ihm in die Hocke, sodass unsere Gesichter auf gleicher Höhe waren. Das war wichtig – Körpersprache! – damit begab ich mich auf eine Ebene mit ihm und würde dadurch sein Vertrauen gewinnen. Gut, und dann: Sachlich und ruhig argumentieren, das klappt immer.

»Das wird nicht funktionieren, Dellbert. Selbst wenn du so tapfer wärst und das bis zur Ohnmacht durchhieltest, würde dein Gehirn ratzfatz auf Automatik umschalten und dein Körper wieder ganz von selbst atmen. Du würdest nach ein paar Minuten wieder aufwachen, und was hättest du gewonnen? Gar nichts! Und noch immer kein Eis.«

Jetzt machte er ein langes Gesicht, und sofort regte sich spontanes Mitleid in mir.

»Plaudern wir stattdessen doch lieber ein bisschen«, schlug ich vor, um die Spannung etwas abzubauen.

»Und worüber?«, fragte er missmutig.

»Ich weiß nicht, schlag du was vor.«

Dellbert dachte nach.

»Wieso hast du keine Kinder?«, kam es schließlich.

»Ach weißt du, ich wollte noch warten, bis ...«

»Ich weiß es schon«, fiel er mir in der nächsten Sekunde ins Wort. »Damit eine Frau ein Kind kriegen kann, braucht sie einen Mann. Hat Karl-Heinz gesagt.«

Sieh mal einer an. Dann ist Karl-Heinz wohl der Oberklugscheißer in Dellberts Kindergartengruppe.

»Ich habe einen Mann«, stellte ich sofort klar.

Dellberts Äuglein begannen hinterlistig zu funkeln.

»Du hast aber keinen Ehering.«

»Das liegt daran, dass wir noch nicht verheiratet sind«, erklärte ich leichthin.

»Dann hast du auch noch keinen Mann!«

Man muss nicht verheiratet sein, um Kinder zu machen, hätte ich beinahe gesagt, aber wer weiß, was für Fragen Dellbert dann noch eingefallen wären. Diese Dinge sollte er besser mit Karl-Heinz besprechen.

»Ich habe einen Freund, das ist genauso gut«, behauptete ich stattdessen.

»Und wieso heiratet er dich nicht?«, fragte er aufsässig.

Das war jetzt allerdings eine gute Frage. Vielleicht sollte ich Dellbert einmal mit meinem Gerhard zusammenbringen, damit sie diese Frage in aller Ruhe besprechen könnten.

»Das hat noch Zeit. Weißt du, es ist viel besser, wenn man sich ausreichend kennt, bevor man heiratet. Das ist dann nämlich für ewig, oder sollte es zumindest sein.«

Nicht so wie bei deiner Mami und deinem Papi, fiel mir ein, aber ich wollte ihn nicht unnötig in Bedrängnis bringen.

Dellbert kramte in der Tasche, die ihm seine Mutter mitgegeben hatte, und holte einen Gummiball hervor, den er hochzuwerfen und wieder aufzufangen begann.

»Ich will Pommes!«, forderte er dann wieder.

Alles klar. Er probierte jetzt die »Schallplatte mit Sprung«, das ist eine alte Taktik, um sein Gegenüber zu zermürben.

Aber das konnte ich auch, mein Lieber.

»Vergiss es, es gibt weder Pommes noch Eis!«

Meine Bestimmtheit schien ihn zu irritieren, denn jetzt ließ er seinen Gummiball fallen. Ein Pudel, der gerade an der Seite seines Frauchens des Weges kam, betrachtete das als willkommene Gelegenheit, sich fremdes Spielzeug anzueignen, und stürmte sofort darauf los. Doch ich war schneller, oder besser gesagt, ich wäre schneller gewesen, hätte Dellbert jetzt nicht diesen Spruch über meine Unterwäsche losgelassen.

Augenblicklich verfluche ich mich dafür, dass ich dieses dünne Sommerkleid angezogen habe, aber am Morgen habe ich auch noch nicht gewusst, dass ich mich vor einem fünfjährigen Spanner würde bücken müssen.

»Mein Ball!«, schreit Dellbert entrüstet, als das Hündchen mit seiner Beute davonstürmt.

»Daran hast du selber Schuld«, belehre ich ihn, »Hättest du nicht solchen Mist über meine Unterwäsche geredet, hätte ich ihn noch erwischt.«

»Aber du hast echt keine Unterhose an, ich hab's genau gesehen!«, beharrt er mit zusammengekniffenen Augen.

»Unsinn, das ist ein Stringtanga, da ist hintenrum nicht so viel Stoff«, kläre ich ihn auf. »Das ist total praktisch, vor allem im Sommer, wenn's heiß ist, weißt du?«

»Meine Mami hat so was aber nie an.«

Tja, deswegen hat deine Mami auch keinen Kerl und muss sich dem nächstbesten Möchtegernpiloten an den Hals werfen.

»Und ich auch nicht«, fügt Dellbert nach einer kurzen Nachdenkpause hinzu.

Darin würdest du auch aussehen wie ein Bonsai-Sumoringer, schießt es mir durch den Kopf, und ich muss mir auf die Zunge beißen, um es für mich zu behalten.

»Kleine Jungs tragen so etwas auch nicht«, beruhige ich ihn, bevor ich es mit einem Themenwechsel versuche: »Lass uns jetzt über etwas anderes reden!«

»Ich will Pommes!«, kommt es wie aus der Pistole geschossen.

»Das habe ich nicht gemeint.«

»Ich will ein Eis!«

»Das auch nicht.«

»Und wieso nicht?«

»Weil man davon dick wird.«

»Na und?«

Okay, Zeit für ein paar vernünftige Argumente, denen er sich unmöglich verschließen kann: »Wer dick ist, wird ausgelacht, hat keine Freunde und lebt nicht lange«, rezitiere ich wie aus einem klugen Ratgeber.

Dellbert denkt nach, und die Art, wie er mich dabei ansieht, ist irgendwie beunruhigend.

»Du bist doch auch ziemlich alt geworden«, sagt er dann.

Mir bleibt die Spucke weg.

Will der etwa behaupten, ich sei fett? Und *alt*?!

Ist das etwa der Dank dafür, dass ich ihm meinen freien Nachmittag opfere anstatt ... eine lehrreiche Doku im Fernsehen zu gucken, zum Beispiel, oder Sport zu treiben, oder was man eben so macht in seiner Freizeit?

Ich bin völlig außer mir, und jetzt weiß ich auch, warum es im Englischen Garten keinen Verkaufsstand für Rohrstöcke gibt. Ich würde jetzt glatt das Topmodell kaufen, um Dellbert den nötigen Respekt beizubringen, gewaltfreie Erziehung hin oder her.

Doch dann, während ich noch erwäge, ihn zu fesseln und darauf zu warten, bis wieder ein Hündchen – diesmal ein richtig großes – des Weges käme, den Lümmel mit den gleichen Farben wie sein abhandengekommenes Gummibällchen zu bemalen und ihn zum richtigen Zeitpunkt von der Bank zu schubsen, geht mir plötzlich ein Licht auf: Dieser Knabe ist selbst ein Meister der Manipulation, aber natürlich! Der versucht doch bloß, mich fertigzumachen, um endlich sein Futter zu bekommen. Es fällt mir wie Schuppen von den Augen: Der findet mich gar nicht dick und alt – wie käme er auch dazu? – der hat bloß einen direkten Angriff auf mich geführt, um mich aus der Reserve zu locken.

Der will mich weichkochen!

Puh, nur gut, dass ich das noch rechtzeitig geschnallt habe, ich stand schon kurz vorm Ausflippen.

Also gut, Zeit für eine clevere Gegenstrategie. Zuallererst: Tief durchatmen. Und dann lächeln, lächeln kommt immer gut.

»Ich sehe schon, Dellbert, du bist ein schlaues Kerlchen.« Ich versuche, seinen Blick festzuhalten. »Du versuchst, mich zu ärgern, stimmt's?«

Dellbert schweigt einen Moment lang, dann schüttelt er den Kopf. Und scheint schon wieder nachzudenken.

»Kaufst du mir nun Pommes?«, sagt er dann, und es klingt erneut wie eine Drohung.

»Nö.«

»Dann leg ich mich auf den Boden und schreie, so laut ich kann. Und ich kann *laut* schreien!«, stellt er klar.

Daran habe ich auch gar keinen Zweifel, aber die Sache liegt doch so: Verhaltensforscher behaupten, das Schreien eines Jungen übe nur deshalb Druck auf die Mutter aus, weil damit mögliche Feinde herbeigerufen werden könnten. Gemeint sind damit Löwen, Panther, Hyänen und derlei Gesocks.

Bloß, die gibt es im Englischen Garten nicht. Pech für Dellbert.

Ich beschließe, meine Entschlossenheit mit ein bisschen Körpersprache zu unterstreichen, und bringe mein Gesicht näher an seines heran. Dann ziehe ich meine Augenbrauen Unheil verkündend zusammen und sage mit eisiger Ruhe: »Na, dann mach mal, Dellbert.«

Tatsächlich scheine ich ihn damit zu beeindrucken, denn er wird für ein paar Sekunden still. Dann tippt er sich mit dem Zeigefinger an die Stirn und sagt: »Du hast da eine Falte. Eine ganz tiefe.«

Mann, ist der gut!

Ich muss tief Luft holen – das wievielte Mal eigentlich, seit ich diesen Knaben getroffen habe? – und suche verzweifelt nach einer passenden Antwort, als plötzlich mein Handy in der Handtasche läutet.

Dem Himmel sei Dank!

»Einen Moment, Dellbert«, sage ich und beginne hektisch in der Tasche zu kramen, als erwarte ich den wichtigsten Anruf meines Lebens. Mein Kleid klebt mir mittlerweile am Körper, und ich bete, dass es Dellberts Mutter ist.

Als ich das kleine Ding endlich in den unergründlichen Tiefen meiner Tasche gefunden habe, sehe ich, dass es nicht Dellberts Mutter ist, und auch kein Anruf, sondern eine SMS. Von einer gewissen Nora.

Nora? Seltsam, ich kenne gar keine Nora.

Und als ich die Nachricht abrufe, gleich die nächste Überraschung: »Du warst gestern der Wahnsinn! Glückwunsch! Nora.«

Spontan fühle ich mich geschmeichelt. Jeder Mensch hört gerne, dass er der Wahnsinn ist. Aber von einer Nora? Und *wobei* bin ich überhaupt der Wahnsinn gewesen? Ich habe gestern doch gar nichts Besonderes getan. Ich hatte einen Termin mit einem Kunden – der hat aber auch nicht Nora, sondern Erich Schönegger geheißen – und ich habe eingekauft. Sicher, bei der Wurstabteilung habe ich schon ordentlich zugeschlagen, aber die Wahrscheinlichkeit, dass die Verkäuferin dort Nora heißt und mich wegen meines Einkaufes am nächsten Tag euphorisch per SMS beglückwünscht, erscheint mir doch eher gering.

Während ich noch grüble, hat Dellbert anscheinend beschlossen, seinen erpresserischen Plan in die Tat umzusetzen, denn er hat sich mitten auf den Gehweg geworfen und beginnt jetzt zu schreien.

Und wie der schreit!

Nicht dass er vielleicht aussagekräftige Sätze wie »Ich will Pommes!« oder »Ich will ein Eis!« oder von mir aus auch »Ich hasse dich!« brüllt, nein, dem geht es einzig und allein um die Lautstärke, und das in einer Tonlage, die einem durch und durch geht.

Spontane Wut überkommt mich, gepaart mit lähmender Hilflosigkeit. Wie soll ich denn nun darauf reagieren?

Ah ja, klar, mit Überlegenheit natürlich.

Ich lehne mich also so entspannt wie möglich zurück, beginne hastig mit Bauchatmung und setze ein Lächeln auf, denn mir ist nicht entgangen, dass Dellbert jedes Mal, wenn er Luft holt, mit einem verstohlenen Seitenblick kontrolliert, ob ich auf sein Gekreische auch entsprechend reagiere.

Woran ich aber nicht mal denke, denn wie gesagt: Keine Löwen, keine Hyänen, also auch keine Pommes und kein Eis. So einfach ist das. Basta.

Damit liege ich auch richtig, was die Löwen und die Hyänen betrifft. Bloß, dass es da auch andere Feinde geben könnte, damit habe ich nicht gerechnet.

Als Erstes kommt eine alte Frau in einem dunkelblauen Kostüm mit einer violetten Einkaufstasche daher, die bei uns stehen bleibt. Sie sieht zuerst Dellbert an, dann mich, und meint schließlich kopfschüttelnd: »Immer das Gleiche, da schaffen sich die jungen Dinger Kinder an, aber kümmern wollen sie sich dann nicht um sie. Lieber lassen sie sich die Sonne ins Gesicht scheinen.« Nachdem sie ihre Kritik angebracht hat, trippelt sie mit grimmigem Gesichtsausdruck weiter. Ha, sie hat *junge Dinger* gesagt! Das verbuche ich dann mal als Bonuspunkt.

Als Nächstes kommt ein Pärchen, der Aufmachung nach Fans der Sechzigerjahre-Hippies, und sie sagt deutlich vernehmbar zu ihm: »Siehst du, wohin das führt, wenn man seinem Kind zu wenig Liebe gibt!«

Am liebsten würde ich denen sagen, dass das gar kein Kind – und schon gar nicht meines – ist, sondern ein hinterlistiger Dellbert, und dass der nicht Liebe will, sondern zehntausend Kalorien, aber da sind sie auch schon weitergegangen.

Schön langsam werde ich wirklich wütend, und Dellbert scheint das zu merken. Jetzt sieht es aus, als grinse er ein bisschen, und das, während er weiterhin mindestens hundert Dezibel erzeugt.

Dann eine Mutter mit drei quengelnden Kindern im Schlepptau: »Haben Sie den Jungen etwa geschlagen?! Das ist unerhört, am liebsten würde ich die Jugendfürsorge anrufen!«

Jetzt muss ich aber doch etwas antworten: »Ach, das wäre nett, ich habe leider die Nummer nicht, sonst hätte ich das schon selbst erledigt.«

Was natürlich höchste Empörung hervorruft.

»Also, das ist ja ... das ist ... unerhört!«, schnappt sie nach Luft. »Kommt, Kinder, gehen wir, mit so jemandem wollen wir nichts zu tun haben! Ihr könnt von Glück reden, dass ihr nicht so eine Mutter habt, das sage ich euch!« Damit treibt sie ihre Kleinen weiter, die ängstliche Blicke auf mich und mitleidige auf Dellbert werfen.

Und dieser Satansbraten registriert das natürlich und geht noch ein paar Tonlagen höher. Er klingt jetzt wie ein Schweinchen auf dem Weg zum Schlachter.

Ich registriere mit Unbehagen, dass sich mein Nervenkostüm unter dem Marathongeschrei langsam aber sicher aufzulösen beginnt. Mittlerweile schwitze ich wie ein Zwangsarbeiter in einem afrikanischen Steinbruch, was so nebenbei auch höchste Gefahr für mein Make-up bedeutet, und zu allem Überfluss kann ich fühlen, wie mein rechtes Augenlid ohne jede Vorankündigung plötzlich unkontrolliert zu zucken beginnt.

Abgesehen davon bin ich aber auch neugierig, was es mit der geheimnisvollen Nachricht dieser Nora auf sich hat. Nur kann ich im Moment keinen einzigen klaren Gedanken fassen, denn Dellbert schreit unverdrossen weiter.

Dann kommt auf einmal dieser Kerl des Weges. Breitbeinig baut er sich vor mir auf, mit aufgedunsenem Gesicht, Händen wie ein Holzfäller und riesigen Schweißflecken unter den Achseln. Ich mache mich schon auf die nächste Standpauke gefasst, als er plötzlich grinst.

»Na, Probleme mit dem Racker?«

Ich ziehe unwillkürlich den Kopf ein und nicke abwartend.

»Kenn ich«, stellt er fest. »Hab selber drei Jungs. Ich sag Ihnen, was da hilft: Ordentlich ein paar hinter die Löffel, und vorbei ist's mit der Schreierei. Wollen wir wetten? Das hilft immer!«

Wie der Kerl aussieht, glaube ich ihm das aufs Wort, und auch Dellbert wird jetzt ein bisschen leiser. Immerhin ein Teilerfolg.

Aber ein Kind schlagen?

Ich bin grundsätzlich kein Freund von Gewalt, aber vielleicht liegt das auch daran, dass ich selbst nicht die Kräftigste bin. Obwohl, mit Dellbert würde ich es schon aufnehmen ...

Aber mich an einem Kind vergreifen?

Nein. Keine Chance, niemals, da brauche ich eigentlich gar nicht lange nachzudenken. Die Antwort ist ein entschiedenes Nein.

Dennoch, ohne es zu wissen, hat mir dieser gewaltbereite Fremde soeben den entscheidenden Hinweis gegeben: Wenn man in extreme Situationen gerät, muss man manchmal auch extreme Mittel anwenden. Und wenn es ganz dicke kommt, muss man auch bereit sein, Regeln zu brechen und die eigenen Grenzen zu überschreiten.

Mal sehen. Das hier ist *definitiv* eine extreme Situation.

Die demzufolge eine extreme Maßnahme erfordert.

Also gut, gehen wir's an.

Um Menschen zu manipulieren, gibt es unzählige Möglichkeiten. In einschlägigen Fachbüchern findet man eine ganze Reihe von wissenschaftlichen Begriffen für solche Taktiken, die allesamt irre eindrucksvoll klingen, wie zum Beispiel: Durchsetzungsstrategie, Autoritätstaktik, Emotionale Appelle, Garantietaktik, Tabuisierungstaktik, Blockadestrategie, und noch viele, viele mehr.

Nur wenn man es mit einem Dellbert zu tun hat, hilft das alles herzlich wenig, das habe ich mittlerweile begriffen. Also habe ich kurzerhand eine völlig neue Taktik erfunden, etwas wirklich Revolutionäres, und sollte ich eines Tages ein Buch über Kommunikationstechniken schreiben, werde ich mindestens ein Kapitel darauf verwenden. Und den passenden Namen habe ich auch schon dafür. Ich nenne sie *Die Taktik der völligen Kapitulation.*

Ich weiß, beim ersten Hinhören klingt das nicht wirklich umwerfend, denn was soll schon besonders daran sein, wenn man einfach nachgibt? Aber das Entscheidende bei dem Thema ist doch die Frage, was man eigentlich erreichen will. Mit anderen Worten: Welches Ziel verfolgt man im Moment?

In meinem Fall war das vordergründige Ziel, mich gegen Dellbert durchzusetzen, ihm meinen Willen aufzuzwingen. Und mal ganz ehrlich, das war ziemlich in die Hose gegangen.

Doch dann begann ich mich zu fragen, was ich damit überhaupt erreicht hätte. Mal angenommen, ich hätte es geschafft, mit Dellbert zurechtzukommen, ohne nachzugeben, was wäre denn die Folge gewesen? Ich wäre mit ziemlicher Sicherheit der einzige Mensch auf Gottes Erdboden – seine Mutter eingeschlossen – gewesen, dem das gelungen wäre, und mit welchem Ergebnis? Ich wäre immer wieder darum gebeten worden, auf die kleine Knackwurst aufzupassen, ist doch klar. Und möchte ich das? Ganz bestimmt nicht!

Daher galt es, ein neues Ziel zu definieren, und vor allem, *mein* Ziel zu definieren: Nie mehr auf Dellbert aufpassen zu müssen, nie mehr von Dellberts Mutter zu hören, im Idealfall Dellberts Mutter so zu entsetzen, dass sie meine Handynummer sofort aus ihrem Nummernspeicher löscht – *das* verstehe ich unter einem erstrebenswerten Ziel.

Und mittlerweile weiß ich auch, wie ich das alles erreichen kann, und es ist gar nicht mal schwer.

Als wir eine Viertelstunde später wieder auf der Parkbank sitzen, würde die Szene glatt als idyllisch durchgehen – wäre da nicht Dellberts ohrenbetäubendes Schmatzen, als er seine Doppelportion Pommes mit Mayo in sich hineinstopft. Sicherheitshalber habe ich mir auch eine Portion genommen. Kinder haben es ja bekanntlich nicht so mit der Verteilungsgerechtigkeit, außerdem erschien es mir wenig verlockend, in dieselbe Tüte wie Dellbert zu fassen, zumal der wahre Schätze in seiner Nase vermuten muss, so, wie er mit seinen Fingern zwischendurch darin herumstöbert.

Und es ist kaum zu glauben: Wir kommen jetzt richtig gut miteinander aus!

»Siehst du, ich hab dir gesagt, du hältst das nicht durch«, mault Dellbert zwischendurch, bevor er sich die nächsten Fritten zwischen seine Zahnlücken stopft.

»Tja, weißt du, Dellbert«, philosophiere ich gelassen vor mich hin, »ein reifer Mensch muss manchmal auch bereit sein, von seinem Standpunkt abzugehen, wenn das einem guten Einvernehmen zuträglich ist. Übrigens, wie wär's – die haben hier auch leckere Bratwürste!«

Meine Großzügigkeit macht ihn ganz fassungslos. »Meiner Mami darfst du das aber nicht sagen«, meint er, und in seinem Blick liegt unverhohlene Gier.

»Aber logo, das bleibt unser Geheimnis. Gehst du selber?«

Ich schiebe ihm einen Geldschein rüber, dann zischt er ab.

Und ich nutze die kleine Pause, um seine Mutter anzurufen.

»Wie läuft's denn so bei euch?«, will sie gleich wissen. Sie klingt ein bisschen außer Atem, und automatisch frage ich mich, wobei ich sie gerade gestört habe.

»Phantastisch, kann ich dir nur sagen. Du hattest übrigens recht, er ist wirklich so ein Schatz«, flöte ich ins Telefon.

Sie macht eine überraschte Pause. Anscheinend hat sie das noch nicht oft gehört.

»Nur das mit dem Essen funktioniert nicht so ganz ...«, schiebe ich beiläufig nach.

»Wie meinst du das?« Sie klingt plötzlich alarmiert. »Du hast ihm doch nichts zu essen gekauft? Heidi, ich habe ausdrücklich gesagt ...«

»Ja, stimmt schon«, falle ich ihr ins Wort. »Aber du weißt ja, wie das ist: *Kinder!*«

Sie beginnt jetzt schwer zu atmen, sodass sie wie der irre Telefonkiller in *Scream* klingt.

»*Was* hat er denn gekriegt?«, will sie dann wissen.

»Ach, bloß Pommes. Da hat er allerdings auf einer Extraportion bestanden. Und jetzt holt er sich eine Bratwurst, der kleine Racker.«

»Was?! Pommes *und* eine Bratwurst?!«

»Ja, aber bloß eine, sonst bliebe ja kein Platz mehr für das Eis.«

»Waas, ein Eis bekommt er auch noch?«

Der Hobbypilot neben ihr erleidet jetzt garantiert einen Hörsturz bei ihrem Gekreische, und jetzt weiß ich auch, wem Dellbert seine Stimme zu verdanken hat.

»Nein, noch nicht, aber er hat anklingen lassen, dass er unbedingt eins möchte«, stelle ich richtig. »Weißt du, ich kann dem kleinen Kerlchen einfach nichts abschlagen, der hat mich echt um den Finger gewickelt.«

»Also, das ist ja ... das ... Heidi, bleibt, wo ihr seid, ich komme sofort!«

»Aber wieso denn, es läuft doch gerade so gut. Mach dir bloß keinen Stress unseretwegen«, sage ich locker.

»Also wirklich, Heidi ...«, schnauft sie, und dann zu ihrem König der Lüfte: »Flieg auf der Stelle zurück!« Als er anscheinend wissen will, warum, kreischt sie ihn an: »Weil ich es sage, darum!«

Dann ist die Verbindung plötzlich unterbrochen. Scheint so, als funktionierten Handys im Sturzflug nicht so gut.

Dellbert ist inzwischen keuchend zurückgekehrt.

»Für den Fünfer habe ich sogar zwei bekommen«, betont er sein kaufmännisches Geschick, bevor er seine Zähne in die erste Wurst schlägt.

»Die hast du dir auch verdient«, lobe ich ihn.

Na bitte, sag ich doch. Ist überhaupt nicht schwer, mit ihm auszukommen, man muss nur die richtigen Fäden ziehen. Und es darf einen natürlich nicht jucken, dass er bald aussehen wird wie Schweinchen Dick.

Also gut. Da Dellbert mit seinen Würsten beschäftigt ist, habe ich wieder Zeit, mich um meinen geheimnisvollen Fan zu kümmern.

Nora also. Hm. Ich kann nachdenken, so viel ich will, aber meines Wissens bin ich noch nie in meinem Leben einer Nora begegnet.

Und überhaupt, wie kann ihr Name auf dem Display aufscheinen, wenn ich sie gar nicht kenne? Damit der Name angezeigt wird, müsste ich sie doch eingespeichert haben, oder etwa nicht?

Dann habe ich eine Idee. Ich klicke mich schnell in meinen Nummernspeicher, gebe die Anfangsbuchstaben No ein, drücke auf Enter, und tatsächlich, da steht sie: Nora. Samt Telefonnummer.

Meine kleinen grauen Zellen rotieren. Dafür muss es doch eine Erklärung geben. Wäre ich gestern in irgendeiner Bar abgesoffen, könnte man zum Beispiel annehmen, dass diese Nora eine Lesbe ist und mich volltrunken zu sich nach Hause geschleppt hat, ohne dass ich es mitbekommen habe. Aber ich bin gestern Abend (und auch während der letzten Wochen) schön brav zu Hause gewesen, mit Gerhard.

Dann fällt mir noch etwas ein: Möglicherweise hat diese Nora mich ja schon öfter angerufen, das wäre immerhin möglich. Ich habe meine Anruflisten in letzter Zeit nicht durchgesehen, da ich dieses Handy erst seit zwei Wochen verwende, und was soll ich sagen: Technik, das dauert eben seine Zeit bei mir.

Also mal sehen, wie könnte dieses Ding funktionieren?

Menütaste drücken, beschließe ich, das ist immer gut, und dann suchen. Dieses Handy kann anscheinend eine ganze Menge, fällt mir auf, ich blättere und blättere durch alle möglichen Funktionen, von denen ich bei der Hälfte keine Ahnung habe, was das überhaupt sein soll, dann habe ich es: Textmitteilungen. Bingo! Und bestätigen.

So, was haben wir denn da alles?

Vorlagen, Einstellungen, Postausgang. Interessiert mich alles nicht. Aber da: Posteingang! Ich bestätige erneut, und eine lange Liste erscheint.

»Die waren lecker. Und was machen wir jetzt?«, kommt es auf einmal von der Seite.

Dellberts Gesicht sieht aus, als hätte ihn ein großer Junge in einen Senf-, Ketchup- und Was-weiß-ich-noch-alles-Kübel gedrückt. Genussvoll schleckt er sich die Reste von den Lippen. Spontan fällt mir dazu ein Bericht über Nilpferde ein, bei dem sie den Viechern das Futter eimerweise in den weit aufgerissenen Rachen geworfen haben. Bloß dass ich keinen Eimer mit Futter in Griffweite habe. Aber der Eisstand wird es für Dellbert auch tun, schätze ich, also zücke ich den nächsten Fünfer.

»Check mal ab, wie viel du dafür beim Eismann bekommst«, fordere ich ihn auf und wundere mich eine Millisekunde später, wie schnell der Kleine mit seiner vollen Wampe noch rennen kann.

Dann widme ich mich wieder meinem Handy.

Die Liste ist elendslang. Ich hätte gar nicht gedacht, dass mir so viele Leute Textnachrichten schicken, und zu meinem Erstaunen sehe ich, dass da sogar mehrere Namen stehen, die mir nicht geläufig sind.

Und auch von Nora gibt es noch weitere Nachrichten. Okay, das kapier ich jetzt nicht, aber am einfachsten ist es wohl, sie zu öffnen.

Dann komme ich erst richtig ins Staunen. Da stehen nämlich noch weitere rätselhafte Dinge wie: »Morgen wieder um acht? Nora.« Und: »Du bist echt der Hammer! Nora.« Oder: »Heute brauche ich dich gleich zweimal: um zehn und um drei am Nachmittag! Nora.« Und dann noch: »Das hat noch nie jemand von mir verlangt, aber ich habe es nicht bereut. Nora.«

Wer zum Teufel ist diese Frau, und wieso schickt sie mir lauter Nachrichten, mit denen ich absolut nichts anfangen kann?

Weil sie die falsche Nummer hat, natürlich, blinkt auf einmal die Antwort in meinem Hirn auf.

Das ist die einzig vernünftige Erklärung, aber klar doch, das muss es sein. Diese Nora hat einfach die Nummer ihrer lesbischen Freundin falsch eingetippt, den Nachrichten nach zu urteilen.

Aber wieso überhaupt lesbisch? Wer sagt denn, dass diese Nachrichten einer Frau gelten? Bloß, weil ich sie bis jetzt auf mich bezogen habe, muss das noch lange nicht heißen, dass die Nachrichten nicht auch für einen Mann bestimmt sein können.

Du bist der Hammer, zum Beispiel. Das gilt eindeutig einem Mann. Diese Nora hat offensichtlich statt der Nummer ihres Lovers – der übrigens was draufhaben muss – meine eingespeichert.

So einfach ist das.

Dellbert hockt inzwischen wieder neben mir auf der Bank, und ganz nebenbei fällt mir auf, dass die vom Eisstand echt großzügig sind mit ihren Portionen. Dellbert hat zwei Tüten bekommen und kommt gar nicht mit dem Schlecken nach, sodass die braun-rot-gelb-grüne Sauce an seinen dicken Fingern entlangläuft und auf seine Hose zu tropfen beginnt. Ihn scheint das aber nicht weiter zu stören, mit der Gleichmäßigkeit eines Metronoms schiebt er sich mal die eine, mal die andere Tüte in den Mund und verpasst sich bei der Gelegenheit auch gleich eine Sahne-Schoko-Frucht-Gesichtsmaske, obwohl er noch Lichtjahre davon entfernt ist, Falten zu kriegen.

Ich überlege.

Fairerweise sollte ich dieser triebhaften Nora Bescheid geben, dass sie ihre Zeugnisse wollüstiger Zufriedenheit an die falsche Adresse geschickt hat. Obwohl es natürlich auch Spaß machen kann, an den intimen Geheimnissen anderer Leute teilzuhaben. Andererseits, überlege ich mir, kenne ich weder sie noch ihren feurigen Liebhaber, also wäre es ohnehin nur der halbe Spaß.

Ach, was soll's. Am besten werde ich sie gleich anrufen, ihre Nummer habe ich ja.

»Fertig!«, meldet Dellbert grinsend, und sein Gesicht sieht jetzt aus wie ein expressionistisches Kunstwerk, auf das jemand zwei Augen und ein paar weit auseinanderstehende Zähne geklebt hat.

Wortlos halte ich ihm noch einen Fünfer hin, wofür ich einen Blick voller Liebe und ein »Du bist die coolste Tante, die ich kenne!« ernte, bevor er sich trollt.

Ich lausche gebannt dem Läuten, und nach dem vierten oder fünften Mal ertönt plötzlich eine Frauenstimme: »Was gibt es denn, mein Löwe?«

Löwe? Mitnichten. Das wird jetzt ziemlich peinlich für dich, Schätzchen.

»Äh, ja, wie soll ich sagen ...«, hole ich umständlich aus, »... also, diese Nummer, die Sie da haben, die gehört nicht zu ihrem Löwen, sondern zu der Heidi. So heiße ich nämlich, Heidi Mertens.«

Mann, wie gern würde ich jetzt ihr Gesicht sehen. Die muss

sich ja so was von doof vorkommen nach ihren peinlichen Nachrichten. Jetzt ein Foto von ihr, damit würde man auf jeder Kuriositätenausstellung den ersten Preis abräumen, so viel ist sicher.

Sie scheint jetzt auch zu ahnen, was für ein enormer Fehler ihr unterlaufen ist, denn ich vernehme merkwürdige Geräusche, als würde sie auf der Tastatur ihres Handys herumhämmern.

Ein paar Sekunden später meldet sie sich wieder: »Ich weiß ehrlich gesagt nicht, was Sie meinen. Laut meinem Telefonregister ist das die Nummer von Gerhard Sommer!«

Jetzt brauche *ich* ein paar Sekunden, um das zu verarbeiten, und als der Groschen fällt, würde wahrscheinlich mein Foto den ersten Preis machen. Mit Riesenabstand.

Gerhard Sommer, so heißt *mein* Gerhard, und jetzt ist mir plötzlich klar, warum ich so viele fremde Telefonnummern im Speicher dieses Handys gefunden habe: Das ist gar nicht meines, das ist Gerhards, und es ist mir nicht aufgefallen, weil ich es erst seit zwei Wochen habe – seit Gerhard es mir geschenkt hat. Geschenkt, weil es bei seinem Telefonanbieter diese Wahnsinnsaktion gab: Zwei Tophandys zum Preis von einem. Zwei haargenau *gleiche* Tophandys, wohlgemerkt!

Und heute Morgen, in der üblichen Hektik nach dem fünften Mal Wecker ausstellen, müssen wir die Dinger wohl irgendwie vertauscht haben!

Plötzlich überrollen mich die Erkenntnisse wie eine Lawine: Diese Nachrichten, die haben *Gerhard* gegolten, *er* ist der Wahnsinn, *er* ist der Hammer, *ihn* hat sie sogar zweimal täglich gebraucht, und für *ihn* hat sie etwas getan, was bisher noch nie ein Mann von ihr verlangte. Und sie hat es noch nicht einmal bereut!

Und zu allem Überdruss schießt es mir auf einmal wie ein greller Blitz ins Bewusstsein, wo mir der Name Nora schon einmal untergekommen ist: Nora von Kessler, so heißt doch die Tochter von Gerhards Chef, Dr. Friedrich von Kessler, seines Zeichens Seniorpartner der Anwaltskanzlei Kessler, Lohmann & Partner. Gerhard hat sie vor ein paar Wochen ganz beiläufig erwähnt, er hat erzählt, dass sie ihr Referendariat in der Firma absolviere, und dass sie wie eine Klette an ihm hinge und ihn ständig mit ihren Fragen löchere. Und wie sehr es ihm auf die Nerven gehe, dass ausgerechnet er sie einweisen müsse. Dieses Märchen hat er mir aufgetischt, aber davon, dass er ihr Hammer war, und von irgendwelchen Perversionen, die er ihr beigebracht hat, hat er natürlich nichts erwähnt.

Ich fühle, wie sich mein Magen zusammenkrampft. Dieser Schuft, dieser verlogene Mistkerl!

»Sind Sie noch dran?«, fragt Nora von Kessler dann zu allem Überdruss noch, und auf einmal bin ich derart überfordert von der Situation, dass ich einfach auflege.

Ich bin unfähig, auch nur einen einzigen klaren Gedanken zu fassen, und wie durch einen dichten Nebel registriere ich, dass Dellbert längst zurück ist und wieder neben mir auf der Bank hockt, und wie beinahe zeitgleich seine Mutter heranstürmt.

Nanu, das ging ja fix. Die muss ihren Piloten tatsächlich zu einem Sturzflug gezwungen haben, um ihr Söhnchen vor meiner Mastkur zu retten. Sind die vielleicht auf einer Wiese in der Nähe notgelandet?

»Dellbert!«, kreischt sie gleich los, »Das darf doch wohl nicht wahr sein, wie siehst du denn aus! Was hast du denn alles gegessen?«

Und als sie sich leichtsinnigerweise vor Dellbert hinkniet, sehe ich voller Entsetzen, wie er rot anläuft und plötzlich seinen reichhaltigen Nachmittagsspeiseplan wortlos auf ihrem Minirock ausbreitet.

»Jetzt sieh nur, was du angerichtet hast!«, schreit seine Mutter mich völlig hysterisch an, dann packt sie Dellbert und droht mit einem mächtig bösen Seitenblick auf mich: »Heidi wird nie wieder auf dich aufpassen, das schwöre ich dir!« Doch was noch vor ein paar Minuten Worte der Befreiung für mich gewesen wären, ist mir jetzt nur noch egal.

»Tschüs, Dellbert«, höre ich mich sagen, und Dellbert sagt: »Uarrgh!«, weil er vorher noch nicht alles zutage gefördert hat, und winkt mir noch einmal mit einem sehnsüchtigen Blick, während seine Mutter ihn davonzerrt. Dann sind sie weg.

Mich hält jetzt auch nichts mehr an diesem Platz. Wie in Trance rapple ich mich hoch und trotte zu meinem Wagen.

Erst als ich hinter dem Steuer Platz genommen habe, kann ich meine Umgebung wieder einigermaßen klar wahrnehmen, und die Frage, wohin ich jetzt überhaupt fahren soll, zwingt mich wieder zu konkreten Gedanken.

Was nun?

Ich bin enttäuscht und verletzt wie noch nie zuvor in meinem Leben, aber zugleich bin ich auch wütend. Gerhard hat mich auf niederträchtigste Weise aufs Glatteis geführt, mich hintergangen und belogen, und ich komme mir in diesem Moment vor wie die dümmste Gans der Welt. Das ist so was von unfair. Das kann, das will ich einfach nicht auf mir sitzen lassen, ich muss auf jeden Fall irgendetwas unternehmen. Ich werde ihn nicht einfach so davonkommen zu lassen, und auch diese Nora von Kessler soll nicht ungeschoren bleiben. Ich kenne sie zwar nicht persönlich, aber garantiert ist sie so ein Vorzeigekarrierepüppchen wie diese Anwältinnen aus den amerikanischen Fernsehserien, in einem hautengen Designer-Kostüm mit engem, sexy geschlitztem Rock und hochgesteckten Haaren, die sie dann zum richtigen Zeitpunkt öffnen kann, damit jeder sieht, dass sie ebenso gut auch eine Modelkarriere hätte machen können, und wahrscheinlich hat sie einen Summa-cum-laude-Abschluss und kann mindestens fünf Sprachen fließend.

Solche Menschen muss man doch einfach hassen!

Ich weiß zwar noch nicht, was ich tun werde, aber ich kenne jetzt wenigstens das Ziel meiner Fahrt: Die Anwaltskanzlei Kessler, Lohmann & Partner. Es ist erst halb drei, also habe ich gute Chancen, Gerhard und diese Schlampe oder wenigstens einen von beiden anzutreffen, und dann werde ich ... ich werde ... also ... ja, was denn nun eigentlich genau?

2

Während der Fahrt jagen mir so wüste Phantasien durch den Kopf, dass ich sie jetzt gar nicht alle beschreiben will.

Okay, nur mal so als Beispiel: Ich male mir aus, wie ich Gerhard entmanne – nicht wirklich konkret, eher abstrakt, aber doch so, dass ich mir die Wirkung vorstellen kann, wenn er entsetzt ins Leere fasst …

Und wie ich Nora von Kessler fessle, ihr den Kopf kahl schere und ihr jeden einzelnen ihrer aufgeklebten Fingernägel ganz kurz abschneide … und die übrig gebliebenen Stummelchen obendrein noch zerkratze!

Und ihr Make-up total verschmiere.

Und sämtliche Chanel-, Yves-Saint-Laurent- und sonstige Designermodeetiketten aus ihren Kleidern trenne und sie durch H&M-Einnäher ersetze. Soll sie nur mal sehen, wie sie damit zurechtkommt!

Und dann schleicht sich noch eine hartnäckige Frage in mein gemartertes Gehirn: Wieso hat sie überhaupt geschrieben, Gerhard sei der Wahnsinn, und der Hammer, und dass er sie zu etwas gebracht hätte, was sie noch nie zuvor getan hat?

Die Wahrheit ist nämlich die: Gerhard ist nicht schlecht im Bett, aber mit nicht schlecht meine ich auch, dass er nicht gerade der größte Liebhaber aller Zeiten ist. Eigentlich ist es bei ihm wie bei den meisten Männern: Während der ersten Wochen unserer Beziehung gab es natürlich volles Programm, inklusive Vorspiel, Nachspiel, und sogar ein bisschen Zärtlichkeit dazwischen. Aber dann mit der Zeit nistete sich auch bei ihm diese weitverbreitete Männerkrankheit ein: Postkoitale Narkolepsie, und in letzter Zeit hatte ich manchmal schon den Verdacht, dass er bereits vor dem Höhepunkt mit dem Schäfchenzählen begann, so schnell, wie er danach einschlief.

Zugegeben, das mag auch daran liegen, dass wir schon ein halbes Jahr zusammen sind – beziehungsmäßig ja schon eine Ewigkeit heutzutage –, da stumpfen die Triebe natürlich ein bisschen ab. Doch auch davor: Die Worte »Hammer« und »Wahnsinn« wären mir in diesem Zusammenhang garantiert nicht in den Sinn gekommen, und verlangt hat er auch nie etwas von mir, was einer besonderen Erwähnung wert gewesen wäre.

Daher jetzt die Frage: Hat es an *mir* gelegen? Oder mit anderen Worten: Bin ich eine Niete im Bett?

Während dieser Gedanke sich immer tiefer in mein Ego frisst, werde ich gleich noch wütender. So weit kommt's noch, dass *ich* mir Vorwürfe machen muss, weil *die* mich betrogen haben! Bisher hat sich noch keiner beschwert bei mir, und gemessen an den Statistiken diverser Boulevardblätter bin ich gutes Mittelmaß, was sexuelle Aufgeschlossenheit betrifft. *Gutes* Mittelmaß. Mindestens.

Ein Stier nach einer Runde Rotlichtsauna könnte nicht geladener sein, als ich jetzt auf dem Parkplatz von Kessler, Lohmann & Partner stoppe. Ich verschaffe mir einen schnellen Überblick. Also, von Understatement hat dieser blasierte Verein anscheinend noch nie etwas gehört. Die haben beschilderte Parkplätze, und nicht etwa nur mit den Kennzeichen der betreffenden Fahrzeuge, nein, da stehen auch noch fein säuberlich die Namen dieser Wichtigtuer aufgelistet. Auf einem davon lese ich Dr. Nora von Kessler, und davor parkt ein pechschwarzes Porsche-Cabrio. Hätte ich mir denken können. Dem feinen Fräulein Praktikantin reicht natürlich kein Wägelchen im Hundefutterdosenformat, wie ich es aus ökologischen Gründen benutze, die braucht natürlich einen schnittigen Sportwagen – als ob man damit auch nur einen Stundenkilometer schneller wäre im Stau!

Ich lasse meinen Blick umherschweifen. Seltsam, Gerhards Wagen kann ich nirgendwo entdecken, und für ihn gibt es auch kein eigenes Namensschild, wie mir auffällt, obwohl er doch angeblich einer der Besten in der Firma ist.

Okay, dann muss eben diese Kesslertussi als Erste dran glauben.

Tollkühn rangiere ich meinen Smart auf Dr. Friedrich von Kesslers Platz gleich neben dem Porsche seiner Tochter, dann steige ich energisch aus.

Um im nächsten Moment schon wieder zu zögern.

Soll ich ihren Porsche jetzt gleich zerkratzen und danach in ihr Büro krachen, oder soll ich zuerst sie zur Schnecke machen und erst hinterher ihre Angeberkarre optisch der meinen angleichen? Abgesehen davon, wie zerkratzt man am besten einen Porsche? Wobei dieser Lack auch wirklich schön glänzt, und eigentlich kann der Wagen ja auch nichts dafür. Und strafbar ist es sicher auch ...

Während ich noch an den Einzelheiten meines Rachefeldzugs feile, öffnet sich plötzlich das riesige Eingangsportal der Kanzlei, und heraus kommt eine Frau, bei deren Anblick es mir augenblicklich die Sprache verschlägt. Sie ist blond und ausnehmend schlank, und sie sieht einfach umwerfend aus – anders kann man es einfach nicht sagen –, und einen Gang hat sie, dagegen ist jede noch so zarte Gazelle das reinste Rhinozeros.

Ah ja, und noch etwas hat sie: Den Schlüssel zu dem Porsche, und der Angeberschlitten begrüßt sie auch noch mit unterwürfigem Geblinke, als sie auf ihre Fernbedienung drückt.

Dieses Fabelwesen ist Dr. Nora von Kessler.

Ich versinke förmlich. Diese Frau sieht aus, als hätte Gott sie eigens dafür erschaffen, um alle anderen weiblichen Geschöpfe auf diesem Planeten Demut zu lehren.

Wie, bitteschön, soll ich gegen diese Frau ankommen? Selbst mit Glatze, Fingernägeln wie Pippi Langstrumpf und in den billigsten Klamotten von Aldi: Die würde immer noch der Schwan sein und ich neben ihr das hässliche Entlein.

Und als ob diese niederschmetternde Erkenntnis nicht reichen würde, gibt sie mir dann endgültig den Rest, indem sie – *freundlich* ist.

Als sie nämlich sieht, dass ich auf dem Platz ihres Vaters parke, lächelt sie mich an wie ein Engel und sagt: »Hier sollten Sie besser nicht stehen bleiben, das ist der Parkplatz meines Vaters, und der ist da ziemlich pingelig. Sie wissen ja, wie solche Typen sind: Anwälte eben!«

Dabei wirft sie anmutig ihr Haar zurück, als stünde sie nicht ihrer schlimmsten Feindin gegenüber, sondern vor der Kamera für einen Werbespot.

Mist, die nimmt mir doch glatt den Wind aus den Segeln.

Welchen Vorwurf kann ich Gerhard da überhaupt noch machen, der braucht doch nur zu sagen: »Was willst du überhaupt von mir? Sieh sie an, und sieh dich an!«, und als einzig angemessene Reaktion darauf müsste ich demütig nicken und mich in Embryonalstellung unter das nächste Sofa verkriechen.

Jetzt bin ich wirklich fix und fertig.

Nora von Kessler dagegen scheint gar nicht daran zu denken, ihre hinterhältige Taktik aufzugeben, denn als sie bemerkt, dass ich zu einer Salzsäule mit herabhängender Unterlippe erstarre, lässt sie die Türschnalle ihres Porsches wieder los und umrundet den Wagen. Der Duft ihres Parfüms, das ich nicht kenne, weil sie so edle Marken vermutlich bei Douglas in Hochsicherheitstresoren vor Kundinnen wie mir wegschließen, ist betörend, und sie lächelt immer noch.

»Kann ich etwas für Sie tun?«, fragt sie besorgt. »Sie scheinen irgendetwas auf dem Herzen zu haben.«

Ich fühle, wie meine Wangen zu glühen beginnen. Selbst eine Traumfrau wie sie kann mir nicht einfach meinen Freund ausspannen, und mit diesem scheinheiligen Deine-Sorgen-sind-meine-Sorgen-Gesicht bringt sie das Fass endgültig zum Überlaufen.

Meine Hände zittern regelrecht vor Wut, als ich Gerhards Handy aus meiner Handtasche angle. Ich klappe es auf, gehe auf Textmitteilungen und halte ihr das Display unter die Nase, als wäre es der Lauf einer abgesägten Schrotflinte.

»Finden Sie das witzig?«, frage ich mit bebender Stimme.

Einen Moment lang wirkt sie irritiert, dann betrachtet sie das Handy, dann wieder mich, und schließlich lächelt sie. Himmelarsch, gibt die das niemals auf?

»Jetzt kapiere ich es langsam«, meint sie voller Unschuld. »Sie sind die Frau von vorhin, stimmt's? Und das ist dann wohl Gerhards Handy, mit dem Sie mich angerufen haben?«

Ich bin verwirrt. Die Unverschämtheit dieser Frau kennt offenbar keine Grenzen. Sie ist eiskalt, und sie macht auch keinerlei Fluchtreaktionen, keine verstohlenen Blicke nach der Polizei oder sonst jemandem, der ihr in dieser Situation zu Hilfe eilen könnte. Und sie versucht noch nicht einmal, das Ganze abzustreiten.

»Sie sagten vorhin, Ihr Name sei Heidi, nicht wahr?«, redet sie weiter. »Dann müssen Sie Gerhards Freundin sein. Er hat mir schon viel von Ihnen erzählt, nur Gutes übrigens. Freut mich sehr, Sie kennenzulernen.« Sie hält mir die Hand hin, die ich bloß anstarre wie ein gefährliches Reptil kurz vorm Zuschnappen.

Ach, wie nett von ihm. Eine reizende Vorstellung: die beiden in höchster Ekstase, und Gerhard zwischendurch, schwer atmend: »Übrigens, meine Heidi ist auch ziemlich lustig. Und praktischerweise reichlich naiv, die hat keine Ahnung, was da zwischen uns läuft!«

»Und diese Nachrichten, wie können Sie mir die erklären?«, verlege ich mich auf eine strenge Verhörtaktik.

Nora von Kessler nimmt mir das Handy aus der Hand und blättert die Liste durch.

»Ja, die sind von mir«, bekennt sie dann frei heraus.

»Ja, *und*?«, stoße ich fassungslos hervor.

»Was, und?«, gibt sie arglos zurück.

»Wie würden Sie es denn finden, wenn Sie auf dem Handy Ihres Lebensgefährten solche Nachrichten von einer Frau vorfänden?«, zische ich sie an.

Jetzt ist wenigstens ihr Lächeln weg. Sie runzelt die Stirn – wenn man das bei ihrem glatten Gesicht überhaupt so nennen kann –, liest noch einmal die Texte, und dann ... stößt sie ein glockenhelles Lachen aus!

»Jetzt weiß ich endlich, was Sie meinen!« Sie schlägt sich an die Stirn. »Du meine Güte, Sie mussten natürlich denken ... das tut mir jetzt wirklich leid, ich denke, da ist eine Entschuldigung fällig.«

Wie, was? Eine Entschuldigung, und das war's dann?

Tut mir leid, Moppelchen, ich hab mal eben deinen Typen vernascht, weil mir danach war, aber trotzdem nichts für ungut?

»Hören Sie, Heidi ... ich darf Sie doch Heidi nennen ... ich glaube, ich muss Ihnen etwas erklären ...« Sie beginnt, in ihrer Handtasche zu kramen, vermutlich sucht sie nach ihrem Pfefferspray, um mich auf Distanz halten zu können. »Hier, sehen Sie, das ist Petra.« Sie fuchtelt mit dem Foto einer schmalen, ziemlich hübschen Rothaarigen vor meinem Gesicht herum.

Jetzt bin ich völlig durcheinander. Was soll denn das jetzt? Will sie mir etwa beweisen, dass alle Frauen in ihrem Bekanntenkreis hübscher sind als ich, und dass ich mich endlich verziehen soll?

»Ja, und?«, frage ich und komme mir reichlich dumm dabei vor.

»Petra ist mein Gerhard«, erklärt sie.

Ich brauche ein paar Sekunden, um zu begreifen.

»Sie meinen, Sie und Petra ...?« Ich wage es nicht auszusprechen.

Nora von Kessler nickt. »Genau, Petra ist meine Lebensgefährtin. Obwohl, Freundin ist vielleicht das bessere Wort dafür, ich glaube nicht dass es etwas Dauerhaftes wird. Petra ist ziemlich sprunghaft, wissen Sie?«

»Aber diese ganzen Nachrichten an Gerhard ...?«, hauche ich ungläubig.

»Die kann ich Ihnen erklären, das hatte alles mit unserer Arbeit zu tun.«

»Aber Sie schrieben, er sei der Hammer!«, bringe ich vor.

»Ja, das war er auch«, lächelt sie. »Da hatte er am Vortag zwei gegnerische Anwälte mit einem eiskalten Bluff in die Wüste geschickt.«

»Und der Wahnsinn?!«, setze ich nach.

»Ein Vergleich«, meint sie locker. »Es ging um die widerrechtliche Nutzung eines Industriegrundstücks – Streitwert drei Millionen –, und Gerhard hat vierhunderttausend mehr herausgeschlagen, als die Kanzlei sich überhaupt erhofft hatte.«

»Aber wozu, bitteschön, brauchten Sie ihn zweimal am Tag?«, schiebe ich mit strenger Miene nach.

»Zuerst eine Eingabe bei Gericht, und dann noch eine Besprechung bezüglich eines Vaterschaftsprozesses, den ich vorbereiten musste.«

Sie schießt die Antworten ohne Nachdenken heraus, und ich kann weder an ihrer Körpersprache noch an ihrer Mimik irgendwelche Anzeichen einer Lüge finden.

Ich atme tief durch, dann starte ich einen letzten Versuch: »Das klingt ja alles gut und schön. Aber was hat Gerhard denn Ominöses von Ihnen verlangt, das vorher noch keiner verlangt hatte? Sie müssen zugeben, dass das reichlich seltsam klingt, finden Sie nicht auch?«

»Ja, sicher, wenn man den Zusammenhang nicht kennt«, räumt sie ein. »Ist aber auch ganz einfach zu erklären: Gerhard hat mich überredet, einen Klienten bei einem Lokalaugenschein wegen eines Verkehrsunfalls zu vertreten, und zwar alleine. Ich dachte, ich wäre noch nicht so weit, aber dann lief es großartig – weil Gerhard an mich geglaubt hat.«

Okay. Alles klar. Wie's aussieht, habe ich jetzt reichlich Grund, mir so *richtig* doof vorzukommen. Noch vor wenigen Sekunden hätte ich sie in meinem Zorn am liebsten in den Boden gestampft, und jetzt bin ich auf einmal die Dumme. Und absurderweise nicht etwa, weil sie mich mit meinem Freund betrogen hat, sondern weil sie das eben *nicht* getan hat.

Die Welt kann manchmal ziemlich kompliziert sein.

Nora von Kessler scheint mein Gefühlschaos an meinem Gesicht ablesen zu können. Sie lächelt jetzt nicht mehr, sondern scheint eher besorgt.

»Wissen Sie was?«, sagt sie. »Nach dem Schock, den ich Ihnen versetzt habe, schulde ich Ihnen etwas. Was halten Sie davon, ich kenne eine nette Cafeteria ganz in der Nähe, die haben auch Häagen-Dazs. Darf ich Sie dazu einladen?«

Na, so was. Das ist jetzt zur Abwechslung mal eine nette Erkenntnis: Gott hat sie anscheinend doch nicht auf die Welt geschickt, um uns Frauen Demut zu lehren, sondern um uns Trost und leckeres Sahneeis zu spenden. Und kann man etwas ablehnen, das vom lieben Gott persönlich kommt?

»Probier mal Rum Raisin«, sagt Nora und hält mir ihren Becher hin.

Wir haben gleich meinen Wagen genommen, und das Erste, was sie dazu gesagt hat, war: »So einen wollte ich eigentlich auch, aber mein alter Herr meinte, der sei nicht standesgemäß. Er ist ein Kapitalist, wie er im Buche steht. Dabei fahre ich meistens in der Stadt herum, und beim Einparken kannst du einen Porsche echt vergessen. Da weiß man nie, wie weit man schon ist, bei mir rumst es jedenfalls ständig.«

»Da siehst du mal, was für ein Glück ich habe, dass mein Vater mir keinen Porsche gekauft hat«, erwiderte ich, und wir haben beide gelacht.

Nachdem geklärt war, dass Nora meinem Lebensglück nicht im Wege steht, haben wir uns auf Anhieb verstanden, und jetzt sitzen wir auf der schattigen Terrasse der Cafeteria Vicenze, trinken Kaffee und schaufeln Eis in uns hinein.

»Lecker«, stelle ich Rum Raisin mein Zeugnis aus.

»Weißt du, mir war gar nicht bewusst, was ich mit diesen Nachrichten anrichten kann«, nimmt Nora unser Thema von vorhin wieder auf. »Für mich ist das ja eine völlig verkehrte Situation. Da ich mich nicht für Männer interessiere, glaube ich immer, dass andere Frauen mich nicht als Konkurrenz sehen. Nur vergesse ich dabei, dass die das ja nicht wissen können.«

»Stimmt«, pflichte ich ihr bei. »Kannst du dir vorstellen, wie ich geguckt habe, als ich diese Nachrichten entdeckte? Ich dachte schon, Gerhard wäre auf einmal zum perfekten Liebhaber geworden, nur leider bei einer anderen.«

Nora lacht, dann steht auf einmal Neugierde in ihrem Blick. »Wieso, ist er das normalerweise nicht?«, fragt sie zögernd.

»Was denn?«

»Na, der perfekte Liebhaber.«

Oha, da bin ich wohl ein bisschen zu vorlaut gewesen. »Also *perfekt*, wer ist das schon?«, versuche ich die Kurve zu kriegen. »Sagen wir einfach, er ist okay.«

»Schon gut, geht mich ja auch nichts an«, winkt sie ab. »Außerdem könnte ich das auch gar nicht wirklich beurteilen, Sex mit Männern, meine ich.«

»Wieso, hast du etwa noch nie mit einem Mann ...?«, frage ich überrascht.

Komisch. Ich dachte immer, eine Lesbierin würde sich erst eine Zeit lang mit Kerlen herumplagen, bis sie ihre wahren Vorlieben entdeckt.

»Mit einem Mann geschlafen?«, ergänzt sie meine Frage.

»Ja.«

Nora wirkt amüsiert. »Doch, schon, aber ich weiß nicht, ob man das überhaupt so nennen kann«, sagt sie dann mit einem Augenzwinkern.

»Dann bist du noch Jungfrau?«, entfährt es mir.

Sie lacht wieder und schüttelt den Kopf. »Das nun auch wieder nicht. Also, es war so: Ich hatte einmal einen Freund, auf dem Gymnasium, weil ich dachte, das gehört sich so, und mit dem hatte ich einmal so etwas wie Sex. Aber da bin ich ziemlich betrunken gewesen, und er auch, und ich kann mich, ehrlich gesagt, gar nicht mehr genau daran erinnern. Ich weiß nur, dass es unangenehm war, und dass ich das so schnell nicht wiederholen wollte. Dann, später, auf der Uni, habe ich es noch einmal versucht, und es war wieder der totale Flop, obwohl der Typ eigentlich ganz nett war. Da begriff ich dann endgültig, dass das nicht meine Welt ist. Ich weiß nicht, woran es genau liegt, aber Männer sind für mich einfach zu ... kantig.«

»Na ja, und sie kratzen ein bisschen«, räume ich ein. »Zumindest, wenn sie nicht frisch rasiert sind.«

»Siehst du«, kichert sie. »Und sie haben Riesenzungen, mit denen sie einen fast ersticken.«

»Aber nicht alle«, wende ich ein.

»Aber sie faseln fürchterlichen Unsinn, wenn sie einen über den Durst getrunken haben«, gibt sie zu bedenken.

»Frauen aber auch«, halte ich dagegen.

»Ja, aber bei denen kommt das wenigstens nicht so oft vor«, meint Nora, bevor sie nachsetzt: »Außerdem wollen Männer ständig Sex, wenn sie betrunken sind.«

»Zugegeben.« Jetzt muss ich auch kichern. »Obwohl sie dann oft gar nicht mehr so richtig können!«

Wir brechen beide in fröhliches Gelächter aus, was von den anderen Gästen mit erstaunten Blicken quittiert wird.

Nora fasst sich wieder, dann mustert sie mich neugierig: »Aber mal ehrlich, Heidi, wenn man dich so reden hört, könnte man meinen, du wärst im falschen Lager. Schon mal daran gedacht?«

»Oh, du meinst, ob ich ... mit einer Frau ...?« Augenblicklich laufe ich rot an. Also, da liegt sie jetzt vollkommen falsch. Mit vierunddreißig hat man schließlich genügend Zeit gehabt, um sich über die eigene Sexualität klar zu werden, nicht wahr? »Nein, nein, Nora, ich bin genau da, wo ich hingehöre, das kannst du mir glauben«, versichere ich ihr hastig, damit sie nur ja auf keine falschen Gedanken kommt.

»Bist du dir sicher?«, fragt sie mit forschendem Blick.

»Total sicher, hundertprozentig«, bekräftige ich und liefere gleich noch ein gutes Argument für meine Behauptung: »Sonst wäre ich wohl kaum so von der Rolle gewesen, als ich dachte, Gerhard würde fremdgehen, oder?«

»Hm.« Das bringt sie wieder zum eigentlichen Thema unseres Gesprächs zurück. »Hat er dir eigentlich schon vorher Grund zu der Annahme gegeben, dass er dich betrügt?«

Ich denke kurz nach.

»Nein, eigentlich nicht«, schüttle ich dann den Kopf. »Ich meine, genau kann man das natürlich nie wissen, er kommt manchmal schon sehr spät nach Hause, wegen seiner vielen Termine, aber da war nie etwas Konkretes, nein.«

»Wie lange seid ihr denn schon zusammen?«

»Ziemlich genau ein halbes Jahr.«

»Und da waren nie irgendwelche Anzeichen, fremdes Parfüm etwa, Anrufe, die er in deiner Anwesenheit nicht annahm? Sexuelles Desinteresse?«, bohrt sie weiter.

Ich erwidere nachdenklich ihren Blick. Seltsam, jetzt, wo sie es erwähnt, fallen mir schon ein paar Sachen ein. Anrufe, die er mit einem kurzen Blick auf das Display und einer beiläufigen Bemerkung abtat. Und manchmal auch fremde Gerüche, wenn es wirklich spät geworden war, aber da kann ich nicht behaupten, dass es sich um Frauenparfüm gehandelt hat, sondern eher um eine Mischung aus Zigarrenqualm, Alkohol und sonst noch allem Möglichem.

Und das mit dem Sex, das ist doch wohl normal, oder?

»Nein, nichts von Bedeutung«, sage ich schließlich ausweichend. Obwohl ich Nora sympathisch finde, möchte ich sie nicht gleich in alle Geheimnisse unserer Beziehung einweihen.

Sie betrachtet mich nachdenklich. »Du scheinst dir aber nicht sicher zu sein«, stellt sie fest.

Nanu, bin ich so leicht zu durchschauen? Peinlich irgendwie, wo ich doch normalerweise meinen Kunden Ratschläge gebe, wie sie eben das vermeiden können.

»Doch, bin ich«, sage ich und klinge ein wenig trotzig dabei.

Als Nora merkt, dass unser Gespräch ins Stocken geraten ist, nimmt sie einen eleganten Umweg.

»Weißt du, was ich in solchen Situationen mache?«, meint sie.

»Was meinst du mit *solchen Situationen?*«, frage ich zurück.

»Na, verzwickte Beziehungskisten. Wenn ich mir nicht sicher bin, woran ich mit einer Partnerin bin, zum Beispiel.«

Es klingt irgendwie seltsam, wenn eine Frau wie sie von ihrer Partner*in* spricht.

»Was denn?«, frage ich.

»Ich lasse sie durchchecken.«

»Wie, durchchecken? Von einem Arzt?«

»Nein, von einem Detektiv. Habe ich auch bei Petra gemacht,

das kann einen manchmal vor groben Fehlern bewahren, gefühlsmäßig.«

»Wie bitte, du hast sie *beschatten* lassen?«, frage ich fassungslos.

»Nicht nur das, ich hab auch ihre Vergangenheit überprüfen lassen«, sagt sie ungerührt. »Tatsache ist doch, dass jemand, den du gerade erst kennengelernt hast, dir alles Mögliche erzählen kann, und du hast keinen blassen Schimmer, ob es stimmt oder nicht.«

»Also, das mit der Vergangenheit ist bei Gerhard wohl nicht nötig«, wende ich ein. »Dass er Anwalt ist, und zwar ein ziemlich guter, das wissen wir ja.«

»Stimmt«, nickt sie. »Dennoch, solltest du Zweifel an seiner Treue haben, wäre das eine Möglichkeit. Und man kann das durchaus auch positiv sehen: Falls sich herausstellt, dass er unschuldig ist, weißt du wenigstens, dass du ihm vertrauen kannst. Aber natürlich dürfte er das nie erfahren, auch nicht nach Jahren. Er würde es dir wahrscheinlich übel nehmen, dass du je an ihm gezweifelt hast.«

Je mehr ich über Noras Vorschlag nachdenke, desto besser gefällt er mir. Warum eigentlich nicht?

Denn eines steht jetzt schon fest: Bislang habe ich keinerlei Gedanken an Gerhards Treue verschwendet, aber nun, da ich – wenn auch nur für kurze Zeit – das Schlimmste hatte annehmen müssen, bin ich infiziert. Ich werde vermutlich nie wieder ruhig schlafen können, wenn es bei ihm mal wieder später wird, und ich werde kaum je mehr unbefangen zusehen können, wenn er auf Partys mit anderen Frauen rumalbert, und ich werde es ganz sicher nie wieder ignorieren können, wenn er nicht an sein Handy geht mit der Begründung, das sei wieder mal Klient Soundso, der ihn angeblich schon seit Ewigkeiten nervt.

Warum sich also nicht Gewissheit verschaffen? Warum nicht ein für alle Mal klären, wie es um seine Treue steht, um dann umso unbeschwerter in eine gemeinsame Zukunft gehen zu können? Davon würden doch beide profitieren, oder etwa nicht?

Denn davon gehe ich natürlich aus: Gerhard ist mir treu.

Immerhin bin ich Expertin im Beurteilen dessen, was Menschen von sich geben, unabhängig davon, was sie sagen. Und ich kenne meinen Gerhard, ich kann in ihm lesen wie in einem offenen Buch. Er gehört nicht zu der Sorte Mann, die billigen sexuellen Abenteuern nachjagt, er ist kein hirnloser, testosterongesteuerter Sexprotz, und abgesehen davon liebt er mich, da bin ich mir ziemlich sicher. Also, ich meinte natürlich *absolut* sicher.

Eigentlich würde mir das schon reichen – wäre da nicht dieser fiese kleine Virus, dieses winzige, aber doch unauslöschliche Glimmen tief in mir drinnen, entstanden durch eine extrem unglückliche Verkettung an sich vollkommen harmloser Umstände, aber doch jederzeit geeignet, bei den unscheinbarsten Begebenheiten wieder eine unkontrollierbare Eifersucht zu entflammen.

Ich kann es drehen und wenden, wie ich will, Nora hat recht. Ich muss mir Gewissheit verschaffen. Ich muss mir einen Detektiv nehmen, am besten einen sagenhaft erfahrenen, abgebrühten Schnüffler, einen wie Mike Hammer oder Rockford, oder noch besser: Magnum.

Bleibt nur noch eine Kleinigkeit zu klären: Kann ich mir so ein Ass auch leisten?

3

Nö, kann ich nicht. Nicht mal annähernd.

Die Detektei, die Nora mir genannt hat, ist so teuer wie Mike Hammer, Rockford und Magnum zusammen, und auch die anderen, bei denen ich anfrage, besitzen noch genügend Selbstbewusstsein, um ihre Schnüfflerhinterteile nicht unter sechzig Euro die Stunde aus den angestaubten Sesseln ihrer Hinterhofbüros zu heben. Höchstwahrscheinlich liegt das daran, dass das Detektivgewerbe fest in Männerhänden ist, ich kann mir die Gesellen gut vorstellen, wie sie sich gegen die Frauenwelt verschwören: »Und Jungs, wenn so eine frustrierte Schachtel kommt und wissen will, ob ihr Kerl sie mit einer Jüngeren betrügt – blöde Frage übrigens, haha –, dann natürlich doppelter Tarif, und falls sie Kohle hat, der dreifache. Alles klar?«

Jedenfalls kann ich mir angesichts der chronischen Ebbe auf meinem Konto keinen dieser Typen leisten, also strenge ich wieder einmal mein Gehirn an: Wie kann ich Gerhard überwachen, ohne einen Privatdetektiv anzuheuern?

Und meine kleinen grauen Zellen funktionieren vorbildlich, indem sie innerhalb kürzester Zeit zurückmelden: *Selber machen!*

Und jetzt gleich eine Botschaft an die Besserwisser, die immer übers Fernsehen meckern: Wer behauptet, Fernsehen bildet nicht, hat keine Ahnung!

Bei mir verhält es sich nämlich ganz zufällig so, dass ich leidenschaftlich gerne vor der Glotze hänge, und dadurch weiß ich jetzt auch auf Anhieb, was zu tun ist. Wie es der Zufall will, habe ich mir erst unlängst ein paar Folgen von *Lenßen & Partner* reingezogen, das ist dieser Fernsehanwalt mit einem Bart wie Aramis von den drei Musketieren. Der löst jeden seiner Fälle in weniger als einer halben Stunde, allerdings mithilfe eines Teams von fähigen Detektiven, das muss jetzt fairerweise dazugesagt werden. Und warum ich mir ausgerechnet diese Serie zum Vorbild nehme, ist schnell erklärt: Die operieren in Deutschland, und die haben oft ähnliche Fälle. Bedeutet meist: Beschattung.

Und genau das habe ich jetzt auch vor.

Schon am nächsten Tag geht es los. Gerhard ist am Morgen wie immer in seine Kanzlei gefahren, und ich habe meine Termine so verschoben, dass ich die nächsten Tage freihabe. Im Lauf des Vormittags tausche ich mein Auto gegen den weißen Golf meiner Freundin Sepia – meinen Smart würde Gerhard sofort erkennen – und lege mich an der Zufahrtsstraße zu Kessler, Lohmann & Partner auf die Lauer.

Es dauert bis kurz nach zwei – ich habe Gerhard am Vorabend absolut unauffällig über seine Termine ausgehorcht, und er hat mir verraten, dass er heute um diese Zeit einen wichtigen Kunden besuchen muss –, bis er endlich losstartet. Ich hänge mich in echter Profimanier an ihn dran, wobei ich darauf achte, stets mindestens ein Fahrzeug zwischen ihm und mir zu lassen. Die bei *Lenßen & Partner* machen das zwar nie und werden trotzdem nicht entdeckt, ich will aber dennoch auf Nummer sicher gehen.

Gerhard fährt gemächlich Richtung Schwabing, stoppt schließlich vor einer alten, teuer wirkenden Villa und verschwindet dann mit seinem Aktenkoffer durch ein Tor in der Außenmauer, das sich wie durch Zauberhand öffnet und hinter ihm gleich wieder schließt.

Was für mich jetzt ein Problem darstellt.

Denn wie ich aus dem Fernsehen weiß, lassen sich Affären aller Art am besten dadurch aufdecken, dass man sich über den Garten an das betreffende Haus heranschleicht und durch ein Fenster späht, und meistens sieht man dann auch gleich, was die Schurken im Inneren so alles treiben. Eine erprobte Vorgehensweise also und absolut geeignet für meine Zwecke – wäre da nicht diese doofe Mauer. Wobei, sie ist nicht allzu hoch, fällt mir bei näherer Betrachtung auf, und mit einer Leiter oder Ähnlichem wäre sie durchaus zu überwinden. Mit einer kleinen Einschränkung: Straßenseitig geht das natürlich nicht, ohne die Aufmerksamkeit der Passanten zu erregen.

Ich denke also blitzschnell nach: Die Grundstücke der Häuser links und rechts der Villa sind nur mit Hecken eingegrenzt, und die sind eher niedrig. Und schon kommt mir die nächste zündende Idee: Wenn ich die Mauer schon nicht straßenseitig überwinden kann, dann könnte ich stattdessen doch auf eines der Nachbargrundstücke vordringen und mich von dort aus in aller Ruhe an die Überwindung der Mauer machen, nicht wahr?

Gesagt, getan. Die halbmeterhohe Hecke des Nachbarn zu überwinden, ist ein Kinderspiel, dann sehe ich mich nach einer Leiter um. Die finde ich zwar nicht, dafür aber den Nachbarn, oder besser gesagt, er mich, denn er ist gerade dabei, seine Rosen mittels Giftspritze von lästigem Getier zu befreien.

»Also, Fräulein, ich kann mich nicht darauf besinnen, dass Sie ein Mitglied dieses Haushalts wären«, sagt er in seltsam geschraubtem Tonfall, als er mich erblickt.

Er sieht aus wie ein aus alten Zeiten übrig gebliebener preußischer General, sicher an die siebzig, aber kerzengerade und rüstig, und seine stahlblauen Augen blitzen lustig unter dichten Augenbrauen hervor.

Der Schreck über meine Entdeckung fährt mir jäh in die Glieder, und ich ringe hastig nach einer Erklärung: »Oh ... also ... ich ... das sieht jetzt sicher aus wie ... äh ...«

»Ich muss schon sagen, eine seltsame Sprache pflegt ihr jungen Leute heutzutage.« Er grinst verschmitzt, wodurch ich ein bisschen Zutrauen fasse.

»Ach, was soll's«, nehme ich schnell all meinen Mut zusammen, dann erzähle ich ihm in aller Kürze, warum ich bei ihm eingedrungen bin. Er hört mir interessiert zu und beginnt dann nachdenklich den Kopf hin und her zu wiegen.

»Ich drücke Ihnen ja die Daumen, dass Ihr Kerl nicht in fremden Betten rumhopst, Fräulein, aber wenn ich's mir recht überlege ... die Tochter von denen da drüben«, er deutet mit gewichtiger Miene auf das Nachbargrundstück, »die ist schon ein flotter Feger.«

»Tatsächlich?«, sage ich atemlos. »Ja, könnten Sie mir dann vielleicht helfen, über diese Mauer zu kommen?« Ich setze einen wohldosierten Blick weiblicher Hilflosigkeit auf.

»Aber sicher doch«, nickt er.

»Vielen Dank, das ist wirklich nett von Ihnen. Hätten Sie vielleicht eine Leiter?«, schlage ich vor.

»Tut mir leid, eine Leiter hab ich nicht« Er macht eine entschuldigende Geste. »Die hat sich ein Freund ausgeborgt, ist schon ne Weile her, ich schätze mal, ein gutes Jahr.«

»Und wieso bringt er sie nicht wieder zurück?«

»Ihm ist was dazwischengekommen.«

»Dazwischengekommen? Ein ganzes Jahr lang?«, frage ich ungläubig.

»Ja, er ist gestorben«, nickt er.

»Oh, das tut mir aber leid«, sage ich mitfühlend. »Das war sicher ein großer Verlust für Sie.«

»Das können Sie laut sagen. War ne gute Leiter, ganz aus Alu, mit sieben Sprossen«, sagt er mit bewegter Stimme. »Aber machen Sie sich keinen Kopf deswegen, das Mäuerchen schaffen wir auch so«, zwinkert er mir dann listig zu.

Er faltet seine Hände zu einer Räuberleiter. »Ist doch für einen Feldwebel a.D. kein Problem. Was wiegen sie?«, erkundigt er sich dann vorsichtshalber.

Du meine Güte, jetzt kapier ich's erst. Dieser Opi ist nicht doof, und seine Soldatenaugen a.D. haben anscheinend registriert, dass ihnen so ein Manöver so ganz nebenbei einen bequemen Einblick unter mein Jeansröckchen verschaffen könnte. Ganz spontan frage ich mich, ob sein Freund mit der ausgeborgten Leiter überhaupt jemals existiert hat.

Sei's drum, denke ich mir dann, ich will unbedingt über diese verdammte Mauer, und ich bin schließlich auch nicht auf den Kopf gefallen und schummle daher sogar ein bisschen bei meinem Gewicht, damit er seinen Plan nicht aufgibt.

Als er mich dann über die Mauer hievt, macht er Geräusche, die nicht nur von Zufriedenheit über seine Aussichten zeugen, sondern eher vermuten lassen, dass er soeben auch seine Bandscheiben für die nächste Zeit außer Dienst gestellt hat.

»Alles in Ordnung bei Ihnen?«, frage ich, nachdem ich sicher auf der anderen Seite gelandet bin.

»Oumpfh«, meldet er in militärischer Kürze zurück.

Irgendwie tut er mir leid, aber ich nehme mal an, dass er es nach jahrzehntelangem Überlebenstraining auch noch bis zum nächsten Telefon schaffen wird, also halte ich mich nicht weiter mit ihm auf. Stattdessen schleiche ich mich lieber tief gebückt an das Haus heran, in dem Gerhard verschwunden ist. Zum Glück sind die Fenster niedrig genug, sodass man auch ohne Leiter hineingucken kann. Vorsichtig spähe ich durchs erste und sehe – gar nichts, von ein paar alten Möbeln und einem Klavier mal abgesehen. Dann nehme ich mir das nächste vor: Wieder nichts außer einer Menge nutzlosem Kitsch. Und schließlich beim dritten Fenster: Ein Haufen alter Möbel – das habe ich mittlerweile schon erwartet –, aber nicht nur das. In einem dieser alten Möbel sitzt nämlich Gerhard, und ihm gegenüber sitzt eine andere Person. Die ist kräftig, kahl und männlich, und soweit ich das beurteilen kann, denken die beiden gar nicht daran, miteinander Sex zu haben, sondern diskutieren angeregt über einem Stapel von Papieren, der vor ihnen auf dem Tisch liegt.

Eine Woge der Erleichterung kommt über mich. Wusst ich's doch. Das ist eindeutig ein Klient von Gerhard, und er hat mich nicht belogen, sondern arbeitet wirklich hart, indem er die wichtigsten Kunden von Kessler, Lohmann & Partner sogar zu Hause besucht.

Ich bin ganz gerührt. Was für ein lieber, braver Mann das doch ist! Schlagartig überkommt mich das schlechte Gewissen, weil ich ihm misstraut habe, und beschämt ziehe ich mich mit der gebotenen Vorsicht zurück, um nur ja nicht entdeckt zu werden. Das Gartentor lässt sich von innen mühelos mittels Türdrücker öffnen. Ich marschiere zurück zu meinem Auto, lasse mich in den Sitz fallen und genieße dieses umwerfende Gefühl: Ich bin nicht betrogen worden! Seht mich nur an, ich bin eine *glückliche* Frau.

So, eigentlich könnte ich jetzt nach Hause fahren und ein gemütliches Bad nehmen. Ich will gerade den Zündschlüssel drehen, als sich völlig unerwartet dieser hartnäckige Virus in meinem Oberstübchen zurückmeldet: Natürlich, ich habe soeben die Bestätigung erhalten, dass Gerhard *einen* Klienten besucht hat. Aber was ist mit dem ganzen Rest des Tages? Wer sagt denn, dass er später nicht doch noch zu seiner hemmungslosen Geliebten fährt, als kleine Entspannung nach einem arbeitsreichen Tag?

Und schließlich habe ich ja auch genügend Zeit. Wo ich schon mal so gut in Fahrt bin, kann ich ihn ebenso gut auch für den Rest des Tages beschatten, nur um absolut sicherzugehen.

Also geht es wenig später weiter: Ich mit Sicherheitsabstand hinter Gerhards Wagen, wieder in einen fremden Garten, konsequenterweise über die Sandburg des dort ansässigen Sprösslings, dem ich bei der Gelegenheit beweise, dass bloßer Sand mit Wasser dem Gewicht einer Mitteleuropäerin keine Sekunde gewachsen ist, diesmal ganz ohne fremde Hilfe über einen weniger hohen Zaun, ran an die Fenster, und wieder dasselbe Bild wie vorhin: Gerhard neben irgendeinem belanglosen Typen, vertieft in Akten und Unterlagen. Gut so.

Eine Stunde später: Ich schon wieder in einem fremden Garten, mich heftig gegen einen Zwergpinscher wehrend, der mich zwar nicht beißt, sich dafür aber lustvoll an meinem Bein reibt, endlich auf das Grundstück meines Zielobjekts, und: Gerhard, wieder in irgendwelche Unterlagen vertieft, diesmal zwar neben einer Frau sitzend, die jedoch in einem Alter, das vermuten lässt, dass sie soeben dem Testament der Dame den letzten Schliff verpassen.

Mittlerweile plagt mich schon mein Kreuz wegen der ewigen gebückten Herumschleicherei, und ich bin ganz knapp davor, aufzugeben und mir endgültig einzugestehen, dass mein Verdacht unbegründet gewesen ist und Gerhard seine Nachmittage mit nichts als harter Arbeit verbringt. Also beschließe ich, noch einen allerletzten Versuch zu starten, gleichsam als versöhnlichen Ausklang für meine erbarmungslose Menschenjagd.

Also noch einmal: Ich in Gerhards Windschatten bis zu einem Vorort, der jedoch mit den vorhergehenden in Sachen Eleganz nicht zu vergleichen ist. Schließlich stoppt er vor einem Haus, das man ohne Weiteres als schäbig bezeichnen kann. Okay, das wundert mich jetzt doch ein bisschen, denn was für einen Sinn macht es, wenn ein hochbezahlter Anwalt wie Gerhard sich zu irgendwelchen armen Schluckern nach Hause begibt? Und noch weniger passt dann ins Bild, dass Gerhard gar nicht in das Haus geht, vor dem er parkt, sondern in das übernächste, das im Übrigen auch nicht schöner ist als die anderen.

Das finde ich jetzt doch ein wenig merkwürdig. Ich fühle, wie sich ein nervöses Kribbeln in mir zu regen beginnt, aber dann schiebe ich hastig alle Befürchtungen beiseite, haben mich doch die Erfahrungen der letzten Tage gelehrt, nicht vorschnell zu urteilen, sondern mir erst mal Gewissheit zu verschaffen, indem ich mich erneut auf meinen Guerillapfad begebe.

Diesmal treffe ich in Nachbars Garten gleich auf die ganze Familie, die aus einem Mann und einer Frau besteht. Der Mann ist gerade dabei, eine Zehnerreihe Bratmaxe mit unverhohlener Zärtlichkeit auf seinem Grill hin- und herzuwenden, und an ihren Figuren kann man erkennen, dass sie gar keine Gäste brauchen, um die ganzen Würste zu verdrücken. Entsprechend feindselig gucken sie, als sie mich in gebückter Haltung heranschleichen sehen.

Um ihnen von vornherein die Sorge um ihre Nahrung zu nehmen, lasse ich mir schnell einen Trick einfallen: »Verzeihen Sie die Störung, aber bin ich hier richtig bei den Rottenbauers?«

Jetzt gucken sie gleich noch entgeisterter, aber wenigstens erkennen sie, dass ich ihnen nichts wegessen will, und der Mann sagt erleichtert: »Äh, nein, wir heißen Manninger. Ich bin der Franz, und das ist die Martha.«

So, jetzt heißt es schnell reagieren.

»Ach, wirklich … na dann, nichts für ungut, habe ich wohl das falsche Haus erwischt. Einen schönen Tag noch!«

Ehe sie etwas antworten können, bin ich auch schon wieder weg. Mit glühendem Gesicht nehme ich den Umweg über das Nachbargrundstück, und das ist glücklicherweise menschenleer.

Als ich endlich beim richtigen Fenster ankomme, gehe ich davon aus, wieder das vertraute Bild vor mir zu sehen: Gerhard mit irgendeiner fremden Person, vertieft in seine Akten.

So ist es dann auch, ich erblicke tatsächlich Gerhard mit einer fremden Person, und vertieft ist er auch, aber nicht in irgendwelche Akten, sondern in eben diese *Person*!

Der Schock trifft mich völlig unvorbereitet und mit brutaler Wucht.

Nachdem ich nahe dran gewesen war, Gerhard die endgültige Absolution in Sachen Treue zu erteilen, sehe ich ihn nun mit dieser anderen Frau. Und erst sein Gesichtsausdruck! Der ist ja völlig ... *verklärt*, und leidenschaftlich, und derart voller Genuss, wie ich ihn überhaupt noch nie erlebt habe, nicht ein einziges Mal, seit ich mit ihm zusammen bin. Es kommt mir vor wie ein entsetzlicher Albtraum, aus dem man nicht erwachen kann. Ich möchte nicht hinsehen, aber gleichzeitig kann ich auch meinen Blick nicht abwenden.

Und dann kommt es gleich noch härter: Seine Gespielin dreht den Kopf, sodass ich ihr Gesicht sehen kann, und das gibt mir endgültig den Rest.

Diese Frau ist nämlich keine Nora von Kessler, kein Modeltyp, nach dem sich die Kerle reihenweise verzehren. Dieses Flittchen ist nicht einmal besonders hübsch, und auch ihr Körper ist allerhöchstens Mittelmaß!

Gerhard betrügt mich, aber nicht nur das, er betrügt mich auch noch mit einer Frau, die völlig unattraktiv ist, und dabei zieht er ein Gesicht, als unterzöge ihn Pamela Anderson höchstpersönlich einem Tauglichkeitstest für ihren neuen Lover.

Eine quälende Zeit lang kann ich mich gar nicht losreißen von dem unwürdigen Schauspiel, und auch dann, als es mir endlich gelingt, mich abzuwenden, und ich mit gesenktem Haupt zu meinem Wagen zurücktrotte, bin ich noch längst nicht Herrin meiner Sinne.

Wie in Trance starte ich den Wagen und fahre los, ohne überhaupt zu wissen, wohin, und merkwürdig, der Wagen scheint meine Verwirrtheit erkannt zu haben. Wie das treue Ross eines Westernhelden, das seinen tödlich verwundeten Reiter nach Hause trägt, fährt er mit mir durch die Stadt, und als wir ankommen, fällt mir wieder ein, dass der Wagen ja nur von einer Freundin geborgt und dementsprechend sein Zuhause nicht das meinige ist, sondern das meiner Freundin. Einer Freundin, die mich schon lange kennt, einer Freundin, die über ziemlich starke Schultern verfügt, und die überdies auf ihrem linken Ohr schlecht hört. Einer Freundin, die somit über die besten Voraussetzungen verfügt, um sich bei ihr in aller Ruhe auszuweinen.

4

Die Lage ist verzwickt und erfordert Fingerspitzengefühl:

Dieter hat schon lange den Verdacht, dass Rosi ihn betrügt.

Rosi hat sich ein Kind von Dieter gewünscht.

Kai-Uwe ist schwul.

Dieter hat Rosi beschatten lassen und herausgefunden, dass sie ihn wirklich betrogen hat. Er weiß nur noch nicht, mit wem.

Rosi ist jetzt auch bereit, zuzugeben, dass sie sich mit einem anderen getroffen hat, das allerdings nur aus Liebe zu – Dieter!

Kai-Uwe ist nicht nur schwul, sondern auch in Dieter verliebt.

Dieter versteht die Welt jetzt immer weniger und fordert unverzüglich lückenlose Aufklärung von Rosi.

Rosi ist grundsätzlich dazu bereit und stellt klar, dass alles mit Dieters Unvermögen, ein Kind zu zeugen, begonnen hätte.

Kai-Uwe bekennt, dass er für Dieter ohne Ausnahme alles tun würde.

Dieter will endlich von Rosi wissen, mit wem sie ihn betrogen hat.

Rosi eröffnet Dieter, dass sie schwanger ist und dass ihrem gemeinsamen Glück somit nichts mehr im Wege stünde.

Kai-Uwe ergänzt, dass er für Dieter sogar mit einer Frau schlafen würde.

Dieter will wissen, wie Rosi denn schwanger sein könne, wenn er doch angeblich zeugungsunfähig sei.

Rosi erklärt, dass das auch stimme, sie aber nicht bereit gewesen sei, seine Unzulänglichkeit zum Stolperstein für ihr gemeinsames Glück werden zu lassen und deswegen einen raffinierten und selbstlosen Plan geschmiedet habe.

Kai-Uwe verleiht seiner Hoffnung Ausdruck, dass Dieter das auch zu schätzen wissen werde.

Dieter wird das alles jetzt endgültig zu viel, er will nur noch wissen, ob Rosi ihn betrogen hat, und er gibt an, gleich für nichts mehr garantieren zu können.

Rosi erkennt den Ernst der Lage und versichert ihm, dass das, was sie getan hat, keineswegs als Betrug, sondern als Beweis ihrer Liebe zu ihm zu werten sei.

Kai-Uwe schließt sich dem an, auch er hätte das nur aus Liebe zu Dieter getan.

Dieter bekommt jetzt den Gesichtsausdruck eines Axtmörders.

Dann endlich: Werbung.

»Hört mir überhaupt jemand zu?«, jaule ich vorwurfsvoll auf.

Sepia – das ist meine Freundin mit dem weißen Golf – hatte gerade Besuch von Sonja, einer anderen gemeinsamen Freundin von uns, als ich völlig aufgelöst bei ihr hineingeschneit bin, um ihr von der Katastrophe meines Lebens zu berichten.

Und sollte es noch Diskussionen darüber geben, ob Frauen geistig in der Lage sind, zwei Dinge gleichzeitig zu tun, hier die Antwort: Ja, das sind sie definitiv, wir drei sind der lebende Beweis dafür.

Auf jeden Fall können Frauen gleichzeitig so mitreißende Realityshows wie *Das Geständnis* gucken und sich währenddessen von einer besten Freundin berichten lassen, dass soeben ihr Lebensglück den Bach runtergegangen ist und sie daher ernsthaft einen theatralischen Suizid in Erwägung ziehe.

Es ist wirklich verblüffend: Sepia und Sonja haben anscheinend jedes meiner Worte mitbekommen, obwohl sie ihre Augen die ganze Zeit über nicht vom Bildschirm haben lassen können. Und noch verblüffender: Selbst ich habe mitbekommen, dass es dem armen Dieter ähnlich ergeht wie mir.

»Aber natürlich hören wir dir zu, Schätzchen«, sagt Sepia, während sie ihren sehnigen Arm um mich legt. Und wie als Beweis fragt sie nach: »Und die war noch nicht mal hübsch, sagst du?«

»Nein, kein bisschen«, schniefe ich.

»Da sieht man's mal wieder: Männer! Die sind doch wirklich

das Letzte«, sagt Sonja voller Grimm. »Was willst du jetzt machen?«

»Weiß nicht ... ihn verlassen natürlich«, sage ich traurig. »Ja, und dann ... keine Ahnung.«

Ich habe noch ein paar Tränen übrig, die bei der Gelegenheit gleich wieder zu kullern beginnen.

»Mein armes Schätzchen«, sagt Sepia und drückt mich fest an sich. »Aber ich weiß, was wir jetzt machen«, setzt sie dann nach.

Ich löse mich aus ihrer Umarmung und blinzle sie hoffnungsvoll an. »Ja? Was denn?«

»Pfannkuchen mit Nutella«, verkündet sie mit gewichtiger Miene. »Das hilft immer.«

Pfannkuchen? Als ob ich jetzt auch nur einen Bissen hinunterkriegen könnte!

Andererseits, in einem Punkt hat sie schon recht: Gerade in Extremsituationen muss man dem Körper ausreichend Nährstoffe zuführen, um die eigene Belastbarkeit zu erhöhen, das habe ich vor nicht allzu langer Zeit irgendwo gelesen.

Mit dem fertigen Teig aus der Flasche dauert es keine fünf Minuten, dann können wir uns über die dampfenden Köstlichkeiten hermachen.

»Wie bist du denn überhaupt auf die Idee gekommen, ihm hinterherzufahren?«, fragt Sonja, während sie ihren Pfannkuchen sorgfältig unter einer wahren Nutellalawine begräbt.

»Das war reiner Zufall.« Ich erzähle die Geschichte von den vertauschten Handys.

Sonja hört mir mit großen Augen zu, dann meint sie: »Eigentlich solltest du froh sein, dass du es jetzt schon erfährst. Noch bist du jung genug, um dir einen Neuen zu suchen.«

»Aber darum geht es doch gar nicht«, widerspreche ich aufgebracht. »Ich dachte, Gerhard liebt mich, und dass wir irgendwann heiraten und Kinder kriegen und gemeinsam alt werden, versteht ihr?«

»Tja, das klingt alles in der Tat wunderbar romantisch, aber da ist noch etwas«, meldet sich Sepia wieder zu Wort, und sie druckst merkwürdig dabei herum. »Ich habe heute den Nummernspeicher von Gerhards Handy gecheckt, und ich fürchte, es gibt da noch ein paar Sachen, von denen du nichts weißt.«

Ich hatte sie am Vorabend gebeten, die Daten von Gerhards Handy auszulesen und auf ihrem Computer zu speichern, bevor ich es ihm zurückgab. Sepia kennt sich im Gegensatz zu mir mit solchen Dingen aus, sie hatte das binnen weniger Minuten erledigt. Nur gestern Abend hatte ich keine Zeit mehr, um mir die Liste anzusehen.

»Was meinst du damit?« In meinem Magen beginnt es augenblicklich zu rumoren.

»Also, dein Gerhard scheint da ein System zu haben ...«, beginnt sie vorsichtig.

»Was denn für ein System?«

»Sieh's dir selber an!« Sie greift auf den Beistelltisch und reicht mir einen Computerausdruck. Namen stehen darauf. Und die dazugehörigen Telefonnummern. Die Liste umfasst mehrere Seiten, wie ich sehe.

»Und was ist damit?« Auf den ersten Blick kann ich nichts Verdächtiges erkennen.

»Na, die Namen. Die meisten sind vollständig ausgeschrieben, fein säuberlich mit Vor- und Nachnamen, wie du siehst.«

»Ja, und?« Ich habe keine Ahnung, worauf sie hinauswill.

»Wie ich schon sagte: Die *meisten* von ihnen. Einige aber auch nicht. Der da zum Beispiel«, sie deutet mit ihrem nutellaverschmierten Zeigefinger auf einen Namen. »Da steht bloß Anton K.«

»Ja, und wenn schon«, sage ich. »Das ist vielleicht ein guter Bekannter, bei dem Gerhard es nicht der Mühe wert fand, den Familiennamen auszuschreiben.« Ich verstehe ehrlich gesagt immer noch nicht, was sie meint.

Doch Sepia schüttelt mitleidig den Kopf. »Das dachte ich anfangs auch, es ist aber leider nicht so. Und es gibt noch weitere Namen, da verhält es sich genauso: nur der Vorname und eine Abkürzung mit einem Buchstaben. Das kam mir verdächtig vor, also habe ich bei denen angerufen.«

»Wie, angerufen?«

»Na, die Nummern. Um zu sehen, wer rangeht.«

»Ja, und?«, frage ich angespannt.

Sepia zögert, als müsste sie überlegen, ob sie mir ihre Entdeckung zum gegenwärtigen Zeitpunkt überhaupt zumuten kann. Ich fühle, wie sich mein Herz verkrampft.

»Ach, was soll's, irgendwann wirst du es ja doch erfahren«, sagt sie schließlich mit einer resignierten Geste. »Also: Unter der Nummer von diesem Anton K. meldete sich eine Frau, und die heißt in Wirklichkeit Astrid Körner.« Sie schaut mich bedeutungsvoll an.

»Und weiter?«, stoße ich hervor. Ich *will* es einfach nicht verstehen.

Wieder ein forschender Blick von Sepia, dann deutet sie erneut auf die Telefonliste, die allmählich zwischen meinen Fingern zu glühen beginnt.

»Auf der nächsten Seite findest du einen gewissen Christian M.«

»Okay ...?«

»Die Nummer gehört zu einer Frau namens Christine Müller.«

Mein Verstand droht stillzustehen.

»Du meinst ...?«, hauche ich fassungslos.

Sepia nickt grimmig. »Ja, genau. Ich fürchte, dein Gerhard ist ein *Allesvögler*!«

Das ist ja unglaublich. Er hat nicht nur *eine* Affäre, sondern gleich eine ganze Reihe von lüsternen Mätressen!

Dieser, dieser ... miese ... *verdammte* ...

Nur eines verstehe ich nicht: »Und wieso sagst du mir das erst jetzt?«

»Ich wollte erst abwarten, was du bei deiner Beschattungsaktion herausfindest«, zuckt Sepia die Schultern. »Hätte ja sein können, dass das bloß Verflossene von ihm sind, die er aus irgendwelchen Gründen nicht löschen wollte, wie bei diesen kleinen schwarzen Büchern. Aber nachdem du ihn jetzt in flagranti erwischt hast, hat das natürlich eine völlig andere Bedeutung, da müssen wir vom Schlimmsten ausgehen, denke ich.«

Plötzlich schmeckt sogar mein Pfannkuchen schal, ein sicheres Zeichen dafür, dass ich in der Krise meines Lebens stecke.

Das ist völliges Neuland für mich. Ich bin noch nie von einem Mann betrogen worden – zumindest habe ich es nie bemerkt –, und ich weiß einfach nicht, wie ich damit umgehen soll. Enttäuschung, Wut und Verzweiflung brechen gleichzeitig wie ein gigantischer Bergrutsch über mich herein und begraben mich unter einer tonnenschweren Last.

Und ganz nebenbei stelle ich fest, dass es nicht nur mir so geht: Auch Dieter hat soeben erfahren, dass seine Rosi ausgerechnet mit Kai-Uwe ein Kind gezeugt hat, und alle Beteuerungen, dass sie es nur für ihn getan hätten, sind vergeblich. Ja, nicht einmal die anschauliche Schilderung von Kai-Uwe, wie sehr es ihn vor Rosi geekelt habe, kann Dieter beruhigen.

»Eines ist jedenfalls sicher: Mit deinem Gerhard hat es keinen Sinn mehr«, stellt Sonja fest. »Ein notorischer Fremdgeher wie er wird niemals treu sein, und wie du gesehen hast, ist es ihm auch egal, wie seine Partnerinnen aussehen. Männer wie er nehmen *alles*, Hauptsache, willig. «

Es stimmt, sie hat völlig recht. Das ist die absolute, schonungslose und niederschmetternde Wahrheit.

Und abgesehen davon, dass ich nicht weiß, ob ich ihm den *einen* Seitensprung jemals würde verzeihen können, steht durch diesen hinterhältigen, organisierten Betrug von vornherein jede Überlegung bezüglich einer weiteren Beziehung außer Frage.

Als mir das bewusst wird, kehrt auf einmal wieder diese blinde Wut zurück, die ich empfunden habe, als ich Nora von Kessler gegenübergetreten bin, dieses rücksichtslose, blindwütige Zerstörenwollen. Ich fühle, wie das zarte, verletzte Pflänzchen in mir zu neuem Leben erwacht, wie es wächst und zu vorher nie gekannter Stärke erblüht. Es wird zuerst zu einer Blume, dann zu einem Strauch, dann zu einem Baum ... nein, besser, zu einem Kaktus – wegen der Stacheln –, zu einem riesigen Kaktus. Zu einem *Kaktus der Rache.*

Die Vorstellung verleiht mir Mut. Ich nehme meinen Pfannkuchen, beiße tapfer ein Stück ab und würge es entschlossen hinunter. So, das ist der Beweis: Ich bin wieder am Leben. Ich kann wieder atmen, ich kann wieder essen, und vor allem: Ich kann wieder klar denken.

Und plötzlich habe ich auch ein konkretes Ziel vor Augen: Ich will Rache, und ich will Genugtuung, und ich will vor allem meine Menschenwürde wieder zurück!

»Weißt du was?«, unterbricht Sonja meine Gedanken. »Nachdem jetzt klar ist, dass du ihn auf der Stelle verlassen musst, wäre es vielleicht am besten, gleich *richtig* Abstand zu gewinnen.«

»Was meinst du damit?«, frage ich unsicher.

»Ich meine damit Urlaub. Wie wäre es, wenn wir drei Hübschen eine kleine Auszeit nehmen? Ein paar Tage an der Sonne würden uns guttun, und vor allem könntest du dabei auf andere Gedanken kommen.«

Urlaub? Hm. Eigentlich gar keine schlechte Idee. Ich bin dieses Jahr noch gar nicht von zu Hause weggekommen, woran übrigens auch Gerhard schuld war, wegen seiner vielen Termine. Und wie die ausgesehen haben, weiß ich ja inzwischen.

Warum also nicht das nachholen, was *er* mir verdorben hat?

Aber Moment. Was ist denn dann mit meiner Rache? Damit sollte ich mir besser nicht zu lange Zeit lassen. Jetzt wäre der Moment günstig, denn meine Wut ist noch wunderbar frisch, und ich bin völlig frei von Skrupeln.

Aber *wie genau* stelle ich es denn jetzt am besten an?

Während ich mir darüber noch mein Gehirn zermartere, fällt mein Blick auf Kai-Uwe im Fernsehen. Der weint jetzt, weil Dieter ihn eine blöde Tunte genannt und dann noch gemeint hat, er solle seinen schwulen Schwanz gefälligst woanders reinstecken als ausgerechnet in seine Rosi.

Eine wenig feinfühlige Aussage, keine Frage.

Doch genau diese Szene bringt mich plötzlich auf eine Idee.

Die Natur ist nämlich manchmal auch gerecht. Die sorgt nicht nur dafür, dass Männer schwanzgesteuert sind, die sorgt gleichzeitig auch dafür, dass *schwule* Männer schwanzgesteuert sind.

Manche zumindest.

Und wie es der Zufall will, kenne ich sogar einen von denen: Per-Pieter Klaussen. Spitzname *Honzo*. Mein Friseur. Honzo ist bei allem weibischen Herumgetütel ein Triebmensch, wie er im Buche steht, er ist ständig auf der Jagd nach neuen Eroberungen, zumindest, wenn man seinen Worten Glauben schenken möchte. Bisher habe ich mir darüber keine Gedanken gemacht, sondern mir einfach nur seine Geschichten angehört und mich dabei bestens amüsiert. Weil es mich ja nichts anging, weil er nicht hinter Frauen her war, sondern hinter Männern. Moderne Märchen also, weit weg von meiner Welt, so wie in *Sex and the City*. Mir doch egal, was die in New York treiben. Tatsache ist aber nun mal, dass Honzo ständig auf der Suche nach Frischfleisch ist.

Fassen wir also zusammen: Gerhard will ständig Sex und ist dabei nicht wählerisch, wie wir mittlerweile wissen. Honzo will auch ständig Sex, und seinen Schilderungen nach ist auch er nicht wählerisch, solange es sich dabei nur um einen *Mann* handelt.

Warum also nicht jedem das geben, wonach er sucht?

Wobei man bei Gerhard berücksichtigen muss, dass er seinen Aussagen nach weit davon entfernt ist, Sex mit einem Mann haben zu wollen. Mehr noch, so wie er sich zu diesem Thema immer geäußert hat, gehört das sogar zu seinen größten Ängsten. Schwul zu wirken oder für schwul gehalten zu werden oder mit einem Homosexuellen eine Freundschaft einzugehen.

Oder gar mit einem Homosexuellen *intim* zu werden!

Das ist seine Achillesferse. Damit kann ich sein Ego so mühelos einstampfen wie ein Bulldozer eine weiche Pflaume.

Und möglich ist das alles nur, weil Männer ihre Triebe nicht unter Kontrolle haben, weil sie immer ihrer Wünschelrute nachlaufen – auch wenn die sie geradewegs ins Verderben führt.

»Wie wär's mit einer schicken Welle?«

»Nein, nur die Spitzen schneiden.«

»Wenigstens eine Ansatzwelle?«

»Nee, nur die Spitzen.«

»Blondieren?«

»Danke, wirklich nur die Spitzen.«

»Du bist heute aber zickig. Nur gut, dass nicht alle Kunden so old-fashioned sind, sonst müsste ich glatt am Hungertuch nagen.«

Ich mustere ihn amüsiert. Honzo sieht nicht so aus, als hätte er zu irgendeiner Zeit Hunger gelitten. Im Gegenteil, als Frau wäre er ein echtes Rubensweib.

»Und, wie läuft's so mit den Männern?«, wechsle ich das Thema.

Honzo verdreht sofort die Augen.

»Wie soll's da schon gehen? Sie sind eben, was sie sind: Männer. Aber mir macht das längst nichts mehr aus«, behauptet er dann mit einer gehörigen Portion Trotz in der Stimme. »Ich nehme sie, ich genieße sie, und ich spucke sie wieder aus, so einfach ist das.«

»Also nichts Festes derzeit?«, frage ich in beiläufigem Tonfall.

»Ich und was Festes?« Er wedelt mit seinen ultralangen Fingernägeln herum, als hätte ich ihn gerade nach etwas völlig Abartigem gefragt. »Nee, Schätzchen, nicht für mich, die Zeiten sind vorbei. Wenn du einen Kerl an dich ketten willst, tut er dir ja doch nur weh. Daher meine Devise: Ich nehme sie, ich genieße sie, und ich spucke sie wieder aus«, doziert er erneut mit zusammengezogenen Augenbrauen. »Wie läuft's übrigens zwischen dir und deinem Rechtsverdreher?«, fragt er dann.

Womit wir endlich beim Thema wären.

»Tja, wie du schon gesagt hast, Honzo: Wenn du sie an dich ketten willst, tun sie dir ja doch nur weh.« Einen Moment lang schwappt die Enttäuschung in mir wieder hoch, und ich kämpfe gegen meine Tränen an.

Honzos weiblichen Instinkten entgeht das natürlich nicht.

»Ach Gottchen, sag bloß ...!« Er schlägt sich erschüttert die Hand vor den Mund.

Ich bringe nur ein Nicken zustande.

»Dieses *Ferkel*!« Honzos Stimme wird ganz quietschig vor Empörung. »Hat er dich wegen einer anderen verlassen?«

Die Erinnerung an gestern macht mich noch ganz benommen, und ich schüttle traurig den Kopf.

»Nein, er hat mich nicht verlassen, aber das mit der anderen, das kommt leider hin. Genau genommen waren es sogar mehrere.«

Honzo starrt mich fassungslos an.

»Und wie bist du dahintergekommen?«

Ich berichte ihm stockend von den Ereignissen der letzten Tage.

»Da siehst du es«, stellt Honzo schließlich fest, »Kerle sind es nicht wert, dass man sich mit ihnen abgibt. Denk beim nächsten Mal an meine Worte, Heidi: Nehmen, genießen, ausspucken!«

Für ihn scheint das eine Art Weltformel zu sein. Aber irgendwie verstehe ich ihn auch, schließlich hat Honzo diesbezüglich auch schon seine Erfahrungen gemacht.

Es ist schon ein paar Jahre her, da glaubte auch er, seine große Liebe gefunden zu haben: Murat. Sie waren überglücklich und hatten große Pläne, sprachen bereits über ein gemeinsames Haus mit blickdichter Terrasse, auf der sie nackt in der Sonne liegen und sich gegenseitig mit Tiroler Nussöl einschmieren hätten können, und über eine Familie mit allem, was dazugehört: Pekinese und Perserkatze, und auch die Adoption eines kleinen Jungen stand zur Debatte, den sie dann zum Ballettunterricht schicken und dem sie Barbiehäuser voller gut gebauter Kens schenken wollten ...

Für Honzo wäre damit ein Lebenstraum in Erfüllung gegangen, aber es sollte ein Traum bleiben. Es muss damals wirklich hart für ihn gewesen sein, zu erfahren, dass Murat einen besseren Liebhaber gefunden hatte. »Isser sich voll ohne Hemmung, weißt du? Und dazu volle Supergurke!«, hat er Honzo gnadenlos in seinem Abschiedsbrief geschrieben, und es war dann auch nicht eben tröstlich, als sich diese hemmungslose Supergurke ausgerechnet als Honzos Bruder herausstellte.

»Mittlerweile weiß ich, dass du recht hast, Honzo. Beim nächsten Mal werde ich daran denken«, versichere ich ihm.

»Kluges Kind«, nickt er zufrieden. »Nehmen, genießen, ausspucken!«, wiederholt er dann noch einmal für den Fall, dass ich es inzwischen vergessen habe.

»Apropos nehmen und genießen, Honzo: Hattest du schon mal einen Anwalt?«, komme ich dann wieder zum eigentlichen Thema zurück.

Honzo denkt kurz nach. »Nein, nicht dass ich wüsste«, antwortet er dann. »Wieso, hast du einen für mich?«

»Hm ... könnte sein.«

Er springt sofort darauf an. »Erzähl: Was für ein Typ wäre das denn?«

»Also, er ist eigentlich genau so, wie man sich diese Typen vorstellt ...«, beginne ich. »Knapp vierzig ... aber sehr gut in Form«, füge ich schnell hinzu, als Honzo im Spiegel sein Gesicht verzieht. »Sexuell ziemlich aufgeschlossen, gut gebaut, und dazu ...«

»Jaa ...?« Honzo stiert mich erwartungsvoll an.

»Noch *Jungfrau*«, raune ich in verschwörerischem Tonfall.

»Wie, noch Jungfrau?« Honzo schnallt es nicht. Verblüfft sagt er: »Wie soll das denn gehen, sexuell aufgeschlossen, aber noch Jungfrau, und das mit *vierzig*?!«

»Na, wie wohl?« Ich werfe ihm einen bedeutungsvollen Blick durch den Spiegel zu.

»Ach, du meinst ...?«, haucht er atemlos.

»Kapierst du's?«, nicke ich ihm aufmunternd zu.

»Du meinst, er hat noch nie mit einem *Mann* ...?«

»Ja, genau.«

»Und jetzt möchte er was Neues ausprobieren?« Honzo bekommt ganz feuchte Augen bei der Vorstellung. »Und du meinst, ich wäre sein Typ?«

»Keine Ahnung, aber das werden wir dann ja herausfinden, nicht wahr?«, zucke ich die Schultern.

»Ach, Heidi, mein Schätzchen, ich liebe dich.« Honzo deutet eine Umarmung und Wangenküsschen an.

Doch dann flackern seine Augen plötzlich misstrauisch auf.

»Moment mal, Heidi! Du sagtest, der Typ sei Anwalt und um die vierzig?«

»Ja. Wieso?« Ich bemühe mich um einen unschuldigen Gesichtsausdruck.

Honzo kneift seine Augen ganz schmal zusammen, sodass sie jetzt aussehen wie ein durchgehender, dicker Kajalstrich.

»Dein Gerhard ist doch Anwalt, und ist der nicht auch um die vierzig?«

»Ja, schon«, nicke ich wieder.

»Sag bloß ... willst du mich etwa mit *ihm* verkuppeln?«

»Wer redet denn von verkuppeln, Honzo? Ich rede von nehmen, genießen und ausspucken.« Ich versuche es möglichst abfällig auszusprechen. »Mehr haben die Kerle doch nicht verdient, das hast du selbst mir beigebracht.«

Er lässt sich meine Worte durch den Kopf gehen, und diesem Argument kann er sich nicht verschließen. Sofort macht seine Empörung wieder der Neugierde Platz. Er beginnt, hektisch an meinen Haaren herumzuzupfen, während er weiterredet.

»Und wie soll das bitteschön funktionieren? Soviel ich weiß, steht der doch nur auf Frauen!«

Das klingt so, als hielte Honzo von Frauen ebenso wenig wie von Männern. Anscheinend ist das einzige Geschlecht, das er akzeptiert, das *schwule*.

»Das stimmt auch, bis jetzt zumindest«, räume ich ein.

»Und wie willst du ihn dann dazu bringen, mit mir in die Kiste zu hüpfen? Hast du schon einen Plan?«

»Wäre ich sonst hier?«

»Du bist doch sonst auch immer hier. Deine Haare, schon vergessen?«

»Ja, aber davon mal abgesehen, würde ich sonst mit dir darüber reden?«

Honzo legt seine Stirn in Falten.

»Und er ist gut gebaut, sagst du?«

»Und wie!«

Das bringt den Stein endgültig ins Rollen, und jetzt beweist

Honzo, dass auch er nur ein Mann ist, denn egal, ob schwul oder nicht, so hirnverbrannt lüstern kann nur ein Mann gucken.

Mit ein paar hastigen Blicken vergewissert er sich, dass uns auch niemand zuhört, dann rückt er ganz nahe an mich heran und beginnt hingebungsvoll mein Haar zu bürsten.

»Nun denn, liebste Freundin«, flüstert er mit einem verschwörerischen Grinsen. »Dann erzähl doch mal, was du so vorhast mit deinem treulosen Freund.«

Und ich grinse mindestens ebenso verschwörerisch zurück.

»Also gut, liebes Honzolein, dann sperr mal deine Lauscher auf!«

5

»Jetzt drück doch mal auf die Tube!«, meckert Sepia zum hundertsten Mal. »Ich möchte bloß wissen, wozu du so einen schnellen Wagen fährst, Sonja!«

Wir sind zeitig in der Früh gestartet und schon über eine Stunde unterwegs – und haben noch nicht einmal hundert Kilometer zurückgelegt.

Wir haben die Fahrt bis ins Detail geplant und als Erstes ausgemacht, dass jede von uns ein Drittel der Strecke fährt, um Übermüdung und damit einhergehenden Fahrfehlern vorzubeugen. Sonja machte den Anfang, was auch logisch war, schließlich ist es ihr Auto.

Bei der Gelegenheit frage ich mich zum dreimillionsten Mal, warum ausgerechnet Sonja so viel Glück gehabt hat in ihrem Leben. Sonja hat eine schicke Wohnung, einen schmucken Mercedes und muss sich über Geld keine Gedanken machen, und das alles, ohne sich auch nur irgendetwas davon verdient zu haben. Im Gegenteil, sie war sogar so leichtsinnig gewesen, sich bereits im zarten Alter von siebzehn von einem zwei Jahre älteren Mitschüler ihres Gymnasiums schwängern zu lassen. Das Glück daran war, dass die Familie dieses Mitschülers streng katholisch war und eine Heirat deswegen die einzige Möglichkeit darstellte, die blütenweiße Familienweste nicht zu beflecken.

In weiterer Folge hat Sonja dann ihr Abi geschmissen, weil sie damit beschäftigt war, eine Tochter zu gebären – und damit war ihr Plansoll eigentlich auch schon erfüllt. Was ihr nämlich an beruflichem Ehrgeiz fehlte, besaß ihr Mann im Überfluss, und der war so ein strebsamer Mensch, dass er zu seinem Doktortitel in Physik sicherheitshalber auch noch einen in Geologie machte, was ihn zu einem weltweit gefragten Experten machte, wenn es darum ging, große Löcher in die Erde zu bohren. Und da man aus großen Löchern in der Erde auch enorme Mengen Erdöl gewinnen kann, war es nur logisch, dass Sonjas Mann bald auch einen Haufen Geld verdiente, das er in vollem Bewusstsein seiner familiären Verantwortung – ein Hoch auf die Katholiken! – auch mit Sonja teilte.

Was der aber nicht genügte.

Mit den Jahren kam sie nämlich drauf, dass es im Leben mehr gibt, als nur ein Kind großzuziehen und von dreihundertfünfundsechzig Tagen im Jahr dreihundertsechzig darauf zu warten, dass der Göttergatte auf eine Stippvisite vorbeischaut, wenn es auf seinem Weg von einem Ölfeld im Golf von Mexiko zu einem Ölfeld in Kasachstan zwischendurch mal zeitlich reinpasst. Und selbst dann hatten sie kaum Sex, denn anscheinend konnte Sonjas Mann dem Gedanken, in irgendetwas zu bohren, wo hernach ja doch kein Öl rauskommt, wenig abgewinnen.

Also entschied sich Sonja eines Tages für die andere Option, nämlich ein Kind großzuziehen und sich vom Vater desselbigen erhalten zu lassen, ohne dabei aber auf diesen warten zu müssen. Ihren Mann juckte es nicht dass sie die Scheidung wegen gröblicher Vernachlässigung ehelicher Pflichten seinerseits einreichte, machte es für ihn doch keinen großen Unterschied. Abgesehen davon ersparte er sich so wenigstens die lästigen Zwischenlandungen in Deutschland.

Und so kam Sonja unter anderem zu diesem Luxusschlitten, in dem wir unsere Reise jetzt in Angriff genommen haben.

Eine weite Reise, muss ich dazusagen.

Siebenhundertachtundachtzig Kilometer, um genau zu sein, das ist nämlich die exakte Entfernung zwischen München und – halten Sie sich fest! – Monaco.

»Monaco, das ist die Welt der Reichen und Schönen, und genau da fahren wir hin!«, hat Sonja uns noch am Vorabend verkündet.

»Und was soll ich dort?«, hat Sepia sofort protestiert. »Falls es dir entgangen sein sollte, ich bin nicht reich.«

»Ich ebenso wenig«, gab ich bekannt.

»Papperlapapp!« Sonja fegte unsere Bedenken mit einer einzigen Bewegung vom Tisch. »Man muss doch nicht reich sein, um nach Monaco zu fahren. Reiche Menschen gibt es dort schon zur Genüge. So, und jetzt denkt mal nach: Ein reicher Mann und ein schönes Mädchen, was ergibt das?« Und als wir nicht schnell genug antworteten: »Ich bitte euch, das liegt doch auf der Hand: Das ist eine perfekte *Symbiose.*« Sie nickte gewichtig.

»Aha. Und was genau hat das mit uns zu tun?«, fragte Sepia.

Sonja guckte entgeistert.

»Na, was wohl? In Monaco sind die reichen Männer, und wir sind die schönen Frauen, kapiert?«

Das sagte sie so locker, als bräuchte man darüber gar nicht erst zu diskutieren, und mir wurde ganz warm ums Herz. Genau so etwas zeichnet eine wahre Freundin aus. Wir sind die schönen Frauen! Das geht runter wie zerlassene Butter, wenn man das von einer anderen, nicht lesbischen Frau hört, die noch dazu kein Motiv hat, einen anzulügen.

Und bei Sonja trifft das auch uneingeschränkt zu. Sie hat ein wunderhübsches, ebenmäßiges Gesicht, und dazu eine Figur, neben der so manche Synchronschwimmerin Komplexe bekommen könnte. Und das, obwohl sie ein paar Jahre älter ist als wir und bereits eine erwachsene Tochter hat.

Bei Sepia dagegen sieht die Sache schon ein kleines bisschen anders aus. Sepia ist nämlich – wie kann man das am besten ausdrücken? – also, sagen wir, vom Typ her eher *kantig*, und dazu macht sie den Riesenfehler, ihr zu hell blondiertes Haar ganz kurz und steil aufragend zu tragen. Dazu ist Sepia riesengroß, dünn und sehnig, und ihre Brüste sind nicht wirklich der Rede wert. Stellen Sie sich am besten Brigitte Nielsen in jüngeren Jahren ohne Silikon vor, dann sind Sie schon ziemlich nah dran. Überhaupt dürfte Sepia ein bisschen zu viel am Y-Chromosom geschnuppert haben, denn sie ist auch von ihren Hobbys her eher auf der maskulinen Seite unterwegs. Sie fährt Motorrad, sie weiß, wie man einen DVD-Rekorder bedient, und ich bin mir sicher, wollte eine von uns eines Tages ein Haus bauen, könnte Sepia einem mir nichts, dir nichts einen Betonkeller gießen oder den

Dachstuhl zimmern, und so nebenbei würde sie täglich einen Kasten Bier vernichten und danach noch so gerade gehen wie ein ungesicherter Gerüstbauer im dreißigsten Stockwerk.

Was aber nichts bedeuten muss. Wer weiß, vielleicht läuft ja in Monaco der eine oder andere Multimillionär herum, der eine starke Frau an seiner Seite zu schätzen wüsste, nicht wahr?

Mich dagegen würde ich als genaues Gegenteil von Sepia einstufen. Ich bin nicht besonders groß, und ich bin auch weder dünn noch sehnig. Ich bin insgesamt einfach ... *weiblich*.

Aber abgesehen von Sonjas Reich-und-schön-Theorie gab es für mich noch andere gute Gründe, ausgerechnet nach Monaco zu fahren. Weil es schnell ging, zum Beispiel. Weil wir uns einfach samt leichtem Gepäck in ein Auto stopfen und drauflosfahren konnten, ohne erst ein Urlaubsarrangement zu suchen, ohne erst einen Flug buchen zu müssen, und ohne zu riskieren, nur deshalb diesen besonders günstigen Restplatz ergattert zu haben, weil andere weniger dämlich gewesen waren als man selber und deswegen nicht mit dem schäbigsten Flieger zum schäbigsten Hotel am schäbigsten Ort dieser Welt fliegen wollten, zum Beispiel. Und schnell weg wollte ich unbedingt, zum einen, weil ich mir diesen Urlaub ganz einfach verdient habe, aber zum anderen vor allem, weil man nach dem, was ich mit Gerhard inszeniert hatte, gut daran tut, *schleunigst* abzuhauen – obwohl ich doch wirklich allen Grund gehabt hatte, mich an ihm zu rächen.

Dieser elende Mistkerl! Wie konnte er nur? Wie hat Sepia ihn genannt? Ein *Allesvögler*.

Sind wirklich alle Männer so? Gibt es überhaupt irgendein männliches Wesen auf dieser Welt, das zu lebenslanger Treue fähig ist? Schön langsam habe ich da berechtigte Zweifel.

Also habe ich schließlich getan, was getan werden musste, und Gerhard wird daran eine ganze Weile zu kauen haben. Wobei ich mich mittlerweile auch ein bisschen wundere, dass er sich noch nicht bei mir gemeldet hat, obwohl jetzt schon gute fünfzehn Stunden vergangen sind *seitdem*.

Doch nichts ist gekommen, kein Anruf mit Hasstiraden, keine

SMS mit Verwünschungen, kein Killerkommando, ja nicht einmal eine Klageandrohung, wie sie bei Anwälten doch zu den unbedingten Reflexen gehört.

Wodurch sich mir die Frage stellt: Habe ich es übertrieben? Habe ich sein Ego so nachhaltig zerstört, dass er in seiner Verzweiflung womöglich ...

Ach, herrje, er wird sich doch wohl nichts angetan haben? Unsinn! Völlig unmöglich. Schnell verscheuche ich den Gedanken wieder. Wahrscheinlich hat er mich nur nicht angerufen, weil er nicht wusste, was er sagen sollte. Ihm muss inzwischen längst klar geworden sein, dass ich seine Seitensprünge durchschaut habe, und sicher hat er eingesehen, dass ich mich bloß revanchiert habe, und dass es eigentlich überhaupt keinen Grund gibt, sauer auf mich zu sein.

Quidproquo, so einfach ist das.

Warum sich also unnötig Gedanken machen, vor allem, wo wir doch jetzt ganz andere Sorgen haben ... wie wir es jemals schaffen sollen, nach Monaco zu kommen, zum Beispiel.

Auch Sepia hat inzwischen den Ernst der Lage erkannt.

»Soviel ich weiß, hat dein Wagen zwölf Jahre Garantie gegen Durchrosten ...« Sie feuert einen genervten Seitenblick auf Sonja ab. »... aber wenn du so weiterfährst, wird das nicht reichen, bis wir in Monaco sind.«

»Ich weiß gar nicht, was du hast, wir kommen doch zügig voran«, wehrt die sich achselzuckend.

»Zügig?« Sepia spuckt das Wort förmlich aus. »Wir fahren nicht mal hundert!«

»Und wenn schon! Immerhin habe ich schon einige überholt.«

»Ja, Schwertransporter und Autobusse, und auch die nur, weil sie aus Usbekistan kommen oder hoffnungslos überladen sind. Weißt du was, mir reicht's. Da vorne kommt eine Raststation, ab da fährt Heidi weiter!«

Sonja leistet keinen Widerstand, und zwei Lachsbrötchen und eine Erdbeerschnitte später sitze ich am Steuer und muss Sepia insgeheim zustimmen: Sonjas Mercedes ist wirklich ein flottes

Gerät, denn schon beim leisesten Druck aufs Gaspedal geht er ab wie Schmidts Katze. Für mich ist das Neuland, mein Schnuffelchen verfügt nämlich über eine Art Vorwarnsystem in Sachen Geschwindigkeitsübertretung, der wird zuerst laut, wenn man aufs Gas steigt, und erst dann allmählich schneller. Für meine Fahrten ist das völlig ausreichend, da ich mich meistens in der Stadt bewege, aber mit Sonjas Wagen ist das natürlich etwas ganz anderes. Kaum sind wir auf der Autobahn, brauche ich nur aufs Gaspedal zu tippen, und schon fliegen wir an den ersten Kriechern vorbei, und dabei ist der Motor so leise, dass ich mir gar nicht mehr sicher bin, ob ich ihn überhaupt gestartet habe.

»Wow, das ist ja eine echte Rakete.« Bei aller Begeisterung bemühe ich mich um einen lässigen Tonfall. »Wie schnell geht der denn?«

»Keine Ahnung.« Sonja ist auf dem Rücksitz gerade dabei, ihren Lidstrich nachzuziehen. »Ich glaube, um die zweihundert.«

»Das ist ein Kompressor, der geht mindestens zweidreißig«, klärt Sepia uns unwirsch auf. »Bei unserer Sonja allerdings die reinste Verschwendung. Wieso hast du dir überhaupt so eine starke Version gekauft?«

»Der Verkäufer meinte, das sei vernünftig wegen der aktiven Fahrsicherheit«, rechtfertigt sich Sonja.

»Der meinte wohl eher, das sei vernünftig wegen seiner höheren Provision«, vermutet Sepia.

»Uns kann es nur recht sein, so haben wir jetzt wenigstens einen schnellen Wagen zur Verfügung«, ergreife ich Partei für Sonja.

Ich habe mich gerade hinter einem Lastwagen eingefädelt, der ordentlich Dampf macht.

Nur wenige Sekunden später wirft Sepia einen argwöhnischen Blick auf den Tacho.

»Und was genau machst du da jetzt?«, fährt sie mich an.

Ich habe keine Ahnung, worauf sie hinauswill.

»Was meinst du?«, frage ich unsicher zurück. »Ich *fahre*, das siehst du doch.«

»Und was machen deiner Meinung nach die da drüben?« Sepia deutet auf die linken Fahrspuren.

»Die fahren auch, genau wie wir.«

»Genau wie wir?«

Sepia holt tief Luft. Irgendwas scheint sie mächtig zu stören, und dann kapiere ich plötzlich: Es liegt an ihren männlichen Genen, natürlich! Kein Mann kann neben einer Frau sitzen und die Klappe halten, solange sie das Auto steuert.

»Die fahren, damit hast du recht, aber die fahren doppelt so schnell wie wir!«, setzt sie unerbittlich nach.

Ich checke mit einem schnellen Blick den Tacho.

»Ich weiß gar nicht, was du willst. Ich fahre hundertzehn, das sind immerhin zehn Prozent mehr als vorhin Sonja«, rechne ich ihr vor.

Und unter uns: Ich finde es sogar ausgesprochen clever, hinter einem dicken Laster herzufahren. Auf die Art können einem zum Beispiel Geisterfahrer egal sein, oder ein überraschendes Stauende, hat man doch dieses prächtige Räumfahrzeug vor sich.

Sepia atmet jetzt immer schwerer. Ich riskiere einen kurzen Seitenblick, und mir fällt auf, dass sie jetzt denselben Gesichtsausdruck hat wie vorgestern Dieter im Fernsehen, nachdem er erfahren hat, dass Kai-Uwe seine Rosi geschwängert hatte.

»Was schlägst du also vor?«, frage ich betont freundlich, um sie nicht zum Äußersten zu treiben.

»Bei der nächsten Raststation fährst du raus«, sagt Sepia mit eisiger Stimme.

»Okey-dokey«, füge ich mich, und insgeheim bin ich erleichtert. »Ein Kaffee könnte uns ohnehin nicht schaden, der hält uns nämlich munter.«

Man kann von den Franzosen halten, was man will, aber doof können die nicht sein – bei dieser Sprache.

Sepia hat ab Memmingen das Steuer übernommen, und mir ist jetzt ein bisschen übel, weil sie uns natürlich gleich beweisen musste, dass Sonjas Wagen tatsächlich zweihundertdreißig

Sachen geht, und vielleicht auch, weil es mir schwerfällt, nur Kaffee zu trinken, wenn mir verführerische Törtchen aus der Vitrine eindeutige Angebote machen.

Ach, übrigens: Wir büffeln jetzt Französisch.

Sonja hat uns nämlich vorgewarnt: Die Franzosen sind ein stolzes Volk, die versuchen erst gar nicht, einen in einer fremden Sprache zu verstehen, und Monegassen sind im Grunde genommen doch auch nur halbe Franzosen. Also haben wir uns auf einen schnellen Grundkurs geeinigt, und die Vorgehensweise war dabei folgende: Sonja hatte in der Schule zwar Leistungskurs Französisch, aber logischerweise nach all den Jahren das meiste schon wieder vergessen, weswegen sie sich ein Wörterbuch samt handlichem Sprachbegleiter gekauft hat, um ihre Kenntnisse ein wenig aufzufrischen. Und genau damit kann sie uns jetzt praktischerweise die wichtigsten Begriffe beibringen.

Wie man sich etwas zu trinken bestellt, zum Beispiel. Oder etwas zu essen. Oder wie man sich nach dem Weg zu den nächsten Toiletten erkundigt. Na ja, was man halt so braucht.

Sepia und ich waren in Französisch noch vollkommen unbedarft, und eines wurde uns schnell klar: Diese Sprache hat es in sich, die ist wirklich kompliziert.

Ein kleines Beispiel gefällig? Für »Was ist das?« sagen sie zum Beispiel »keskösee«. Das klingt jetzt zwar leicht, ist aber nur die Lautschrift, denn schreiben tun sie das »Qu'est-ce que c'est?«. Merken Sie, worauf ich hinauswill?

Und dann, wenn man endlich ein bisschen was kapiert hat, tappt man unweigerlich in die hinterlistigsten Fallen. Da erfährt man zum Beispiel, dass die Franzosen Wörter verwenden, die ganz gleich klingen wie im Deutschen, nur dass man hinten die Endung weglässt. Dusche zum Beispiel heißt »dusch« (anders geschrieben natürlich) und Terrasse ist ganz einfach »terrass«, und Toilette heißt »toilet«, Suppe »supp«, und Salat »ṣalad«. Wunderbar einfach ist das plötzlich, und wir dachten schon, wir hätten es geschafft, wir können jetzt tatsächlich Französisch, um gleich im nächsten Moment in ein fürchterliches Debakel zu rennen.

Als Sonja nämlich fragte: »Und was, glaubt ihr, bedeutet ›tort‹?«, antworteten Sepia und ich übermütig: »Na, was wohl? Torte!«, und ernteten ein mildes Lächeln. »Leider nein, ›tort‹ bedeutet schräg!«, belehrte sie uns.

Und weiter: »Was bedeutet ›kle‹?«

»Klee?«

»Nein, Schlüssel! Und ›scher‹?«

»Schere!«

»Mm, mm, teuer. Und ›bouche‹?«

»Der Busch?«

»Nö, der Mund. Und ›büro‹?«

»Das muss jetzt aber Büro bedeuten!«

»Nahe dran, aber auch falsch«, lachte Sonja auf. »Büro bedeutet Schreibtisch!«

Irgendwann haben wir's dann aufgegeben und konzentrierten uns auf das Wesentliche, und nach mühsamen Stunden voller Demütigungen beherrschen wir jetzt wenigstens ein paar Sätze wie »Parlez lentement, s'il vous plaît«, was so viel bedeutet wie »Sprechen Sie bitte langsam«, und falls das nichts helfen sollte: »Je ne vous comprends pas – Ich verstehe Sie nicht«, und, sollte unser Gegenüber uns dann immer noch blöde anglotzen, als letzter Rettungsanker: »Parlez-vous allemand? – Sprechen sie Deutsch?«

Ah ja, und nicht zu vergessen: »Où sont les toilettes? – Wo sind die Toiletten?«

So waren wir wenigstens ein bisschen vorbereitet, wobei ich sagen muss, dass Sepia es noch schwerer hatte als ich, denn die blieb während der ganzen Fahrt am Steuer und dachte gar nicht daran, sich wieder ablösen zu lassen. Im Gegenteil, sie bretterte die ganze Zeit dahin, als gäbe es kein Morgen, nur in der Schweiz ging sie vom Gas, und sie entschuldigte sich auch gleich dafür: »Die Schweizer sind gnadenlos, die kassieren für jeden Stundenkilometer zu viel Beträge, dass einem schlecht wird.«

Natürlich rächten wir uns für soviel Kleinmut, indem wir in der gesamten Schweiz an nur einer Raststation stehen blieben, und auch da konsumierten wir nur Kaffee. Aber dann, auf italienischem Staatsgebiet, ging es so richtig los: Gleich bei Como rein in eine Raststation – italienischer Espresso kann süchtig machen –, ab Mailand lieferte sich Sepia dann ein Duell mit einem rassigen Alfa-Fahrer, der denken musste, sie wäre allein im Wagen, weil Sonja und ich vor lauter Angst tief in den Sitzen versanken, an Genua vorbei und bei Savona wieder ein Stopp, erneut Espresso trinken und köstliche Tramezzini bunkern, und schließlich ab in Richtung Côte d'Azur.

Und da fiel eines auf: Eine zunehmende Dichte an superteuren Autos, die anscheinend alle dasselbe Ziel hatten wie wir, und das darf man sich jetzt nicht so vorstellen wie bei uns zu Hause, wo meistens alte Knacker in diesen PS-Schleudern hocken, um damit anzugeben. Je näher wir Monaco kamen, desto mehr drückten die in ihren Schlitten auf die Tube. Und waren zuvor noch wir die wilde Truppe gewesen, die mittels Lichthupe die Schnarchnasen von der linken Spur gescheucht hatte, so geschah es jetzt immer öfter, dass Sepia von zielstrebigen Porsches und Ferraris höflich, aber bestimmt zur Seite komplimentiert wurde, weil sie zum Beispiel in einem Tunnel, in dem achtzig erlaubt war, nur hundertvierzig fuhr.

»Die fahren wie die Verrückten hier!«, fauchte sie dann jedes Mal, und Sonja und ich gaben uns alle Mühe, sie wieder zu beruhigen, indem wir auf die landschaftliche Schönheit oder ähnliche Belanglosigkeiten verwiesen.

Mittlerweile ist es halb sechs, und wir nähern uns dem Ziel unserer Reise. Schon bei der Autobahnabfahrt spüre ich ein leichtes Kribbeln in der Magengegend, dann können wir das betörend blaue Meer sehen, das friedlich in der Nachmittagssonne glitzert. Auch die eine oder andere Jacht wird sichtbar, und wir kommen an einem Hotel vorbei, das anscheinend für schwindelfreie Menschen gebaut worden ist, hoch oben an einem Felsen mindestens dreihundert Meter über dem Meeresspiegel. Dann schlängelt sich eine Serpentinenstraße die Steilküste hinunter, und schließlich kommen wir auf die Moyenne Corniche, die Küstenstraße, die oberhalb von Monaco verläuft. Und endlich ist es so weit: Wir passieren die Staatsgrenze des Fürstentums Monaco.

Wir drehen neugierig die Köpfe. Auf Anhieb fällt auf, wie sauber und gepflegt hier alles ist, die Straßen, die Gehwege, die Häuser, einfach alles. Voller Staunen nähern wir uns einem kleinen Kreisverkehr, von dem eine Abzweigung nach Monte Carlo führt, und das Navi weist uns treffsicher den Weg.

»So, als Erstes müssen wir das Casino finden«, erklärt Sepia. »Dorthin gibt es sicher Wegweiser, und von da müssten wir dann direkt zum Hafen kommen.«

Das Casino ist nicht schwer zu finden, wir brauchen nur den zahlreichen Hinweistafeln zu folgen, und als wir vom Boulevard des Moulins zum Place du Casino hinunterfahren, halten wir fasziniert den Atem an: Monaco ist an sich schon sehenswert, aber das Casino ist einfach *umwerfend* – und so ganz nebenbei parken auf dem Platz davor schätzungsweise die Hälfte der Wagen, die uns auf den letzten hundert Kilometern überholt haben.

»Wow«, haucht Sepia. Ich habe sie noch nie so beeindruckt erlebt. »Habt ihr so etwas schon mal gesehen?«

»Nein, bis jetzt noch nicht«, gestehe ich.

»Ich auch nicht«, sagt Sonja.

»Wieso du auch nicht?« Sepia zieht argwöhnisch die Augenbrauen zusammen. »Ich dachte, du warst schon öfter hier!«

»Also, genau genommen war ich erst *ein Mal* hier«, sagt Sonja und bekommt dabei ein bisschen Farbe im Gesicht. »Aber da war ich erst zwölf, und meine Eltern hatten nicht genug Geld für einen längeren Aufenthalt, also sind wir damals eher ... durchgefahren.«

»Wie bitte, ihr seid *durchgefahren?* Und wieso hast du dann so große Töne gespuckt, von wegen, was man hier so alles anstellen kann?«, will Sepia wissen.

»Das weiß ich von einer Freundin, aber die hat mir alles haarklein erzählt«, gibt Sonja mit leichtem Schmollen zurück.

»Das heißt also, du kennst dich hier um nichts besser aus als wir?«, bringe ich es auf den Punkt.

»Nein, so würde ich es nicht sagen«, schüttelt Sonja sofort den Kopf. »Immerhin kenne ich die Geschichten meiner Freundin.«

»Na, das kann ja heiter werden«, seufzt Sepia. »Und dieses Hotel, von dem du geredet hast, dieses ...«

»Das Balmoral«, hilft Sonja ihr mit Kennerblick weiter.

»Genau ... bist du dir sicher, dass das nicht zu teuer für uns ist?«

»Ja, natürlich ... also, jedenfalls, wenn meine Freundin nicht gelogen hat.«

»Und Freundinnen lügen bekanntlich nie!« Sepia verdreht die Augen. »Aber wir werden es ja bald wissen.«

Wir bewegen uns in einer zähen Wagenschlange am Casino vorbei, und als wir um die Kurve der Avenue de Monte Carlo biegen, liegt plötzlich der Hafen von Monte Carlo vor uns, oder besser gesagt zu unseren Füßen, da die Straße an dieser Stelle steil abzufallen beginnt.

Uns stockt erneut der Atem.

Der Hafen selbst mit all den Jachten bietet schon ein wunderbar kitschiges Postkartenmotiv, aber dann erst die Stadt, sanft ansteigend halbkreisförmig in die Landschaft eingebettet. Und das Allerbeste: Genau gegenüber liegt der Felsen von Monaco, steil vom Meer aufragend, darauf die Altstadt mit ihren majestätischen Villen, und gleich dahinter, von unserer Stelle aus gut erkennbar: der Fürstenpalast!

Wie auf Kommando seufzen wir alle drei verzückt auf.

»Meine Güte, ist das schön«, kommt es mir über die Lippen.

»Könnt ihr euch vorstellen, wie es wäre, da zu wohnen?«, haucht Sonja sehnsuchtsvoll. »Als Fürstin, so wie damals Grace Kelly?«

Sepia und ich wechseln einen bedeutsamen Blick.

»Da hat wohl jemand zu viele Klatschmagazine gelesen«, kichere ich.

»Ganz meine Meinung«, nickt Sepia. »So, meine Lieben«, meint sie dann, »gleich kommen wir zur Avenue de la Costa, da müssen wir hinein.«

Kaum haben wir begonnen, nach dieser Straße Ausschau zu halten, als das Navi uns auch schon eine winzige Seitenstraße hinaufdirigiert. Wir folgen ihr etwa zweihundert Meter, danach kommt eine scharfe Rechtsbiegung, und nur wenige Augenblicke später stoppen wir vor der Nummer zwölf.

Wir mustern schweigend das Hotel. Auf den ersten Blick macht es einen ziemlich guten Eindruck. Es ist nicht mehr ganz neu, aber doch gepflegt, mit vier oder fünf Stockwerken, und es hat eine ganz charmante Patina, die ihm irgendwie einen klassischen Touch verleiht.

»Das ist gar nicht mal schlecht«, murmelt Sepia.

»Sag ich doch.« Sonja ist sichtlich stolz auf den Tipp ihrer Freundin. »Und wenn ich nicht ganz falsch liege, müsste man von der anderen Seite aus sogar Blick auf den Hafen haben«,

»Das heißt, wir können den Reichen zugucken, wenn sie auf den Jachten ihre Partys feiern«, schlussfolgere ich.

»Was heißt hier zugucken? Wir werden da schön mitfeiern«, korrigiert mich Sepia voller Zuversicht.

Sie hat inzwischen direkt vor dem Eingang des Balmoral eine Halteverbotszone ausgemacht und dort eingeparkt. Wir steigen aus und beäugen das Hotel.

»Ob wir uns das auch leisten können?«, murmle ich. »Wenn ich bedenke, was die Hotels bei uns zu Hause kosten, und dann erst hier in Monte Carlo ...«

»Meine Freundin hat jedenfalls gesagt ...«, beginnt Sonja.

»Eine *meiner* Freundinnen hat mal gesagt, dass mein Freund ein Langweiler sei«, unterbricht Sepia sie unsanft, »Und jetzt ist sie mit ihm verheiratet. Ich würde also vorschlagen, wir gehen einfach rein und fragen, bevor wir hier noch lange herumraten.«

Dem haben wir nichts entgegenzusetzen, also marschieren wir im Gänsemarsch hinein. Sofort überkommt mich ein ungutes Gefühl. Das Foyer besteht zu zwei Dritteln aus Marmor, der Rest ist Glas, und allein das Lächeln des Concierge sieht aus, als würde es ein kleines Vermögen kosten. Ich kann mir beim besten Willen nicht vorstellen, dass sich das hier alles mit meinem Budget vereinbaren lässt.

Da Sonja unsere Sprachexpertin ist, schicken wir sie vor. Es folgt ein kurzer Wortwechsel, der von Sonjas Seite hauptsächlich aus »Aha« und »Äh« besteht und von der Seite des Concierge aus wohlklingendem Französisch, dann bietet er plötzlich mit charmantem Akzent an: »Sie können aber gerne auch deutsch mit mir sprechen, falls Ihnen das lieber ist.«

Ha, von wegen sprachfaul! Die sind hier ganz im Gegenteil äußerst zuvorkommend, und dann gleich die nächste Überraschung: Die Zimmerpreise sind kein bisschen überzogen. Einzelzimmer gibt es ab hundertzwanzig Euro, und das Doppelzimmer ist pro Person sogar noch günstiger, denn dafür verlangen sie nur hundertvierzig Euro.

»Haben diese Zimmer auch Meerblick?«, will ich wissen.

»Nein, diese Zimmer nicht. Zimmer mit Blick auf das Meer sind etwas teurer«, erläutert er.

Wir beraten uns, und es dauert nicht lange, dann haben wir uns für ein Doppelzimmer mit Meerblick und ein Einzelzimmer an der Rückseite des Hotels entschieden, und den Preis für beide Zimmer teilen wir einfach durch drei. Auf die Art bekomme ich ein Einzelzimmer und damit die erwünschte Ruhe, und Sepia und Sonja, denen der Meerblick wichtiger ist, kann ich ja immer noch besuchen, falls ich auf den Hafen gucken will.

Mein Zimmer gefällt mir auf Anhieb. Es ist wie das ganze Haus schon ein wenig antiquiert, aber sehr gepflegt und dazu ziemlich großzügig, was das Raumangebot betriff. Ich entdecke einen kleinen Vorraum mit Kleiderschrank, dann das eigentliche Zimmer mit einem superbreiten Bett, einer gemütlichen Couch und einem Schreibtisch, dazu Fernseher und Klimaanlage, und nicht zuletzt ein äußerst großzügiges Badezimmer. Komplettiert wird das Ganze noch durch hohe, doppelflügelige Glastüren, die sowohl vom Schlaf- als auch vom Badezimmer aus auf einen breiten Balkon hinausführen, was die Räume noch zusätzlich größer wirken lässt.

Ich fühle, wie eine lockere Beschwingtheit von mir Besitz ergreift. Es ist ein Gefühl, wie ich es schon lange nicht mehr gehabt habe – genau genommen noch nie.

Ich trete auf den Balkon hinaus, schließe für einen Moment die Augen und sauge die würzige Mittelmeerluft förmlich in mich hinein. Augenblicklich fühle ich eine tiefe Entspannung, die ich einige Minuten lang intensiv genieße, und danach mache ich mich zufrieden ans Auspacken.

Als ich damit fertig bin, mixe ich mir eine Avocado-Mandel-Gesichtsmaske und lege mich in die Badewanne. Das beste Mittel für die Schönheit ist immer noch eine ordentliche Portion Entspannung, außerdem bleibt mir noch eine gute Stunde, da wir uns erst um acht im Zimmer der anderen treffen. Und wir haben große Pläne: Wir wollen in das sagenumwobene Café de Paris gehen, das nicht weit von unserem Hotel liegt, und danach in das wohl berühmteste Casino der Welt.

Ich für meinen Teil werde bereit sein, und ich bin mir absolut sicher, dass das einer der besten Abende meines ganzen Lebens wird.

6

Sepia sieht aus wie eine billige Hafennutte, und ich finde das toll.

Ich habe mich nämlich in der Badewanne kein bisschen entspannen können, sondern mir die ganze Zeit den Kopf zerbrochen, ob das kleine Schwarze, das ich eingepackt hatte, nicht zu gewagt ist für das Casino, und dann doch beschlossen, es anzuziehen. Um dennoch nicht zu verrucht zu wirken, habe ich mir dann sicherheitshalber die Haare hochgesteckt und mich nur ganz dezent geschminkt, und die neuen Gucci-Sandaletten und meine schlichte, schwarze Hugo-Boss-Handtasche – übrigens gar nicht teuer, weil von einem türkischen Basar – sollten ein Übriges tun, damit ich bei aller Raffinesse nicht billig wirke.

Dennoch war ich mir keineswegs sicher gewesen, ob meine Aufmachung passend ist – bis ich Sepia sah. Die hat nämlich ein ultrakurzes und knallenges rotes Lederkleid an, dazu schwarze Lackstiefeletten und einen Lippenstift, wie ich ihn das letzte Mal bei einer Doku über den Hamburger Kiez gesehen habe.

»Na, wie sehe ich aus?«, fragt sie sofort, nachdem sie mich ins Zimmer gelassen hat.

Wie der Ziegenpeter als Transvestit, schießt es mir durch den Kopf.

»Ja, also, auf alle Fälle ziemlich ... *speziell*, da werden die Leute Augen machen«, würge ich hervor. Eines ist jedenfalls sicher: Neben ihr wird sich garantiert kein Mensch mehr Gedanken über *meinen* Geschmack machen.

Im selben Moment kommt Sonja aus ihrem Zimmer. Sie trägt ein pfirsichfarbenes Abendkleid, das ihre schlanke Figur raffiniert betont, und dazu ein perfektes Make-up. Als sie Sepia erblickt, stoppt sie abrupt und reißt die Augen auf.

»Wie findest du's?«, schießt Sepia auch sie sofort an, und als Sonja mit der Antwort zögert: »Heidi findet es jedenfalls klasse!«

»Echt?«, entfährt es Sonja. Sie wirft mir einen fragenden Blick zu.

»Also, ich finde, es betont ihren Typ«, nicke ich und werde rot dabei, aber jetzt ist es ohnehin zu spät für einen Rückzieher.

»Ja, so gesehen ...«, nickt Sonja, dann wechselt sie sicherheitshalber das Thema: »Sag, warst du schon auf dem Balkon, Heidi? Im Hafen geht's richtig heiß her.«

Ich folge ihr, und bei dem Ausblick überkommt mich augenblicklich eine tiefe Sehnsucht, da unten mitzumischen. Die Dämmerung ist inzwischen hereingebrochen, und der Hafen ist ein einziges Meer aus Lichtern. Auf einigen Jachten sind bereits Partys im Gange, die Menschen tummeln sich auf den Decks und schlürfen Drinks, und die Bässe der Musik dröhnen bis zu uns herauf.

»Lärmempfindlich scheinen die nicht zu sein«, stelle ich fest, nachdem wir eine Weile zugesehen haben. »Aber das können wir uns ja morgen aus der Nähe ansehen, heute ist erst einmal das Casino dran, nicht wahr?«

»Du sagst es. Hast du genug Geld dabei?«, fragt Sepia.

Ich nicke. »Dreihundert, das müsste reichen. Wisst ihr, ich bin keine Spielerin, und Glücksspiel ist bekanntermaßen nur was für schwache Charaktere«, führe ich aus.

»Genau, und notfalls habe ich auch noch meine Kreditkarten bei mir«, ergänzt Sonja, und dabei guckt sie mich ganz merkwürdig an.

Zwei Minuten später schnaufen wir zum Place du Casino hoch. Es sind nur ein paar Hundert Meter, und viel weiter könnte ich mit meinem filigranen Schuhwerk ehrlich gesagt auch gar nicht gehen.

Jetzt, am Abend, ist der Anblick des Casinos noch beeindruckender. An der Stelle, wo die Avenue de la Costa in die Allée des Boulingrins mündet, befindet sich ein entzückender, kleiner Palmenpark, liebevoll gepflegt bis in die letzte Grasspitze. Als wir durch den hinunterkommen, liegt der Place du Casino direkt vor uns, mit dem Casino geradeaus, das Café de Paris linker Hand und rechter Hand das nicht minder berühmte Hotel de Paris. Rund um das Rondell mit dem Springbrunnen parken wieder sündteure Autos, und unwillkürlich frage ich mich, ob die überhaupt echt sind und nicht bloß billige Plastikattrappen, um das Ganze ein bisschen aufzupeppen.

Direkt vor dem Café de Paris entdecken wir eine breite Promenade mit einem Gastgarten, und den steuert Sonja jetzt zielstrebig an.

»Meine Freundin hat gesagt, dass wir uns unbedingt in die erste Reihe setzen sollen. Das ist angeblich das reinste Kino«, erklärt sie.

Mit erster Reihe meint sie wohl die Tischreihe direkt an der Straße, und schnell wird uns klar, was daran so besonders ist. Von dort aus hat man einen ungehinderten Blick auf den Casinoeingang, sodass man den Gästen dabei zusehen kann, wie sie vorfahren und dann die breite Treppe zum Casino emporschreiten. Hinzu kommt, dass der gesamte Place du Casino so eine Art Flaniermeile von Monte Carlo zu sein scheint, beginnend bei den gewöhnlichen Erdenbürgern, die schön brav zu Fuß dahermarschieren wie wir, bis hin zu den Geldleuten, die den Kreisverkehr nutzen, um mit ihren schicken Autos schnell mal ein paar Runden zu drehen. Sonjas Freundin hat also nicht übertrieben. Der Gastgarten des Café de Paris bietet wirklich die allerbeste Gelegenheit, um die seltene Spezies der Reichen aus allernächster Nähe zu studieren.

Wenn da nur ein Platz frei wäre.

Wie es nämlich aussieht, ist dieser Insidertipp auch bei allen anderen Gästen angekommen, dementsprechend sind nicht nur sämtliche Tische bis auf den letzten Platz besetzt, sondern es lauern auch schon mehrere Gestalten in unmittelbarer Nähe darauf, dass jemand Anstalten macht zu bezahlen, um sich dann die frei werdenden Plätze unter den Nagel reißen zu können.

»Das könnt ihr vergessen. Seht nur, die waren alle schon vor uns da«, winke ich resignierend ab.

»Sagt unsere Kommunikationsexpertin …«, grinst Sepia anzüglich.

»Wieso, was willst du denn dagegen tun?«, frage ich verärgert.

Sie rückt ein bisschen näher an Sonja und mich heran, dann raunt sie uns zu: »Ganz einfach, wir machen's wie die Russen!«

»Wie die Russen?!«

Sonja und ich wechseln einen ratlosen Blick, und eben will ich nachfragen, was Sepia damit gemeint hat, als plötzlich ein Pärchen Anstalten macht sich zu erheben. Ehe noch jemand darauf reagieren kann, deutet Sepia zum Casino hinüber und kreischt wie ein hysterischer Groupie: »Look, there is Albert!«

Jetzt kapiere ich gar nichts mehr. Was soll denn daran bitte *russisch* sein?

Dennoch zeigt die Aktion Wirkung. Innerhalb einer Nanosekunde reißen alle die Köpfe herum, als hätte man ihnen eine Kompassnadel implantiert und das Casino wäre der Nordpol. Kameras werden gezückt, und alle schreien aufgeregt durcheinander und knipsen wild drauflos, und eine ältere Frau bricht vor Begeisterung in Tränen aus. Es dauert eine Weile, bis sie erkennen, dass sie einem Trick aufgesessen sind, doch als sie sich enttäuscht wieder dem frei gewordenen Tisch zuwenden, hockt dort bereits Sepia und signalisiert mit ihren Blicken wild entschlossene Verteidigungsbereitschaft.

Das Pärchen, das an der Reihe gewesen wäre, schaut empört, dann tritt der Mann an Sepia heran und beschwert sich auf Englisch, ohne dass ich den genauen Wortlaut verstehen kann. Einen Moment lang befürchte ich, Sepia könnte ihm an die Kehle springen oder etwas in der Art, doch sie beginnt nur wild mit den Händen herumzufuchteln und in einem völlig wirren Kauderwelsch drauflos zu schnattern: »Dawei, Dowarisch, Russki, Wodka, Igor, Molotow, dawei, dawei, Stalin, Trotzki, Stravinski, Wolga, dawei …«

Alle starren sie fassungslos an, und Sonja rammt mir den Ellbogen in die Seite. »Was zum Teufel *sagt* sie da?«

»Ich habe keine Ahnung«, schüttle ich einigermaßen entsetzt den Kopf. »Wir sollten wohl besser abhauen, bevor die uns …«

»Warte!« Sonja hält mich am Arm fest. »Sieh nur!«

Du meine Güte. Jetzt bemerke ich es auch. Während Sepia weiterhin unbekümmert wirres Zeug von sich gibt, beginnen die Leute langsam vor ihr zurückzuweichen wie vor einer unberechenbaren Irren. Sie gucken dabei zwar böse, aber keiner wagt es, ihr entgegenzutreten, und schließlich wenden sie sich unter heftigem Getuschel und finsteren Blicken ab.

»Na los, worauf wartet ihr? Setzt euch«, raunt sie uns zwischendurch zu, dann faselt sie wieder irgendetwas von Perestroika, Leningrad und Krimsekt.

Mit hochroten Köpfen hocken wir uns neben sie.

»Sepia, was zum Teufel war *das* denn?«, zischt Sonja.

»Na, was wohl?« Sepia zwinkert uns listig zu. »Ich mache auf russische Milliardärin, habt ihr das nicht geschnallt? Die sind doch bekannt dafür, dass sie sich überall vordrängeln, und trotzdem schmeißt sie keiner raus, weil sie so reich sind.«

»Russische Milliardärin?«, echoe ich ungläubig. »Dann sollte das also *Russisch* sein?«

»Ja, klar, was denn sonst?« Sepia strahlt uns an.

»Sepia, man spricht nicht Russisch, indem man mit rauer Stimme Wodka und Perestroika grölt«, weist Sonja sie zurecht.

»Das weiß ich auch«, nickt Sepia. »Aber es klingt zumindest so ähnlich, und wie ihr seht, hat es funktioniert, oder etwa nicht?«

Uns fällt keine passende Antwort darauf ein, deshalb nicken wir nur schwach. Und auf merkwürdig durchgeknallte Art hat sie ja auch recht. Wir haben immerhin den begehrten Platz, auch wenn die Leute wohl eher aus Respekt vor ihren breiten Schultern und den trainierten Armen nachgegeben haben, und weil sie wohl dachten, sie hätte nicht alle Tassen im Schrank. Bei Sepias Aussehen scheint so etwas zu funktionieren, mich dagegen hätten die anderen Gäste genommen und samt meinen neuen Guccis kurzerhand im Springbrunnen versenkt, da bin ich mir sicher.

Kaum haben wir unsere Sessel zurechtgerückt, als auch schon ein Kellner herbeigewieselt kommt. Er hat glatt gestriegelte Haare und aufgeweckte Augen, und mit erwartungsvollem Blick zückt er Stift und Block.

»Also gut, was nehmen wir?«, fragt Sonja.

»Ich weiß noch nicht. Gibt's hier auch was zu essen?«, frage ich zurück.

Sonja müht sich ein paar Sätze lang mit ihrem Französisch ab, bis der Kellner sie erlöst, indem er ins Englische wechselt. Und interessant: Auch bei dieser Sprache scheinen Sonjas Lehrer besser gewesen zu sein als meine, denn ich kann ihrem Gespräch kaum folgen.

»Er sagt, warme Speisen gibt es abends nur hinten in der Brasserie, draußen hätten sie bloß Clubsandwiches«, übersetzt Sonja.

»Clubsandwiches? Was genau ist das?«

»Normalerweise Sandwiches mit allem Möglichem darauf, meistens mit einer kleinen Salatgarnitur.«

Okay, eine Riesenauswahl ist das nicht gerade. Bloß gut, dass ich während der Fahrt so viel gefuttert habe, wodurch sich mein Hunger jetzt in Grenzen hält.

»Also gut, dann probier ich das.«

Auch Sepia schließt sich mir an.

»Und was wollt ihr trinken?«, fragt Sonja.

»Ich nehme ein Bier, ich habe einen Mörderdurst«, sagt Sepia und verschränkt dabei die Arme vor der Brust, sodass ihre Muskeln deutlich zur Geltung kommen.

Das ist wieder mal so typisch. Sepia lässt wirklich nichts aus in Sachen Stillosigkeit. Ein *Bier*, hier in Monte Carlo, direkt vor dem Casino, im legendären Café de Paris, und womöglich noch in einer Dose, damit sie die hinterher auf ihrer eigenen Stirn zerquetschen kann. Also bitte!

Nur gut, dass ich über mehr Stil und Eleganz verfüge.

»Ich möchte Rotwein, aber nicht zu trocken«, erkläre ich in einem nonchalanten Tonfall. »Und eine Diät-Cola, ich bin auch etwas durstig.«

Sonja gibt alles an den Kellner weiter, und der macht sich in Windeseile vom Acker.

»Man kommt sich hier wirklich vor wie auf einem anderen Planeten«, meint Sepia, als er weg ist. »Seht euch nur mal die Autos an!«

Sepia kann das beurteilen, sie liest regelmäßig Automagazine, aber selbst ein Laie wie ich kann nicht übersehen, dass hier eine Menge Kleingeld vorbeirollt. Gerade kommt eine knallgelbe, ultraflache Flunder mit einem langhaarigen Typen daher, der anscheinend lichtempfindliche Augen hat, weil er auch am Abend eine Sonnenbrille benötigt.

»Wow, ein Ferrari!«, entfährt es mir begeistert.

»Das ist ein Lamborghini Murciélago«, korrigiert Sepia mit einem Anflug von Missbilligung in der Stimme.

Der nächste Wagen kommt noch flacher daher, diesmal in Mitternachtsschwarz mit einem Pärchen drin, bei dem allein die Frisuren so viel gekostet haben dürften wie mein ganzes Outfit.

»Aber das ist ein Ferrari, stimmt's?«, rate ich.

Sepia schüttelt den Kopf.

»Nein, das ist ein Porsche Carrera GT!«

Ein paar Sekunden später ein dunkelblau-metallicfarbenes Geschoss mit zwei Schwulen an Bord.

»Und der?«

»Nö, Aston Martin Vanquish.«

Den nächsten jedoch erkenne ich schon am legendären Rot.

»Da gibt's jetzt aber keinen Zweifel mehr, das ist einer!«, sage ich im Brustton der Überzeugung.

»Mm, mm, Nissan 350ZX.«

Dann haben wir auf der Herfahrt also gar nicht so viele Ferraris gesehen, sondern ich habe bloß jede x-beliebige Karre für einen gehalten. Aber schön langsam bekomme ich ein Gefühl für die Automarken. Ein schwarzer Schlitten rollt vorbei, und der sieht fast genauso aus wie der Wagen von Nora von Kessler.

»Das da ist ein Porsche, oder?«

Sepia sieht mich an wie einen Gelähmten, der sich anschickt, den Mount Everest zu erklimmen.

»Das ist jetzt ein Ferrari«, sagt sie mitleidig.

Alles klar. Ich geb's auf. Mir doch egal, was für Autos das sind. Auf jeden Fall sind sie teuer und schick poliert, mehr muss ich zu dem Thema auch gar nicht wissen, oder?

Im nächsten Moment ist es mir schon wieder egal, denn der Kellner bringt unser Essen.

Erwartungsvoll senken wir unsere Blicke auf die Teller – und ziehen lange Gesichter.

Das gibt's doch nicht. In der Küche des Café de Paris muss es ein Gerät zum Schrumpfen von Lebensmitteln geben, denn die Sandwiches sind so klein, dass man sie unter der Salatgarnitur kaum ausfindig machen kann.

Wohl um davon abzulenken, macht der Kellner dafür einen ziemlichen Zirkus beim Einschenken des Weins. Kunstvoll öffnet er die Flasche vor unseren Augen, schenkt einen Finger breit in *mein* Glas ein und wartet, bis ich koste.

Na bitte. Ein Anflug von Stolz überkommt mich. Offenbar ist mein Outfit dermaßen gelungen, dass er in mir eine Frau von Welt vermutet und mich deshalb als Erste kosten lassen will.

Ich tue ihm den Gefallen, indem ich das Glas mit Cola nehme und einen Schluck davon heruntertrinke, um Platz zu schaffen. Dann gieße ich den Wein dazu und koste, wobei ich es mir nicht nehmen lasse, den kleinen Finger beim Trinken theatralisch abzuspreizen. Okay, das Mischungsverhältnis ist noch nicht perfekt, aber es reicht, um herauszuschmecken, dass der Wein von bester Qualität ist.

»Bon«, sage ich in bestmöglichem Französisch, doch der Kellner scheint mich nicht zu verstehen. Er glotzt mich einige Sekunden lang wortlos an, dann knallt er die Flasche auf den Tisch und stakst kerzengerade davon, als hätte jemand Witze über seinen Schnauzbart gemacht.

»Nanu, was hat er denn?«, fragt Sepia erstaunt.

»Das fragst du noch?« Sonja sieht mich vorwurfsvoll an. »Heidi, du kannst doch keinen Edelwein zur Cola gießen, um ihn zu verkosten!«

»Und wieso nicht? Ich trinke meinen Wein immer so«, halte ich dagegen. »Außerdem, puren Wein verkosten kann doch jeder, nicht wahr?«

»Ja, mag schon sein, aber nächstes Mal überlässt du das Verkosten trotzdem mir, okay? Die haben es hier nämlich nicht so gern, wenn man ihren Edelwein mit Brause vermischt.«

»Na schön, von mir aus.« Ich weiß gar nicht, was sie hat. Es ist ja nicht so, als würden die uns den Wein schenken, also geht es sie im Grunde genommen gar nichts an, was wir damit anstellen, oder?

Um von dem leidigen Thema wegzukommen, esse ich die winzigen Happen, die hier Sandwich heißen, danach stoßen wir auf uns an und trinken. Dann lehnen wir uns zurück und beginnen, uns auf das Treiben rundum zu konzentrieren.

Also gut, dann wollen wir mal sehen. Nachdem ich mich ein bisschen an die noble Umgebung gewöhnt habe, finde ich es an der Zeit, die Leute hier einer professionellen Betrachtung zu unterziehen. Wie viele von diesen Gestalten sind denn nun wirklich Millionäre, aber vielleicht noch interessanter: Wie viele *tun* nur so?

Das aufgedonnerte Pärchen, das gerade um die Ecke biegt, zum Beispiel. Ich zoome sie heran und registriere als Erstes ihr teures Outfit. An denen gibt es nicht das kleinste Accessoire, das nicht von einem Nobeldesigner stammt. Vom Scheitel bis zur Sohle passt alles perfekt zusammen, und sie bewegen sich mit der überlegenen Selbstverständlichkeit von Menschen, die wirklich hierher gehören. Ihre Schritte sind fest, die Blicke halten stand, sie schwatzen und lachen unbekümmert. Alles klar. Die beiden *sind* reich, definitiv.

Doch schnell entdecke ich auch andere. Diese kleine Gruppe von Frauen und Männern in mittleren Jahren zum Beispiel, die bewegen sich reichlich gekünstelt durch die Gegend für meinen Geschmack …

»Heidi, was hast du?«, fragt Sonja, der mein konzentrierter Blick aufgefallen ist.

»Ach, nichts, ich checke nur ein bisschen das Publikum«, erkläre ich. »Weißt schon, Körpersprache und so.«

»Ah ja, klar. Und, was spricht die Expertin?« Sie folgt neugierig meinem Blick.

»Siehst du die Leute da drüben?«

»Ja, was ist mit denen?«

»Die sind nicht echt«, behaupte ich.

»Was meinst du mit *nicht echt?*«

»Warte mal, kurze Gegenfrage: Wie würdest *du* sie einschätzen?«

»Ja, also ...« Sie kneift die Augen zusammen und nimmt die kleine Gruppe, die jetzt gerade die Stufen zum Casino hochsteigt, genauer unter die Lupe. »Sie sind ordentlich gekleidet, die Männer schön brav in Schlips und Kragen, und die Kleider der Frauen sehen zumindest aus der Entfernung teuer aus, und sie haben frische Frisuren. Tja, ich weiß nicht, ich denke, das sind gut situierte Leute in mittleren Jahren, die sich einen Casinobesuch leisten können.«

»Findest du das auch, Sepia?« Jetzt bin ich neugierig. Sepia ist normalerweise ziemlich argwöhnisch, der kann man so leicht nichts vormachen.

»Ich denke, Sonja hat recht«, meint Sepia zögernd. Ihr Blick tanzt zwischen mir und der Probandengruppe hin und her. »Oder doch nicht, nein, sie hat unrecht, irgendetwas stimmt mit denen nicht«, schwenkt sie dann auf einmal um.

»Und wieso jetzt auf einmal?«, fragt Sonja verwundert.

»Weil ... nun ... na ja, weil Heidi das auch findet.« Sie sieht mich Hilfe suchend an. »Stimmt doch, Heidi, oder?«

»Genau«, nicke ich. »Hundert Punkte für Sepia!«

»Das musst du mir jetzt erklären«, meint Sonja, nachdem sie einen Schluck Wein genommen hat.

»Okay, passt mal auf!« Ich lehne mich zu ihnen vor. »Also, Sonja hat recht, was die Kleidung angeht. Die haben sich wirklich ganz schön in Schale geschmissen, und höchstwahrscheinlich haben sie dabei eine ganze Stange Geld ausgegeben, aber ...« Ich lege eine theatralische Pause ein, um die Wirkung zu erhöhen. »Achtet doch mal auf ihre Hüften, wenn sie gehen!«

»Ihre Hüften?«, fragen sie überrascht.

»Ja, seht genau hin: Die sind total blockiert, und ihre Schritte sind unnatürlich kurz. Die gehen gar nicht, die *trippeln.*«

Die beiden sehen genauer hin, dann nicken sie.

»Ja, stimmt«, sagt Sonja.

»Und jetzt achtet auf die Schultern ...« Augenblicklich konzentrieren sie sich wieder auf die Touristengruppe, die sich jetzt anschickt, das Casino zu betreten. »... sie sind nach vorne gebeugt – bei den Männern mit ihren Sakkos fällt das natürlich weniger auf – und die Hälse haben sie eingezogen, als würden sie jeden Moment geköpft ...« Ich bin jetzt so in Fahrt, dass ich mich zwingen muss, zwischendurch Luft zu holen. »Aber eigentlich sagen die Blicke sowieso schon alles!«, setze ich noch eins drauf.

»Wie, alles?« Sepia blinzelt mich unsicher an.

»Ja, merkt ihr es nicht? Sie sehen sich ständig um, als wären sie auf der Flucht, und sie wirken unsicher und nervös – als hätten sie etwas zu verbergen.«

»Du hast recht, die wirken tatsächlich so, als hätten sie was ausgefressen«, bestätigt Sonja, und sie klingt beeindruckt.

»Ja, und das liegt daran, dass sie wirklich etwas zu verbergen haben, die Tatsache nämlich, dass sie überhaupt nicht reich sind, sondern bloß so tun. Ich wette darauf, dass das in Wirklichkeit Durchschnittsbürger sind, die ihr halbes Jahreseinkommen hingeblättert haben, um heute einen auf dicke Hose zu machen, da bin ich mir hundertprozentig sicher«, schließe ich mit gewichtiger Miene.

»Wow, du hast es echt drauf, Heidi!« Auch in Sepias Stimme schwingt Respekt mit. »Dich kann man nicht so leicht austricksen, was?«

»Wirklich gut«, nickt Sonja. Dann hat sie plötzlich eine Idee: »Ist dir überhaupt klar, dass das hier der ideale Ort für dich ist, Heidi? Bei diesen Societytreffen sind doch die meisten Frauen auf der Suche nach ihrem Traumprinzen, und du könntest für sie die Angeber ganz einfach aussortieren, nicht wahr?«

»Klar könnte ich«, nicke ich. »Aber wie soll ich diese Leistung denn anbieten? Ich kann ja schlecht ein Inserat schalten: Heidi Mertens sucht für Sie den Superprinzen!, oder so.«

»Tja, auch wieder wahr.«

»Und um ehrlich zu sein, hatte ich mir etwas anderes vorgestellt«, beginne ich dann von Neuem.

»Ja, was denn?«

»Also: Hier in Monaco leben doch eine Menge Promis, die ständig im Fokus der Öffentlichkeit stehen, und bei dem einen oder anderen ist mir da schon einiges aufgefallen, was es zu verbessern gäbe ...«

»Zum Beispiel?« Sepia schnippt zwischendurch mit den Fingern, um beim Kellner eine weitere Flasche Wein zu bestellen, was der mit finster zusammengezogenen Augenbrauen zur Kenntnis nimmt.

»Nehmen wir zum Beispiel Albert ...«

»*Prinz* Albert?«

»Genau. Obwohl, der ist inzwischen schon *Fürst* ... egal. Jedenfalls, ist euch schon aufgefallen, wie der immer den Kopf einzieht, wenn die Reporter auf ihn losstürmen?«

»Ja, jetzt, wo du es sagst ...« Sonja kichert. »Er sieht dann immer aus wie eine Schildkröte, der man den Hals putzen will.«

»Woher weißt du das denn?«, fragt Sepia erstaunt.

»Meine Freundin aus der Grundschule hatte eine«, antwortet Sonja. »Sie hieß Konstanze.«

»Die Schildkröte?«

»Nein, die Freundin. Die Schildkröte hieß Speedy Gonzales, glaube ich, oder war das der Hund ...?« Sonja legt die Stirn in Falten, als sie nachdenkt.

»Das ist doch jetzt völlig egal«, falle ich ihr leicht genervt ins Wort. »Also, zurück zu Albert ... das mit dem Kopfeinziehen ist noch gar nicht alles, zum Beispiel beginnt er immer mit den

Augen zu zwinkern, wenn sie ihn auf die Gerüchte um seine Bisexualität ansprechen.«

»Du willst also sagen, er ist *wirklich* bi, und du willst das aufdecken?« Sepias Augen glitzern sensationslüstern.

»Nein, ich meine, keine Ahnung, das muss nicht heißen, dass er es wirklich ist«, winke ich schnell ab. »Aber indem er so reagiert, macht er sich diesbezüglich verdächtig, versteht ihr?«

»Ja, genau, stimmt. Und, gibt es sonst noch was an ihm?«

»Allerdings: das Fußballspielen«, fällt mir noch ein.

»Was ist damit? Betatscht er da etwa die anderen Spieler?« Sonjas Kopf rückt gespannt nach vorn.

»Nein, das ist es nicht. Ich finde nur, er sollte es lassen, weil ... na ja, seine *Figur*.«

»Hm, stimmt. Das wirkt wirklich nicht besonders elegant bei ihm. Es stimmt, Heidi, an einem Ort wie Monaco gäbe es eine Menge zu tun für jemanden wie dich«, bestätigt sie dann.

»Übrigens, Heidi, stimmt es, dass du neulich auch eine Hypnoseausbildung gemacht hast?«, fragt Sepia.

»Ja, habe ich. Ist noch gar nicht lange her«, antworte ich.

»Wow!« Sie sieht mich ganz fasziniert an. »Dann kannst du jetzt also Menschen hypnotisieren und sie alles Mögliche tun lassen, ohne dass sie sich hinterher daran erinnern?«

»Ja ... theoretisch schon.« Ich merke, wie mich bei diesem Thema eine klitzekleine Unsicherheit überkommt. »Aber darum geht es mir gar nicht, vielmehr will ich damit das Selbstvertrauen und die Souveränität meiner Kunden stärken.«

»Darüber haben wir noch gar nicht richtig geredet«, mischt sich jetzt auch Sonja ein. »Erzähl, wie funktioniert das!«

»Nun ...« Ich räuspere mich. »Der Trick dabei ist, in das Unterbewusstsein des Probanden vorzudringen, um dann bei ihm gezielte Suggestionen verankern zu können«, rezitiere ich möglichst wörtlich aus dem Kursprospekt.

»Und wie macht man das?«, will sie wissen.

»Also, es gibt da eine ganze Reihe von Techniken, die ... äh ... zum Teil streng geheim sind«, winde ich mich.

»Und die beherrschst du jetzt?«, fragt Sepia fasziniert.

»Ja, klar, dazu habe ich schließlich den Kurs gemacht, nicht wahr?«, behaupte ich.

Das ist übrigens nicht gelogen. Wir haben bei diesem Kurs wirklich eine ganze Reihe von Hypnosetechniken gelernt, und wir haben sie auch fleißig geübt, bloß ist es mir in Wahrheit kein einziges Mal gelungen, meine Probanden in Trance zu versetzen, weil sie entweder draufloskicherten, wenn ich zum hundertsten Mal in beschwörendem Tonfall »Du bist jetzt gaaanz entspannt!« sagte, oder weil sie ganz einfach eingeschlafen sind.

Sepia scheint völlig gefesselt von der Vorstellung. »Dann könntest du doch nachher den Croupier hypnotisieren, damit der die Kugel ...«

»Vergiss es, Sepia, das geht nicht!«, wehre ich hastig ab. »Das wäre erstens illegal, und zweitens funktioniert das nicht einfach so im Vorübergehen, verstehst du?«

»Ist ja schon gut, ich meinte ja nur«, macht sie beleidigt einen Rückzieher. Dann hat sie plötzlich eine andere Idee: »Aber *uns* könntest du doch hypnotisieren, oder?«

»Wie, euch?«, frage ich verwirrt.

»Na, mich und Sonja, nur so zum Spaß!«

»Au ja, das wäre lustig. Ich wurde noch nie hypnotisiert«, hängt sich jetzt auch noch Sonja an.

»Also, ich weiß nicht«, zögere ich. »Bei guten Freunden ist das eigentlich am schwierigsten, wisst ihr ...« Dann sehe ich ihre bettelnden Blicke, und ich kann nicht anders: »Ich meine, okay, von mir aus ... wenn es irgendwann mal passt. Aber nicht heute!«

»Einverstanden«, nickt Sonja zufrieden. »Du hast echt einen Superjob, Heidi, weißt du das? Übrigens, wie sieht es denn da mit dem Verdienst aus?«

»Na ja, geht so«, murmle ich ausweichend. »Im Moment fehlen mir noch die richtig fetten Brocken, wisst ihr? Wirtschaftsbosse, Politiker und so was. Das Problem ist nur, wie komme ich an die ran?«

»Das ist eine gute Frage.« Sonja nimmt nachdenklich einen Schluck. »Bei solchen Sachen geht es immer nur um den ersten Kontakt. Ein dicker Fisch würde wahrscheinlich reichen, dann spricht sich das von selber rum, könnte ich mir vorstellen. Aber einen wichtigen Schritt haben wir doch schon getan, indem wir hier sind, nicht wahr? Irgendetwas wird sich schon ergeben. Das Casino zum Beispiel ... es wäre doch gelacht, wenn wir da nicht über den einen oder anderen Promi stolpern.«

»Ja, genau«, stimmt Sepia begeistert ein »Worauf warten wir dann noch? Auf ins Casino! Und falls mir dort ein Promi begegnet, sage ich ihm gleich, dass er geht wie eine Ente und total schwul rüberkommt, und dann schicke ich ihn zu Heidi, damit sie das korrigiert.«

»Bloß nicht, Sepia!«, sage ich erschrocken.

»War bloß ein Witz, Heidi, keine Panik!« Nach einer winzigen Pause lacht sie gekünstelt, und ich kann ihr ansehen, dass das überhaupt nicht witzig gemeint war. »Also gut, Ladies, austrinken und zahlen, und dann sprengen wir die Bank!«

»Genau das machen wir.« Sonja hat bereits einen leichten Zungenschlag. Sie hat deutlich mehr von dem Wein abbekommen als ich, weil sie ihn nicht mit Cola gemischt hat. Selber schuld. »Die Rechnung übernehme übrigens ich. Prost!« Damit kippt sie ihr Glas auf einen Zug hinunter.

Was jetzt ihr den bösen Blick des Kellners beschert.

7

»Passeport!«

Ihre Augen sind winzige kleine Schlitze, und ich befürchte, dass sie jeden Moment den Sicherheitsdienst rufen wird.

Was für eine unfreundliche Person.

Wir stehen in der Eingangshalle des Casinos und verstehen die Welt nicht mehr. Die schmallippige Person hinter dem Tresen verlangt nach unseren Reisepässen, bevor wir ein Ticket für das Casino lösen können, und damit hat keine von uns gerechnet. Angemessene Kleidung ja, aber ein Reisepass, woher hätten wir das denn bitte wissen sollen? Wobei diese schikanöse Erfordernis für Sepia und Sonja kein Problem darstellt, denn die haben ihre Pässe mit, rein zufällig, weil nur ich meinen aus reiner Gutmütigkeit an der Rezeption des Hotels abgegeben habe.

Sonja versucht, von der Giftspritze hinter dem Tresen zu erfahren, ob es denn wirklich nötig sei, dass wir alle drei unsere Pässe vorweisen, zuerst auf Französisch, was nicht wirklich funktioniert, und dann auf Englisch. Doch die Antwort bleibt stets dieselbe: »Passeport!«

Jetzt werden ihre ohnehin winzigen Augen noch schmaler, als sie das sagt, und ich glaube zu erkennen, dass sie eine kleine Speichelwolke ausstößt. Oder ist das Drachenrauch? Schön langsam hege ich den Verdacht, dass sie bloß neidisch ist, weil sie glaubt, ich wäre reich, und sie überdies total flachbrüstig ist. Sogar im Sitzen sieht sie aus wie ein zorniger kleiner Knabe – der allerdings über die Macht verfügt, mich hier dünsten zu lassen bis zum Sankt-Nimmerleins-Tag ohne meinen dämlichen Pass.

Jedenfalls steht fest, dass mit dieser Person nicht zu verhandeln ist, und ich will auch nicht riskieren, generell Hausverbot zu bekommen, weil wir den ganzen Laden blockieren.

Sepia schiebt sich auf einmal näher an mich heran. »Hypnotisier sie!«, raunt sie mir ins Ohr.

»Wie bitte?«, frage ich entgeistert zurück.

»Hypnotisier sie, und dann mach sie glauben, du wärst Lady Gaga, dann lässt sie dich garantiert rein!« Sie zwinkert mir verschwörerisch zu.

»Unsinn, Sepia, so geht das nicht ... dazu bräuchte ich ein Pendel und ... abgesehen davon spreche ich nicht mal ihre Sprache! Nein, es hat keinen Sinn«, zucke ich die Schultern. »Geht ihr schon mal rein, und ich gehe meinen Pass holen.«

»Na gut, wie du meinst«, gibt Sepia ein bisschen enttäuscht nach. »Weit ist es Gott sei Dank ja nicht.«

Bis ich wieder zurück bin, herrscht beim Casino schon reger Andrang, sodass ich mich anstellen muss, bis ich erneut vor dem Pitbull stehe. Ihre Augen werden sofort zu schmalen Schlitzen, als sie mich erkennt, und natürlich zischt sie gleich wieder ihr nervtötendes: »Passeport!«

Ich strecke demonstrativ meine Brüste raus und knalle ihr wortlos meinen Reisepass und die zehn Euro Eintrittsgeld auf den Tresen. Sie registriert im Gegenzug ebenso wortlos meine Daten und händigt mir dann meine Eintrittskarte aus.

Also wirklich, unter Kundenfreundlichkeit hatte ich mir etwas anderes vorgestellt. Ich gebe mir alle Mühe, mir meinen Ärger nicht anmerken zu lassen, obwohl es mich gewaltig wurmt. Doch als ich mich von ihr abwende, entdecke ich etwas, womit ich mir augenblicklich Genugtuung verschaffen kann: Ein Beschwerdebriefkasten, samt vorgedruckten Zettelchen und einem goldglänzenden Stift daneben.

Na, wenn das kein Zufall ist.

Hm, mal überlegen. Am meisten Wirkung erziele ich zweifellos, wenn ich meine Beschwerde auf Französisch deponiere, denn dann wird die Casinoleitung denken, ich wäre eine gebildete und weltgewandte Person. Ob ich nicht besser Sonja zurate ziehe? Andererseits, ihr Französisch klingt auch nicht unbedingt nach einem Studium an der Sorbonne. Vielleicht auf Englisch? Bringt auch nicht viel, das kann ich kaum besser als Französisch.

Ach, was soll's, sage ich mir dann. Wir haben schließlich eine ganze Menge durchgeackert auf der Herfahrt, die paar Sätze werde ich damit wohl noch hinkriegen, das wäre doch gelacht.

Ich schnappe mir also Papier und Kugelschreiber und warte, bis die Gewitterziege in meine Richtung sieht. Dann hebe ich demonstrativ meine Schreibutensilien, und zufrieden registriere ich, wie ihr Blick nervös zu flackern beginnt.

Ha, der werd ich's zeigen. Die wird sich in Zukunft hüten, gut gelaunte Touristen in hauchdünnen Sandaletten nachts durch die Straßen zu jagen.

So, wie könnte denn die Berufsbezeichnung für diese Kuh lauten? Concierge? Hm, das klingt eher nach Hotel, finde ich. Und *was* soll ich überhaupt schreiben?

Ihre Empfangsdame ist äußerst unfreundlich, zum Beispiel. Das wäre einfach und würde durchaus seinen Zweck erfüllen. Wobei ich mir das »äußerst« gleich abschminken kann, auf die entsprechende französische Vokabel werde ich nie im Leben kommen. Bleibt also nur die Sparversion, aber die wird's schließlich auch tun.

Dann wollen wir mal ein bisschen kombinieren: »Chef de la cuisine« bedeutet wörtlich Chef der Küche, diese Kuh ist aber kein »Chef«, nehmen wir also »Madame«, besser noch mit Artikel, »La Madame«, das wäre dann: »La Madame de la ...« Empfang, wie nennen die das ... ah, genau, »réception«, das liest man doch überall. Also: »La Madame de la réception« ist ... est ...

Ich grüble. Mir muss doch irgendein Wort für »unfreundlich« einfallen! Sonja hat uns während der Fahrt mit Hunderten Vokabeln vollgequatscht, aber gemerkt habe ich mir davon herzlich wenig. Hat sie nicht auch irgendetwas erwähnt wie »freundlich«, oder »sonnig«, oder so was in der Art? Dann blitzt es in meinem Oberstübchen auf: »Ohsänt«, oder so ähnlich. Auf jeden Fall hat es so geklungen ...

Aber wie schreibt man das?

Ein bisschen was habe ich mitbekommen von der französischen Schreibweise, »oh« schreiben die »en«, soviel weiß ich, und dieses »sänt«, das muss dann wohl irgendwas mit »ein« sein ... egal, ich will ja keine Rechtschreibolympiade gewinnen. Dann brauche ich jetzt nur noch »nicht«, und das ist leicht: »non«.

Also schreibe ich: »La Madame de la réception est non enseint!!!« Mit drei Ausrufezeichen, wohlgemerkt. Sollen die nur sehen, wie geladen ihre vornehmen Gäste sind!

Dann falte ich das kleine Zettelchen genussvoll zusammen, warte, bis die Zicke wieder herguckt, diesmal schon mit besorgt gerunzelter Stirn, hebe den Zettel demonstrativ noch einmal in die Höhe und werfe ihn dann mit einem gemeinen Grinsen in den Kasten, als wäre ich ein amerikanischer Präsident, der soeben ihr Gnadengesuch abgelehnt hat.

Ha, das hat gesessen.

Voller Genugtuung beobachte ich, wie sie nervös auf ihrem Stuhl herumzurutschen beginnt, und nun kann ich mich endlich in Ruhe meinem Vergnügen widmen – das natürlich als Erstes darin bestehen wird, Sepia und Sonja von meiner Großtat zu erzählen.

Die beiden Herren, die vor dem eigentlichen Casinoeingang im Inneren des Gebäudes die Tickets kontrollieren und abreißen, sind dann im Gegensatz zu der Empfangsdame auch noch freundlich, und zufrieden marschiere ich hinein.

Dabei überkommt mich schlagartig eine Woge tiefer Ehrfurcht.

Ich meine, das ist nicht irgendein Laden. Das ist das weltberühmte Casino von Monte Carlo. Und ich, die kleine Heidi Mertens, bin hier mittendrin. Endlich.

Wobei: Von innen ist es ein bisschen kleiner als erwartet. Und merkwürdig, hier im ersten Saal gibt es außer sieben oder acht Roulettetischen eigentlich gar nichts. Das wundert mich ein bisschen, habe ich beim Begriff Casino doch immer automatisch dieses Bild vor Augen, wie supercoole Typen Blackjack spielen, während ihre übertrieben geschminkten Gespielinnen in winzigen Kleidchen sie unterwürfig anhimmeln, oder dieses andere Spiel mit den Würfeln, das Robert Redford in *Ein unmoralisches Angebot* gespielt hat, bevor er Demi Moore für eine schlappe Million flachlegte.

Leicht befremdet mache ich ein paar Schritte auf die Tische zu und halte gleichzeitig nach meinen Freundinnen Ausschau, und plötzlich entdecke ich Sonja. Sie sitzt an einem Roulettetisch, und zu meiner Überraschung stehen einige Leute um sie herum und beobachten interessiert, wie sie spielt.

Augenblicklich erwacht die Neugierde in mir. Was ist so interessant an ihrem Spiel, dass die anderen Gäste sich um sie scharen und ihr über die Schulter gucken?

Klar, wir haben davon gesprochen, die Bank zu sprengen, aber das war doch bloß so eine Art beschwipster Jungmädchenschwur. Sollte sie jetzt etwa tatsächlich Ernst machen? Oh mein Gott.

Gerade als ich zu ihrem Tisch komme, wird ein Platz neben ihr frei, sodass ich mich setzen kann. Sonja registriert es aus den Augenwinkeln.

»Na, alles klargegangen mit der Ziege?«, fragt sie beiläufig, ohne dabei den Croupier aus den Augen zu lassen, der soeben die Kugel mahnend hochhält.

»Ja, mehr oder weniger. Aber keine Bange, ich habe mich ordentlich beschwert über sie. Die haben da draußen nämlich einen Beschwerdebriefkasten.«

»Ah ja, tatsächlich? Was hast du denn geschrieben?«

»Also, ich ... egal, erzähle ich dir später«, sage ich dann, weil ich sehe, dass es sie im Moment ohnehin nicht interessiert. Sie hat jetzt nur noch Augen für die Kugel, die der Croupier mit einem eleganten »Rien ne va plus!« gegen die Drehrichtung der Roulettescheibe in die Umlaufbahn der Außenbande wirft.

»Worauf hast du denn gesetzt?«, flüstere ich.

»Auf Rot.«

»Nur auf Rot und sonst nichts? Ist das nicht langweilig?«, wundere ich mich.

»Inzwischen nicht mehr. Ich habe mit fünf Euro Einsatz begonnen und jedes Mal verdoppelt, weil immer Schwarz kam. Da kommt mit der Zeit ein ganz schöner Einsatz zusammen.«

»Tatsächlich? Wie oft kam denn Schwarz?«, erkundige ich mich.

»Neun Mal hintereinander.«

Neun Mal, das sind dann ja ... fünf, zehn, zwanzig, vierzig ... ich nehme die Finger, und es dauert ein paar Sekunden – dann muss ich mir auf die Zunge beißen, um nicht laut aufzuschreien.

Oh mein Gott. Das müssen über zweitausend Euro sein! Meine Freundin hat ein Vermögen auf Rot gesetzt und beobachtet jetzt mit starrem Blick die Kugel, die immer noch die rotierende Scheibe umkreist. Und jetzt ist auf einmal auch klar, warum ihr die ganzen Leute zusehen. Diese Geier haben anscheinend ihre Spieltaktik mitbekommen und warten jetzt nur darauf, dass sie ins Unglück stürzt!

»Sonja, du bist verrückt!«, presse ich zwischen meinen zusammengepressten Lippen hervor.

»Keine Sorge, das ist mein letzter Versuch. Wenn's diesmal nicht klappt, gebe ich's auf«, versucht sie mich zu beruhigen, aber vor lauter Anspannung ballt sie ihre Fäuste, dass die Knöchel weiß unter der Haut hervortreten.

Dann wird die Kugel von den Zahlenfächern der Scheibe erfasst und beginnt unschlüssig herumzuspringen, und ein Raunen geht durch die Menge.

»Mach schon, mach schon!«, zischt Sonja, und jetzt ist ihr deutlich anzusehen, dass sie knapp davor steht, die Nerven zu verlieren.

Und die Kugel macht es noch extra spannend. Sie springt zuerst auf eine rote Zahl, dann auf eine schwarze, dann wieder auf eine rote, um es sich im nächsten Moment noch einmal anders zu überlegen und wieder aus dem Fach zu springen und noch ein paar Mal arrogant herumzupendeln, bis sie – auf der *roten* Drei landet!

»Trois et rouge«, verkündet der Croupier stoisch, aber man kann ihn kaum verstehen, weil Sonja einen Freudenschrei ausstößt und gleichzeitig ihre geballten Fäuste jubelnd hochreißt, woraufhin ein Mann, der tief über sie gebeugt alles mitverfolgt hat, ebenfalls aufschreit, weil Sonja ihm mit der Rechten einen lupenreinen Kinnhaken verpasst hat, was sie in ihrem Freudentaumel aber gar nicht mitbekommt.

»Heidi, du bist mein Glücksengel!«, quietscht sie.

Sie reißt mich in ihre Arme und küsst mich links und rechts ab, und mir wird ganz warm vor Freude und Stolz. Ich gönne es ihr so sehr. Nicht nur, dass sie an diesem Spieltisch beinahe eine Menge Geld verloren hätte, war sie vorhin auch noch so großzügig gewesen, unsere gesamte Rechnung im Café de Paris zu übernehmen. Als der Ober dieselbe in einem Tellerchen auf den Tisch gelegt hat, ist uns allen die Spucke weggeblieben. Die Halsabschneider berechnen für dieses Schrumpfsandwich elf Euro fünfzig und für die Flasche Wein achtundvierzig, und zusammen mit den anderen Sachen hatte sich unsere Zeche auf fast zweihundert Euro summiert. Ohne Trinkgeld. Als wir den ersten Schock verdaut hatten, haben Sepia und ich natürlich sofort angeboten, uns an der Rechnung zu beteiligen, aber Sonja hat darauf bestanden, alles zu bezahlen. »Wer die Bank sprengen will, darf sich nicht mit Peanuts aufhalten«, hat sie als Parole ausgegeben, und ihr schräges Motto scheint sich jetzt tatsächlich zu bewahrheiten.

»Und, wie viel hast du gewonnen?«, frage ich begeistert.

»Den doppelten Einsatz«, strahlt Sonja.

»Ja, ja, schon klar, aber wie viel bist du jetzt im Plus, *insgesamt*, meine ich?«, hake ich nach.

»Mal sehen, wenn du den Gesamteinsatz abziehst, bleiben ...« Sie rechnet hektisch nach, bevor sie voller Stolz verkündet: »Fünf Euro.«

»Wie bitte? Wegen fünf Euro der ganze Nervenkitzel?«, stoße ich fassungslos hervor. »Sei mir nicht böse, Sonja, aber das ist doch völlig ... *beknackt*.«

»Das muss man anders sehen. Immerhin habe ich meinen ganzen Einsatz zurückgewonnen, und *dazu* die fünf«, sagt sie mit einem seligen Leuchten in den Pupillen.

Okay, ich habe gerade etwas gelernt: Ein echter Spieler will zwar gewinnen, aber es ist ihm dabei anscheinend nicht wichtig, *wie viel* er gewinnt.

»Und, willst du auch spielen?«, fragt Sonja dann mit einem Seitenblick auf den Croupier, der allmählich wieder ungeduldig wird.

»Äh, ja, sicher, wenn ich schon mal hier bin. Was muss ich tun?«

»Zuerst musst du ihm Geld geben, für die Jetons.«

»Und wie viel?«

»Das kommt ganz darauf an, um wie viel du spielen willst.«

Ich angle meine Geldbörse aus der Tasche.

»Sind zwanzig okay für den Anfang?«

»Zwanzig? Wir sind hier in Monte Carlo und nicht auf der Reeperbahn!«, sagt Sonja mit einem leisen Kopfschütteln.

»Okay, hab schon kapiert.«

Zähneknirschend ziehe ich einen Hunderter hervor und werfe ihn dem Chefcroupier am Kopfende des Tisches hin, woraufhin der mir ein paar orangefarbene, runde Plastikjetons zuschiebt.

»Wieso kriege ich nur orangefarbene?«, frage ich ein bisschen enttäuscht.

Ich habe bemerkt, dass Sonja und die anderen Spieler am Tisch die verschiedensten Farben vor sich liegen haben, und zwischendurch entdecke ich auch ein paar besonders hübsche, rechteckige.

»Ich schätze, weil der Croupier annimmt, dass du nicht die ganze Summe mit nur einem Jeton verspielen willst.« Sie deutet auf einen ihrer runden, hellgrünen Jetons. »Das da zum Beispiel ist ein Hunderter.«

Ah, daher weht der Wind. Der Croupier hält mich wohl für ein armes Würstchen, das nur mit Minieinsätzen spielen will.

Mist, der Kerl hat mich durchschaut.

Einen Augenblick lang spiele ich mit dem Gedanken, den ganzen Haufen auf eine Zahl zu setzen, aber schnell wird mir klar, dass ich nicht über meinen Schatten springen kann. Doch auch wenn es mir widerstrebt, mit hohen Einsätzen zu spielen, beschließe ich, wenigstens bei meiner Spieltaktik etwas zu riskieren.

»Mit welcher Zahl kann man am meisten gewinnen?«, flüstere ich Sonja unauffällig zu.

»Welche Zahl ist egal, es geht bloß darum, ob du auf eine einzige setzen willst«, erklärt sie mir.

»Genau das habe ich vor«, verkünde ich wild entschlossen.

»Okay, dann such dir eine aus«, meint sie mit hochgezogener Augenbraue. »Wenn sie kommt, gewinnst du das Fünfunddreißigfache, aber die Wahrscheinlichkeit ist minimal, das sage ich dir gleich.«

Der Chefcroupier mahnt jetzt ungeduldig: »Faites vos jeux, Mesdames et Messieurs!«, und auch die anderen Spieler am Tisch machen schon finstere Gesichter. Sonja bleibt bei ihrer bescheuerten Schwarz-Rot-Taktik und setzt einen Hunderterjeton, diesmal aber auf Schwarz.

Ich überlege hektisch. Auf welche Zahl soll ich setzen? Ich habe keine Glückszahl im eigentlichen Sinn, woran sonst also könnte ich mich orientieren?

Mein Geburtsjahr geht nicht, die Spielzahlen gehen ja nur bis sechsunddreißig.

Mein Alter würde gehen, ich will jedoch nicht riskieren, hinterher von allen gefragt zu werden, wie ich auf die Zahl gekommen bin, mit der ich so viel abgeräumt habe.

Null geht auch nicht, sonst vermuten womöglich alle, dass ich mich selber für eine halte.

Welche Zahl bleibt dann noch, so auf die Schnelle?

»Heidi, nun mach endlich, der wirft gleich!«, drängt Sonja, und tatsächlich, der Croupier verstärkt den Druck, indem er die Kugel mahnend hochhebt.

Eine Zahl muss her, und zwar schnell! Meine grauen Zellen rotieren. Es sollte etwas Beziehungsvolles sein, etwas, das einen Meilenstein in meinem Leben markiert.

Vierzehn!, jagt es durch mein Gehirn. Ja genau, das ist es, mit vierzehn habe ich meine Unschuld verloren.

Na bitte, wenn *das* kein Meilenstein ist!

Ich schiebe einen meiner Jetons über den Tisch, und weil meine Arme nicht lang genug sind, um das Feld mit der Vierzehn zu erreichen, sage ich routiniert »quinze«, weil ich bei den anderen Spielern gesehen habe, dass man das so macht.

Der Croupier, der mir am nächsten sitzt, geht gleich daran, meinen Befehl auszuführen, während der Chefcroupier erleichtert »Rien ne va plus!« seufzt und endlich sein Elfenbeinkügelchen in das Roulette werfen kann. Nichts geht mehr, und ich sehe, wie die Drehscheibe rotiert, wie die Kugel rollt, und wie – der bescheuerte Croupier meinen Jeton währenddessen auf die *Fünfzehn* legt!

»Was macht der denn da?«, frage ich Sonja hastig. »Wieso legt er meinen Jeton auf die Fünfzehn?«

»Das macht er, weil du fünfzehn gesagt hast«, kommt als Antwort.

Habe ich das? Gibt's doch nicht! Verdammte Mistsprache, verdammte!

Wenn jetzt die Vierzehn kommt, werde ich glatt durchdrehen, ich schwör's. Da hat man vielleicht einmal im Leben Glück, nur dieses eine Mal, und dann ist man so eine sprachliche Supernull und kann nicht einmal eine einfache Zahl auf Französisch sagen. Aber natürlich verrate ich Sonja nichts von meinem Missgeschick, und der scheint das nur recht zu sein, denn sie starrt jetzt auch wieder gebannt auf die Kugel, die das gleiche grausame Spiel wie vorhin treibt. Sie rotiert, sie touchiert, sie hopst und sie springt, und erst nach einer gefühlten Ewigkeit bleibt sie endlich liegen.

Ich kann gar nicht hingucken.

»Quinze et noir«, verkündet der Croupier, und ich bin mir schon wieder nicht sicher, welche Zahl damit gemeint ist.

Schließlich hebe ich doch meinen Blick, und dann sehe ich es: Die Kugel liegt auf der Fünfzehn. Das ist *meine* Zahl! Ich wage gar nicht, mich zu bewegen, aus Angst, irgendetwas könnte im letzten Moment noch verrutschen. Alles ist auf einmal mucksmäuschenstill, und aus den Augenwinkeln registriere ich, wie mich alle mit offenen Mündern anglotzen.

»Nicht schlecht für eine Anfängerin, gratuliere«, lächelt Sonja, während der Croupier mir einen Haufen Jetons herüberschiebt, und auch sie hat gewonnen und erhält ihren hellgrünen verdoppelt zurück. »Aber sag, wie bist du ausgerechnet auf die Fünfzehn gekommen, ist das eine Glückszahl von dir?«

»Stimmt genau, das ist sie«, nicke ich mit glühenden Wangen.

»Ach ja, und wieso?«

»Mit fünfzehn habe ich meine Unschuld verloren«, kommt es mir in der Aufregung über die Lippen.

»Du meine Güte, mit fünfzehn schon? Dann warst du ja ein ziemlich leichtes Mädchen«, murmelt Sonja, und ich glaube, sie meint das sogar ernst.

Oh Mann. Nur gut, dass sie nichts von meiner babylonischen Zahlenverwirrung weiß, sonst würde sie mich ab sofort für ein verdorbenes Luder halten.

Jedenfalls bin ich jetzt der Star am Tisch, und mit einem Anflug von Selbstgefälligkeit registriere ich, dass alle nur auf meinen nächsten Einsatz warten.

Okay, Leute, das könnt ihr haben.

Dieser glückliche Auftakt hat mich zuversichtlich gestimmt, und eigentlich kann ich jetzt auch den Einsatz erhöhen, habe ich doch eine stattliche und noch dazu völlig unerwartete Spielbörse zur Verfügung.

Ich nehme also zwei größere Jetons, schiebe sie wieder über den Tisch und verkünde mit der Selbstsicherheit einer routinierten Spielerin erneut: »Quinze!« Die Zahl kenne ich wenigstens, und wie heißt es doch so schön: Never change a winning team – selbst wenn das in meinem Fall nur aus einer einzigen Zahl besteht.

Voller Genugtuung stelle ich fest, dass auch die anderen Spieler größtenteils auf die Fünfzehn setzen in der Hoffnung, an meinem Glück teilhaben zu können, und ich glaube leichte Unruhe bei den Croupiers zu verspüren. Sicher befürchten die jetzt, dass ein ganz unglaublicher Lauf vor mir liegt und ich drauf und dran bin, die Bank zu sprengen. Und ein absolut untrügliches Gefühl tief in mir drinnen sagt mir, dass sie damit recht haben könnten.

Und inzwischen habe ich mir auch schon eine geniale Taktik zurechtgelegt: Ich werde einfach weiter auf die Fünfzehn setzen! Nicht etwa, weil ich so naiv wäre zu glauben, dass diese Zahl gleich mehrere Male hintereinander kommen wird, aber die Logik sagt mir, dass sie doch *irgendwann* wieder kommen wird, und sobald das geschehen ist, werde ich meinen Einsatz neuerlich verdoppeln, denn dann kann ich mir das locker leisten.

Okay, Zeit für eine kleine Lagebeurteilung: Ich habe die nötige Spielbörse, ich habe die nötige Geduld, und ich habe die nötigen Nerven. Das Allerwichtigste aber: Ich verfüge auch über genügend Selbstbeherrschung, um zum richtigen Zeitpunkt aufzuhören. »Rien ne va plus« heißt es erneut, und die Kugel rollt wieder.

Ich schließe für eine Sekunde die Augen und gebe mich der wundervollen Vision hin, diesen Tisch schon bald als reiche Frau zu verlassen. Unwillkürlich entringt sich ein kleiner Seufzer meiner Brust.

Ach, was ist so ein Casino doch für eine segensreiche Erfindung ...

»Wer auch immer dieses Casino gebaut hat, den müsste man erschießen!«, zische ich aufgebracht, als ich den nächsten Hunderter über den Tisch schiebe.

»Zu spät. Ich glaube nicht dass der noch lebt«, antwortet Sonja trocken.

Womit sie natürlich recht hat, und ich empfinde das in diesem Moment als ausgesprochen unfair.

Meine Taktik hat nämlich im Nachhinein betrachtet wohl doch ein paar kleine Schwächen gehabt. Zum Beispiel konnte niemand das Mörderpech erahnen, dass sich die Fünfzehn während der letzten halben Stunde so überaus hartnäckig geweigert hat, diese Kugel nochmals in ihren Schoß zu nehmen. Mit der unangenehmen Folge, dass ich inzwischen alles wieder verspielt und zu allem Überfluss gerade noch meinen letzten Hunderter hingeblättert habe.

»Und, wie läuft's bei dir?«, frage ich, um davon abzulenken.

»Alles im grünen Bereich. Ich bin ausgeglichen, schätze ich«, gibt Sonja sich zufrieden.

Ich schiebe missmutig einen Jeton über den Tisch und sage trotzig »quinze«, und das entwürdigende Spiel beginnt von Neuem. Die anderen Mitspieler beachten mich jetzt gar nicht mehr. Sie haben inzwischen erkannt, dass mein erstes Spiel lediglich Anfängerglück war, und spielen wieder ihr eigenes Spiel – und zum Teil mit beachtlichem Erfolg, wie ich verwundert registriere.

Zum Beispiel diese distinguierte Dame schräg gegenüber. Die ist offenbar ein alter Hase in Sachen Glücksspiel. Sie setzt konstant auf unterschiedliche Zahlenkombinationen mit jeweils kleinen Einsätzen, und das scheint zu funktionieren, denn der Haufen vor ihr wächst und wächst.

Oder der liebenswerte Opi rechts von mir, der mir zwischendurch immer wieder aufmunternd zunickt. Der guckt so treuherzig, als bekäme er gar nichts mehr mit, insgeheim habe ich den Verdacht, man könnte ihm genauso gut einen Haufen bunte Smarties hinlegen und eine Kindertischdecke, auf die er die Dinger werfen kann. Und dennoch: Auch sein Jetonberg wird immer größer, ganz im Gegensatz zu meinem.

Und natürlich gibt es auch Gelegenheitsspieler, die kommen und gehen und bloß eben mal ein paar Jetons spielen und sich dann gleich wieder verziehen, sobald die verzockt sind.

Und dann ist da noch dieser runde, haarige Bauch direkt neben meiner linken Schulter.

Moment mal. Wie war das gerade? Wo ist der denn plötzlich hergekommen? Der ist mir bisher noch gar nicht aufgefallen, und überhaupt, seit wann dürfen nackte, haarige Bäuche ins Casino?

Unwillkürlich reiße ich den Kopf herum, um den dazugehörigen Mann zu begutachten – und verfalle augenblicklich in befremdetes Staunen.

Der Mann trägt ausgewaschene beige Cordhosen, die verdächtig nach einem Familienerbstück aussehen, dazu einen hellgrünen Sommerpulli, den er entweder zu heiß gewaschen oder gekauft hat, als er noch zwanzig Kilo weniger auf die Waage brachte – was jetzt wiederum mir die Möglichkeit gibt, einen gut zehn Zentimeter breiten, frei liegenden Streifen seines haarigen, weißen Speckbauchs aus allernächster Nähe zu betrachten. Und sein Gesicht rundet das Ganze in perfekter Weise ab: Es glänzt speckig und ist umrahmt von dunklem, fettigem Haar, dazu eine Brille, die aus zwei Brenngläsern zu bestehen scheint, hinter denen winzige Augen direkt auf mein Dekolleté herunterstarren.

Augenblicklich laufe ich rot an. Ungefähr genau so hatte ich mir eine Casinobekanntschaft *nicht* vorgestellt. Um von vornherein Missverständnisse zu vermeiden, feuere ich als Sofortmaßnahme einen empörten Blick ab, dann knöpfe ich den obersten Knopf meines Kleides zu, schlage meine Beine eng übereinander und wende mich wieder dem Spieltisch zu.

So, das müsste reichen, damit er sich bloß keine falschen Hoffnungen macht.

»Scheint so, als hätte da gerade jemand einen Verehrer gefunden«, kichert Sonja plötzlich auch noch reichlich unpassend neben mir. »Und, was sagt die Kommunikationsexpertin: Wie viele Millionen hat der wohl auf dem Konto?«

»Kein Kommentar«, gebe ich schmallippig zurück.

Ich bin immer noch verwundert über den Anblick des Mannes, aber insgeheim bin ich auch ein wenig verärgert. Ich meine, mir ist schon klar, dass es hier freien Zutritt gibt, aber müssen sie deswegen wirklich *jeden* hereinlassen?

Dann, nachdem die Kugel schon wieder *nicht* auf die Fünfzehn gefallen ist, reagiert endlich auch der Chefcroupier. Er erhebt sich und beginnt den Tisch zu umrunden. Er ist eine eindrucksvolle Erscheinung, ziemlich groß, mit breiten Schultern und kräftigen Händen. Gar keine Frage, er wird den Mann ohne große Umschweife hinauswerfen, und im nächsten Moment tut mir der auch schon wieder leid. Und tatsächlich, der Chefcroupier hebt seine furchterregende Pranke, und ich ducke mich schon vorsorglich für den Fall, dass der Kerl Widerstand leistet und es zu einem Kampf kommt. Au Backe, jetzt geht's los. Der Dicke hebt ebenfalls seine Hand, und ich denke schon, jetzt knallt's, als der Croupier plötzlich die Hand des anderen ergreift und – *schüttelt!*

Okay, hier läuft gerade etwas *ziemlich* Schräges ab, auf das ich mir absolut keinen Reim machen kann. Fasziniert verfolge ich, wie der Chefcroupier jetzt nicht nur die Hand des Mannes schüttelt, sondern dazu auch noch mit geradezu lächerlicher Unterwürfigkeit ein paar Sätze mit ihm wechselt, die kein bisschen klingen, als würde er ihn auffordern, das Casino zu verlassen.

Sonja und ich tauschen ratlose Blicke aus. Hat hier eine Obdachlosentombola stattgefunden und dieser Mann hat als ersten Preis einen Casinoaufenthalt gewonnen? Oder haben sie ihn engagiert, um Leute wie mich, die mit zu geringen Einsätzen spielen, von den Tischen zu vertreiben?

Und dann kommt es gleich noch erstaunlicher.

Der Croupier geht nämlich wieder an seinen Platz zurück und schiebt dem Mann wortlos einen Haufen Jetons über den Tisch zu – und damit meine ich keine erbärmlichen, orangefarbenen Rundlinge, sondern ausnahmslos teure, rechteckige – und der Dickbauch muss nicht einmal dafür bezahlen!

»Hast du das gesehen?«, raune ich Sonja zu. »Der kriegt die Jetons, ohne zu bezahlen!«

»Ja, ich hab's gesehen. Er muss hier ein eigenes Konto haben. Sei bloß nett zu ihm, der ist anscheinend stinkreich«, klärt Sonja mich leise auf.

»Nett sein, zu *dem*? Du spinnst wohl!«

Geld ist schließlich nicht alles im Leben, oder?

Wobei ... die Frage ist natürlich, *wie* reich er wirklich ist, und mit der richtigen Mode, einem vernünftigen Friseur und einem Solarium-Zehnerblock ...

Ich riskiere noch einmal einen verstohlenen Blick und streiche dann alles gleich wieder. Keine Chance. Geld ist wirklich nicht alles.

»Hast du eigentlich eine Ahnung, wo Sepia steckt?«, wechsle ich sicherheitshalber das Thema.

»Die wollte in den anderen Saal, wo die Slotmaschinen stehen«, antwortet Sonja.

»Was sind Slotmaschinen?«

»Das sind Geldspielautomaten.«

»Du meinst diese einarmigen Banditen wie in den Filmen?«

»Keine Ahnung, ob die einarmig sind, auf jeden Fall sind es Automaten«, erwidert sie ungeduldig, weil das nächste Spiel schon wieder losgeht.

Auch der haarige Mann setzt jetzt mit, und dabei beugt er sich vor und streift meine Schulter mit seinem nackten Bauch. Unwillkürlich rieselt ein Schaudern durch meinen Körper. Höchste Zeit, dass ich hier wegkomme, vom Spielen habe ich ohnehin genug. Ich schiebe Sonja meine restlichen Jetons hin.

»Setz die für mich. Ich sehe inzwischen mal, wo Sepia steckt«, sage ich und stehe auf.

Sonja guckt verwirrt. »Setzen? Auf was denn?«

»Egal, was dir gefällt.«

»Ganz wie du meinst«, sagt sie achselzuckend und legt zwei meiner Jetons auf ihr bescheuertes Schwarz.

Aus den Augenwinkeln kann ich noch sehen, wie der haarige Bauch sich auf meinen frei gewordenen Stuhl setzt. Für einen kurzen Moment fühle ich mich wie eine Verräterin, weil ich Sonja mit dem Mann allein gelassen habe. Und wenn schon, sage ich mir dann, es zwingt sie ja niemand weiterzuspielen.

Neugierig marschiere ich in den zweiten Saal. Die einarmigen Banditen sind großteils gar nicht einarmig, dafür aber so reichlich vorhanden, dass es ein bisschen dauert, bis ich Sepia gefunden habe. Sie hockt vor einem dieser Automaten, und schon von Weitem kann man sehen, dass Fortuna sie an diesem Abend genauso wenig in die Arme geschlossen hat wie mich.

»Hi, Sepia. Wie sieht's aus?«, frage ich dennoch.

»Beschissen!«, antwortet sie säuerlich. »Diese Dinger sind die reinsten Raubritter, ich hab schon vierhundert reingebuttert.«

»Ging mir genauso, drüben beim Roulette.« Ich drücke mitfühlend ihre Schulter und gucke eine Weile zu, ohne zu verstehen, worum es bei dem Spiel geht. Dann bin ich froh, als es auch ihr reicht.

Sonja sitzt immer noch am Roulettetisch, als wir zurückkommen, aber wenigstens ist der haarige Bauch inzwischen verschwunden.

»Nanu, ist dein neuer Freund etwa schon pleite?«, frage ich. »Das ging ja schnell.«

»Wohl kaum!« Sie schüttelt ein bisschen fassungslos den Kopf. »Das hättet ihr sehen sollen: Zwischendurch hat er an zwei Tischen gleichzeitig gespielt, die Croupiers haben einfach weiter für ihn gesetzt. Er hat in Rekordzeit ein Vermögen verloren, aber das schien ihn überhaupt nicht zu kümmern. Der muss wirklich eine Menge Geld haben.«

»Nanu, ein reicher neuer Freund? Habe ich etwas verpasst?« Sepias Blick tanzt hektisch zwischen uns hin und her.

»Vergiss es«, winke ich ab. »Wenn du den siehst, verzichtest du gerne auf sein Geld. Und, Sonja, hast du wenigstens gewonnen?«, erkundige ich mich dann.

»Na ja, ich trete irgendwie auf der Stelle. Wird nicht mehr und auch nicht weniger.«

»Kein Wunder bei deiner Spieltaktik.« Ich stoße demonstrativ die Luft aus. »Langsam finde ich's hier langweilig. Weißt du, was ich machen würde?«

»Ich kann's mir vorstellen: Auf die Fünfzehn setzen, stimmt's?«

»Genau, und zwar alles, hopp oder topp. Entweder wir gehen mit einem Batzen Geld hier raus, oder wir haben gelernt, dass wir nie wieder ein Casino betreten sollten.«

Sonja zögert, dann gibt sie sich einen Ruck.

»Du hast recht«, nickt sie, »Alles oder nichts!« Damit schiebt sie alles, was sie hat, über den Tisch.

»Quinze!«, sagt sie, und ihre Stimme klingt dabei verdächtig wackelig.

Ein Raunen geht durch die Anwesenden, und gemeinsam halten alle die Luft an.

Eine Minute später marschieren wir an der Rezeption vorbei. Die Zicke sitzt immer noch da, und natürlich erkennt sie an unseren hängenden Köpfen sofort, dass wir verloren haben.

Ihr gemeines Grinsen bringt mich gleich wieder auf hundertachtzig.

»Der wird das Grinsen schon noch vergehen, wenn die Casinoleitung meinen Beschwerdebrief liest«, sage ich grimmig.

»Ja genau, deine Beschwerde«, erinnert sich Sonja an meine Bemerkung von vorhin. »Was hast du überhaupt geschrieben?«

Ich erzähle es ihr, woraufhin sie zu meiner Verwunderung in verkrampftes Schweigen verfällt.

»Was ist, findest du es schlecht? Zu streng, oder wie?«, frage ich.

Irgendetwas passt nicht, das kann ich ihr ansehen.

»Nein, nein, ist schon in Ordnung.« Sie findet nur mühsam ihre Stimme wieder. »Ich finde es *grundsätzlich* gut, wenn Leute ihre Meinung äußern«, schiebt sie dann reichlich gekünstelt hinterher.

Jetzt platzt mir endgültig der Kragen. »Komm schon, Sonja!«, fahre ich sie ungeduldig an. »Ich bin deine Freundin, also sag mir gefälligst, was dir bei dem Brief nicht passt.«

Sie starrt mich an und überlegt anscheinend, wie sie es mir beibringen soll, und zu allem Überfluss beginnen jetzt auch noch ihre Mundwinkel zu zucken.

»Schön, wie du willst«, gibt sie dann auf. »Also, Heidi, von der Grammatik will ich jetzt gar nicht erst anfangen, aber weißt du, was du über die Zicke geschrieben hast?«

Eine unangenehme Ahnung überkommt mich.

»Na, was wohl? Dass sie unfreundlich ist!«, rufe ich ärgerlich aus.

»Nicht mal annähernd«, sagt Sonja und sieht dabei aus, als würde sie jeden Moment platzen. »Du hast geschrieben: ›Die Dame von der Rezeption ist nicht schwanger!‹ Und das auch noch mit drei Ausrufezeichen, da werden die garantiert Augen machen.«

Damit bricht sie in schallendes Gelächter aus, und Sepia schließt sich natürlich gleich an.

Schwanger? Okay, scheint so, als wäre mir da ein klitzekleiner Fehler unterlaufen.

Aber müssen die deswegen gleich so loswiehern?

8

Das Bett ist von riesigen Ausmaßen, überdacht mit einem Baldachin aus rotem Samt, von dessen Ecken kitschige goldene Kordeln herunterhängen. Mir ist warm, und als ich die Decke wegschieben will, stelle ich überrascht fest, dass ich darunter splitternackt bin. Blitzschnell reiße ich die Decke wieder hoch und setzte mich ruckartig auf.

Okay. Keine Panik. Erst mal nachdenken und in Ruhe die Fakten abklären. Als da zum Beispiel wären: Wie bin ich in dieses Bett gekommen, und noch wichtiger, wer ist dieser Mann an meiner Seite?

Ich kann sein Gesicht nicht sehen, weil er von mir abgewandt auf der Seite liegt und leise schnarcht, aber ich kann erkennen, dass er oben herum kahl und wohlgenährt ist, soweit man das von den Hüften aufwärts beurteilen kann, da der Rest unter der schweren Brokatdecke liegt. Langsam durchwandert mein Blick das Zimmer, und ich stelle fest, dass der ganze Raum eine einzige Ansammlung von purem Kitsch ist. Ich entdecke mehrere verschnörkelte Tische, dazu dick gepolsterte Sofas und antike Stühle, und die Wände sind mit kostbaren Stoffen verkleidet, alles ist in Rot und Gold gehalten, das reinste Barockschloss. Und so gar nicht mein Stil.

Plötzlich kommt Bewegung in den Mann, und ich halte erschrocken die Luft an. Er dagegen macht ein paar tiefe Atemzüge, dann dreht er sich auf den Rücken und öffnet die Augen. Ein paar lähmende Sekunden lang starrt er unschlüssig auf den Baldachin, als wüsste auch er nicht, wo er sich gerade befindet, dann dreht er auf einmal den Kopf und sein Blick fällt auf mich.

Augenblicklich erscheint ein seliges Lächeln auf seinem Gesicht.

»Heidi, ma chère«, murmelt er zärtlich, und gleichzeitig

kommt Leben in seinen Körper, und er streckt die Arme nach mir aus, um mich zu umarmen oder so was in der Art.

Und jetzt erkenne ich auch, wer er ist: Das ist *Albert*!

Es besteht kein Zweifel: Die Glatze, das freundliche, runde Gesicht, die kindlichen Augen, er ist es! Der Prinz – Quatsch, der *Fürst* von Monaco streckt seine Hände nach mir aus!

Und plötzlich ergibt das alles einen Sinn: Dieser kitschige Prunkraum, das altmodische Bett, und das ganze Goldzeugs rundherum – es ist alles genau so, wie man es sich bei Prinzen und Königen eben vorstellt.

Bleibt nur noch die nicht unbedeutende Frage: Wie komme *ich* hierher? Und warum hat er mich gerade *ma chère* genannt, was meines Wissens irgendetwas Intimes bedeutet?

Und wieso zum Teufel bin ich *nackt*?

Während die Gedanken noch durch meinen Kopf jagen und ich wie gelähmt dasitze, richtet Albert sich plötzlich auf und rückt näher, und er sagt wieder etwas, das ich nicht verstehe. Ich weiß nicht, was ich tun soll, und während ich noch überlege, ob ich um Hilfe schreien oder flüchten oder einfach seinen Wünschen nachgeben soll – er ist immerhin der Fürst –, öffnet sich plötzlich die Tür, und herein kommt – *Dellbert*!

Wahrhaftig, er ist es, unverkennbar. Das Kugelfischgesicht mit den vielen Sommersprossen, die auseinanderstehenden Zähne wie bei einem kleinen Flusspferd, die man deutlich sieht, als er jetzt lacht – oder was auch immer seine Grimasse bedeuten soll, als er auf uns losstürmt –, und dazu schreit er: »Mama! Papa!«, und voller Entsetzen dämmert es mir, dass er mit *Mama* mich zu meinen scheint.

Doch damit nicht genug. Als der erste Dellbert schon bedenklich nahe ist, taucht plötzlich noch einer im Türrahmen auf, und auch der schreit »Mama! Papa!« und rennt gleich los, dann kommt noch einer, und noch einer, und noch einer ...

Ich bin wie gelähmt vor Schreck, fünf Dellberts stürmen auf uns zu, und ich denke schon, das ist jetzt das Ende, als Albert plötzlich gebieterisch die rechte Hand hebt und in strengem Tonfall sagt: »Arrêtez, mes enfants!«, und siehe da, die kleinen Rundlinge stoppen augenblicklich und stellen sich brav in einer Reihe vor unserem Bett auf.

Sieh mal einer an, *das* nenne ich Autorität. So ein Fürst kann sogar Dellberts zur Räson bringen.

Jetzt erst wird mir bewusst, dass die Dellberts zwar alle gleich aussehen, aber unterschiedlich groß sind. Wie die Orgelpfeifen stehen sie vor uns und warten darauf, dass Albert etwas sagt.

Was der dann auch tut, und diesmal freundlicherweise auf Deutsch: »Ihr wisst, was wir gestern ausgemacht haben. Ich hoffe, ihr habt fleißig geübt für eure Mutter!«

Sein Akzent ist hinreißend, und ich schmelze sofort dahin. Aber halt: Wen zum Teufel meinte er mit »eure Mutter«?

Der größte Dellbert lässt mir keine Zeit zum Nachdenken, denn er nickt jetzt eifrig.

»Na, dann los!« Albert lächelt mich voller Stolz an, und ich bringe immer noch kein Wort über meine Lippen.

Es ist dann aber auch gar nicht nötig, etwas zu sagen, denn das erledigen die fünf Dellberts für mich. Im Chor sagen sie:

»Liebe Mami, wir lieben dich viel mehr
als jede Bratwurst, das schwören wir bei unsrer Ehr',
wir haben dich lieber noch als süßes Eis,
auch das schwören wir, kein Scheiß.
Du weißt, wie gern wir Pommes futtern,
aber noch lieber kuscheln wir mit Muttern.
Doch obwohl wir dich unendlich lieben,
wollen wir das Frühstück nicht mehr lang verschieben.
Darum, liebstes Muttilein,
lass uns in die Küche gehen, dann hauen wir kräftig rein!«

Okay, jetzt kapiere ich gar nichts mehr.

Die fünf funkeln mich voller Stolz an, und Albert applaudiert begeistert und sagt: »Du wirst es nicht glauben, Heidi, aber das Gedicht haben sie sich ganz alleine ausgedacht. Bravo, meine

Kleinen!«, sagt er zu den Dellberts. »Jetzt gebt eurer Mutter einen Kuss, und dann husch, husch, ab in die Küche!«

Sie springen nacheinander auf das Bett, drücken mir einer nach dem anderen einen feuchten Schmatz auf die Wange und rennen dann quietschend davon.

Albert sieht ihnen verzückt nach, dann strahlt er mich an und sagt: »Wir dachten, immer nur Juwelen und Sportwagen zum Muttertag sind doch langweilig, darum haben wir uns das hier ausgedacht. Freust du dich auch?«

Da ich immer noch kein Wort hervorbringe, nimmt er das als Zustimmung und sagt: »Weißt du was, Heidi, ich habe so eine Freude mit den kleinen Kerlchen ... Wie wär's, machen wir gleich noch einen?« Damit rückt er näher an mich heran, und auf einmal begreife ich.

Ich bin *seine* Frau, und das sind *meine* Dellberts, die habe ich geboren, und er wünscht sich gleich noch einen von mir.

Von einer Sekunde auf die andere brennt bei mir die Sicherung durch. Sich einem Fürsten hingeben, darüber lässt sich vielleicht diskutieren, und von mir aus auch ein Kind zeugen, warum nicht, wenn finanziell alles abgesichert ist ... Aber noch einen Dellbert in die Welt setzen, wenn man schon fünf davon zu verantworten hat, das geht für meinen Geschmack eindeutig zu weit!

Einem spontanen Impuls folgend packe ich das Kissen hinter mir, das natürlich auch kunstvoll bestickt und entsprechend schwer ist, und donnere es dem lieben Albert mitten in sein strahlendes Fürstenantlitz. Damit hat er nicht gerechnet, denn er kippt wie ein nasser Sack hintenüber aus dem Bett, und als er auf dem Boden aufschlägt, höre ich zu meinem Entsetzen ein lautes Klirren.

Oh mein Gott. Was habe ich getan? Ich habe ihn verletzt! Anscheinend haben Adelige nicht nur blaues Blut, sondern leichtsinnigerweise auch Köpfe aus Porzellan. Panik überkommt mich. Schnell krabble ich zum Rand des Bettes, um nachzusehen, ob noch etwas zu retten ist ...

Schon auf den ersten Blick erkenne ich, dass ich tatsächlich schweren Schaden angerichtet habe, doch es ist nicht Alberts Kopf, den ich mit dem Kissen zerschmettert habe, sondern bloß die Nachttischlampe. Sie liegt jetzt auf dem Boden und ist in tausend Scherben zersprungen, und es ist gar kein prunkvolles Schlafgemach im Fürstenpalast, in dem ich residiere, sondern mein weit weniger edles Zimmer im Balmoral, in dem ich jetzt langsam wieder zu mir komme.

Gott sei Dank. *Gott sei Dank!* Erleichtert lasse ich mich auf das Bett zurückfallen, dann starre ich an die Zimmerdecke und denke über diesen verrückten Traum nach. Ich und Albert! Das ist doch völlig daneben. Wie komme ich überhaupt auf diese absurde Szene? Ich gehöre doch gar nicht zu diesen hoffnungslosen Romantikern, zu deren Phantasien ein Prinzessinnendasein gehört. Echt nicht! Abgesehen davon, Albert hat doch seit einigen Jahren diese Schwimmerin, wie hieß die gleich noch? Charlene sowieso. Eben. Einfach lächerlich dieser Traum, und statt Alberts lustvollem Angriff habe ich dann auch noch die Nachttischlampe abgewehrt. Die ist hinüber, keine Frage, aber das ist wohl immer noch besser als das erlauchte Haupt des Fürsten zu zerdeppern, nicht wahr?

Einen kurzen Moment lang verfalle ich in albernes Kichern, dann reiße ich mich wieder am Riemen und registriere, dass es draußen bereits hell ist. Ein Blick auf die Uhr zeigt mir, dass es schon neun vorbei ist. Mist, ich will nicht den ganzen Tag vergeuden, schließlich wacht man nicht alle Tage in Monaco auf. Also nichts wie raus aus der Kiste und ab ins Bad!

Als ich fünf Minuten später in der Badewanne liege, fällt mir dieser absurde Traum wieder ein. Schon seltsam. Ich und Albert, und dann noch diese Dellberts, allein die Vorstellung verursacht mir eine Gänsehaut. Ich verdränge den Gedanken schnell wieder und stelle mir stattdessen einen Palmenstrand vor, an dem mich hawaiianische Klänge umschmeicheln, während ich Piña Coladas schlürfe. Schon besser. Viel besser.

Eine halbe Stunde später klettere ich aus der Wanne und wickle mich in ein Badetuch. Zufrieden stelle ich fest, dass mein Gesicht durch die Strapazen des gestrigen Abends keinen allzu großen Schaden genommen hat. Dieses verdammte Casino, schießt es mir durch den Kopf, da wird man ausgenommen wie eine fette Weihnachtsgans.

Und dann erst der Beschwerdebrief!

Die werden sich schieflachen, so viel ist schon mal sicher. Nur gut, dass ich mit Heidi Klum unterschrieben habe, vielleicht denken die jetzt wenigstens, dass die inkognito dort war, wenngleich wir uns vom Aussehen her nicht *hundertprozentig* ähneln, weil ... egal.

Während ich noch kritisch meinen Bauch vor dem Spiegel einziehe, meldet sich plötzlich mein Magen mit einem deutlich vernehmbaren Knurren. Alles klar. Hab schon kapiert. Ich brauche was zu futtern, Bauch hin oder her.

Ich schnappe mir das Telefon. Sonja klingt alles andere als gesund, als sie nach dem zwanzigsten Läuten endlich abhebt.

»Was gibt's denn?«, kommt es nur undeutlich aus dem Hörer.

Nach dem Casinodebakel sind wir gestern Abend noch einmal ins Café de Paris eingekehrt, um unseren Frust wegzuspülen, und ich war dann als Einzige vernünftig genug, um vor Mitternacht das Handtuch zu werfen, während meine Freundinnen munter weitertranken. Was sich jetzt rächt, wie man deutlich hören kann.

»Hi, Sonja, ich bin's, Heidi. Es ist schon nach zehn, also höchste Zeit für ein Frühstück«, sprudle ich voller Elan hervor.

»Frühstück? Allein bei dem Wort kommt mir der Wein wieder hoch. Ich brauch noch ne Runde Schlaf«, bremst Sonja mich sofort.

»Und wie steht's mit Sepia?«

»Die kannst du vergessen. Bewegt sich keinen Millimeter. Wüsste ich's nicht besser, würde ich sagen, sie ist tot.«

Schöne Freundinnen sind das. Da lotsen sie dich in dieses Paradies, und wenn es darum geht, es zu erkunden, lassen sie einen einfach im Stich.

»Na gut, selber schuld. Ruft mich an, sobald ihr wieder fit seid, ich nehme mein Handy mit«, seufze ich und lege auf.

Ich föne mir schnell die Haare und wähle als Garderobe leichte Jeans, eine luftige Bluse und dazu Sneakers. Ich möchte am liebsten die ganze Stadt erkunden, also muss ich beweglich sein.

An der Rezeption hat ein anderer Concierge als gestern Dienst. Zu meiner Erleichterung spricht auch er hervorragend Deutsch.

»Frühstück im Hotel würde ich Ihnen nicht empfehlen«, zwinkert er mir vertraulich zu, nachdem ich ihm meinen Wunsch vorgetragen habe. »Aber hundert Meter die Straße rauf gibt es eine kleine Patisserie, die haben vormittags immer frische Croissants, und der Apfelkuchen ist geradezu sensationell.«

Das ist kein bisschen übertrieben. Die Konditorei ist zwar winzig klein und verfügt nur über drei Tische, dafür steht aber die Tür zur Backstube offen und man kann zusehen, wie die Köstlichkeiten zubereitet werden. Es duftet betörend, und nachdem ich mich der Kellnerin gegenüber mit Händen und Füßen verständigt habe, mache ich mich mit Heißhunger über ein Croissant und anschließend ein Stück Apfelkuchen her, der mir förmlich im Mund zerläuft.

Als ich die letzten Reste verdrückt habe und noch eine Tasse Kaffee trinke, lehne ich mich zufrieden zurück. Das hat gutgetan.

Doch seltsam, irgendetwas fehlt.

Ich muss kurz nachdenken, was das sein könnte, und dann fällt es mir ein. Ich angle mein Handy aus der Tasche und checke das Display. Das aber nichts anzeigt.

Irgendetwas ist da mächtig faul.

Weder Gerhard noch Honzo haben angerufen, und es sind auch keine Kurznachrichten von ihnen eingegangen. Anderthalb Tage sind bereits vergangen, seit *es* geschehen ist, und keiner von beiden hat mir irgendetwas zu berichten? Ein ungutes Gefühl beschleicht mich. Da muss doch etwas schiefgegangen sein.

Ich überlege. Was soll ich tun? Honzo anrufen? Ich habe ja keine Ahnung, wie hoch die Tarife der monegassischen Telefonanbieter sind, aber übertriebene Bescheidenheit kann ich mir bei dem allgemeinen Preisniveau hier nicht vorstellen. Und der gute Honzo ist dazu auch noch geschwätzig wie ein altes Waschweib, der kann einen schon in den Konkurs treiben, wenn er nur über seine neuen Seidenstrümpfe reden will. (Wie er darin aussieht, möchte ich mir dabei gar nicht vorstellen.)

Ah, ich hab's. Ich werde ihm einfach eine SMS schicken, das kann nicht so teuer sein.

Mit fliegenden Fingern tippe ich: Bin überrascht, noch nichts von dir gehört zu haben. Wie lief es mit Operation Kakadu? P.S.: Ruf nicht an! Weiß nicht, ob ich mir Telefonieren in Monaco leisten kann!

So, erledigt. Jetzt weiß ich zwar auch nicht mehr als vorher, aber es gibt mir wenigstens das Gefühl, mich um die Angelegenheit gekümmert zu haben.

Ich bezahle, und dann starte ich erwartungsvoll meine Entdeckungsreise. Ich habe Sonjas kleinen Reiseführer eingesteckt, und mein erstes Ziel soll der Jachthafen von Monte Carlo sein. Die Neugierde macht mich ganz kribbelig. Ich will endlich aus nächster Nähe sehen, was die Reichen tagsüber so treiben, ich will ein bisschen von ihrer Luft schnuppern, und wer weiß, vielleicht gelingt es mir ja, den einen oder anderen Promi zu erspähen, um dann später vor meinen Freundinnen damit angeben zu können.

Und falls nicht, kann ich ja immer noch ein bisschen schummeln ...

9

Reichsein schützt vor Alter nicht.

Ich bin kein schadenfroher Mensch, ehrlich nicht, aber unter dem Aspekt der ausgleichenden Gerechtigkeit bereitet es mir doch ein wenig Genugtuung zu sehen, wie sich die alte Frau mit dem riesigen Koffer abmüht. Sie ist bestimmt schon an die achtzig – rein optisch könnte man ihr auch siebzig einräumen, aber die sind hier doch allesamt geliftet, also lege ich vorsichtshalber zehn Jahre drauf – und obwohl sie noch ganz rüstig wirkt, ist sie dem Gewicht ihres Koffers nicht gewachsen. Der steht auf einem Rollwagen, und den schiebt die alte Dame, oder besser: versucht ihn zu schieben, denn er hat sich an einem Steg verhakt, der vom Heck einer Jacht auf die Pier führt.

Wozu ich anmerken muss, dass die alte Dame nicht ganz schuldlos an ihrem Stillstand ist, denn sie hätte diesen einen Steg, der zugegebenermaßen weit auf die Pier hinausragt, auch einfach umgehen können, indem sie zum Beispiel vorher mit dem Rollwagen eine kleine Kurve eingelegt hätte. Oder sie hätte warten können, bis ihr Chauffeur – ein verdächtig junger Bursche in dunkler Uniform mit gelgeglättetem Haar –, der vorhin mit einem zweiten Rollwagen Richtung Parkplatz entschwunden ist, zurückkommt, dann wäre sie gar nicht erst in diese verzwickte Lage gekommen.

So aber, bedingt durch ihre Ungeduld und das krasse Missverhältnis zwischen Koffergewicht und Körperkräften, hängt sie jetzt an diesem Steg fest, und obwohl sie mit zunehmender Wut an dem Gepäckstück zerrt und zwischendurch auch wütend dagegen tritt, bewegt sich die Fuhre keinen Millimeter.

Ich bin in einigem Abstand stehen geblieben und beobachte sie eine Weile, und als ich sehe, dass niemand sonst seine Hilfe anbietet, fasse ich mir ein Herz.

»Kann ich Ihnen helfen?«, frage ich, während ich an sie herantrete.

Aus der Nähe sieht sie noch ein bisschen gebrechlicher aus, und offensichtlich macht ihr nicht nur das Gewicht ihres Koffers, sondern auch das ihrer falschen Wimpern zu schaffen. Die folgen nur widerwillig ihrem Augenaufschlag, als sie jetzt überrascht zu mir hochblinzelt, und dann sagt sie etwas auf Französisch, was ich in Kombination mit ihrem Gesichtsausdruck als erleichterte Zustimmung deute.

Schön, dann wollen wir mal sehen. Ich stemme die Hände in die Hüften und schätze mit einem schnellen Blick die Lage ein. Der Rollwagen mit dem Koffer ist offensichtlich megaschwer, der Steg dagegen, der von der Jacht herüberragt, ist aus Holz und überdies nicht gut befestigt. Für die Lösung dieses Problems muss man also gar kein besonderes Genie sein. Ich recke siegessicher beide Daumen in die Höhe, dann bücke ich mich und schiebe kurzerhand den Steg zur Seite.

Die alte Dame macht erstaunte Augen, als sie sieht, wie einfach das war, und dann lächelt sie. So, jetzt bin ich aber gespannt. Mir ist nicht entgangen, dass sie vorhin von einer wirklich großen Jacht heruntergekommen ist, und jetzt wird sie sich sicher erkenntlich zeigen für meine selbstlose Rettungsaktion. Für reiche Menschen wie sie gelten ja bekanntlich andere Maßstäbe als für unsereins, und es würde mich nicht überraschen, wenn ich jetzt eine Einladung auf ihr Familienanwesen bekäme, oder vielleicht überlässt sie mir einfach ihren Riesenklunker, den sie um den Hals trägt?

»Merci beaucoup, Mademoiselle!«, unterbricht sie stattdessen meine Gedanken, dann rattert sie mit ihrem Fuhrwerk davon, ohne mich eines weiteren Blickes zu würdigen.

Wie bitte? Ein mickriges Dankeschön, und das war's dann? Ich fühle, wie meine Kinnlade herunterklappt. Na, vielen Dank auch. Das ist wieder mal so typisch. Da rackert man sich für einen Menschen ab und hilft ihm aus einer echten Klemme, und was bekommt man dafür? Nichts, absolut gar nichts.

Verärgert starre ich ihr nach, in der vagen Hoffnung, dass sie sich doch noch besinnt und auf einmal umdreht. Aber die alte Dame denkt gar nicht daran, im Gegenteil, sie trippelt mit erstaunlicher Geschwindigkeit davon, wahrscheinlich um vor ihrem Chauffeur damit anzugeben, wie gut sie noch in Schuss ist und dass sie es ganz alleine geschafft hat, das schwere Teil bis zu ihrem Wagen zu bewegen.

Die Vorstellung bringt mich so in Rage, dass ich den Karton, der im selben Moment über das Heck der Jacht auf mich zuschwebt, gar nicht wahrnehme.

Sekunden später reißt mich ein markerschütternder Schrei aus meinen Gedanken. Ich fahre erschrocken herum und sehe gerade noch, wie der Karton eine ruckartige Bewegung vollführt, sich in der Luft überschlägt und dann direkt vor meinen Füßen landet.

Nanu, wo kam der denn auf einmal her? Bevor ich mir noch einen Reim darauf machen kann, entdecke ich auch den Mann. Er dürfte den Karton getragen haben, und dabei ist er anscheinend so leichtsinnig gewesen, darauf zu vertrauen, dass der Steg immer noch an der selben Stelle liegt wie vorher und nicht etwa von einer hilfsbereiten Fee zur Seite geräumt wurde, um einer gebrechlichen alten Dame den Weg zu ihrem Rolls Royce frei zu machen. Er hat die Augen panisch aufgerissen und balanciert noch verzweifelt auf einem Bein, doch als sich unsere Blicke treffen, wissen wir beide, dass er diesen Kampf längst verloren hat. Wie in einer unwirklichen Superzeitlupe kippt er zur Seite, und als er nach einer gefühlten Ewigkeit auf dem Wasser aufschlägt, fällt sofort auf, dass der Mann kein Turmspringer sein kann, denn er taucht auf derart unprofessionelle Weise ein, dass eine gewaltige Fontäne hochsteigt und sich über meine Beine ergießt, ehe ich zur Seite springen kann.

Oha. Sieht ganz so aus, als hätte ich den Mann mit meiner unbedankten Hilfsbereitschaft soeben in die Untiefen des Mittelmeeres befördert. Es durchläuft mich siedendheiß. Gleich wird ein Donnerwetter auf Französisch kommen. Am besten mache ich mich vom Acker, bevor ...

»Verdammte Scheiße!«, tönt es im selben Moment vom Wasser hoch. Nanu, das war doch *Deutsch*. Habe ich etwa einen Landsmann versenkt? Vorsichtig wage ich mich an den Rand des Piers heran und riskiere einen Blick.

Ich sehe einen Mann mittleren Alters, prustend und spuckend und wassertretend, der mich aus weit aufgerissenen Augen anstarrt. Und jetzt bin ich schon wieder die Retterin in der Not, bereits zum zweiten Mal innerhalb weniger Minuten.

»Kann ich Ihnen helfen?«, frage ich und komme mir dabei ein bisschen vor wie Pamela Anderson in *Baywatch*.

»Ja, können Sie«, hechelt er. »Springen Sie auf das Boot und klappen Sie die Badeleiter herunter!«

»Wie bitte? Ich soll da *rüber*springen?«, frage ich mit einem Anflug von Panik. Ich schätze die Entfernung auf gut eineinhalb Meter, und wenn ich nicht höllisch aufpasse, habe ich gute Chancen, ihm gleich Gesellschaft zu leisten in diesem Hafenwasser, das bei näherer Betrachtung alles andere als sauber aussieht.

Aber dann bemerkt er, dass der Landesteg ja nicht verschwunden ist, sondern bloß schief liegt.

»Oder noch einfacher, Sie rücken die Passarella wieder gerade, dann können Sie hinüber*gehen*«, ruft er.

»Die *was?*«

»Na, den Landesteg, sowas nennt man Passarella!«

Okay, darüber lässt sich reden. Ich lege mir das Ding sorgsam zurecht, dann prüfe ich zaghaft mit einem Fuß, ob es mich auch trägt, hole tief Luft und renne mit ein paar schnellen Schritten auf die Jacht hinüber.

»Ganz schön wackelig, dieses Ding«, stelle ich fest.

»Normalerweise ist es auch ein stabiler Alusteg, aber der ist in Reparatur. Daher diese Notlösung«, erklärt er schnaufend.

»Ach, darum. Und was soll ich jetzt machen?«, erkundige ich mich.

Er hängt jetzt mit der rechten Hand an einem Haltegriff am Heck des Bootes.

»Die Badeleiter«, sagt er und deutet auf eine Leiter. »Lösen Sie die Verriegelung und klappen Sie sie herunter!«

Okay, das schaffe ich auch ohne nautische Erfahrung. Als die Leiter im Wasser ist, greift er schnell danach und klettert hoch.

»Vielen Dank. Bloß gut, dass Sie zur Stelle waren«, sagt er und will mir seine Hand reichen, aber dann fällt ihm auf, dass er triefend nass ist, und zieht sie wieder zurück. Mit zusammengekniffenen Augen betrachtet er den Steg. »Ich möchte bloß wissen, wer die verdammte Passarella zur Seite gerückt hat. Vor einer halben Stunde lag sie noch kerzengerade, da bin ich mir sicher.«

Verdammt. Hat er also mitbekommen, dass sie jemand beiseitegeschoben hat. Scheint so, als wäre eine Erklärung fällig.

»Jetzt, wo Sie es sagen ...« beginne ich vorsichtig. »Da war diese alte Dame mit einem riesigen Gepäckwagen ...«

»Ja, und weiter?«, meint er säuerlich, als ich zögere.

»Also, die kam nicht vorbei, und sie dachte dann wohl, dass es einfacher wäre, den Steg zur Seite zu schieben, als mit ihrem Riesenkoffer einen Umweg zu nehmen«, schließe ich meine Schilderung ab.

Er schnappt empört nach Luft.

»Und dann hat diese Schachtel einfach meine Passarella weggelegt und ist weitergegangen? Das ist ja ein starkes Stück!«

»Na ja, sie war schon ziemlich alt, und der Koffer war *riesig*«, versuche ich zu relativieren. »Und es hat ja auch sein Gutes, so sind Sie wenigstens zu einem erfrischenden Bad gekommen, nicht wahr?«

Mein Lachen klingt ein bisschen holprig, aber nach einer kleinen Verzögerung stimmt auch er mit ein.

»Sie sind gut! Aber wahrscheinlich haben Sie recht, und außerdem hätte ich Sie dann nicht kennengelernt. Darf ich übrigens erfahren, wer Sie sind?«, fragt er dann.

»Aber sicher. Ich bin Heidi, Heidi Mertens.«

Ich gebe ihm jetzt doch meine Hand, die paar Wassertropfen werden mich nicht umbringen. Er schüttelt sie, und das ein bisschen länger als nötig, wie mir scheint.

»Ist mir eine Freude. Ich heiße Bodo, Bodo Schwarz«, stellt er sich vor.«

Bodo? Seltsam, ich dachte eigentlich immer, Bodos wären alt und behäbig. Endlich lässt er meine Hand los, und jetzt bemerkt er, dass ich bei seinem Tauchgang auch was abbekommen habe.

»Oh, Sie sind ja auch ganz nass geworden. Warten Sie, ich bringe Ihnen ein Handtuch.«

Damit verschwindet er in das Innere der Jacht. Ich höre ihn kurz rumoren, dann kommt er zurück. In der Hand hält er zwei Badetücher, von denen er eines mir gibt.

»Sie können Ihre Schuhe gerne ausziehen und in die Sonne legen, dann trocknen sie schneller«, schlägt er vor.

»Gute Idee.« Ich schlüpfe aus den Sneakers und stelle sie mit geöffneten Schnürsenkeln so auf die Sitzbank, dass sie direkt von der Sonne angestrahlt werden.

Dann fällt sein Blick auf meine nassen Hosenbeine.

»Die können Sie eigentlich auch ausziehen«, schlägt er mit einem verlegenen Grinsen vor. »Tagsüber läuft hier sowieso jeder in Badeklamotten herum, es würde also gar nicht auffallen.«

»Wegen der paar Tropfen? Nein, danke, das bisschen trocknet auch so«, erteile ich ihm eine freundliche Abfuhr. Ich trage nur einen String darunter, aber das will ich ihm nicht unbedingt auf die Nase binden.

»Wie Sie meinen«, zuckt er die Achseln. Während ich meine Füße und meine Hosenbeine trockenrubble, zieht er sein T-Shirt aus und trocknet sich ebenfalls ab.

»So, und jetzt trinken wir erst mal was, das haben wir uns verdient, nicht wahr?«, lächelt er dann. »Bitte, nehmen Sie doch Platz!« Er deutet auf die Sitzbank. »Was darf ich Ihnen anbieten?«

»Kommt drauf an. Was haben Sie denn da?«, frage ich zurück.

Erst mal abwarten, was er sich so vorstellt, ich will schließlich nicht riskieren, dass er mich auf Anhieb für eine Schnapsdrossel hält.

»Ich weiß ja nicht, wie's Ihnen geht, aber ich könnte ein Glas

Wein vertragen auf den Schreck«, meint er, und damit spricht er mir aus der Seele.

»Ja, warum eigentlich nicht?«, nicke ich. »Und hätten Sie vielleicht auch eine Diätcola?«

»Eine Diätcola? Ich werde sehen, ob noch was da ist.« Und weg ist er wieder.

Das gibt mir Gelegenheit, mich ein bisschen umzusehen. Junge, Junge, gar nicht schlecht, diese Jacht. Im Vergleich zu den anderen Brummern im Hafen hat sie vorhin verhältnismäßig klein gewirkt, aber jetzt stelle ich fest, dass sie überraschend geräumig ist. Allein das hintere Deck, auf dem ich mich befinde, umfasst mindestens zehn Quadratmeter und verfügt über einen blank polierten Tisch und dick gepolsterte Bänke, die so manchem Wohnzimmer zur Ehre gereichen würden.

Ich lasse mich in die weichen Polster fallen und räkle mich genießerisch. Dann macht es auf einmal *klick* bei mir. Plötzlich wird mir bewusst, wo ich mich hier überhaupt befinde: Ich bin an Bord einer Jacht, und das mitten im Hafen von Monte Carlo! Nicht etwa auf der anderen Seite des Felsens, in Fontvieille, wo einfache Menschen ihre Boote parken, nein, ich bin hier im Haupthafen, und aus dem Reiseführer weiß ich, dass das sozusagen der Brennpunkt des monegassischen Geldadels ist. Gestern noch haben wir darüber Witze gemacht, und jetzt sitze ich wahrhaftig hier und warte darauf, dass mir eines dieser Luxusgeschöpfe ein Getränk serviert.

Am liebsten würde ich auf der Stelle Sepia und Sonja anrufen und ihnen brühwarm alles erzählen: »Ratet mal, wo ich mich gleich betrinke!« Die würden vielleicht Augen machen!

Doch stopp. Wäre das auch klug? Ich weiß doch noch gar nichts über Bodo. Nicht dass es mich etwas anginge, aber ist er überhaupt Single? Hm, vielleicht sollte ich doch besser ein paar Informationen einholen, bevor ich meine Freundinnen mit diesen Neuigkeiten platt mache.

Bodo kommt jetzt wieder herauf. Er hat sich ein knallrotes T-Shirt übergezogen und balanciert geschickt ein Tablett mit drei Gläsern und einem Sektkübel samt Flasche vor sich her. Sogar eine Dose Cola Light hat er aufgetrieben, wie ich zufrieden feststelle. Er ist so konzentriert bei der Sache, dass ich ihn in aller Ruhe betrachten kann. Ich schätze ihn auf circa fünfunddreißig, und er hat eine gedrungene Statur. Vorhin ist mir aufgefallen, dass er kaum größer ist als ich, und von Diätwahn scheint er auch nichts zu halten, denn die Art und Weise, wie er sein Bäuchlein vor sich herträgt, bietet keinerlei Anzeichen dafür, dass er ein Problem damit hätte. Eindeutig ein Pluspunkt sind seine kräftigen Unterarme und die tiefe Bräune, die ahnen lässt, dass er den größten Teil des Sommers irgendwo am Wasser verbringt. Seine Kopfbehaarung hat schon zum Rückzug geblasen, aber das stört nicht weiter, gehört das doch bei den meisten Männern über dreißig praktisch zur Serienausstattung, außerdem hat er den verbliebenen Rest millimeterkurz geschoren, was ihm in Verbindung mit dem dunklen Teint einen sportlichen Ausdruck verleiht.

Als er merkt, dass ich ihn beobachte, hebt er kurz den Blick und sieht mich ein bisschen unsicher an.

Da, schon wieder, seine Augen! Die sind mir vorhin schon aufgefallen, als er noch im Wasser trieb, aber da musste ich noch annehmen, dass er sie nur vor Schreck so weit aufgerissen hat. Doch jetzt erkenne ich, dass das gar nichts mit seinem Tauchgang zu tun hatte, sondern ganz normal ist bei ihm. Die Farbe ist schwer zu deuten, es ist eine Mischung aus Grün und Blau und auch ein wenig Braun, und sie haben einen Ausdruck von ... hm, darüber muss ich jetzt erst einmal nachdenken.

Ich habe solche Augen schon einmal gesehen, sie kommen mir auf ganz eigentümliche Weise vertraut vor. Ich krame schnell in meinem Gedächtnis, stelle mir Freunde vor, Bekannte, Schauspieler, Bilder von Männern aus der Werbung, die ganze Galerie.

Dann, als Bodo mich erneut ansieht, fragend diesmal, fällt bei mir der Groschen: Mein Opa hatte einmal eine Kuh namens Berta, die habe ich vom ersten Augenblick an geliebt. Und jetzt, als Bodo mir gegenüber Platz nimmt und mich fragend anschaut, wird es zur Gewissheit. Sein Blick ist haargenau der gleiche wie seinerzeit bei der guten Berta, wenn sie nicht wusste, ob es schon an der Zeit war, in den Stall zu trotten, oder ob sie noch Zeit hatte, sich ein weiteres saftiges Gräschen zu rupfen.

Au Backe, Bodo hat die Augen einer Kuh.

»Worüber denken Sie denn so angestrengt nach?«, fragt Berta … äh … *Bodo* plötzlich.

»Über Ihre Augen«, kommt es mir über die Lippen. »Die erinnern mich an jemanden.«

»Tatsächlich? Und an wen?«

»An … jemanden aus vergangenen Tagen«, weiche ich aus.

Er hebt interessiert eine Augenbraue. »Hoffentlich jemand, den Sie mochten?«

»Ja, sehr sogar«, nicke ich. »Man könnte es sogar als eine Art Jugendliebe bezeichnen.« Kaum ist der Satz draußen, beiße ich mir auf die Zunge. Das hätte ich wohl besser für mich behalten.

Aber Bodo springt sofort darauf an. »Tatsächlich? Erzählen Sie!«

Ich zögere kurz, dann schüttle ich den Kopf. »Alte Geschichten soll man nicht aufwärmen«, versuche ich die Kurve zu kriegen. Das mit Berta kann ich ihm auf keinen Fall erzählen.

»Kein Happy End also?«, rät er.

»Nicht wirklich«, seufze ich erleichtert über diesen Ausweg. Und irgendwie stimmt es sogar, denn als ich später zur Schule ging, sah ich Berta nur noch selten, und irgendwann war sie ganz aus Opas Stall verschwunden, ohne dass ich jemals erfahren hätte, wohin.

Bodo hat inzwischen die Flasche geöffnet.

»Das ist übrigens ein Verduzzo Friulano«, erklärt er feierlich, während er einschenkt.

»Wirklich?«, sage ich beeindruckt. Und nach einer kleinen Pause: »Ist das ein besonderer Wein?«

»Das möchte ich meinen«, lacht er und zeigt dabei zwei Reihen strahlend weißer Zähne. »Das ist ein Siebenundachtziger von der Casa Piccini, davon produzieren die nur wenige Flaschen im Jahr, und selbst das nur, wenn das Wetter mitspielt. Den kriegt man in keinem Geschäft der Welt«, klärt er mich auf.

»Ist er süß?«, frage ich, denn das ist für mich das einzig gültige Kriterium für die Qualität von Wein.

»Zuckersüß«, nickt er stolz. »Wir können übrigens auch Du sagen, das wäre einfacher, finden Sie nicht?«

Ich halte das für eine ausgesprochen gute Idee. Wozu einen Jachtbesitzer mit einer förmlichen Anrede auf Distanz halten, wenn der doch eigentlich ganz niedlich ist?

»Klar, warum nicht? Nachdem wir schon gemeinsam gebadet haben …«, riskiere ich einen kleinen Witz, aber er geht nicht darauf ein.

»Also dann, ich bin Bodo«, sagt er. »Prost.«

»Heidi. Prost.«

Ich nippe an meinem Glas und erkenne sofort, dass Bodo nicht übertrieben hat. Der Wein ist wirklich ungewöhnlich süß. So, jetzt nur noch einen winzigen Schluck Cola dazu, und dann … perfekt! So muss guter Wein schmecken.

»Was *machst* du denn da?« Bodo fallen fast die Augen aus dem Kopf.

Mist. Stimmt ja, für diese Weinkenner ist es die reinste Blasphemie, wenn man einen edlen Tropfen mit Cola verfeinert. Hoffentlich hält er mich jetzt nicht für einen dahergelaufenen Bauerntrampel, das wäre nicht unbedingt der beste Start in die gehobene Gesellschaft.

Zeit für ein paar Gegenmaßnahmen. Um aus dieser Patsche wieder herauszukommen, hilft nur eins: Frontalangriff!

»Aber das macht man jetzt so«, behaupte ich und achte dabei auf meine Bauchatmung, damit ich nicht rot werde. Und dann mit der nötigen Portion Verwunderung in der Stimme: »*Wusstest* du das gar nicht?«

»Wie … äh, nein«, schüttelt er verwirrt den Kopf. »*Wer* macht das jetzt so?«

»Na, so ziemlich sämtliche Weinexperten auf der Welt«, erkläre ich.

»Die schütten *Cola* in ihren Wein?« Er schüttelt ungläubig den Kopf.

Ups. Da habe ich vielleicht doch etwas dick aufgetragen. Schnell rudere ich zurück. »Nein, nein, es kommt nicht auf die Cola an, sondern auf den Süßstoff, weißt du? Durch den Süßstoff kommen die ganzen Aromastoffe erst so richtig zur Entfaltung, die ... ähm ... Tannine, und die Phenole, und die Neoplasmen ... und die ganzen anderen.«

Er glotzt mich einen Moment lang an, und ich versuche seinem Blick standzuhalten. Mist, hoffentlich ist er kein Experte, denn ich habe keine Ahnung, was ich da eigentlich gefaselt habe.

»Tenside, Neoplasmen?« wiederholt er ungläubig. Die Nervosität ergreift mich mit unerbittlicher Strenge, und ich bin drauf und dran, loszulachen und »Ha, war bloß ein Witz!« auszurufen, als er nachschiebt: »Wow, das wusste ich gar nicht, du scheinst dich da ja echt auszukennen. Dann lass mal probieren.« Seine Hand schnappt nach der Coladose. »Hast du etwa beruflich mit solchen Dingen zu tun?«

Mein Herzschlag beschleunigt noch einmal, ohne dass ich es mir anmerken lasse. *Beruflich*, das ist das Stichwort. Vielleicht kann ich ihn genügend beeindrucken, dass er mich seinen reichen und einflussreichen Freunden vorstellt. Vielleicht ist ja er schon mein Erstkontakt? Ich fasse es nicht.

Sollte es *so einfach* sein?

10

»Dann musst du ja ganz schön Kohle machen«, nickt Bodo schwer beeindruckt.

Ich habe ihm von meinem Beruf erzählt, und nachdem ich ihm in den buntesten Farben geschildert habe, was ein Persönlichkeitstrainer so alles draufhaben muss, hat er sichtlich Respekt vor mir. Eigentlich genau das Bild, das ich vermitteln wollte, wenngleich ich zu meiner beruflichen Situation in Wirklichkeit ein paar winzige Einschränkungen anfügen muss.

Ich meine, natürlich stimmt es, dass es in meiner Sparte auch wirkliche Größen gibt. Das sind superclevere, wortgewandte Profis, die Seminare vor riesigen Firmenbelegschaften abhalten, dabei die Leute mit einem Haufen guter Ratschläge zudröhnen, bis die gar nicht mehr klar denken können, und dann noch einen Riesenzirkus mit den absurdesten Übungen veranstalten, und ihrem Selbstverständnis entsprechend lassen sich diese Profis dann auch fürstlich entlohnen.

Bei mir jedoch liegt die Sache ein klein wenig anders, und das muss ich jetzt ganz kurz erklären.

Von meinem beruflichen Werdegang her kann ich mich nicht gerade als Senkrechtstarter bezeichnen, was wohl daran lag, dass ich schon in meiner Jugend eine Vielzahl von Interessen hatte wie zum Beispiel ... aber damit will ich Sie jetzt gar nicht langweilen. Jedenfalls habe ich mich mehr schlecht als recht durch mein Abi gemogelt und danach ein paar Lehrgänge in Sachen Bürotechnik absolviert – ich lernte also tippen. Anschließend hatte ich verschiedene Jobs, bis ich bei einem Autohaus landete – böse Zungen hätten behauptet als billige Tippse, ich nannte es Assistentin der Geschäftsführung.

Dann kam mein Chef eines Tages auf die Idee, einen Motivationstrainer zu engagieren, einen dieser Supergurus, wie wir sie vorher nur vom Hörensagen kannten. Das war dann eine reichlich schräge Erfahrung. Wir mussten wie Hühner gackernd im Kreis rennen und uns gegenseitig in die Arme der anderen fallen lassen, und zwischendurch klopfte dieser Typ eine Menge flotter Sprüche, bei denen mir bis heute nicht begreiflich ist, wie man *damit* den Umsatz eines Geschäftes beleben soll. Der Witz an der Sache aber war, dass der Spuk keine drei Stunden dauerte, und dafür knöpfte dieses Motivationsgenie meinem Chef dann unbegreifliche fünftausend Euro ab.

Da habe ich natürlich sofort Lunte gerochen, dieses ganze Gerede über Körpersprache, Gesprächstechniken, Verhandlungstaktiken und so weiter, das war bei mir auf fruchtbaren Boden gefallen. Konsequenterweise und sehr zur Überraschung meines Chefs kündigte ich noch am selben Tag, und die folgenden Monate vertiefte ich mich in Fachliteratur und verschaffte mir in einschlägigen Kursen die nötigen Zeugnisse, um mich von nun an als professionelle Motivations- und Kommunikationstrainerin ausweisen zu können.

Dann begab ich mich auf die Jagd. Ich platzierte eine Reihe von Inseraten in diversen Wirtschaftszeitschriften, und es dauerte gar nicht lange, bis ich meinen ersten Auftrag an Land gezogen hatte: Ein Verkaufsseminar bei einem Waschmittelerzeuger mit über hundert Mitarbeitern, und als Honorar winkten stolze viertausend Euro. Nicht schlecht also für den Anfang, und ich sah mich damit unmittelbar vor meinem großen Durchbruch.

Und jetzt kommt das Hässliche an der Geschichte.

Um das Ganze effektvoller rüberzubringen, engagierte ich nämlich einen Bekannten von mir, Edgar, der war Übertragungstechniker bei einem Fernsehsender. Wir überlegten uns etwas ganz Besonderes für meinen großen Auftritt: Ich sollte auf der Bühne stehen, ausgestattet mit einem wahnsinnig coolen Headset, wie sie Geheimagenten in Filmen verwenden, dazu gab es mehrere Kameras, die jeden meiner Schritte verfolgten, und zur Steigerung meiner Bühnenpräsenz zusätzlich noch eine Riesenleinwand, von der herab ich das Publikum mit meinen Weisheiten förmlich erdrücken wollte. Ein ausgeklügelter Plan also, insgesamt.

Er hatte nur einen klitzekleinen Haken.

Wenn man nämlich etwas vergrößert darstellt – ein menschliches Gesicht zum Beispiel –, dann wird dabei unglücklicherweise *alles* größer, die Nase, der Mund, die Augen und die Ohren, und das kann an sich schon problematisch sein.

Damit hätte ich mich allerdings noch abfinden können, eine raffinierte Frisur, der richtige Lippenstift, ein kunstgerechtes Make-up, damit wäre ich auch im King-Kong-Format noch gut rübergekommen. Doch meine Mimik, die wurde dann zu einem echten Problem. Als Edgar und ich uns die Probeaufnahmen auf der großen Vidiwall ansahen, traf mich die Erkenntnis wie Thors Hammer. Auf dieser Leinwand nahmen nicht nur Mund, Nase, Augen und Ohren gigantische Ausmaße an, sondern auch diverse Fältchen, die eine lebhafte Mimik nun mal mit sich bringt. Ehrlich, ein Geologe hätte an meinem Antlitz die allergrößte Freude gehabt: Sobald ich ernst guckte, erschien zwischen meinen Augen der Grand Canyon, wenn ich dabei auch noch konzentriert war, kam der Marianengraben rund um meine Augen dazu, und mit meinem Lachen hätte man mühelos die globale Polkappenverschiebung simulieren können.

Ich war fix und fertig. Wie sollte ich mit einem dermaßen erdkundlichen Antlitz die frohe Botschaft von Glück und Erfolg verkünden?

Ich war kurz davor, die ganze Sache abzublasen, da hatte Edgar die rettende Idee: Er hatte eine Bekannte, deren Bekannter war ein anerkannter Schönheitschirurg, und der würde mir helfen. Nicht mit einer Operation – so weit war es bei mir noch nicht, wie Edgar mir liebenswürdigerweise versicherte –, sondern mit ein paar einfachen kleinen Spritzen. Botox, natürlich, das war das Wundermittel, das mir den Weg zu Ansehen und Reichtum ebnen sollte, und obwohl ich normalerweise eine Heidenangst vor Spritzen habe, willigte ich in meiner Not ein.

Einen Tag, bevor mein großes Event über die Bühne gehen

sollte, wurde ein Termin vereinbart, und dieser Beautydoc verabreichte mir als Erstes ein Beruhigungsmittel, bevor er zur Sache kam. Danach ging alles wie von selbst. Ich kicherte, und er spritzte, und als er sich um zweihundert Euro reicher wieder verzogen hatte, merkte ich erst mal gar nichts – was mich nicht weiter beunruhigte, hatte der Doktor doch vorhergesagt, dass es ein bisschen dauern würde mit der Wirkung.

Doch am nächsten Morgen, siehe da: Mein Gesicht war glatt wie der sprichwörtliche Babypopo, und auch, als ich vor dem Spiegel probeweise meinen Text aufsagte, änderte sich nichts daran. Alles in Butter also.

Am Abend dann mein großer Auftritt. Die Firmenbelegschaft wartete schon neugierig, und ich war bestens gelaunt, vermutlich auch, weil ich dem Doktor am Vorabend eine doppelte Dosis Beruhigungsmittel abgebettelt hatte und dessen Wirkung noch nicht ganz verflogen war.

Anfangs klopfte ich ein paar lockere Sprüche, die ich mir zurechtgelegt hatte, dann kam ich langsam zur Sache. Oder besser gesagt, wollte zur Sache kommen, denn, als ich das Wort »Körpersprache« in mein Mikro sprach, kam bei den Lautsprechern »Körpersache« heraus, und als ich sagen wollte: »Ihre Bewegungen könnten falsch verstanden werden«, klang es wie: »Diese Segnungen können arg behandelt werden.«

Da ging zum ersten Mal ein Raunen durch den Saal, und mir dämmerte, dass da irgendwas gewaltig schieflief. Ich dachte schon, der gute Edgar hätte mir einen Streich gespielt und etwas an der Tonanlage verstellt, aber dann entdeckte ich seinen verwunderten Blick. Ich begann Schreckliches zu ahnen. Die Worte des Schönheitsdocs sickerten in mein Bewusstsein: »Mit der Wirkung dauert es etwas, aber bis morgen Abend müssten sich ihre Muskeln entspannt haben.«

Was genau hatte er mit *entspannt* gemeint, und *welche* meiner Muskeln waren überhaupt davon betroffen?!

Die fragenden Blicke der Menge durchbohrten mich förmlich, und ich unternahm verzweifelt einen neuen Versuch, diesmal mit einer Anlehnung an ein klassisches Zitat: »Auch der Geringste unter euch kann Großes leisten!«, sollte es heißen, doch entsetzt vernahm ich: »Auch der Dümmste unter euch darf Moses heißen!«, und jetzt begannen die Ersten ganz offen zu lachen.

Es war wie verhext. Ich war unfähig, auch nur einen einzigen vernünftigen Satz zu formulieren, dieser Aushilfsfrankenstein musste mir sein Teufelszeug irgendwohin gespritzt haben, wo es verdammt noch mal gar nichts verloren hatte. Hilflos stand ich da und war den Tränen nahe, wobei ich mir nicht sicher war, ob das überhaupt funktioniert hätte. Ich warf einen Hilfe suchenden Blick auf Edgar. Der zog sofort die richtigen Schlüsse und reagierte hervorragend.

Als Erstes deutete er auf seinen rechten Mundwinkel. Voller Entsetzen begriff ich, dass soeben ein dünner Speichelfaden aus *meinem* lief, und in Großaufnahme sah das aus, als würden die Niagarafälle meinem Mund entspringen. Hastig drehte ich mich um und wischte mir den Sabber weg. In der Zwischenzeit kam Edgar auf die Bühne gestürzt, riss mir das Headset vom Kopf, wodurch man mit meiner Frisur jetzt auch noch die Folgen eines Hurrikans hätte demonstrieren können, und lachte ins Mikro: »So, meine Damen und Herren, meine Kollegin hat Ihnen gerade ein paar anschauliche Beispiele dafür geliefert, wie man eine Geschäftsanbahnung gründlich verbocken kann. Einen Applaus für Heidi!«

Wie bitte? *Kollegin?* Seit wann waren wir Kollegen? Er war mein Lakai und bekam noch nicht einmal Geld dafür, und ich hatte gar nichts verbockt, sondern dieser Schönheitsamokläufer mit seinem verdammten Gift!

Das Publikum lachte jedenfalls und spendete Applaus, und ich war dann sogar noch froh, dass Edgar so elegant die Kurve kratzte, denn ich hätte ohnehin nichts Sinnvolles mehr hervorgebracht. Und Edgar rettete nicht nur kurzfristig die Situation, sondern er brachte auch noch den Rest des Abends bravourös über die Bühne, indem er sich unauffällig meine Spickzettel schnappte und die wesentlichen Punkte meines Vortrags präsentierte, wobei er mich als naturblondes Anschauungsobjekt benutzte, an dem er die haarsträubendsten Fehlleistungen zwischenmenschlichen Verhaltens demonstrieren konnte.

Als die Veranstaltung endlich vorbei war, gab es einen donnernden Applaus, und die Firmenleitung beglückwünschte Edgar zu seinem erkenntnisreichen Vortrag und mich zu meiner schauspielerischen Leistung, und verbittert musste ich akzeptieren, dass Edgar die Hälfte meiner Gage für sich beanspruchte. Weniger fair war es allerdings, dass er in weiterer Folge meinen Job zur Gänze übernahm und fortan die fetten Aufträge, die nach dem Erfolg des ersten Seminars reihenweise eintrudelten, gleich selbst übernahm, aber ich hatte keine Möglichkeit, das zu verhindern, dauerte es doch zwei volle Monate, bis ich wieder die Kontrolle über meine Sprechwerkzeuge erlangte. Und auch später, als ich wieder Herrin meiner Sprache war, musste ich zur Kenntnis nehmen, dass meine Karriere als Motivationstrainerin gelaufen war, weil dieses traumatische Erlebnis sich inzwischen zu einer hartnäckigen Phobie ausgewachsen hatte und es mir seither unmöglich ist, vor größeren Gruppen zu sprechen, ohne sogleich ins Stottern zu geraten.

Also musste ich kleinere Brötchen backen, und ich nannte mich auch nicht mehr Motivations-, sondern Persönlichkeitstrainerin, was bedeutet, dass ich nunmehr Einzelpersonen dahingehend berate, was für ihr Image gut ist und was weniger. Der Nachteil daran ist, dass es dabei finanzielle Obergrenzen gibt und die Großzügigkeit meiner Kunden je nach Einkommenssituation stark variiert. Meine Klientel ist dabei bunt gemischt. Es finden sich sowohl angehende Jungmanager darunter, die von mir wissen wollen, wie sie vor ihren Chefs verbergen können, dass sie eigentlich lieber Friseurgehilfe geworden wären, wie auch Anlageberater, die sich von mir darin schulen lassen, wie sie am weltmännischsten ein Produkt verkaufen können, von dem sie im Grunde genommen keine Ahnung haben, und einmal kamen sogar drei pubertierende Jungs zu mir, die ihr Taschengeld zusammenlegten, um von mir zu lernen, wie man am besten Mädchen anbaggert. Aber was soll ich sagen, Geld stinkt nicht, und so habe ich mir nach und nach einen kleinen Kundenstock aufgebaut, doch große Sprünge gelangen mir bislang noch nicht, darum wäre es auch höchste Zeit, endlich mal an einen richtig dicken Fisch heranzukommen – von denen es hier in Monaco ja bekanntlich nur so wimmelt.

»*So* viel ist es auch wieder nicht«, wiegele ich also ab, ohne Bodo gleich in alle Details einzuweihen. »Und du weißt ja, Sozialversicherung, Steuer und das ganze Drumherum, das will schließlich auch noch alles bezahlt werden. Aber genug von mir«, wechsle ich dann das Thema, »was treibst du eigentlich so, wenn du nicht gerade in der Sonne liegst?«

Bodo blinzelt überrascht, als hätte er nicht mit dieser Frage gerechnet.

»Ich bin ... äh ... Filmproduzent«, sagt er dann.

Mir fällt vor Überraschung fast das Glas aus der Hand. Das wird ja immer besser! Die kleine Heidi hockt auf einer Jacht in Monte Carlo und plaudert ganz locker mit einem *Filmproduzenten*! Da werden Sonja und Sepia erst Augen machen!

Nur eines wundert mich.

»Ein Filmproduzent, in Deutschland? Ich dachte, die gibt's nur in Hollywood«, sage ich neugierig.

Bodo nickt verlegen und nimmt einen Schluck aus seinem Glas.

»Ja, das glauben viele«, meint er dann. »Aber es gibt ja nicht nur die großen Hollywoodschinken, sondern auch eine ganze Menge europäischer Filme, nicht zu vergessen die Sachen für das Fernsehen, die werden auch immer wichtiger«, erklärt er. Dann klopft er sich plötzlich übergangslos auf den Bauch. »Ich hab übrigens Riesenkohldampf, wie wär's mit Mittagessen?

Mittagessen? Jetzt schon? Ich gucke auf die Uhr und sehe, dass es schon nach zwölf ist. Eigentlich hätte ich gern noch mehr über seine Produzententätigkeit gehört, andererseits meldet sich auch bei mir schon wieder der kleine Hunger.

»Gute Idee«, sage ich also. »Was schlägst du vor?«

»Was isst du denn am liebsten?«, fragt er zurück.

»Ach, genau genommen esse ich alles, solange es weniger als acht Beine hat und vernünftig zubereitet ist.«

»Prima, dann gehen wir ins Le Shangri-La, da bin ich meistens mittags«, sagt er, trinkt sein Glas leer und steht auf.

Le Shangri-La. Allein dieser Name. Die reinste Poesie. Wahrscheinlich ist das eines dieser superteuren Sternerestaurants, die es hier an jeder Ecke gibt. Normalerweise eigentlich gar nicht mein Ding, ich habe es lieber gemütlich und kann es nicht leiden, wenn mir beim Essen jemand über die Schulter guckt. Aber Monaco ist anders, und Reiche sind anders, also muss ich mich wohl oder übel anpassen. Und wenn Bodo mit diesen feinen Pinkeln zurechtkommt, dann werde ich das wohl auch, sage ich mir.

Gäbe es da nicht ein Problem.

»Komme ich da überhaupt rein mit meinen Klamotten?«, zeige ich an mir herab.

Bodo starrt mich verständnislos an.

»Wieso solltest du da nicht reinkommen?«, fragt er.

Tja, warum eigentlich nicht? Plötzlich fällt mir wieder dieser haarige Bauch vom Casino ein, der vom Croupier sogar per Handschlag begrüßt worden war. Und auf einmal blicke ich durch. Die wirklich Reichen sind auf so etwas gar nicht angewiesen, auf Bekleidungsetikette und den ganzen Unsinn. Reiche Menschen sind in der Szene ohnehin bekannt, die müssen niemandem etwas beweisen, daher ist es bei denen auch egal, wie sie angezogen sind. Denn die wichtigste Voraussetzung bringen sie ja mit: Geld. Und wenn man mit so einem Society-Tiger aufkreuzt, dann ist es völlig schnuppe, wie man angezogen ist, dann ist man selbst in T-Shirt und Sneakers herzlich willkommen.

Langsam ahne ich, was es bedeutet, reich zu sein, und ein wohliges Schaudern durchläuft meinen Körper, als Bodo mir seinen Arm anbietet und mir den Weg zu seinem Luxustempel zeigt.

Es mag ja sein, dass Geld einem alle Türen öffnet, aber beim Le Shangri-La ist das eigentlich gar nicht nötig.

Entlang des Hafenkais von Monte Carlo gibt es nämlich eine Reihe von Frittenbuden, die von Hotdogs angefangen bis hin zu Pizza alles Mögliche verkaufen, und das Le Shangri-La ist eine davon.

Bloß gut, das keiner ein Foto von mir macht, als Bodo mit großer Geste auf einen der billigen Plastiksessel deutet und sagt: »So, da wären wir.«

Als er längst sitzt, stehe ich immer noch mit offenem Mund vor dem protzigen Namensschild über dieser ... *Bretterbude*.

»Heidi, was hast du?«, fragt Bodo irritiert.

»Oh, äh, nichts, ich habe nur mal geschaut, was es hier so alles gibt«, murmle ich hastig und hocke mich dann hin. Nun gut, wenigstens ist der Laden luxuriös genug, um über ein paar Sonnenschirme zu verfügen, denn jetzt zur Mittagszeit wird es langsam drückend heiß.

»Indem du das Namensschild anstarrst?«, wundert sich Bodo.

»Oft kann man vom Namen eines Lokals schon auf die Speisenauswahl schließen«, antworte ich gewichtig.

»Tatsächlich? Ach so, genau, das gehört wahrscheinlich auch zu deinem Job, subversive Werbebotschaften und so was, stimmt's?«

Ich nehme an, dass er *subtile* Werbebotschaften gemeint hat.

»Ja, genau.«

»Kaum zu glauben, dass eine hübsche Frau wie du so viel in ihrem Köpfchen hat«, sagt Bodo beeindruckt, und obwohl er damit gerade die Frauenbewegung der letzten Jahrzehnte für gescheitert erklärt hat, finde ich das Kompliment wahnsinnig nett. »Also, was bedeutet Le Shangri-La denn nun kulinarisch?«, will er dann wissen.

»Tja, so ganz bin ich noch nicht dahintergekommen. Vermutlich ist mein Französisch dafür zu schlecht.«

»Dann geht's dir wie mir, diese Sprache kapiert echt kein Mensch. Egal, da steht auch alles auf Deutsch.« Er deutet auf ein großes Standplakat gleich neben meinem Sessel. »Also, was nimmst du?«, fragt er dann.

»Was würdest du empfehlen?«, frage ich vorsichtig zurück. Wie vorhin beim Trinken will ich erst mal seine Essgewohnheiten ausloten, bevor ich die Karten auf den Tisch lege.

»Ich nehme meistens ein Stück Pizza – also eigentlich zwei, Salami und Thunfisch – und hinterher ein Hotdog. Und ohne Fritten geht bei mir sowieso nichts, mit Mayo, versteht sich«, zählt er auf, und die Sorglosigkeit, mit der er einen Zweitausendkaloriensnack beschreibt, ist geradezu herzerwärmend.

»Klingt nicht schlecht. Ich werde das Gleiche nehmen, nur ohne die Thunfischpizza.«

»Verstehe, wegen der Kalorien«, nickt er, »Ihr Frauen habt da eine Disziplin, die finde ich bewundernswert.«

Ja genau, die Disziplin. Und abgesehen davon möchte ich mir noch einen Platz für die Crêpes frei halten, die auf dem Plakat so lecker aussehen.

Eine halbe Stunde später platze ich beinahe, als ich die letzten Schokoreste von meinem Pappteller kratze, und im selben Moment watscheln auch Sonja und Sepia heran, die ich zwischendurch per Handy zu unserem Standort gelotst habe. Sie sehen ein bisschen mitgenommen aus von der letzten Nacht, aber als ich ihnen Bodo vorstelle, machen sie sofort neugierige Augen.

»Heidi hat vorhin erwähnt, dass ihr euch auf deiner Jacht kennengelernt habt, habe ich das richtig verstanden?«, fragt Sepia zur Sicherheit gleich nach, und ich kann ihr an der Nasenspitze ansehen, dass sie mir die Geschichte vorhin am Telefon nicht abgenommen hat.

»Äh, ja, stimmt«, nickt Bodo. »Genau genommen bin ich unfreiwillig baden gegangen, weil so eine dämliche alte Schachtel meine Passarella verrückt hat, und Heidi hat mir dann wieder an Bord geholfen.«

»Was ist das, eine Passa...ähm...dings?«, schiebt sich auch Sonja näher heran, um ihn bei der Gelegenheit näher beäugen zu können.

»Passarella ist der nautische Fachbegriff für einen Landesteg«, antworte ich an Bodos Stelle und genieße es, zur Abwechslung mal Sonja zu belehren. »Das ist die Latte, über die man an Bord geht«, füge ich dann zur Sicherheit noch an.

»Wow!« Ich bin mir nicht sicher, ob sie meine fachgerechte Erklärung so beeindruckt oder die Tatsache, dass Bodo wirklich eine Jacht besitzt. »Nicht zu fassen, da lässt man Heidi mal einen halben Tag allein, und schon findet man sie auf einer Jacht in Monte Carlo wieder. Wer hätte das gedacht?«

Ich fühle einen leichten Anflug von Ärger in mir aufsteigen, weil sie das anscheinend mir am allerwenigsten zugetraut hat, verzichte aber auf eine strenge Antwort, weil ich das Thema vor Bodo nicht näher erörtern will.

»So, was kann man hier denn essen?« Sepia sieht sich interessiert um.

»Also, eigentlich alles«, sage ich wahrheitsgemäß, und Bodo nickt zustimmend.

Als sie in ihre Hotdogs beißen, geben sie uns recht.

»Wirklich gut«, sagt Sepia mit vollem Mund und beißt gleich noch ein zweites Mal ab.

»Jetzt wisst ihr auch, warum ich meistens hier esse und nicht in diesen aufgeblasenen Restaurants«, sagt Bodo und leert sein Bierglas, übrigens schon das dritte in der kurzen Zeit. Schön langsam zeigt der Alkohol Wirkung bei ihm, und man kann hören, wie seine Zunge schwer wird. »So, die Damen, jetzt muss ich euch leider verlassen. Ich habe noch ein paar Sachen zu erledigen«, erklärt er dann völlig überraschend.

Mein Kopf ruckt zu ihm hoch. Wie bitte? War's das jetzt für ihn? Er kann sich doch nicht einfach aus dem Staub machen, ich meine, so ganz ohne weitere Verabredung?

Hat er etwa schon vergessen, dass ich ihn *gerettet* habe?

Auch Sonja und Sepia beobachten uns gespannt.

»Geschäfte?«, frage ich und bemühe mich dabei um einen möglichst lockeren Tonfall, der mir aber nicht ganz gelingt.

»Ach wo, nein, der Hafenmechaniker kommt nur vorbei, um sich die Motoren anzusehen. Ein Routinecheck, nichts weiter«, erklärt Bodo, und mir fällt ein Riesenstein vom Herzen.

»Dann sehen wir uns also später noch?«, frage ich.

»Das hoffe ich doch sehr. Komm einfach aufs Boot, wenn du Lust hast«, sagt er und steht auf.

Worauf er sich verlassen kann. Insgeheim vermute ich ja, dass er sich bloß auf ein Nickerchen zurückziehen will, aber ich bin eigentlich ganz froh, dass er geht, hat er doch zwischendurch immer wieder auf Sonjas Beine geschielt, die unter ihrem kurzen Sommerkleid unangenehm gut zur Geltung kommen. Umso mehr freut es mich, dass er wenigstens »komm auf das Boot« gesagt hat, was ja genau genommen bedeutet, dass er nur mich einladen will.

»Deine Freundinnen kannst du natürlich auch mitbringen«, schiebt er im nächsten Moment nach, dann geht er zum Tresen, bezahlt und latscht gemütlich davon.

»Ich muss schon sagen, Respekt, Heidi. Noch nicht mal richtig angekommen, und du ziehst dir gleich einen Jachtbesitzer an Land. Und der scheint auch noch ziemlich nett zu sein«, sagt Sepia anerkennend.

»Ich hab euch doch gesagt, dass man sich hier mit Leichtigkeit einen reichen Typen angeln kann«, meint Sonja, während sie Bodo nachschaut.

»Moment mal, ich habe gar nicht *geangelt*«, stelle ich sofort klar. »Nur zu eurer Information, ich bin hier nicht auf Männerfang oder so.«

»Dann würde es dir also nichts ausmachen, wenn ich mich ein bisschen um Bodo kümmere?«, fragt sie plötzlich mit einem seltsamen Leuchten in den Augen.

»Nein, so habe ich das nicht gemeint«, schwenke ich hastig wieder um. Verdammt, jetzt hat sie mich auch noch in Bedrängnis gebracht. »Ich meine damit nur, dass Bodo eine reine Zufallsbekanntschaft ist, was aber nicht heißt, dass ich ihn nicht vielleicht näher kennenlernen will, verstanden?«

»Schon gut, mach dir bloß keine Sorgen«, lenkt Sonja schnell wieder ein. »Du hast Bodo als Erste kennengelernt, und wir drängen uns da nicht dazwischen, nicht wahr, Sepia?« Sie schießt einen warnenden Blick auf Sepia ab – wobei ich mir bei deren knochigem Körper eigentlich ohnehin keine Gedanken gemacht hätte.

»Ach wo, wir doch nicht«, nickt die auch noch gönnerhaft. »So, anderes Thema: Was machen wir als Nächstes?«, fragt sie dann voller Tatendrang.

»Wollten wir uns nicht ein paar Sehenswürdigkeiten vorknöpfen?«, schlägt Sonja vor.

»Genau. Ich will jedenfalls unbedingt in den Fürstenpalast, der soll der Wahnsinn sein«, meint Sepia.

»Einverstanden. Wie kommen wir da hin?«, frage ich, während ich ganz automatisch nach dem Reiseführer in meiner Tasche angle.

»Habe ich mir alles schon genauestens eingeprägt«, winkt Sonja ab. »Es gibt mehrere Möglichkeiten, eine davon wäre über das Théâtre du Fort Antoine.«

»Und wo ist das?«, frage ich.

Sonja deutet in Richtung Hafen. »Das müsste da vorne über dem Jachtklub sein. Im Reiseführer steht, dass es dort einen Aufgang gibt.«

Wir wollen aufbrechen, und dabei müssen wir feststellen, dass nicht alle Reichen großzügig sind. Bodo zum Beispiel, der hat nur seine eigene Zeche bezahlt. Da man automatisch davon ausgeht, dass ein reicher Pinkel in weiblicher Gesellschaft die Spendierhosen anhat, sind wir einigermaßen überrascht, als uns der Kellner zurückpfeift. Sepia und Sonja meckern danach ein bisschen, aber ich kann dem Ganzen auch etwas Positives abgewinnen, zeigt es doch nur, dass Bodo nicht darauf angewiesen ist, für Frauen zu bezahlen. Abgesehen davon – und das ist jetzt nur so eine Hypothese – sollte sich zwischen ihm und mir etwas Ernsthaftes entwickeln, fände ich es gar nicht schlecht, wenn er ein bisschen auf unser Geld achtete. Man kann schließlich nicht die ganze Welt mitfüttern, bei allem Wohlstand, nicht wahr?

11

Der Jachtklub befindet sich am äußersten Ende des Hafenkais, und für monegassische Verhältnisse finde ich das Gebäude doch eher schlicht.

»Davon hätte ich mir eigentlich mehr erwartet«, äußert Sonja genau denselben Gedanken, als wir davorstehen.

»Das liegt wahrscheinlich daran, dass Millionäre Wert auf Understatement legen«, erkläre ich und bin selbst ein wenig überrascht, wie gut ich mich inzwischen in die Denkweise dieser Menschen hineinversetzen kann. Dann blicke ich mich um. »Und wo soll nun dieses Théâtre Dingsbums sein?« Ich entdecke nichts, was auch nur ansatzweise wie ein Theater aussieht.

»Irgendwo da oben«, meint Sonja. Sie blinzelt den Felsen hinauf, der von der Hafenpromenade steil emporragt.

»Seht nur, da führen Treppen hinauf«, ruft Sepia aus, während sie ihre Augen mit der flachen Hand gegen die Sonne abschirmt. »Möglicherweise sieht man das Theater bloß darum nicht, weil es sich *im* Felsen befindet«, stellt sie dann eine Überlegung an.

»Du meinst, in einer Höhle?«, frage ich erstaunt. »Das wäre ja cool.«

»Klar, warum nicht? Hier ist schließlich alles möglich, und es muss ja auch einen Grund dafür geben, dass das Ding im Reiseführer steht.«

Wir hasten voller Vorfreude die Stufen hoch, und als wir oben ankommen, lassen wir neugierig unsere Blicke kreisen.

»Habt ihr schon was entdeckt?«, frage ich, während ich mich an einen Baum lehne und tief durchatme.

»Nein, nichts«, schüttelt Sonja den Kopf. »Wie sieht's bei dir aus, Sepia?«

»Hm, ich bin mir nicht sicher.« Sie steht ein paar Meter von uns entfernt und wiegt unschlüssig den Kopf hin und her. »Was meint ihr, könnte *das hier* ein Theater sein?« Sie deutet auf eine Steinrundung zu ihren Füßen, zu der ein paar Stufen hinabführen.

Sonja und ich treten näher.

Na ja, also ... bei großzügiger Auslegung ... es ist immerhin eine Art offenes Amphitheater, wenn auch ein bisschen klein geraten.

»Das soll wohl ein Witz sein«, rümpft Sonja die Nase.

»Hm, das Theater ist ein bisschen klein geraten«, nicke ich. »Aber davon mal abgesehen – es ist wunderschön hier, findet ihr nicht?«

Auch den anderen fällt es jetzt auf. Dieses seltsame Theater ist in einen hinreißenden Pinienpark mit mehreren Terrassen eingebettet, deren oberste Ebene sich bereits auf dem großen Felsen von Monaco befindet, und als kleine Draufgabe bietet es einen sensationellen Ausblick auf den Hafen.

»Das stimmt allerdings«, meint Sepia, während sie schnell ein paar Fotos schießt.

»Ja, wobei ich es gut fände, wenn es hier irgendwo was zu trinken gäbe.« Sonja fächelt sich Luft zu. »Das ist ja eine Affenhitze, wir sollten zusehen, dass wir zur Altstadt hinaufkommen.«

Wir raffen uns wieder auf, und nur ein paar Hundert Meter weiter erhebt sich plötzlich ein riesiges, steinernes Gebäude vor uns. Kühn an den Rand des Felsens gebaut, ragt es sicher an die zwanzig Meter in die Höhe. Es ist atemberaubend.

»Du meine Güte, ist das der Fürstenpalast?«, frage ich ehrfürchtig.

Sonja runzelt einen Moment lang die Stirn, dann schüttelt sie den Kopf. »Nein, das ist das Ozeanografische Museum, wenn ich mich nicht irre.«

»Oh ... schade.«

»Gehen wir da auch rein?«, fragt Sepia.

Sonja wirft einen Blick auf die Uhr. »Hm, ich weiß nicht ... es ist schon fast drei, wir verschieben das besser auf morgen. Der Fürstenpalast wäre mir heute wichtiger, was meint ihr?«

Wir nicken und marschieren staunend weiter, vorbei an prächtigen Stadtvillen und richtigen kleinen Palästen, die durchweg mit üppigen Gärten geschmückt und bis zum kleinsten Grashalm penibel gepflegt sind.

Dann plötzlich tut sich vor uns ein großer Platz mit dem nächsten Supergebäude auf. Es ist noch größer als das Museum vorhin, und diesmal kann es keinen Zweifel geben.

»Das ist jetzt der Fürstenpalast, oder?«, frage ich wieder.

»Nein, das ist die Kathedrale von Monaco«, belehrt mich Sonja.

»Echt? Ich dachte eigentlich, der Fürstenpalast wäre das prächtigste Gebäude hier, aber besser kann es eigentlich gar nicht mehr werden.«

»Warten wir's ab«, zuckt Sonja die Schultern. »Aber als Erstes brauche ich was zu trinken, Palast hin oder her.«

In einem der bezaubernden Altstadtgässchen finden wir endlich ein kleines Bistro, in dem wir eiskaltes Mineralwasser trinken und uns ein paar Minuten lang an der kühlen Luft im Schatten erfrischen.

Und dann ist es endlich so weit. Als wir auf den Place du Palais hinaustreten, präsentiert sich plötzlich der Fürstenpalast in seiner ganzen Pracht vor uns. Habe ich vorhin noch gedacht, es gäbe keine Steigerung in Sachen Prunk, so werde ich jetzt eines Besseren belehrt. Was soll ich lange herumreden – der Fürstenpalast von Monaco ist das mit Abstand eindrucksvollste Gebäude, das ich jemals gesehen habe. Er erstreckt sich über die ganze Breite des Platzes und ist geschmückt mit unzähligen Bogenfenstern, verspielten Türmchen, Zinnen und Brüstungen.

»Wow!«, stoße ich hervor. »Das sieht ja aus wie im Märchen! Irgendwie total maurisch, findet ihr nicht?«

»Was soll das denn bitte sein: *maurisch?*«, spottet Sepia.

»Na, genau *so* eben.« Keine Ahnung, wie ich auf dieses Wort komme, für mich sieht es jedenfalls so aus.

Wir überqueren fasziniert den Platz, und Sepia schießt mit ihrer Digitalkamera mindestens hundert Fotos, ein sicheres Zeichen dafür, dass auch sie mächtig beeindruckt ist.

»Seht mal, hier gibt es auch so eine Palastwache wie beim Buckingham Palace«, ruft Sonja plötzlich aus.

Tatsächlich, neben dem Haupttor befinden sich zwei kleine Wachhäuschen, in denen Wachsoldaten mit unbeweglichen Mienen stehen.

»Ob die sich auch nicht rühren dürfen wie die in England?« Sepia tritt neugierig näher.

»Scheint so«, murmle ich. »Fragt sich nur, ob die überhaupt *echt* sind?«

»Probieren wir's aus«, schlägt Sepia vor. »Heidi, geh hin und gib ihm einen Kuss, und ich mache ein Foto.«

»Bist du verrückt? Das kannst du schön selber machen, wenn du so scharf darauf bist«, lehne ich entrüstet ab.

Obwohl, jetzt im Näherkommen erkenne ich, dass das adrette Burschen sind, und sie rühren sich tatsächlich keinen Millimeter. Das macht mich neugierig. Ich trete näher an den einen heran und betrachte ihn eingehend. Er hat sympathische Grübchen und verzieht keine Miene.

»Nun sei kein Frosch, küss ihn schon!«, ruft Sepia, während sie ihre Kamera in Position bringt.

»Oder besser noch: Mal ihm einen Schnauzer auf die Oberlippe!«, wird jetzt auch Sonja übermütig.

»Einen Teufel werd ich, dafür ist der doch viel zu niedlich«, wehre ich ab.

»Sehr freundlich von Ihnen, Mademoiselle, und Sie würden sich damit auch strafbar machen«, sagt im selben Moment der Wachsoldat.

Das kommt so überraschend, dass mir ein spitzer Schrei entfährt. Der Wachsoldat steht auf einmal ganz locker da und lächelt mich an. Ich fühle, wie mir die Röte ins Gesicht schießt.

»Oh, verzeihen Sie, ich wollte nicht ... ich meine, ich wusste nicht dass Sie Deutsch sprechen, sonst hätte ich auf keinen Fall ...«, stammle ich verlegen herum.

»Kein Problem, so was kommt öfter vor«, beruhigt er mich.

»Und Sie dürfen sich ... *bewegen*?«, hauche ich fasziniert. Kaum ist das draußen, komme ich mir auch schon wie der allerletzte Trampel vor.

Sein Lächeln verstärkt sich. »Aber natürlich, wir sind hier schließlich nicht in England. So, jetzt muss ich Sie verlassen, Mademoiselle.«

»Werden Sie abgelöst?«, frage ich.

»Nein, ich will nur mal eine rauchen.«

»Das dürfen Sie auch?«, wundere ich mich.

»Ja sicher, warum denn nicht? Au revoir, Mademoiselle«, höre ich noch, dann ist er weg.

»Was hat er denn gesagt?«, will Sepia wissen, die zu weit weg gestanden hat, um unseren kurzen Wortwechsel mitzukriegen.

»Wollte er dich etwa anbaggern?«, schiebt sich auch Sonja neugierig heran.

Meine Freundinnen! An etwas anderes können die wohl nicht denken. Aber ich betrachte das als gute Gelegenheit, um meine Position auszubauen.

»Definitiv«, behaupte ich.

Die beiden machen große Augen.

»Ist ja irre«, entfährt es Sepia. »Und, was hast du ihm geantwortet?«

»Na, was wohl? Dass ich kein Interesse habe, natürlich. Ich hab's euch doch schon gesagt, ich bin hier nicht auf Männerfang. Glaubt ihr mir jetzt endlich?«

Sepia braucht ein paar Sekunden, bis sie das verdaut hat.

»Du hast wohl nicht alle Tassen im Schrank! Falls es dir nicht aufgefallen ist: Der Typ sah aus wie Antonio Banderas, und du lässt ihn einfach gehen!«, ruft sie vorwurfsvoll aus.

»Wer sagt denn, dass er überhaupt Interesse an uns hatte? Vergiss den Typen«, mischt sich Sonja ein. »Sehen wir lieber zu, dass wir in den Palast kommen.«

Sepia starrt mich ein paar Sekunden lang unschlüssig an. »Okay. Da drüben ist der Eingang«, deutet sie dann auf eine Tür an der Seite des Gebäudes.

Wir kaufen uns Tickets, und als wir den Palast betreten, überkommt mich plötzlich ein ganz merkwürdiges Gefühl. Dieser Fürstenpalast ist auf einmal kein fremdes Gebäude für mich, sondern verströmt im Gegenteil eine seltsam vertraute Atmosphäre. Der Traum fällt mir wieder ein, von mir und Albert und den Dellberts in diesem antiken Schlafgemach.

Ob das etwas zu bedeuten hatte? War es vielleicht eine Vorahnung? Wartet hinter diesen geschichtsträchtigen Mauern womöglich eine Überraschung auf mich?

Ein Geheimnis?

Oder gar ... ein Fürst?

Endlich! Albert spricht zu mir. Seine Stimme ist weich und melodisch, und sein Deutsch hat einen hinreißenden Akzent.

Dabei habe ich ihn anfangs gar nicht verstanden, weil er französisch sprach. Das war jedoch keine böse Absicht von ihm, sondern meine eigene Schuld, weil ich der freundlichen Dame vom Empfang vor lauter Freude, dass ich ihr »Parlez-vous français?« verstanden hatte, spontan mit »Oui« geantwortet hatte. Daraufhin hat sie an dem tragbaren Reiseführer ein Knöpfchen gedrückt und mir die Kopfhörer übergestülpt. Als Albert dann via Tonband auf Französisch mit seiner Begrüßungsrede loslegte, machte ich sofort das internationale Zeichen für »Nix verstehen!«, indem ich einen gänzlich leeren Blick aufsetzte und hilflos mit den Händen herumfuchtelte, und sie reagierte geduldig, indem sie mir die Kopfhörer wieder abnahm und fragte: »Anglaise? Allemande?«, und als sich mein Gesichtsausdruck nicht wesentlich veränderte: »Sind sie Deutsche?«

Auf mein freudiges Nicken hin stellte sie mein Gerät dann auf deutsche Sprache um, und so höre ich jetzt endlich die Begrüßungsworte von Albert. Richtig niedlich klingt er, genau wie in meinem Traum, doch leider ist seine Ansprache nur von kurzer Dauer. Schon nach ein paar Sätzen übernimmt eine Frauenstimme die weitere Führung, und die geleitet uns als Erstes an einer stattlichen Waffensammlung vorbei – vermutlich zur Abschreckung, damit keiner auf die Idee kommt, heimlich etwas mitgehen zu lassen.

Über eine schmale Treppe gelangen wir zur sogenannten Herkulesgalerie hinauf, einem Bogengang im Innenhof des Palastes, an dessen Decke die Heldentaten des antiken Helden auf kunstvollen Fresken dargestellt sind. Von dort kommt man in die verschiedenen Salons, die alle nach demselben Muster ausgestattet sind: Marmorböden mit superkomplizierten Einlegearbeiten, Möbel, deren Holzteile mit Blattgold überzogen sind, dazu Seidenbrokat an den Wänden und nicht eine einzige Decke ohne kunstvolle Fresken. Und erst die Farben: Rot, Blau und Gold, wohin man auch blickt. Ich bin ganz weg. Es sieht aus wie eines von Barbies Märchenschlössern, es wirkt auf mich unglaublich ... also, so richtig ... ich krame nach dem richtigen Wort ...

»Der volle Kitsch, was?« Sepia hat meinen Kopfhörer am rechten Ohr abgehoben und mir soeben ihre wenig romantische Meinung geflüstert.

»Kitsch? Findest du? Nun ja, es ist vielleicht ein wenig ... *bunt*«, räume ich ein.

»Ist dir schon aufgefallen, wie winzig die Betten sind?«, legt sie feixend nach. »Stammen die von Pygmäen ab, oder was?«

»Früher waren die Menschen kleiner als wir«, findet Sonja, die zu uns getreten ist, eine Erklärung dafür. »Außerdem habe ich irgendwo gelesen, dass die Fürstenfamilie mit Napoleon Bonaparte verwandt ist, und der war bekanntlich auch nicht der Größte.«

Wir spazieren andächtig weiter. Mir fällt auf, dass jedes dieser Zimmer mit irgendeinem Namen versehen ist: Salon Mazarin, Salon d'York, Salon Louis V, Salon Louis XIII, Salon Louis XV – der Name Ludwig muss damals echt der Renner gewesen sein –, Spiegelsaal, Blauer Salon, Soldatenzimmer, Thronsaal – und das alles nur in dem einen Flügel des Palastes, durch den wir jetzt schnatternd marschieren, und wer weiß, wie viele Zimmer es im Rest des Gebäudes noch gibt.

Ich bin ziemlich beeindruckt von all dem Prunk und natürlich sieht alles umwerfend aus, aber dennoch, ein paar Kleinigkeiten würde ich schon ändern, hätte ich hier etwas zu sagen.

Die Bilder zum Beispiel. Darauf sind eine ganze Reihe von Vorfahren zu sehen, und jetzt mal ganz ehrlich, so wie die gucken, sind die nicht gerade eine Werbung für einen tadellosen Stammbaum. Unter den ganzen Bildern gibt es eigentlich nur eines, das mir gefällt, und das zeigt die monegassische Fürstenfamilie in ihrer Glanzzeit. Rainier ist darauf zu sehen, und die bezaubernde Gracia Patricia, und natürlich Albert sowie Caroline und Stéphanie. Dieses Bild würde ich lassen. Die anderen dagegen, die würde ich allesamt entsorgen. Wenn schon Kunst, dann sollte es was Modernes sein, wie zum Beispiel ... ein paar Kandinskys, genau, oder Dalís, von mir aus auch der eine oder andere Klimt oder ein verkommener Spreizakt von Schiele, damit die Leute was zu tratschen haben. *Das* würde dann wirklich was hermachen.

Und beim Thronsaal müsste sich sowieso schleunigst was ändern. Da steht nämlich nur ein ultraprotziger Fürstensessel unter einem Baldachin, also müsste natürlich ein zweiter Sessel her – irgendwo müsste ich schließlich auch sitzen –, und auch da wäre ich ein bisschen moderner. Warum nicht einen von diesen Ledersesseln mit hochklappbarer Beinstütze nehmen, mit Massagefunktion natürlich, und daneben einen Kühlschrank mit eingebauter Eiswürfelmaschine?

Je länger ich mich umsehe, desto mehr komme ich jetzt in Fahrt. Diese alten Gemäuer könnten insgesamt einen Schuss Modernität vertragen. Zwischendecken zum Beispiel, damit die Räume nicht gar so hoch sind – und das spart nebenbei auch Heizkosten –, und den antiken Krempel aus dem Salon Louis V würde ich rausschmeißen und stattdessen ein Wasserbett und einen Großbild-Plasmafernseher reinstellen. Aus dem Salon Mazarin würde ich dann ein Damenzimmer machen und aus dem angrenzenden Soldatenzimmer einen Fitnessraum. Au ja, das wäre was. In dem müssten die Gardesoldaten dann in engen Radlerhosen mit nackten Oberkörpern trainieren, und meine Freundinnen und ich könnten ihnen durch einen venezianischen

Spiegel zusehen, während wir uns Schnitzel mit Fritten reinziehen ...

Ein Schulterklopfen reißt mich aus meinen kreativen Gedanken. Es ist Sonja, wie ich mit leichter Verärgerung feststelle.

»Wie sieht's aus bei dir, bist du durch?«, fragt sie mich.

»Ja, im Großen und Ganzen schon«, meine ich mit einem abschließenden, wehmütigen Rundblick. »Hast du eine Ahnung, wo Sepia steckt?«

»Vorhin hab ich sie noch im Spiegelsaal gesehen.«

So weit brauchen wir jedoch gar nicht zu gehen. Sepia kommt uns schon in der Herkulesgalerie entgegen.

»Ganz schön verstaubt, die Hütte, was?«, grinst sie.

»Also, mir gefällt es«, erwidert Sonja.

»Ja, es ist nicht schlecht«, gesteht auch Sepia ein. »Gibt es hier noch was anderes zu besichtigen?«

Sonja zieht den Reiseführer hervor und blättert darin.

»Wie wär's mit dem Napoleonischen Museum?«, meint sie dann.

»Was gibt es dort?«, will Sepia wissen.

Sonja runzelt die Stirn, während sie liest. »Ach, das Übliche: Alte Bilder, Urkunden, Dokumente ...«

»Langweilig«, winkt Sepia ab. »Sonst noch was?«

»Ein Automuseum, das müsste irgendwo an der Westseite des Palastes sein.«

»Was denn für ein Automuseum?«, schalte ich mich ein.

»Eine Sammlung von Albert: alte Autos, über fünfzig Stück.«

»Nichts für mich.« Diesmal bin ich es, die abwinkt.

Wieder so eine Sache: Fünfzig alte Autos, wo doch jeder weiß, dass die Dinger mit den Jahren immer reparaturanfälliger werden. Geht's vielleicht noch ein bisschen unvernünftiger?

»Etwas zu trinken wäre mir eigentlich lieber«, seufze ich.

»Ganz deiner Meinung«, nickt Sonja.

»Wisst ihr was, ich ziehe mir noch schnell das Automuseum rein, und danach treffen wir uns bei dem kleinen Restaurant unten an der Kathedrale, okay?«, schlägt Sepia vor.

»Du meinst, da, wo es vorhin so gut nach Pizza gerochen hat?«, frage ich.

»Genau.«

»Super Idee.«

Das Lokal heißt Le Petit, und anscheinend haben die in der Küche einen Ventilator so angebracht, dass die betörenden Düfte direkt in den Gastgarten geleitet werden. Es ist völlig unmöglich, hier nur etwas zu trinken.

»Ich denke, ich werde eine kleine Pizza nehmen«, erwähne ich beiläufig, nachdem wir ein schattiges Plätzchen gefunden haben.

»Alles klar«, sagt Sonja, während sie die Speisekarte studiert. »Dann nehme ich die Escargots in Kräutersauce.«

Die Kellnerin kommt an unseren Tisch, und wir bestellen. Zum Trinken einigen wir uns auf eine Flasche Rotwein, ich für meinen Teil natürlich mit Diätcola.

Dann krame ich mein Handy aus der Tasche, um zu kontrollieren, ob sich in der Zwischenzeit jemand gemeldet hat. Als ich das Display aufklappe, durchzuckt es mich siedendheiß: Zwei Nachrichten in Abwesenheit!

Okay, Heidi, keine Panik. Tief durchatmen. Jetzt schlägt die Stunde der Wahrheit.

Mit zitternden Fingern überprüfe ich, von wem die Nachrichten sind, und erhalte umgehend die Bestätigung: Die erste ist von Gerhard, die zweite von Honzo. Und das unmittelbar hintereinander, wie ich an den Zeiten ablesen kann.

»Du meine Güte, Heidi, du bist ja bleich wie ein Gespenst!«, ruft Sonja besorgt aus. »Was hast du denn?«

Ich bin jedoch zu keiner Antwort fähig, stattdessen rufe ich die erste Textmitteilung – die von Gerhard – ab.

»Heidi, was ist denn los?«, dringt Sonjas Stimme wie durch dicke Watte zu mir durch.

»Nachricht von Gerhard Sommer«, steht da, und dann: »Liebste Heidi, ich weiß gar nicht, was ich sagen soll …« – Ich muss weiterblättern – »… deshalb brauchte ich auch so lange, um mich bei

Dir zu melden …« – wieder blättern – »… und ich kann nur hoffen, dass Du mir eines Tages verzeihen wirst …« – wieder blättern, und dann: nichts mehr!

Aber nicht etwa, weil mein treuloser Exverlobter nicht mehr geschrieben hätte, sondern weil mein gottverdammter Akku seinen Dienst aufgegeben hat.

»Das darf doch wohl nicht wahr sein«, stöhne ich fassungslos. Das Display meines Handys zeigt jetzt nur noch höhnisches Schwarz.

»Sonja an Heidi! Zum allerletzten Mal, Heidi, rede mit mir!« Sonja hat jetzt auf Schreien übergewechselt, weil ich immer noch wortlos auf mein Handy glotze, und als ich hochblicke, sehe ich, dass uns alle anderen Gäste anstarren.

»Es ist eine Nachricht von Gerhard«, murmle ich benommen.

Ihr Kopf zuckt neugierig vor. »Und, was schreibt er? Weiß er inzwischen, dass du ihm auf die Schliche gekommen bist?«

Also, davon kann man ausgehen – sofern Honzo unsere Mission Kakadu durchgezogen hat, und daran kann es keinen Zweifel geben, so, wie er sich darauf gefreut hat.

Doch aus irgendeinem mir selbst kaum erklärbaren Grund habe ich bisher weder Sonja noch Sepia in unsere Vergeltungsaktion eingeweiht, möglicherweise weil sie mir zu kindisch vorgekommen war, oder wahrscheinlicher noch: zu extrem!

»Also, er hat mich um Verzeihung gebeten …«, beginne ich.

»Das ist wohl auch das Mindeste, was er tun konnte, nicht wahr?«

Sie ist immer noch voller Empörung über Gerhards Betrug.

»Ja, natürlich, gar keine Frage, aber …«, sage ich stockend.

»Was, aber?«, fragt sie verwundert.

»Nun, eigentlich dachte ich, dass *er* sich eine Entschuldigung von *mir* erwartet«, würge ich hervor.

Sonja starrt mich ungläubig an. Bloß gut, dass ich ihre Gedanken nicht lesen kann, denn ihrem Gesichtsausdruck nach hätte ich da garantiert nichts Schmeichelhaftes vorgefunden.

Es gibt viele Möglichkeiten, Menschen Schreckliches anzutun.

Nur so auf die Schnelle fällt mir dazu ein:

Man kann sie ihrer Existenz berauben, zum Beispiel.

Oder man macht sie lächerlich, sodass sie ihren Mitmenschen nie wieder unter die Augen treten können.

Und natürlich gibt es auch so altbewährte Mittel wie Mord und Totschlag.

Das Schlimmste jedoch, das mit Abstand Allerschrecklichste, was man einem Menschen zufügen kann, ist, ihn mit seiner Urangst zu konfrontieren. *Jeder* hat so etwas – das weiß ich spätestens von dem Fiesling O'Brien aus Orwells *1984* –, bei dem einen sind es Ratten, beim anderen Spinnen, bei manchen Schlangen, und bei Reiner Calmund ist es wahrscheinlich die Angst, einen Tag lang nichts zu essen zu bekommen.

Und bei manchen ist es die Angst vor homosexuellen Erfahrungen. Bei Männern wie Gerhard zum Beispiel. Das ist mir immer schon aufgefallen bei ihm. Bei diesem Thema hat er jedes Mal ganz empfindlich reagiert, egal, ob wir uns nur Sendungen im Fernsehen anguckten oder ob man ihm jemanden vorstellte, von dem er annahm, dass er schwul sei. Gerhard ist dann immer blitzschnell auf Tauchstation gegangen, nicht ohne vorher ein paar abfällige Bemerkungen loszuwerden. Wirklich auffällig war das. Ich habe echt keine Ahnung, was man ihm während seiner Erziehung so alles eingeimpft hat, aber zentraler Punkt muss gewesen sein: Schwul ist schlecht!

Dementsprechend habe ich dann auch meine Rache geplant, nachdem er mich betrogen hatte. Seine allergrößte Angst, diese tief verankerte Urangst, damit wollte ich ihn konfrontieren, und ich wollte sie durch ein triebhaftes Wesen namens Honzo Gestalt annehmen lassen.

Was rückblickend betrachtet übrigens nicht einmal schwer war.

Honzo für ein sexuelles Blind Date zu gewinnen, bedurfte keiner allzu großen Überredungskunst, und auch Gerhard war ein leichtes Opfer.

»Unsere Beziehung könnte ein bisschen Pep vertragen, findest du nicht?«, hatte ich am Telefon gesagt.

»Hm, ich finde es eigentlich peppig genug«, antwortete er. »Aber wenn *dir* etwas fehlt …«, fügte er noch großzügig hinzu.

Eine ähnliche Reaktion hatte ich schon vorausgeahnt, deshalb hatte ich ihn auch *angerufen*, weil man am Telefon niemanden im Affekt erwürgen kann.

Dass du genug Pep hast, habe ich inzwischen gesehen, du mieser Schuft, dachte ich voller Grimm.

»Nun, ich denke, es könnte *uns beiden* nicht schaden«, sagte ich mit übermenschlicher Selbstbeherrschung. »Wie sieht's eigentlich aus bei dir: Bist du experimentierfreudig?«

Sein spontanes Schnaufen sagte laut und deutlich »Ja«. Dennoch bemühte er sich um scheinbare Unbefangenheit, als er antwortete: »Na ja, kommt drauf an. Wenn du mir nicht gerade einen riesigen Schwarzen ins Bett legst, oder mir mit einer Peitsche kommst …« Er lachte gekünstelt.

»Nein, nein, keine Sorge, ich hatte da an etwas ganz anderes gedacht …«

Dann legte ich ihm meinen Plan dar.

Nur drei Stunden später – es ist erstaunlich, wie schnell Männer sich von Verpflichtungen frei machen können, wenn man ihnen hemmungslosen Sex in Aussicht stellt – marschierte er schön brav ins Stundenhotel *Zur kurzen Rast*, ließ sich den Zimmerschlüssel aushändigen, der schon für ihn bereitlag, betrat die Flitterwochensuite, die sich von den anderen Zimmern eigentlich nur dadurch unterschied, dass sie über eine Badewanne verfügte, zog sich splitternackt aus, verband sich mit seiner eigenen Krawatte die Augen, legte sich aufs Bett und harrte der Dinge, die da kommen sollten – alles genau so, wie ich es verlangt hatte.

Dann mein Auftritt: Ich schlich aus dem Badezimmer, wo ich auf Gerhard gewartet hatte, band ihm zusätzlich zu seiner Krawatte noch ein Seidentuch vor seine Augen, damit er nicht schummeln konnte, und fesselte ihn mit einem Paar Handschellen, das ich für unschlagbar günstige sieben Euro in einem Sexshop an der

Bahnhofstraße erstanden hatte, mit nach oben gestreckten Armen ans Bett.

»Also, Heidi, ich muss schon sagen ...«, brach er lustvoll keuchend das Schweigen, das ich ihm auferlegt hatte.

»Schscht!«, mahnte ich ihn streng zur Ruhe. Es war auch gar nicht nötig, dass er etwas sagte, denn sein Körper verriet nur allzu deutlich, wie sehr ihm die Situation gefiel. So wartete er freudig erregt auf weitere Aktivitäten meinerseits – die allerdings ausblieben, denn mein Werk war hier bereits zu Ende.

Stattdessen trat jetzt Honzo auf den Plan, der zusammen mit mir im Badezimmer gewartet hatte und den ich für sein weiteres Vorgehen genauestens instruiert hatte. Als wichtigste Vorbereitung hatte ich ihn von Kopf bis Fuß mit Angel – mein Lieblingsparfüm – eingesprüht, damit Gerhard den Unterschied nicht sofort bemerken würde, und schließlich das Wichtigste: Behutsam vorgehen, und das möglichst so, dass mein untreuer Ex nicht gleich mitbekam, dass hier keine Frau zu Werke ging, sondern ein vor Testosteron triefender Lustknabe – na ja, Lust*mann* eigentlich ... mit ein bisschen Speck an den Hüften.

»Ich fasse es nicht. *Das* habt ihr wirklich durchgezogen?!« Sonja schlägt sich die Hand vor den Mund, als ich mit meiner Geschichte fertig bin. »Und wie kamt ihr auf *Operation Kakadu?*«

»Das war Honzos Idee. Er hat irgendwo gelesen, dass mehr als fünfzig Prozent aller Kakadus in Gefangenschaft schwul werden«, erkläre ich.

»Ist nicht wahr! Wo stand das denn, in einer Schwulenzeitschrift etwa?«

»Keine Ahnung.« Rückblickend betrachtet kommt es mir eigentlich auch ein bisschen komisch vor. »Egal, Gerhard hat jedenfalls nur das bekommen, was er verdient hat«, behaupte ich trotzig.

»Aber natürlich, da bin ich ganz deiner Meinung. Respekt, Respekt«, sagt Sonja mit aufrichtiger Bewunderung in der Stimme. »Von dir könnte so manche Frau etwas lernen. Mensch, Heidi, das könntest du glatt in dein Programm aufnehmen: *Beratung für betro-*

gene Frauen, wie mache ich den Mistkerl platt?, oder so ähnlich. Da gäbe es sicher eine Menge Kundschaft!«

»Wahrscheinlich hast du recht.« Ich nehme einen Bissen von meiner Pizza. »Trotzdem kapier ich's nicht«, sage ich dann nachdenklich. »Wieso entschuldigt *er* sich jetzt bei *mir*? Ernsthaft, Sonja, ich dachte, er würde ausflippen, sobald er draufkommt, dass nicht ich, sondern Honzo ihn ... na ja, du weißt schon. Und das war eigentlich auch der Hauptgrund, weshalb ich den Rest des Tages und die Nacht vor unserer Abreise unbedingt in Sepias Wohnung zubringen wollte.«

Das gibt auch Sonja zu denken.

»Ja, wenn man die ganze Geschichte kennt, klingt es allerdings merkwürdig. Am besten laden wir dein Handy wieder auf und sehen nach, was Gerhard sonst noch geschrieben hat, dann sind wir schlauer. Und interessant wäre auch, was Honzo zu berichten hat. Wieso hast du den eigentlich nicht angerufen, um die Einzelheiten zu erfahren?«

»Hm, ich weiß nicht«, zucke ich die Schultern. »Wahrscheinlich aus Angst, die Sache könnte aus dem Ruder gelaufen sein.«

Sonja nickt versonnen.

»Ja ... Aber wenigstens wissen wir jetzt, dass Gerhard nicht auf einem blindwütigen Rachetrip ist, sondern selber ein schlechtes Gewissen hat. Eigentlich brauchst du dir wegen ihm also keine Sorgen mehr zu machen.«

Nachdem sie das ausgesprochen hat, fühle ich mich gleich viel besser. Gerhard hat mir meinen Streich anscheinend nicht verübelt, sondern als das hingenommen, was es gewesen war: Seine gerechte Strafe.

Na denn. Das war's dann wohl. Ende gut, alles gut.

Aber seltsam irgendwie. Müsste ich mich jetzt nicht ein bisschen mehr freuen?

Egal, das ist wahrscheinlich nur der Schock von vorhin, der noch ein bisschen nachwirkt, denke ich mir. Rein objektiv betrachtet haben wir jedenfalls einen Grund zum Feiern, und ich gebe der Kellnerin ein Zeichen, uns noch eine Flasche zu bringen.

PERSONALITY-COACHING
HEIDI MERTENS

Individuelles Coaching

Individuelle Persönlichkeitsberatung
Analyse von Körpersprache und Mimik
Motivationsreflexion und Zieldefinition
Taktiken zur Konfliktbewältigung
Rhetorische Optimierung
Genugtuungsmanagement
Wege zu Erfolg und Zufriedenheit

Manager
Politiker
Private
Betrogene Frauen

home
profil
seminare
person
kontakt
impressum
links

Kurse/Termine/Kosten

Der Coachingprozess startet mit einem persönlichen und kostenfreien Orientierungsgespräch. Die Ziele des Coachings werden festgelegt, ebenso wie die Zahl der Treffen sowie die sonstigen Modalitäten. Ein individueller Coachingvertrag wird festgelegt. Preise nach Absprache.

Erfolgsgarantie!!!

(Keine Kostenrückerstattung, sondern neuerliches Coaching bis zum Erreichen der Coachingziele!)

😐♋■■⬧⧫ ♎◆ ■♓♍♒⧫ ♎♋⬧ ☝❑❑⬅♏
♐♋⬧⬧♏■📭 ⬧□●●⬧⧫ ♎❑◆❍ ■♓♍♒⧫ ♎♋⬧
😐●♏♓■♏ ●♋⬧⬧♏■✏

12

Den Akku eines Handys aufzuladen ist die einfachste Sache der Welt – wenn man über das dazugehörige Ladekabel verfügt und es nicht, wie ich in meinem Gefühlschaos, bei der Abreise schlicht und einfach vergessen hat.

Das Problem an der Sache ist, dass es *unzählige* Handymarken mit noch mehr unterschiedlichen Ladekabeln gibt, und weder Sepia noch Sonja noch die hilfsbereiten Menschen vom Hotel haben dasselbe doofe Modell wie ich. Bleibt mir also gar nichts anderes übrig, als mich in Geduld zu üben – und vielleicht kennt ja Bodo irgendwo in der Stadt einen Handyshop, den ich morgen aufsuchen kann.

Da ich jetzt aber wenigstens weiß, dass ich von Gerhard nichts Schlimmes zu befürchten habe, tut das meiner guten Laune keinen Abbruch. Denn die Wahrheit ist: Ich habe Wichtigeres zu tun.

Mein Verhältnis zu Bodo abzuchecken zum Beispiel.

Um dafür eine optimale Ausgangslage zu schaffen, bade ich erst mal ausgiebig, dann mache ich mir eine raffinierte Hochsteckfrisur und schminke mich sorgfältig. Als Bekleidung wähle ich diesmal ein weißes Ensemble, bestehend aus einem kurzen Rock und einer weit geschnittenen Bluse, die nicht allzu aufdringlich ist und dennoch nicht alles verbirgt, was einen Mann interessieren könnte.

Als ich Sonja und Sepia von ihrem Zimmer abhole, muss ich feststellen, dass ich mir wegen Sepia auch diesmal keine Sorgen zu machen brauche – sie trägt eine hautenge Lackhose zu einem Top aus Leopardenfellimitat –, aber Sonja wieder einmal umwerfend aussieht in ihrem figurbetonten, lachsfarbenen Kleid.

»Du erinnerst dich noch, was wir wegen Bodo ausgemacht haben?«, frage ich sicherheitshalber nach.

»Ist doch Ehrensache, Heidi. Ich habe mir auch extra etwas Schlichtes angezogen, damit Bodo nicht auf falsche Gedanken kommt«, lächelt Sonja.

»Wir schnappen doch einer guten Freundin nicht den Kerl weg«, ergänzt Sepia gönnerhaft, und wir sehen ihr einige Sekunden lang wortlos zu, wie sie mit ihren sehnigen Händen den nicht vorhandenen Busen nach oben zu schieben versucht.

Es ist schon nach sechs, als wir den Hafen erreichen, und ich bemerke sofort, dass neben Bodo eine Segeljacht festgemacht hat, die am Vormittag noch nicht da gewesen war.

»Die sieht ja vielleicht niedlich aus«, meint Sonja. »Irgendwie antik, findet ihr nicht?«

»Du kannst ja mal anfragen, ob der Kapitän noch zu vergeben ist«, scherze ich.

»Nein, nein, Segelboote könnt ihr vergessen«, schiebt sich Sepia sofort dazwischen. »Mit denen fahren meistens arme Schlucker, die die Boote bei Charterfirmen mieten und sich den Sprit für eine Motorjacht nicht leisten können.«

»Und woher willst du das wissen?«, frage ich.

»Bekannte von mir fahren regelmäßig Törns«, klärt sie uns auf. »Glaubt mir, das sind alles arme Würstchen.«

Okay, wenn sie das sagt. Mir kann's ja egal sein, wartet doch schon der Besitzer einer Motorjacht auf mich.

»Da seid ihr ja endlich. Ich dachte schon, ihr versetzt mich.« Bodo sitzt bereits an Deck vor einem Bier und wirkt regelrecht erleichtert, als er uns sieht.

»Keine Angst«, beschwichtige ich ihn. »Solange du genug Verduzzo an Bord hast, wirst du mich nicht los.«

»Ein bisschen was habe ich noch«, grinst er. »Aber das ist hoffentlich nicht der einzige Grund, weshalb du mich besuchst. Gebt Acht mit der Passarella«, mahnt er dann.

»Ich weiß, es soll Leute geben, die da manchmal daneben treten«, kann ich mir nicht verkneifen zu sagen, und mit ein paar schnellen Schritten bin ich drüben bei ihm.

Bodo begrüßt mich mit zwei Wangenküsschen, und unpassenderweise macht er dasselbe auch bei Sonja und Sepia. Ich schlucke meinen Ärger schnell hinunter und unterziehe ihn dann einer unauffälligen Musterung. Er trägt kakifarbene, kurze Hosen, dazu legere Flip-Flops und ein weißes Hemd, das seine tiefe Bräune zusätzlich betont. Ich muss schon sagen: Richtig gut sieht er aus.

»Setzt euch doch«, sagt er dann. »Was wollt ihr trinken?«

»Heidi erwähnte vorhin einen sagenhaften Weißwein, den du an Bord hast«, meint Sepia.

»Verduzzo Friulano, das dachte ich mir schon«, sagt Bodo überschwänglich. »Wollt ihr mit runterkommen und das Boot von innen besichtigen?«

Was für eine Frage. Wer würde das nicht wollen? Im Inneren kann man erst ermessen, wie groß so ein Ding in Wirklichkeit ist. Dieses hier verfügt über einen geräumigen Salon mit einer komfortablen Sitzecke aus cremefarbenem Leder, dazu eine separate Essecke samt voll ausgestatteter Küche inklusive Kühlschrank, Backofen und Mikrowelle.

»Wow, hier könnte man ja sogar einen Kuchen backen«, staunt Sonja.

»Ja, könnte man, wenn man könnte«, witzelt Bodo.

»Sag bloß, du kannst nicht kochen«, sage ich.

»Jedenfalls keine Kuchen. Ich gehöre mehr zur deftigen Fraktion, wisst ihr.«

Damit deutet er vielsagend auf den Kochtopf, der auf dem Herd steht.

»Was ist da drinnen?«, frage ich überrascht.

»Ratet mal!«

Schon beim Herunterkommen ist mir ein eigentümlich bekannter Geruch aufgefallen. Wir schnuppern andächtig.

»Jetzt sag bloß, du hast Würstchen gekocht«, lacht Sepia auf.

»Würstchen wäre wohl ein bisschen zu einfach«, lehne ich mich ein bisschen weiter aus dem Fenster. »Das sind Weißwürste, stimmt's?«

Bodo nickt anerkennend.

»Gut geraten, Heidi. Ich dachte mir, dass ihr den mediterranen Fraß wahrscheinlich satthabt und zwischendurch auch mal was Ordentliches wollt. Ihr mögt doch Weißwürste?«

Also, falls er die Hotdogs und Hamburger vom Le Shangri-La meint, die fand ich gar nicht *so* mediterran, aber ich verkneife mir einen Kommentar dazu.

»Hast du auch Apfelkren?«, frage ich stattdessen.

»Ist der Papst katholisch?«, kommt es prompt zurück.

»Perfekt. Fehlt nur noch Weißbier«, meint Sonja.

Auf dieses Stichwort scheint Bodo gewartet zu haben. Er hechtet förmlich hinüber zum Kühlschrank, und als er ihn öffnet, leuchtet uns eine ganze Batterie von Flaschen entgegen.

»Erdinger!« Bodo strahlt, als würde er uns den Heiligen Gral präsentieren. »Ich hoffe, das mögt ihr.«

Okay, ich hatte an diesem Wochenende ja mit vielem gerechnet, aber auf einer Jacht in Monaco Weißwürste zu essen und Weißbier zu trinken, darauf wäre ich nicht gekommen.

»Falls du uns überraschen wolltest, ist dir das gelungen. Ich für meinen Teil freue mich jedenfalls riesig«, sage ich. »Welche Geheimnisse verbirgst du sonst noch auf deinem Dampfer?«

»Keine Geheimnisse. Bloß noch die Kajüten.«

»Kajüten? Das sind die Schlafzimmer, oder?«

»Ja, so kann man es auch nennen. Hier, das ist die Kapitänskajüte.«

Er öffnet eine Tür im vorderen Bereich, und ein breites Doppelbett wird sichtbar.

»Ist das Seide?«, fragt Sonja.

»Die Laken, meinst du? Äh, ja, denke schon, sie sind jedenfalls ziemlich weich«, antwortet Bodo, während er sich an der Stirn kratzt.

Er *denkt*? Also ehrlich, diese Millionäre muss man erst mal begreifen. Umgeben sich mit Luxus und wissen noch nicht einmal, woraus der besteht.

»Das ist ja die reinste Lasterhöhle«, staunt Sepia. »Hast du auch Fernsehen an Bord?«

»Klar, mit Satellitenempfänger und DVD«, tönt Bodo stolz und klappt einen Bildschirm von der Decke herunter. »In jeder Kajüte, und im Salon auch, versteht sich.«

»Nicht schlecht, der Kahn. Aber sag, wieso hast du sie eigentlich *Scene it* getauft?«, fragt Sepia.

Der seltsame Name ist mir auch schon aufgefallen, und da er Filmproduzent ist, bin ich mir ziemlich sicher, dass es sich um ein raffiniertes Wortspiel aus den englischen Wörtern für »Szene« und »gesehen« handelt.

»Äh, keine Ahnung, es hat mir einfach gefallen«, antwortet Bodo zu meiner Überraschung.

»Hat es vielleicht was mit diesem Spiel zu tun, da geht es doch auch um Filme, nicht wahr?«, rät Sonja.

Jetzt scheint es auch Bodo wieder einzufallen. »Ja, genau, du sagst es.«

»Und wo geht man hier aufs Klo?«, fragt Sepia mit unverblümter Offenheit.

Bodo grinst. »Auch dafür ist gesorgt. Jede Kajüte verfügt über eine eigene Nasszelle.«

»Eine *was?*«

»Eine Dusche mit Toilette.«

»Und wie viele Kajüten gibt's hier?«

»Die Kapitänskajüte im Bug und hinten im Heck noch zwei, falls man Gäste an Bord hat, oder eine Crew. Obwohl, die braucht man bei dieser Größe eigentlich gar nicht, so eine Jacht kann man auch bequem alleine steuern.«

»Wie groß ist sie überhaupt?«, will ich wissen.

»Das ist eine Vierundsechziger«, kommt es zurück.

»Soll das heißen, dass sie vierundsechzig *Meter* lang ist?« Der Gedanke macht mich ehrlich gesagt ein bisschen fassungslos.

»Nein, damit sind Fuß gemeint. Sie ist vierundsechzig Fuß lang.«

»Geht's auch einfacher, in Metern zum Beispiel?«

»Das brauchst du nur durch drei zu dividieren.«

»Durch drei? Das wären dann ja immer noch mehr als zwanzig Meter!«

»Stimmt.«

Wow. Wenn man die Scene it im Wasser liegen sieht, käme man niemals auf die Idee, dass sie die Länge eines stattlichen Einfamilienhauses hat.

Und Sonja kommt dann auch noch zur Kernfrage: »Und was kostet so etwas?«

»In der Ausstattung, mit GPS, Radar und dem ganzen Kram, so an die zwei Millionen«, antwortet Bodo locker.

»Euro?«, entfährt es mir.

»Klar, was denn sonst? Nettes Sümmchen, was?«

Während er das sagt, steht er mit in den Hosentaschen versenkten Händen da und grinst ganz lässig. Ein Weißwurst kochender Millionär, der noch dazu ziemlich süß aussieht, und ich habe ihn entdeckt! Meine Freundinnen geben sich zwar alle Mühe, sich nichts anmerken zu lassen, aber ich *weiß* ganz einfach, dass sie neidisch sind.

»So, wollen wir dann essen?«, fragt er schließlich.

»Wie isst man die denn jetzt wirklich?«, fragt Sonja, als Bodo uns an Deck die dampfenden Köstlichkeiten auf die Teller legt.

Eine Frage, so alt wie die Weißwurst selbst. Manche meinen, man müsse sie ganz einfach schälen und dann in Scheiben schneiden, andere wiederum behaupten, man solle an der Oberseite einen Längsschnitt platzieren und dann Scheibe um Scheibe herauslösen, und echte Hardliner beharren darauf, dass man sie aussaugen müsse. Bodo ist einer von ihnen.

»In den Mund nehmen, mit den Lippen zusammendrücken und dann feste saugen«, erklärt er, dann wartet er darauf, dass wir seinen Rat befolgen.

Ja, das hätte er wohl gern.

Ich jedenfalls entscheide mich für die Oberseiten-Chirurgenschnitt-Lösung, auch auf die Gefahr hin, dass er mich für prüde hält. Er macht dann auch tatsächlich ein enttäuschtes Gesicht, und ich bin nur froh, dass Sonja ebenfalls darauf verzichtet und stattdessen ganz manierlich zu Messer und Gabel greift. So ist Sepia die Einzige von uns Frauen, die lustvoll an ihrer Wurst saugt, was aber in Sachen Konkurrenz nicht weiter ins Gewicht fällt, weil dabei die Adern an ihrem Hals Furcht einflößend hervortreten.

Jedenfalls schmeckt es hervorragend, und nachdem wir uns vollgestopft haben, versinken wir zufrieden in den weichen Sitzpolstern. Wir sind von Bier auf Verduzzo umgestiegen, und nachdem er eingeschenkt hat, wirft Bodo eine Süßstofftablette in sein Glas und schwenkt es ein paar Mal hin und her.

»Was machst du denn da? Ich dachte, das ist ein ganz besonderer Edelwein und von Natur aus süß«, wundert sich Sonja.

»Ja, gerade deshalb«, nickt er, dann erklärt er mit Kennerblick: »Um die Süße geht es dabei gar nicht, weißt du, sondern um die Aromastoffe. Der Süßstoff bringt sie erst richtig zur Geltung, die ... Flavone ... und die Fungizide und ... äh, die ganzen anderen sowieso. Deshalb machen das neuerdings alle Experten so«, fügt er überzeugt hinzu.

Sonja und Sepia starren erst ihn an und dann mich, während ich gerade Diätcola in meinen Wein gieße.

»Was seht ihr mich so an?« Ich erwidere herausfordernd ihre Blicke. »Mir war das schon lange bekannt.«

Sonja setzt zu einer Frage an, aber Bodo hat jetzt seine Beine weit von sich gestreckt und sieht aus, als hätten Alkohol und Kalorien ihn vertrauensselig gemacht. Eine gute Gelegenheit also, um mehr über ihn zu erfahren.

»Erzähl uns doch lieber etwas über deinen Beruf«, wechsle ich daher schnell das Thema. »Wie macht man das überhaupt, Filme produzieren?«

Täusche ich mich, oder blinzelt er schon wieder überrascht? »Eigentlich möchte ich im Urlaub gar nicht über meinen Job reden«, versucht er auszuweichen.

Was natürlich nicht geht, sind wir doch drei Frauen. Bedeutet: personifizierte Neugierde mal drei.

Sonja nimmt meinen Ball prompt auf.

»Ach, komm schon, Bodo, so gemein kannst du doch nicht

sein«, säuselt sie. »Im Filmgeschäft sein und uns nichts davon erzählen, das wäre seelische Grausamkeit.«

»Genau«, hakt auch Sepia mit etwas weniger Feingefühl ein. »Also raus damit: Was für Filme machst du so?«

Bodo beginnt sich jetzt regelrecht zu winden. Ich fasse es nicht.

»Na ja, alles Mögliche, von Kinofilmen bis hin zu Fernsehserien«, sagt er zögernd.

»Zum Beispiel?«, setzt Sonja nach.

Endlich scheint er sich einen Ruck zu geben.

»*Verliebt in Berlin*, zum Beispiel, und *Gute Zeiten, schlechte Zeiten*, und einige andere.«

»Echt, *das* machst du? Wahnsinn!«, sagt Sepia beeindruckt.

Bodo hebt sofort beschwichtigend die Hände.

»Nicht dass ihr euch das jetzt falsch vorstellt. Bei den großen Produktionen sind immer mehrere Firmen beteiligt. Dahinter stehen meistens eine ganze Reihe von Finanzierungsunternehmen, nun, und an so einem Unternehmen ist meine Firma beteiligt.«

»Aha.« Wir lassen uns das für ein paar Sekunden durch unsere Köpfe gehen. »Und Kinofilme hast du noch keine gemacht?«

Er denkt ein bisschen nach, dann fällt ihm ein: »Doch, ja, *King-Kong* zum Beispiel, daran war meine Gruppe auch beteiligt.«

»Ich werd verrückt! Dann kennst du auch Naomi Watts?«, kreischt Sonja begeistert auf.

»Nicht persönlich«, winkt Bodo zu ihrer Enttäuschung schnell ab. »Wie schon gesagt, ich bin nur an einer Finanzierungsfirma beteiligt, und die wiederum ist an verschiedenen Filmprojekten beteiligt. Das ist der ganze Zauber. Noch jemand Wein?«, versucht er dann ansatzlos das Thema zu wechseln. Kaum zu glauben, da investiert der Mann in der weltbesten und interessantesten Branche überhaupt und will nicht darüber reden! Mir ist das ganz einfach unbegreiflich.

»Ja, gern.« Ich halte ihm mein Glas hin, lasse ihn aber noch nicht vom Haken: »Aber wie kommt man überhaupt in dieses Geschäft? Ich meine, es ist ja wohl nicht so, dass man eines Morgens aufwacht und denkt, ich werde Filmproduzent, oder?«

»Nein, natürlich nicht. Bei mir war es zum Beispiel so, dass ich vor ein paar Jahren durch eine Erbschaft zu ein bisschen Geld kam, und zufälligerweise hatte ich einen Freund, der Kontakte zum Filmbusiness hatte und gerade Investoren suchte. Und so ergab sich das dann fast von selbst.« Bodo zuckt die Schultern und lacht verlegen, als müsste er sich für irgendetwas entschuldigen.

»Keine üble Idee. Und wie man sieht, lebt sich's davon ganz gut«, stellt Sepia fest. »Aber irgendwelche Promis musst du doch kennen. Erzähl, wie sind die denn so privat?«

»Also, wirklich *gut* kenne ich die ja nicht, allenfalls von Partys und diversen Preisverleihungen, und da halte ich mich meistens im Hintergrund«, wiegelt Bodo sofort ab. »Aber eines kann ich euch verraten: Die sehen in natura nicht halb so gut aus wie in den Filmen, da wärt ihr echt enttäuscht. Da seht ihr alle drei besser aus als die meisten dieser Stars, das garantiere ich euch.«

»Danke, das hört man gern«, sagt ausgerechnet Sepia. »Macht ihr auch andere Filme, du weißt schon, für Erwachsene?«, fragt sie dann plötzlich.

»Was meinst du mit *für Erwachsene?*«, fragt Bodo irritiert zurück.

»Na, Sexfilme. *Pornos!*«, präzisiert Sepia gnadenlos.

Als sie das sagt, krampft sich schlagartig mein Magen zusammen.

Ach, du je. Das wäre die perfekte Erklärung für sein merkwürdiges Verhalten. Was heißt perfekt, es wäre natürlich die *allerschlimmste* Erklärung!

Hat Bodo etwa *deswegen* so herumgewürgt bei seinen Antworten? Was, wenn er einfach nur primitive Pornos produziert?

Eine Gänsehaut legt sich auf meine Arme, und übergangslos geht meine Phantasie mit mir durch. Vielleicht war er bloß deshalb so zugänglich. Möglicherweise ist er ständig auf der Suche nach neuen Darstellern und hat in uns nur willkommene Opfer gesehen. Wenn man sich die Titel dieser Filme so ansieht, würde sich für jede von uns sofort die geeignete Rolle finden. Wer weiß, vielleicht hat er mich schon für die Titelrolle in *Wenn die Lederhose kracht, Teil siebenundvierzig* vorgesehen – wegen meines Vornamens –, und Sonja für *Die total versaute Oberlehrerin*, und Sepia wäre dann wahrscheinlich das Zugpferd von *So ein Transenpo, der macht uns richtig froh!*

»Ach, das meinst du.« Bodo kriegt ein bisschen Farbe im Gesicht und lehnt sich grinsend zurück. »Nein, nein, daran ist gar nicht zu denken, das würde nicht funktionieren. Sobald du mit der Szene in Berührung kommst, kannst du nie mehr normale Unterhaltung machen. Mit so was bist du blitzschnell unten durch, das könnt ihr mir glauben.«

Er sagt das so spontan und überzeugt, dass es keinen Zweifel am Wahrheitsgehalt seiner Aussage gibt. Ich atme innerlich tief durch, heilfroh, dass mein Traum vom unschuldigen reichen Kerlchen nicht zerplatzt ist.

»Noch Wein?«, fragt Bodo wieder.

Wir nicken, und als er einschenkt, fällt ihm auf, dass die Flasche schon wieder leer ist. Es ist bereits die zweite.

»Ich gehe Nachschub holen«, sagt er und verschwindet nach unten.

Als Bodo wieder da ist, prosten wir uns zu, und insgeheim stelle ich fest, dass wir uns ganz automatisch anders verhalten, sobald neugierige Touristen an uns vorbeipilgern. Wir reden dann plötzlich furchtbar gestelzt, und beim Trinken spreizen jetzt plötzlich alle ihre kleinen Finger ab.

Und Moment mal, seit wann verwendet Sepia überhaupt eine Zigarettenspitze? Also bitte, das ist doch lächerlich!

Ich überlege, ob ich sie darauf ansprechen soll, doch dann horche ich in mich hinein, und dann dämmert es mir: Ich finde das irgendwie ... *cool!* Nicht Sepias Zigarettenspitze, die sieht ganz klar bescheuert aus, aber der Umstand, dass die Leute uns für reich und prominent halten, das hat eindeutig was.

Es ist inzwischen nach acht geworden, die Dämmerung bricht langsam herein, und nach und nach gehen die Lichter der Stadt an. Es ist ein gänzlich unwirkliches Panorama, und ich beginne mich seltsam schwerelos zu fühlen – was aber natürlich auch am vielen Wein liegen könnte, den ich inzwischen intus habe.

»Und was machen wir nun mit dem angebrochenen Abend?«, dringt Sepias laute Stimme plötzlich in meine Glückseligkeit. »Was haltet ihr davon, wenn wir in einen dieser angesagten Klubs gehen?«

»Da bin ich sofort dabei«, nickt Sonja eifrig. »Bodo, du kennst dich hier doch aus, was würdest du vorschlagen? Jimmy'z Disco soll ziemlich angesagt sein, habe ich gehört.«

Aber Bodo winkt schnell ab. »Ohne mich. Dort ist es bloß sauteuer und laut, und um diese Jahreszeit gerammelt voll mit hohlköpfigen Angebern. Außerdem wäre es ein ziemlicher Fußmarsch, das liegt ganz drüben bei Larvotto.«

Sonja ist enttäuscht, und ich, ehrlich gesagt, auch ein bisschen. »Ja, meinst du? Hm, was schlägst du sonst vor?«

»Hinten im Stadtkern gibt es ein paar nette Bars, da gehe ich meistens hin, wenn ich mich unterhalten will«, erklärt er. »Wir können uns damit aber Zeit lassen, jetzt ist da noch nicht viel los«, fügt er hinzu.

»Alles klar, dann trinken wir hier noch einen«, sage ich fröhlich, um die Stimmung nicht kippen zu lassen.

»Worauf du wetten kannst«, nickt Bodo. »Oh, schon wieder leer. Entschuldigt, bin gleich wieder da.«

Nanu. Als er aufsteht, bewegt er sich wie unter schwerem Wellengang. Bloß, dass es den hier im Hafen gar nicht gibt.

Währenddessen sehe ich aus den Augenwinkeln einen Mann in mittleren Jahren die Pier entlangschlendern. Ich halte ihn für einen Touristen und beachte ihn in würdevoller Herablassung nicht weiter, als er plötzlich auf unserer Höhe stehen bleibt und etwas zu uns herüberruft.

»Was will er?«, raune ich Sonja zu.

»Ich bin mir nicht sicher, aber ich glaube, er hat etwas von einer Party gesagt«, antwortet sie. Sie tauschen ein paar Worte aus.

»Und?«

»Also, wenn ich ihn richtig verstanden habe, will er uns zu der Party *einladen*«, sagt Sonja.

»Echt?«, sage ich verblüfft. »Wo denn?«

Sonja wechselt wieder ein paar Sätze mit dem Mann, dann deutet er auf eine der Jachten an einer anderen Pier.

»Auf der White Cloud«, übersetzt Sonja, »und wenn mich nicht alles täuscht, ist das die große Jacht da hinten.«

»Er lädt uns zu einer Promiparty ein?«, zischt Sepia zwischen mühsam zusammengepressten Lippen hervor. »Haben wir ein Schwein!«

»Ja, sieht so aus«, meint Sonja halblaut zu uns. Und dann wieder irgendetwas auf Französisch zu dem Mann.

Er lächelt, winkt noch einmal lässig und geht dann wieder.

»Und, was hast du gesagt?« Sepia platzt fast vor Neugierde, und mir geht es nicht viel anders.

»Na, was wohl? Dass wir kommen, natürlich!«

»Das ist ja der Wahnsinn«, jubelt Sepia. »Ist euch überhaupt bewusst, was das bedeutet?«

»Nein, was denn?«

»Na, dass wir die Promileiter hochklettern!«, erklärt sie begeistert. »Überlegt doch mal: Wir sind erst zwei Tage hier und sitzen schon auf dieser Jacht, was an sich schon toll ist. Und jetzt: Runter von der kleinen Jacht, rauf auf die große. Und dafür mussten wir noch nicht einmal mit jemandem schlafen!«

»Habe ich was versäumt?« Es ist Bodo, der gerade wieder mit einem vollen Tablett hochkommt. »Wer will hier mit jemandem schlafen?«

»So war das nicht gemeint«, bremse ich. »Gerade war so ein Typ da und hat uns auf eine Party eingeladen.«

Bodo zieht eine Augenbraue hoch. »Eine Party? Wo denn?«

»Da drüben auf der White Cloud.«

»Auf der White Cloud? Die ist ein ziemlich dicker Brummer«, meint er erstaunt.

»Also ist es wirklich die große Jacht da hinten. Und wem gehört sie?«, fragt Sonja.

»Keine Ahnung, aber sie fährt unter österreichischer Flagge. Seltsam, mich haben die noch nie eingeladen«, kratzt er sich dann hinter dem Ohr.

»Das liegt wahrscheinlich an deiner Körbchengröße«, vermute ich.

»Und daran, dass du keine Stringtangas trägst«, ergänzt Sonja.

»Ihr meint, denen fehlen bloß ein paar Weiber?«, begreift Bodo.

»Ich schätze, ja.«

»Dann werdet ihr mich hier im Stich lassen?«, fragt er missmutig.

»Nein, ganz sicher nicht«, beeile ich mich zu sagen. »Ich weiß nicht, wie ihr das haltet, aber soweit es mich betrifft, gehe ich nur mit Bodo rüber. Das sind wir ihm schuldig, nachdem er so gastfreundlich war, abgesehen davon wissen wir nicht, auf welche Leute wir dort treffen.«

»Heidi hat vollkommen recht«, pflichtet Sonja mir bei. »Bodo muss auf jeden Fall mitkommen. Wäre doch unfair, würden wir ihn nicht an unserem gesellschaftlichen Aufstieg teilhaben lassen.«

Bodo macht ein säuerliches Gesicht. »Lieb von euch.« Dann erhebt er sein Glas. »Die angebrochene Flasche trinken wir aber noch aus. Zum Wohl!«

Als wir eine halbe Stunde später zur White Cloud hinübermarschieren, stelle ich fest, dass auch ich bereits mächtigen Wellengang unter den Füßen habe. Als ich Bodo darauf anspreche, erklärt er: »Das ist ganz normal, Seefahrer nennen es die Landkrankheit. Wenn man sich längere Zeit auf einem schwimmenden Untersatz befindet, gewöhnt sich der Körper an die schaukelnden Bewegungen, und später auf dem Festland versucht sie der Körper dann immer noch auszugleichen. Daher auch der wiegende Gang von Seeleuten, weißt du?«

Sieh mal einer an, was es doch alles gibt. Wobei, *so* besonders toll geschaukelt hat es gar nicht auf der Scene it, und wirklich lange drauf gewesen sind wir auch nicht.

»Liegt es auch an der Landkrankheit, wenn man sich mit dem Sprechen schwertut?«, kichert Sonja plötzlich hinter uns.

Ich kichere mit, denn ich weiß, was sie meint. Das, woran wir leiden, hat nämlich nicht das Geringste mit der Seefahrt zu tun, das kann auch der wasserscheuesten Landratte widerfahren, und die korrekte Bezeichnung dafür lautet: mittelschwere Alkoholisierung.

Auf der White Cloud geht schon richtig die Post ab, als wir an Bord kommen. Der Typ, der uns eingeladen hat, erspäht uns sofort. Er heißt Jean-Luc, und aus der Nähe kann man erkennen, dass er schon an die fünfzig sein muss. Er begrüßt uns mit Wangenküsschen – fairerweise auch Bodo, woraufhin der ziemlich große Augen macht – und versorgt uns dann sofort mit Champagner. Anschließend führt er uns ein bisschen herum und erklärt uns die Jacht, wobei ich wieder nicht viel verstehe, aber das ist auch gar nicht nötig.

Denn was ich sehe, reicht völlig.

Die White Cloud ist keine Jacht, sondern ein ausgewachsenes Schiff. Sicher dreimal so groß wie die Scene it, mit drei Decks – eines davon mit Whirlpool –, einem Salon, der halb im Freien liegt, und eines, das größer ist als meine gesamte Wohnung, ich schwör's. Und von den Kajüten will ich jetzt erst gar nicht anfangen, denn davon hat sie mehr, als ich in meinem Zustand überhaupt zu zählen in der Lage bin, und selbstredend sind alle top ausgestattet.

»Träume ich das hier gerade? Und falls ja, kneif mich bloß nicht!«, schreit Sepia mir zwischendurch ins Ohr. Die Musik dröhnt so laut, dass man sein eigenes Wort kaum verstehen kann.

»Ja, der Wahnsinn!«, schreie ich zurück, und das kann man jetzt schön langsam wörtlich nehmen.

Immer mehr schickes Publikum trudelt ein, und trotz des Durcheinanders scheint alles perfekt organisiert zu sein. Eine ganze Reihe von Serviermädchen schwirrt herum, und sogar einen livrierten Kellner entdecke ich, und die laute Musik und die verschiedenen Drinks, die einem ständig gereicht werden, tun ihr Übriges, dass sich bei mir schön langsam alles zu drehen beginnt.

Mein Gefühl für Zeit und Raum geht nach und nach verloren, und sicherheitshalber halte ich mich an Sonja und Sepia, bis die auf einmal verschwunden sind, ohne dass ich mitbekommen hätte, wohin. Mit zunehmender Schwere in meinen Beinen mache ich mich auf die Suche nach Bodo, laufe stattdessen jedoch Jean-Luc in die Arme. Der zerrt mich lachend auf die Tanzfläche, wo er sich eng an mich schmiegt und mir unverständliche Sachen ins Ohr flüstert. Dann taucht zu meiner Erleichterung plötzlich Bodo auf, dem das ziemlich gegen den Strich zu gehen scheint. Daraufhin tanze ich mit ihm, und zwar wesentlich enger als mit Jean-Luc, was Bodo wiederum sehr zu gefallen scheint, aber als er sich danach auf die Toilette verzieht, wird mir so schwindelig, dass ich in den unteren Salon wanke. Hier ist es wenigstens ein bisschen leiser, und erleichtert lasse ich mich auf eine Couch fallen. Dann scheine ich in einen völlig absurden Traum hinüberzudämmern, denn plötzlich beugt sich dieser haarige Bauch vom Casino über mich und glotzt mich durch seine zentimeterdicke Brille an, und ich bin mir nicht ganz sicher, aber ich glaube noch mitzubekommen, dass plötzlich eine Hand auf meinen Schenkeln ist, und dann auch auf meinen Brüsten. Und dass ich sie abwehren will, dazu aber nicht mehr in der Lage bin.

Dann falle ich in ein tiefes, schwarzes Loch, und ab da weiß ich überhaupt nichts mehr.

13

Sie haben meinen Kopf in einen Schraubstock gespannt, der mir unerträgliche Schmerzen bereitet, und zusätzlich foltern sie mich mit einem Bild, das in einem breiten, ovalen Rahmen steckt und den Kopf eines Mannes in mittleren Jahren zeigt, der mich vor einem blauen Hintergrund durchdringend anstarrt.

Was mich jetzt doch ein bisschen wundert.

Welche Wirkung wollen sie denn ausgerechnet dadurch erzielen, dass mich jemand *anstarrt*? Also bitte, das ist doch lächerlich.

Ah, ich hab's. Schon kapiert. Dieser Blick soll wahrscheinlich vorwurfsvoll sein, oder etwa gar das Jüngste Gericht darstellen? Aber wenn ja, gibt es dort nur Einzelrichter? Bislang hatte ich immer die Vorstellung, es handle sich bei dieser Institution um ein Kollegium ehrwürdiger Herren, die dann gemeinsam entscheiden, wer es sich in Zukunft auf dem Nektar- und Ambrosiadeck gemütlich machen darf und wer im Maschinenraum für die Befeuerung zuständig ist.

Warum also durchbohrt mich jetzt ausgerechnet dieser eine Kerl mit seinem Blick? Und – bei allem Respekt – wie der liebe Gott sieht der auch nicht gerade aus.

Dann treiben sie die Folter auf die Spitze, indem der Typ plötzlich aus dem Bilderrahmen verschwindet. Bei oberflächlicher Betrachtung eigentlich eine Straferleichterung – und doch verfehlt es seine Wirkung nicht, weil im selben Moment die Schmerzen in meinem Kopf um das Hundertfache zulegen und ich befürchte, mein Schädel müsste im nächsten Augenblick explodieren. Was dann aber nicht geschieht, im Gegenteil, die Schmerzen lassen sogar ein wenig nach, als ich meinen Kopf erschöpft wieder auf das Kissen zurücksinken lasse.

Moment mal.

Ein Kissen als Unterlage für einen Schraubstock, ist das der gängige Standard bei Folterwerkzeugen? Und wie ist es überhaupt möglich, meinen Kopf zurücksinken zu lassen, wenn der doch eisern eingespannt ist?

Dann kapiere ich. Mein Kopf ist gar nicht in einen Schraubstock eingespannt, sondern fühlt sich bloß so an, und der Schmerz, der soeben bis zum Ende der Skala hochgeschnellt ist, kam daher, dass ich versucht habe, ihn zu heben. Was nicht bedeutet, dass der Schmerz jetzt verschwunden wäre, keineswegs, mein Kopf fühlt sich immer noch an, als würden schwerhörige Teufel da drinnen eine Technoparty feiern.

Aber dieses Bild, was ist denn nun damit?

Ich öffne erneut die Augen und zwinge mich nachzudenken. Merkwürdig. Der Rahmen ist noch da, aber das Gesicht ist daraus verschwunden. Einfach weg, wie durch einen Zauber. Übrig geblieben ist nur der blaue Hintergrund, und auch der wird jetzt ein bisschen grau. Und gleich darauf wieder blau. Langsam, ganz langsam greifen die kleinen Rädchen in meinem Gehirn ineinander, und endlich begreife ich, dass das Blaue deshalb vorübergehend grau gewesen ist, weil das Graue eine Wolke war, die sich vorbeigeschoben hat, und das Blaue muss dann – der Himmel sein, genau.

Bloß, wie kommt der in diesen ovalen Bilderrahmen?

Alles klar. Das ist gar kein Bilderrahmen, sondern ein Fenster. Und das befindet sich schräg über mir an der Decke, während ich rücklings in einem weichen Bett liege.

Was gleich die nächste Frage aufwirft: Wie kann sich dieses Fenster schräg über mir befinden, wenn es über meinem Zimmer doch zwei weitere Stockwerke gibt? Und überhaupt, wieso schaukelt plötzlich das ganze Hotel?

Vorsichtig drehe ich meinen Kopf. Das wird ja immer mysteriöser. Die Wurzelholztäfelung an der Wand, die gab es am Vortag auch noch nicht in meinem Zimmer, und an den Bildschirm an der Decke und an die Seidenlaken kann ich mich auch beim besten Willen nicht erinnern.

Mühsam zähle ich die Fakten zusammen: Wurzelholz, schaukelnde Bewegungen, aufklappbare Bildschirme, Seidenlaken. Himmelarsch. Das ist ja gar nicht mein Hotelzimmer, in dem ich da liege, das ist eine Jacht. Das ist die Scene it! Und dementsprechend ist es auch kein normales Fenster, durch das ich den Himmel sehe, sondern ein Bullauge, oder wie diese Dinger heißen.

Okay, alles klar. Ich habe jetzt alles wieder beisammen.

Bis auf ... dieser fremde Mann gerade eben, wer ist das gewesen? Habe ich mir den etwa nur eingebildet? Nein, ganz bestimmt nicht, der war real. Und er hat mich durch das Bullauge angestarrt, da bin ich mir hundertprozentig sicher. Einer plötzlichen Intuition folgend blicke ich an mir herab, und zu meinem Entsetzen stelle ich fest, dass ich beinahe nackt bin. Verdammter Mist, ich habe ja gar nichts an außer meiner Unterhose! Kein Wunder also, dass der Kerl so gestarrt hat!

Ruckartig setze ich mich auf und werde dafür sofort mit einem heftigen Dröhnen in meinem Schädel bestraft. Ich atme tief durch und warte ein paar Sekunden, bis der ärgste Schmerz verflogen ist, dann klettere ich vorsichtig aus dem Bett.

Das darf doch alles nicht wahr sein. Wo ist mein Rock geblieben? Und meine Bluse, und mein BH, und meine Sandaletten? In der Kajüte finde ich jedenfalls nichts davon, also öffne ich vorsichtig die Tür und spähe in den Salon hinaus.

Eine geradezu unheimliche Stille herrscht dort. Ich ziehe die Tür etwas weiter auf und schiebe langsam meinen Kopf hinaus.

Als Erstes entdecke ich meine Bluse. Sie liegt auf der Ledercouch, scheinbar achtlos hingeworfen, und unter dem Tisch kann ich jetzt auch ein Stoffbündel ausmachen, das der Farbe nach zu urteilen mein Rock sein müsste. Ich spitze meine Ohren, vernehme jedoch nichts außer einem rhythmischen Sägen aus der Kapitänskajüte gegenüber. Blitzschnell renne ich hinaus und reiße mir förmlich Bluse und Rock über den Körper. Wieder angezogen, mache ich erst mal ein paar tiefe Atemzüge, dann versuche ich, meine kleinen grauen Zellen erneut zur Ordnung zu rufen.

Alles okay soweit. Bloß keine Panik. Am besten einfach mal

rekapitulieren. Was ist gestern Abend geschehen? Wie bin ich auf Bodos Jacht gekommen, und wieso zum Teufel war ich halb nackt?

Wie aus einem dichten Nebel und nervtötend zäh kehren die Erinnerungen an den vergangenen Abend wieder zurück. Ich erinnere mich an diese Party auf der White Cloud, und an Alkohol – viel zu viel Alkohol –, und war da nicht etwas mit diesem Typen vom Casino gewesen?

Und wer ist dieser Mann, der mich soeben angestarrt hat? Moment mal. Wenn der durch das Bullauge geguckt hat, dann ... Eiskalt rieselt es über meinen Rücken. Dann muss sich der doch an Deck der Scene it befinden, oder nicht? Hastig reiße ich den Kopf zur Luke herum, und erschrocken stelle ich fest, dass sie offen steht.

Bodo, schießt es mir durch den Kopf, der weiß sicher, was in so einem Fall zu tun ist, der ist doch hier der Kapitän! Ich trete also schnell an die Tür der Kapitänskajüte heran und lausche. Das Sägen ist jetzt noch lauter geworden, Bodo schnarcht, dass sich die Balken biegen.

Ich klopfe vorsichtig.

»Bodo?«

Das Schnarchen bleibt unverändert.

Ich klopfe noch einmal, diesmal fester.

»Bodo?!«

Wieder keine Wirkung. Ach, was soll's! Energisch hämmere ich mit den Fäusten gegen die Tür.

»Bodo!!!«

Und wieder keine Reaktion. Mist. So werde ich den nie wach kriegen. Egal, dann eben die weniger höfliche Variante. Ich reiße kurzerhand die Tür auf – und bleibe wie angewurzelt auf der Schwelle stehen.

Bodo schnarcht nicht nur, er scheint auch noch zu träumen, und sein Traum scheint irgendetwas mit territorialen Machtkämpfen zu tun zu haben. Anscheinend glaubt er, dass ihm jemand seinen Platz in dem riesigen Bett streitig machen will, und er wehrt sich dagegen, indem er auf dem Rücken liegend Arme und Beine weit von sich spreizt, um nur ja keinen Zentimeter herzuschenken. Aber das allein ist es nicht, was mich erstarren lässt, sondern vielmehr der Umstand, dass Bodo splitterfasernackt ist und anscheinend nicht nur horizontale, sondern auch vertikale Raumeinbußen befürchtet, und auch dagegen kämpft er tapfer an, indem er den einzigen Körperteil in die Höhe streckt, der ihm dazu außer seinen Händen und Füßen noch verbleibt.

Okay. Das ist jetzt ein kleines bisschen peinlich.

Und wie zum Geier soll ich ihn jetzt wach kriegen, ohne dass er mitkriegt, dass ich mitbekommen habe ...

Als erste Maßnahme ziehe ich vorsichtig die Tür wieder zu, dann rufe ich noch einmal in voller Lautstärke: »Bodo!!!«

Als Antwort kommt: »Rrrchrrchrrch, pfüüüühh.«

Es ist aussichtslos. So wird das nie was. Weiterschreien ist sinnlos, sonst wird noch jemand von den umliegenden Booten mein Gekreische für einen Hilferuf halten, und dann kommen sie wahrscheinlich die Treppe heruntergestürmt, um mich und meinen schlafenden Freund mit der Erektion eines Zuchtbullen an Deck zu zerren und womöglich gleich mit der Mund-zu-Mund-Beatmung zu beginnen. Und ich habe noch nicht mal meine Zähne geputzt! Allein der Gedanke lässt mich erschaudern.

Also entscheide ich mich für den einzig gangbaren Weg: Ich schubse leise die Tür wieder auf, packe die Tagesdecke, die an der Seite des Bettes zusammengerollt liegt, und werfe sie schwungvoll über Bodos nackten Unterleib, *ohne* ihn dabei noch einmal anzusehen. Dann nehme ich seinen linken großen Zeh zwischen Daumen und Zeigefinger und schüttle ihn kräftig.

»Bodo, komm schon, wach auf!«, rufe ich, und als er sich immer noch nicht rührt, wiederhole ich das Ganze, bis er nach einer gefühlten Ewigkeit zu schnarchen aufhört und sich nun doch ein wenig bewegt. Eine unheimliche Stille entsteht, es scheint, als hätte Bodo das Atmen jetzt gänzlich eingestellt, möglicherweise als unterbewusste Trotzreaktion darauf, dass ich seinem besten Stück die Freiheit genommen habe. Ich warte ein paar

Sekunden, dann rufe ich erneut: »Bodo!« und schüttle seinen Zeh, und schließlich höre ich: »Rrrchrrchrrch, pfüüüh.«

Jetzt reicht's. Dann eben auf die harte Tour. Ich lasse seinen Zeh Zeh sein, marschiere zurück in den Salon, hin zum Spülbecken, schnappe mir einen Becher und fülle ihn mit kaltem Wasser. Diese Szene kommt schließlich in jedem zweiten Film vor, und ein Becher Wasser im Gesicht hat noch keinen umgebracht. Ich mache kehrt, marschiere entschlossen zu Bodos Kabine zurück und – lasse mit einem lauten Schrei den Becher fallen.

Bodo sitzt jetzt aufrecht im Bett und starrt mich aus kleinen, roten Augen an, als wäre ich ein Außerirdischer.

»Mensch, Bodo, du hast mich zu Tode erschreckt!«, rufe ich aus.

Bodo muss erst ein paar Sekunden über den Sinn meiner Worte nachdenken, bevor er »Hä?« sagt, dann kratzt er sich ausgiebig hinter seinem rechten Ohr.

»Gerade noch warst du nicht wach zu kriegen, und plötzlich sitzt du einfach so da! Einen schwachen Menschen kannst du mit so einer Aktion umbringen.«

Er scheint immer noch nicht zu kapieren, was ich meine, sagt aber immerhin: »Ah ja?«

»Ja, genau. Und jetzt ist hier alles nass!«, sage ich vorwurfsvoll.

»Macht nichts, eine Jacht hält das aus«, murmelt er. »Mann, fühle ich mich beschissen, ich könnte jetzt nen starken Kaffee vertragen. Machst du uns welchen?«

»Ja, sicher, wenn ich wüsste, wo die Kaffeemaschine ist ...«

»Im Regal über der Spüle befindet sich eine Espressomaschine. Einfach die Tassen darunterstellen und Knopf drücken. Für mich einen doppelten Espresso, bitte.«

»Okay, und du ziehst dir inzwischen was an!«, fordere ich als Gegenleistung.

Er zieht die rechte Augenbraue hoch. »Was anziehen?« Er hebt die Decke hoch, späht darunter und sagt erstaunt: »Oha!«

Ich wende mich schnell ab, bevor er aufstehen kann, und mache Kaffee. Zwischendurch kann ich hören, wie Bodo kräftig

Wasser lässt – wie geht das überhaupt, wenn dieses Ding so *weg-steht?* – und sich dann die Zähne putzt, was mich daran erinnert, dass meine auch noch nicht geputzt sind. Ich begebe mich also schnell wieder in die Kajüte, in der ich aufgewacht bin, öffne die einzige Tür an der Seitenwand, die folgerichtig zu einem kleinen Badezimmer führt, und durchsuche die Schränke nach Toilettenartikeln. In einem der Kästchen finde ich ein Zahnputzset für Gäste, und auch Seife und Handtücher sind da, sodass ich mich notdürftig frisch machen kann.

Als ich wieder in den Salon hinaustrete, ist auch Bodo schon da. Er hat sich ein T-Shirt und Shorts übergezogen, und erleichtert stelle ich fest, dass sich in seinen unteren Regionen alles wieder beruhigt hat.

Dann erst fällt es mir auf: Sein rechtes Auge! Es schillert in sämtlichen Farben des Regenbogens und ist beinahe zugeschwollen.

»Ach du meine Güte, Bodo, was ist denn mit deinem Gesicht los?«, rufe ich erschrocken aus.

»Was meinst du?«

»Na, dein Auge!«

»Ach, das.« Bodo macht eine wegwerfende Handbewegung. »Ist nicht weiter schlimm. Ich ahnte gestern schon, dass das ein Veilchen werden würde.«

»Gestern schon? Wieso, was war denn los?«, frage ich, und gleichzeitig fühle ich, wie mein Nacken ganz kribbelig wird.

Er mustert mich irritiert.

»Jetzt sag bloß, das weißt du nicht mehr!«

»Nein ... was denn ... ich habe keine Ahnung.«

»Na, dieser Typ ...«, beginnt er.

Genau, jetzt, wo er es sagt, da war doch was mit diesem Typen vom Casino. Aber was danach kam ... ich habe nicht den blassesten Schimmer.

»Du meinst den mit der dicken Brille und dem haarigen Bauch?«

Bodo schüttelt verwundert den Kopf.

»Eine Brille hatte der nicht«, meint er.

Keine Brille? Eigenartig. Dieses Riesending kann er doch unmöglich übersehen haben.

»Egal, was geschah dann?«, bohre ich weiter.

»Du weißt wirklich gar nichts mehr?«, fragt Bodo noch einmal.

»Nein, ehrlich, ich hatte ein totales Blackout«, bekenne ich und schäme mich sofort ein bisschen dabei.

»Ach, darum ... na ja, also, ich komme zufällig in den Salon runter, weil ich das verdammte Klo nicht finden kann, und da sehe ich, wie dieser Kerl dich befummelt ...«

»Was meinst du mit *befummelt?*«, falle ich ihm entsetzt ins Wort.

»Na, befummelt eben, begrapscht, was weiß ich ... aber viel war da anscheinend noch nicht geschehen, du warst noch vollständig angezogen ...«

»Gott sei Dank. Und dann?«, will ich atemlos wissen.

»Dann hab ich ihm eine geballert, ist doch klar.« Er zuckt die Schultern, als wäre das das Selbstverständlichste auf der Welt.

»Du hast ihn *geschlagen?*«

»Ja, was denn sonst? Bei so was geht mir der Hut hoch, da gibt's kein langes Überlegen.«

»Und er hat zurückgeschlagen?«, hauche ich entsetzt.

Bodo grinst.

»Nee, das konnte er nicht mehr, dafür hab ich ihn zu gut getroffen.«

»Ja, aber dein Auge ...?«

Bodo fasst sich an die geschwollene Augenbraue.

»Das war der andere Kerl, sah aus wie der Bodyguard von dem Perversen. Der war verdammt schnell, und ich war auch ganz schön besoffen ...« Dann grinst er wieder und kratzt sich verlegen am Kopf. »Aber keine Sorge, ich halte das schon aus.«

Plötzlich überkommt mich eine Welle der Rührung. Dieser liebe Kerl! Er hat mich gerettet, mich aus den Fängen eines widerlichen Lustmolchs befreit, der meinen Zustand vorübergehender Schwäche schamlos ausnutzen wollte. Mehr noch, er hat sich meinetwegen sogar ein blaues Auge eingefangen, und jetzt sitzt er einfach da und tut so, als ob das gar nichts Besonderes gewesen wäre. In so ziemlich jedem kitschigen Film würde ich mich jetzt in seine Arme stürzen und ihn leidenschaftlich küssen, aber irgendetwas hindert mich daran, deswegen streichle ich ihm nur zärtlich über die Wange.

Er ringt sich ein dankbares Lächeln ab.

»Das war wirklich lieb von dir, Bodo. Ich weiß gar nicht, wie ich dir dafür danken soll«, sage ich mit belegter Stimme.

Doch schon im nächsten Moment zuckt es mir durch den Kopf, wie ich aufgewacht bin, und wie ich *ihn* vorgefunden habe. Mir wird schlagartig heiß. Könnte es sein ... ich meine, ist es möglich, dass ich ihm schon meine Dankbarkeit bewiesen habe, letzte Nacht ...?

Doch Bodo verscheucht ungewollt meine Gedanken, indem er grinst und meint: »Du kannst dich ja revanchieren, falls mal ein lüsternes Frauenzimmer über mich herfällt, wenn ich voll bin.«

Ich muss lachen.

»Das werde ich, versprochen.« Vorsichtig frage ich weiter: »Und was geschah danach, ich meine, nach der Prügelei?«

»Nicht mehr viel. Die Stimmung war natürlich hinüber, also habe ich dich zusammengepackt und hierher gebracht. Bis zu deinem Hotel hättest du es nicht mehr geschafft, und ich ehrlich gesagt auch nicht. Ich muss schon sagen, die Drinks auf der White Cloud waren wirklich von der heftigen Sorte.«

»Und was war mit Sonja und Sepia?«

»Die haben sich noch ganz gut unterhalten, soweit ich das mitbekam, und von der Sache unter Deck haben sie gar nichts mitbekommen.«

Ich nippe an meinen Kaffee.

»Okay ... und dann?«, frage ich möglichst beiläufig.

»Was meinst du?«

»Na, hier an Bord, war da noch was?« Ich bringe es nicht fertig, ihn dabei anzugucken.

»Du meinst, zwischen uns beiden?«

»Ja. Haben wir ... du weißt schon ...?« Ich fühle, wie ich knallrot anlaufe, als ich jetzt doch wieder den Blick hebe, um seine Reaktion zu beobachten.

Bodo legt die Stirn in Falten und den Kopf ein wenig schief. Er scheint nachzudenken, und das steigert noch zusätzlich meine Nervosität.

»Das ist eine gute Frage«, meint er dann. »Wie gesagt, ich war auch ziemlich voll, aber soweit ich mich erinnern kann, habe ich dir nur noch deine Schuhe ausgezogen ...«

»Meine Schuhe?«, drängt es über meine Lippen. »Wo sind die übrigens, ich hab sie schon gesucht?«

Bodo beugt sich zur Seite und deutet unter eine kleine Anrichte. »Da unten. Ich stelle Schuhe immer beiseite, damit keiner darüber stolpert.«

Tatsächlich, da stehen sie, fein säuberlich nebeneinander.

»Und dann?«, komme ich wieder zurück zum Thema.

Wieder diese Falten auf Bodos Stirn!

»Dann habe ich dich auf die Couch gelegt und bin in meine Kajüte.« Das klingt aber eher nach einer Frage als nach einer Antwort, und zu allem Überfluss murmelt er dann noch: »Glaube ich jedenfalls.«

»Du *glaubst?*«, stoße ich hervor.

»Ja«, meint er zögernd. »Ehrlich gesagt, ganz sicher bin ich mir auch nicht, aber ich glaube nicht dass da noch was war. Wieso überhaupt? Wäre das so schlimm für dich, der Gedanke, dass wir vielleicht ...?« Er sieht mich fragend an, und das ist mir ziemlich unangenehm.

Denn die Frage ist mehr als berechtigt. Macht mir dieser Gedanke wirklich Sorgen? Wäre es denn ein Problem, wenn ich mit ihm Sex gehabt hätte? Ich meine, er sieht gut aus, er ist sympathisch, und er ist ... *nett*, ja genau, und verdient hätte er es sich allemal gehabt.

»Nein, so habe ich das natürlich nicht gemeint«, weiche ich hastig aus. »Ich wollte nur wissen ... ach, das ist jetzt nicht so wichtig«, breche ich mit glühenden Wangen ab. Ich beginne verlegen mit den Armen zu rudern. »Na, dann ... ich werde mich jetzt in mein Hotel verziehen und ein ausgiebiges Bad nehmen. Ich fühle mich wie ausgekotzt.«

Bodo grinst.

»Na, dann geben wir ja ein homophiles Paar ab.«

Ich nehme an, er meint ein *homogenes* Paar, aber in seinem Zustand ist es schon ein Wunder, dass er überhaupt einen zusammenhängenden Satz über die Lippen bringt.

»Sehen wir uns später noch?«, fragt er, als ich aufstehe.

»Sicher. Ich komme gegen Mittag vorbei, wenn's dir recht ist.«

»Fein, ich freue mich darauf. Ich werde inzwischen auch zusehen, dass ich wieder in die Gänge komme.«

Ich hauche ihm zum Abschied noch ein Küsschen auf die Wange, dann schlüpfe ich in meine Schuhe und klettere die Treppe hoch.

»Übrigens, Heidi?«, ruft er mir plötzlich nach.

Ich verharre auf der Stufe und drehe mich um. Bodo steht mit den Händen in den Hosentaschen da und mustert mich neugierig.

»Woher weißt du eigentlich, dass dieser eine Typ einen haarigen Bauch hatte?«

14

»Man versehe mich mit Luxus, auf alles andere kann ich verzichten.«

Ich habe vergessen, wer das gesagt hat – irgendein Philosoph oder so – aber ich finde sein Lebensmotto so gut, dass ich es der Einfachheit halber gleich übernommen habe.

Ich liege auf dem vorderen Sonnendeck der Scene it, schlürfe eisgekühlten Chablis – der Verduzzo ist leider aus – mit Diätkräuterlimo und arbeite auf passive und höchst angenehme Weise daran, mich Bodo farblich anzugleichen. Dafür trage ich einen raffiniert geschnittenen, hellblauen Bikini von Hermès, von dem ich weiß, dass er meine Beine länger wirken lässt, und einen weißen Sonnenhut plus dunkler Brille, hinter der ich voller Zufriedenheit die Blicke der anderen Jachtbesitzer registriere. Die tun zwar so, als hätten sie gerade irgendetwas extrem Wichtiges auf ihren Booten zu erledigen, ich bin aber auch nicht doof und habe natürlich mitbekommen, dass sie mich in Wahrheit mehr oder weniger unauffällig beobachten. Das macht mir aber nichts aus, ehrlich. Sollen sie ruhig. Nichts stärkt das weibliche Ego so sehr wie begehrliche Männerblicke, da können die Emanzen behaupten, was sie wollen. Ich jedenfalls fühle mich im Moment ausgesprochen wohl in meiner Rolle.

Ich bin auf meinem Hotelzimmer gewesen, habe gebadet, mich umgezogen und meinen Kopf mit einer halben Packung Aspirin wieder in die schmerzfreie Zone gebracht. Danach habe ich erfolglos versucht, Sepia und Sonja wach zu kriegen, sie reagierten jedoch weder auf meine Anrufe noch auf exzessives Hämmern an ihrer Tür. Also bin ich wieder alleine zum Hafen hinuntergeschlendert, habe beim Le Shangri-La eine große Pizza gekauft und Bodo damit überrascht. Er hat sich darüber gefreut wie ein kleiner Junge, und nachdem wir sie gemeinsam verdrückt hatten, bin ich aus meinem Kleid geschlüpft, unter dem ich schon den Bikini anhatte, und Bodo hat gebührend darauf reagiert: »Ehrlich, Heidi, du hast eine Hammerfigur, weißt du das?«

Das ging runter wie Öl, ist es doch schon einige Zeit her, dass ich so etwas zu hören bekommen habe, umso mehr freute ich mich über das Kompliment.

Wobei ich jedoch insgeheim auch Sorge hatte, dass er das missverstehen könnte und versuchen würde ... na ja ... jedenfalls habe ich mir ein paar Ausreden zurechtgelegt, nur für den Fall, aber zu meiner Verwunderung waren die gar nicht nötig. Bodo machte keinerlei Anstalten, sich mir zu nähern, im Gegenteil hat er sich später sogar ganz verzogen, weil er schon wieder ein paar dringende Sachen zu erledigen hatte.

Wodurch ich jetzt gewissermaßen der Kapitän bin. Oder heißt das Kapitänin? Was weiß ich, jedenfalls räkle ich mich auf dem Sonnendeck wie ein waschechter Hollywoodstar und mache bei der Gelegenheit gleich meine Umgebung ein bisschen verrückt. Aah, herrlich ist das ...

Aber zugleich auch ziemlich warm.

Die Mittagssonne brennt inzwischen gnadenlos herunter, und trotz der leichten Brise, die vom Meer hereinweht, stehe ich knapp davor zu schwitzen, was bei mir nur selten vorkommt.

Ich rapple mich hoch und überlege. Mein Getränk würde inzwischen auch schon als Weihnachtspunsch durchgehen, und einen Moment lang schwanke ich, ob ich mich noch für ein paar Minuten auf den Bauch drehen soll, damit die gut betuchten Voyeure auch meine Kehrseite begutachten können, oder mir stattdessen lieber ein paar frische Eiswürfel holen gehe.

Während ich noch mit dieser schwierigen Entscheidung kämpfe, sticht mir auf einmal ein Boot ins Auge, das in einem Abstand von vielleicht zwanzig Metern an der Scene it vorüberfährt. An sich nichts Besonderes – in einem Hafen fahren andauernd Boote an anderen vorbei –, aber das ist kein normales Boot, sondern ein Kajak. Seltsam genug, würde man so ein Ding doch eher in einem reißenden Gebirgsbach vermuten als im Hafen von Monte Carlo, aber mehr noch interessiert mich der Mann, der darin hockt.

Der kommt mir irgendwie bekannt vor. Ich kann sein Gesicht zwar nur von der Seite sehen, und er hat ein Käppi auf, aber ich bin mir sicher, dass ich ihn schon irgendwo gesehen habe. Unter seinem weißen T-Shirt zucken sehnige Muskeln im Takt des Paddels, und wie es scheint, steuert er auf die Hafenausfahrt zu. Plötzlich dreht er den Kopf und sieht zu mir herüber, und als ich sein Gesicht von vorne sehe, fällt es mir wie Schuppen von den Augen.

Das ist der Mann aus meinem morgendlichen Deckenfresko!

Also habe ich mir das doch nicht eingebildet, dieser Typ war echt! Als er merkt, dass ich ihn wiedererkannt habe, dreht er schnell den Kopf wieder weg und verstärkt seine Paddelschläge. Aha, der Herr hat also ein schlechtes Gewissen und sucht jetzt schnell das Weite.

Ein Verdacht keimt plötzlich in mir auf. Ob es am Ende gar kein Zufall ist, dass er ausgerechnet hier vorbeipaddelt?

Aber warum sollte er mich beobachten, ausgerechnet mich?, frage ich mich dann. In Monaco gibt es doch jede Menge Frischfleisch, und ich bin mir sicher, dass die meisten von denen leichter zu haben wären als ich.

Dabei fällt mir wieder ein, dass ich ja noch nicht einmal weiß, von wo aus er mich beobachtet hat. Am Vormittag habe ich ganz darauf zu achten vergessen, nachdem mich Bodos Riesen ... äh ... *Dings* völlig aus dem Konzept gebracht hat.

Ich sehe mich schnell um und überlege. Die Kabine, in der ich aufgewacht bin, befindet sich im rückwärtigen Teil, und zwar auf der linken Seite. Was bedeutet, dass er bei uns an Bord gewesen sein muss, um durch die Luke spähen zu können.

Oder vielleicht doch nicht?

Kurz entschlossen marschiere ich nach hinten und begutachte das Heck der Scene it. Entlang der Seitenlinie gibt es eine ganze Reihe von kleinen Fenstern, und ich versuche mir vorzustellen, welches davon zu meiner Heckkabine gehören könnte. Da es meines Wissens hinter der Kabine nichts mehr gibt außer vielleicht einem Maschinenraum, können es eigentlich nur die letzten beiden Fenster sein, überlege ich. Ja, das würde passen, eines für die Kajüte, und das andere für die Nasszelle. Beide liegen etwas tiefer, vielleicht einen Meter über der Wasserlinie, und wie ich jetzt feststelle, ist es gar nicht möglich, bei diesen Fenstern hineinzublicken, wenn man an Bord der Scene it ist.

Bleibt also nur die andere Möglichkeit: Der Mann ist auf dem anderen Boot gewesen, auf diesem Segler, der gestern neben der Scene it angelegt hat. Genau, so muss es gewesen sein.

Sepias Worte fallen mir wieder ein, und spontan muss ich ihr recht geben. Auf diesen Segelschiffen befindet sich anscheinend wirklich nur das billige Volk, und dieser eine Typ ist noch dazu ein Spanner.

Alles klar. Dagegen müssen wir auf jeden Fall schleunigst etwas unternehmen. Ich werde mit Bodo reden, der muss dem Kerl bei nächster Gelegenheit die Leviten lesen. Übung hat er darin ja schon. Bleibt allerdings zu hoffen, dass der Spanner nicht auch einen Bodyguard mithat, sonst gehen dem armen Bodo noch die Augen aus, durch die er gucken kann.

Durch meine Nachforschungen ist mir jetzt gleich noch wärmer geworden. Ich brauche dringend eine Abkühlung. Wasser, das ist das Zauberwort, und zwar möglichst kühl. Da die Brühe im Hafenbecken jedoch nicht gerade vertrauenerweckend aussieht, muss ich wohl oder übel mit einer Dusche vorlieb nehmen. Bodo hat vorhin etwas von einer Dusche an Deck der Scene it erwähnt, und tatsächlich finde ich nach einigem Suchen am hintersten Ende eine Klappe, unter der sich ein ausziehbarer Duschschlauch samt Brausekopf befindet.

Gerade als ich das kühle Nass über meinen Körper rinnen lasse, höre ich auf einmal: »Also, falls du mich scharf machen wolltest, dann ist dir das gelungen!«

Es ist Bodo. Sehr gut. Ich habe ihn gar nicht kommen sehen. Er steht mit vollen Einkaufstüten an der Pier und betrachtet mich mit einem breiten Grinsen.

»War nicht meine Absicht«, sage ich, »aber wo du schon mal da bist, Bodo: Wir haben ein Problem. Weißt du, ich hasse Spanner, und ...«

»Dafür kann ich doch nichts, wenn du gerade jetzt eine Dusche nimmst«, rechtfertigt er sich schnell.

»Nein, doch nicht du! Ich meine den Kerl, der mich heute früh in meiner Kabine begafft hat.«

»Welcher Kerl denn?«, fragt Bodo verwundert.

Ich erzähle ihm von der ganzen Geschichte, während ich mich abtrockne und er seine Tüten auspackt. Zwischendurch zaubert er auch zwei frische Hotdogs hervor.

»Ich komme an diesen Buden einfach nicht vorbei, ohne etwas mitzunehmen. Du willst doch auch?«, sagt er und reicht mir eines.

»Sehr gerne, danke«, sage ich und nehme einen herzhaften Bissen. Es schmeckt köstlich, und jetzt erst merke ich, dass ich schon wieder ziemlich hungrig war.

»Und du hast da nur in deinem Höschen gelegen?«, kommt er dann auf meine Geschichte zurück.

»Ja«, antworte ich zwischen zwei Bissen.

»Das wusste ich gar nicht, interessant«, meint er kauend. »Und BH hattest du auch keinen an? Hattest du ihn ausgezogen, oder trägst du gar keinen?«

»Nein ... also, gestern zumindest ... das tut jetzt gar nichts zur Sache. Tatsache ist jedenfalls, dass der Typ mich angeglotzt hat«, behaupte ich trotzig.

»Vom anderen Boot aus, sagst du?«, wiederholt er.

»Ja.«

»Hm.« Er betrachtet das Segelboot und scheint nachzudenken. Wahrscheinlich überlegt er, ob er auf der Stelle rübergehen und gleich Klartext reden soll, oder vielleicht doch erst später ...

»Also, ganz ehrlich verstehe ich gar nicht, weshalb du dich so aufregst«, sagt er stattdessen. »Es ist zwar nicht unbedingt die feine Art, in die Kajüte des Nachbarn zu gucken, aber wenn man so knapp nebeneinander im Hafen liegt, ergibt sich das manchmal ganz von selbst. Und jetzt mal ehrlich, Heidi, wenn ich dich so daliegen sähe, würde ich wahrscheinlich auch einen Blick riskieren.«

Wie bitte? Ich glaube, mich verhört zu haben. Ergreift er jetzt auch noch Partei für den Spanner?

»Aber der hat mich regelrecht *angestarrt*«, sage ich empört. »Und falls dir das noch nicht reicht: Gerade eben ist er auch noch mit einem Kajak an mir vorbeigefahren, während ich mich sonnte.« So, das hat jetzt wohl gesessen.

Doch Bodo lacht dazu nur reichlich unpassend auf. »Ja, und? Vielleicht wollte er Sport machen, hast du daran schon gedacht? Was kann er denn dafür, dass du in der Sonne liegst? Außerdem, Heidi, die anderen hier im Hafen können dich genauso beobachten, was ist schon dabei?«

Ich hole spontan Luft für eine scharfe Entgegnung, doch dann zögere ich.

Also, *genau* betrachtet ... Was Bodo sagt, klingt irgendwie logisch, und von seinem Standpunkt aus wäre dann ja eigentlich alles harmlos gewesen. Was dann bedeuten würde ...

Na, so was. Habe ich etwa überreagiert? Ich meine, Bodo hat schon recht, wenn ein Mann zufällig einen Blick auf das Nachbarboot wirft und da kugelt eine halb nackte Frau herum, dann ist es wohl natürlich, dass er einen Blick riskiert, nicht wahr? Von einer Sekunde auf die andere komme ich mir reichlich naiv vor.

»Ja, wenn du das so siehst«, lenke ich widerstrebend ein. »Aber es war nicht gerade angenehm, so auf dem Präsentierteller dazuliegen, das kann ich dir sagen.«

»Das verstehe ich, aber du solltest das nicht so ernst nehmen.« Dann setzt er wieder sein spitzbübisches Grinsen auf. »Übrigens, wenn du das nächste Mal wieder so in deiner Kabine liegst, gib mir Bescheid, damit ich dem Nachbarn einen Besuch abstatten kann.«

Das kam so überraschend, dass ich losprusten muss. »Ihr Männer seid doch alle gleich«, schüttle ich den Kopf.

Auch Bodo stimmt in mein Lachen ein. »Und wenn schon, sei doch froh! Stell dir vor, du liegst nackt herum und keiner guckt, *das* wäre dann ein Problem.«

»Jemand an Bord?«, werden wir in diesem Moment unterbrochen.

Es sind Sepia und Sonja. Ich gucke auf meine Uhr.

»Kaum zu glauben, noch nicht mal Mittag rum, und ihr seid schon wach? Respekt«, kann ich mir nicht verkneifen zu sagen.

Sie balancieren an Bord und lassen sich in die Polster fallen.

»Du hast gut reden«, seufzt Sonja. »Ihr seid ja schon früher gegangen. Wir beide hatten leider keinen Bodo, der uns auf seine Jacht schleppt, was, Sepia?« Sepia nickt, während ihr Blick lauernd zwischen Bodo und mir hin- und herzuckt. »Aber sagt, was war denn gestern los mit euch? Wir haben es nicht mitbekommen, aber Jean-Luc hat erzählt, dass es Streit gegeben hat. *Wow*, was ist denn mit dir passiert, hat dich ein Bus gestreift?«, sagt sie dann erschrocken zu Bodo, als der seine Sonnenbrille abnimmt und sie sein geschwollenes Auge sieht.

»Bodo hat mich *gerettet*«, antworte ich an seiner Stelle. »Jemand hat versucht, mich zu begrapschen, als ich ... ähm, ein kurzes Nickerchen machen wollte, aber zum Glück kam Bodo dazu. Und das blaue Auge hat er nur, weil die anderen zu zweit waren.«

Die beiden reißen die Augen auf, und Sepia nickt beeindruckt. »Sieh mal einer an, Bodo, der Retter in der Not. Ich werde Heinz davon erzählen, damit er dem Typen Hausverbot gibt. Oder heißt das *Jacht*verbot?«

»Wer ist Heinz?«, frage ich.

»Heinz ist der Besitzer der White Cloud. Er ist Österreicher, du kennst ihn übrigens, vom Casino«, antwortet Sonja.

»Vom Casino? Ich wüsste nicht dass wir da jemanden kennengelernt hätten.«

»Na ja, kennengelernt ist vielleicht übertrieben. Aber gesehen hast du ihn, am Roulettetisch. Heinz war der Typ, der in Rekordzeit so viel Geld verspielt hat, weißt du noch?«

»Heinz ist *der haarige Bauch?*«, entfährt es mir.

»Der *was?*«, kommt es erstaunt zurück.

»Das war das Erste, was ich von ihm gesehen habe: sein haariger Bauch«, erkläre ich schnell. »So etwas vergisst man nicht so schnell, glaubt mir.« Mich fröstelt allein bei der Erinnerung daran. »Und *dem* gehört die White Cloud? Kaum zu glauben.«

»Ist aber so. Übrigens ist der ganz nett«, behauptet Sepia. »Ein bisschen schrullig, aber nett. Und ich habe bei ihm einen besonderen Stein im Brett.«

»Echt? Wieso das denn?«

Ist Heinz etwa schwul und hält Sepia für einen Transvestiten?

»Er mag meine direkte Art«, erklärt sie. »Ich habe ihn gefragt, warum er sich anzieht wie ein Idiot, und das hat ihm imponiert. Er ist das nicht gewohnt, die meisten kriechen ihm lieber in den Hintern, anstatt ihm die Meinung zu sagen, weil er so reich ist.«

Damit hat sie ihm imponiert? Also, dass er aussieht wie der Alm-Öhi, das hätte ich ihm auch sagen können. Vielleicht sollte ich das in mein Programm aufnehmen, als eine Art Domina-Nummer für verwöhnte Millionäre.

Und dann fällt bei mir plötzlich der Groschen. Genau *das* ist doch mein Ziel, Leute wie Heinz zu beraten ...

»Und, wirst du ihn wieder treffen?«, frage ich eine Spur zu hastig.

»Nicht nur ich, *wir*«, verkündet sie stolz. »Er hat uns für heute Abend zum Essen eingeladen ... ach ja, und Bodo kann natürlich auch mitkommen.«

»Hat er das gesagt?«, fragt Bodo.

»Nicht direkt, aber er hat gemeint, wir könnten Freunde mitbringen.«

»Danke, ich verzichte«, winkt Bodo sofort ab. »Wahrscheinlich will er in so einen Schickimicki-Laden, das ist nichts für mich.«

»Ach, komm schon, Bodo«, versuche ich ihn umzustimmen. »Sei kein Spielverderber!«

»Bin ich doch gar nicht, ihr könnt ruhig gehen«, meint er. »Es macht mir nichts aus.«

»Wirklich nicht?«, frage ich nach.

»Nein, ehrlich, ich mag nur diese Nobelschuppen nicht«, behauptet er. »Aber vielleicht hast du Lust, später bei mir vorbeizuschauen, dann könnten wir ja noch in eine gemütliche Bar gehen oder so«, schlägt er vor.

»Ja ... okay«, antworte ich zögerlich. Dann wende ich mich wieder meinen Freundinnen zu: »Wo wollt ihr überhaupt hin?«

»Wissen wir noch nicht«, antwortet Sepia. »Wir treffen uns um sieben auf der White Cloud, und alles Weitere können wir dann ausmachen.«

»Bleibt uns also noch der ganze Nachmittag«, meint Bodo. »Wollt ihr was trinken?«

»Au ja, ein Mineralwasser wäre toll, ich muss dringend Elektrolyte auffüllen«, sagt Sonja. »Und hast du auch Kaffee?«

»Sicher, was für einen willst du?«

»Einen Espresso, wenn möglich?«

»Geht klar.«

Auch ich habe Lust auf einen Kaffee, jetzt, wo ich wieder abgekühlt bin. Ich helfe Bodo in der Kombüse, dann sitzen wir auf dem hinteren Deck und halten Kriegsrat.

»Okay, und was unternehmen wir heute Nachmittag?«, frage ich, nachdem ich an meinem Cappuccino genippt habe.

Sonja und Sepia wechseln einen verschwörerischen Blick. Anscheinend haben sie schon etwas geplant.

»Wir dachten an eine Bootsfahrt«, rückt Sepia heraus.

»Eine Bootsfahrt?«, sage ich überrascht. Genau, stimmt ja, mit diesen Dingern kann man ja auch fahren und nicht bloß darauf herumsitzen. Merkwürdig eigentlich, dass ich noch nicht selbst darauf gekommen bin. »Gute Idee! Was meinst du, Bodo?«

Bodo scheint jedoch nicht sonderlich begeistert zu sein.

»Ich weiß nicht«, sagt er widerstrebend. »Es ist ein ziemlicher Aufwand, bis man aus dem Hafen raus ist, und ich schätze, von euch hat auch keine Erfahrung mit Ab- und Anlegemanövern, oder?«

»Wir meinten doch nicht deine Jacht«, schüttelt Sonja den

Kopf. »Sepia und ich sind vorhin an einem Büro vorbeigekommen, in dem man Schiffsfahrten buchen kann.«

»Aber wieso sollen wir eine Schiffsfahrt buchen, wenn wir doch selbst eine Jacht haben?«, bringe ich als Gegenargument vor. Kaum habe ich das ausgesprochen, kommt es mir auch schon merkwürdig vor, hat es doch so geklungen, als würde die Scene it auch mir gehören. Glücklicherweise scheint es niemandem aufgefallen zu sein.

»Aber bei diesen Ausflugsbooten kann man unter Wasser *sehen*«, erklärt Sonja ganz begeistert. »Die haben Fenster im Bug, durch die kann man sich die Unterwasserwelt ganz bequem aus der Moby-Dick-Perspektive angucken.«

»Ach, so was meint ihr.« Mir sind die Plakate auch schon aufgefallen, aber besonders viel verspreche ich mir ehrlich gesagt nicht davon.

Seltsamerweise ist Bodo jedoch von diesem Vorschlag auf einmal ziemlich angetan.

»Das ist eine super Idee. Diese Fahrten sind echt interessant, das solltet ihr unbedingt machen«, schwärmt er regelrecht und nickt mir dabei aufmunternd zu.

»Wieso *ihr*? Kommst du nicht mit?«, frage ich verwundert.

»Nein, das geht leider nicht. Ich würde ja gerne, aber ich muss am Nachmittag noch ein paar wichtige Telefonate führen, geschäftlich, du verstehst?«, betont er mit ernster Miene.

Oh, darum geht es. Also, damit habe ich überhaupt kein Problem. Im Gegenteil, ich habe sogar vollstes Verständnis dafür. Irgendwie muss man seine Millionen schließlich auch verdienen, nicht wahr, und besonders wichtig ist dabei, dass der Partner das auch akzeptiert. Mit mir gäbe es diesbezüglich absolut keine Probleme, ich betrachte das sogar als einen wesentlichen Grundstein für eine harmonische Beziehung.

»Also gut, dann kümmere du dich mal schön um deine Geschäfte«, lächle ich betont großmütig. »Und wir sehen inzwischen zu, dass wir Neptun vor die Linse kriegen.«

Was natürlich nicht wörtlich gemeint ist.

Umso überraschter bin ich, als wir kurze Zeit später genau dazu Gelegenheit bekommen.

Sardinen haben es gut in ihren Dosen.

Die haben vergleichsweise viel Platz, weil die Erzeuger von Fischkonserven die Nettofischeinwaage niedrig halten, indem sie ihre Dosen größtenteils mit Pflanzenöl auffüllen, zudem werden sie von ihren Sitznachbarn nicht vollgelabert, weil die erstens tot und zweitens Fische sind, und drittens: Fische schwitzen nicht und haben keinen Mundgeruch.

Also nicht so wie der voluminöse Mann, der mich derart vehement an die Seitenwand des Ausflugsbootes quetscht, dass ich fürchte, die würde jeden Augenblick nachgeben. In meinem Oberstübchen beginnt sich ein hartnäckiger Gedanke festzusetzen: Ein Boot ist bekanntlich so konstruiert, dass es dem Wasserdruck von außen standhalten kann, aber haben die Konstrukteure auch an den Fettdruck von innen gedacht?

Das Übel dabei ist, dass ich einen Außenplatz erwischt habe. Im ersten Moment ein Glück, für das ich auch neidische Blicke kassierte, aber im Nachhinein hat sich das als eine echte Falle entpuppt. Ich habe zwar ein wunderbares Panoramafenster direkt neben mir, durch das ich bequem alles beobachten kann, was sich unter der Wasseroberfläche der Côte d'Azur so abspielt, bloß, mein Nachbar will genau dasselbe, und deswegen drängt er sich jedes Mal, wenn der Reiseführer irgendwohin zeigt, mit seiner ganzen Masse gegen mich, um näher an diese verdammte Scheibe heranzukommen.

Ich verfluche Sonja und Sepia für ihre Idee, mit diesem bescheuerten Dampfer zu fahren, der auch noch den beziehungsvollen Namen Neptun trägt. Zudem haben die beiden das Glück, in einer Reihe mit jungen Mädchen zu sitzen, die anscheinend einer Selbsthilfegruppe für Bulimiekranke angehören, dünn, wie sie sind, umso mehr Platz bleibt jetzt meinen Freundinnen.

Und ich hatte es schon geahnt: Die Fahrt ist wirklich nicht besonders aufregend. Durch die Fenster sehen wir in der Hauptsache düsteres Wasser und dann und wann ein paar Fische, deren Art und Gattung der Reiseleiter übertrieben ausführlich in drei Sprachen beschreibt, und irgendwann kommen wir zum Hafen von Fontvieille, wo wir uns einen elendslangen Vortrag über künstliche Landgewinnung und Hafenerweiterung und dergleichen anhören dürfen. So bin ich heilfroh, als die Neptun nach einer guten Stunde endlich wieder Kurs auf unseren Heimathafen nimmt, und ich nehme mir vor, auch die paar Minuten noch durchzuhalten, ohne den Dicken mit dem Tragegurt seiner Digitalkamera zu erwürgen.

Doch dann, wir sind schätzungsweise noch einen halben Kilometer vom Hafen entfernt, erschüttert plötzlich ein neuerlicher Rammstoß meinen Körper, diesmal ungleich heftiger als zuvor, und das, obwohl der Reiseleiter kein Wort von irgendeiner Attraktion gesagt hat.

Der Dicke stößt ein paar begeisterte Laute aus, gleichzeitig reißt er seine Kamera hoch und drückt auf den Dauerauslöser.

Aber zu meiner Verwunderung hat nicht nur ihn die Begeisterung erfasst, sondern auch durch die übrigen Fahrgäste geht in diesem Moment ein Raunen. Also drehe ich den Kopf in dieselbe Richtung wie sie, und dann sehe ich, was das allgemeine Interesse erweckt: Links von uns liegt eine Jacht im Wasser, dem gewaltigen Rumpf nach ein Riesending, und von der springen in diesem Augenblick mehrere Menschen ins Wasser, Männer und Frauen, bunt gemischt, und allesamt nackt, wie Gott sie geschaffen hat. Insgeheim kann ich die Begeisterung meines Banknachbarn sogar verstehen, denn die sind wirklich hübsch anzusehen, jung, sportlich und gut gebaut, und obwohl sie die Neptun gesehen haben müssen, tummeln sie sich völlig ungeniert im Wasser und treiben neckische Spiele miteinander.

Sepia und Sonja haben natürlich auch alles mitbekommen, und Sepia dreht sich zu mir um.

»Was meinst du, Heidi, das könnten wir auch machen, falls wir mal mit Bodo oder Heinz rausfahren«, ruft sie lachend.

»Ich will mir lieber nicht ausmalen, wie das von hier unten aussieht, wenn Heinz nackt ins Wasser springt«, gebe ich zurück, konzentriere mich dann aber gleich wieder auf die appetitlichen Körper im Wasser, um das Bild von Heinz als nacktem Schwimmer aus meinem Kopf zu vertreiben.

Als die übermütige Badetruppe wieder aus unserem Blickfeld verschwunden ist, lehnt sich der Dicke zurück und zwinkert mir dabei zu, und jetzt bin ich froh über seinen dicken Bauch, weil ich so wenigstens nicht sehen muss, was sich bei ihm auf der unteren Etage abspielt.

Als wir in den Hafen zurückgekehrt sind, ist mein sehnlichster Wunsch eine erfrischende Dusche auf der Scene it, aber da Bodo erwähnt hat, dass er noch zu arbeiten hätte, will ich ihn fürs Erste nicht stören.

»Na, Heidi, schon wieder einen Freund gefunden?«, zieht Sepia mich natürlich gleich auf.

»Du musst reden«, gebe ich grinsend zurück. »Im Vergleich zu deinem Heinz würde der Dicke glatt als Model durchgehen.«

»Er ist nicht *mein* Heinz«, korrigiert Sepia mich schnell.

»Aber sagtest du nicht dass du bei ihm gepunktet hast, oder so was Ähnliches?«, frage ich überrascht.

»Ja, schon, aber das bedeutet noch lange nicht dass da was läuft zwischen uns«, belehrt sie mich. »Und ganz unter uns: Optisch könnte ich mir allerdings was Besseres vorstellen als ihn.«

»Ja, das dachte ich mir«, nicke ich. »Aber ich nahm an, nach der Einladung heute ...«

»Dummerchen, das heißt doch nicht dass ich etwas mit ihm anfangen will«, schüttelt sie den Kopf. »Aber davon mal abgesehen finde ich ihn recht unterhaltsam.«

»Und Sepia und ich haben dabei auch noch an etwas anderes gedacht«, mischt sich Sonja auf einmal ein.

»Ach ja, und an was?«

»Na, an dich. Heinz wäre doch der ideale Kunde für dich, Heidi. Er kennt die ganze Prominenz hier, und wenn wir ihn erst einmal auf Vordermann bringen, spricht sich das garantiert blitzschnell herum.«

»Ihr habt dabei an mich gedacht? Das ist ja so lieb von euch!« Ich bin ganz gerührt. Spontan nehme ich sie in die Arme und drücke sie fest.

»Schon gut, das versteht sich doch unter Freunden«, schiebt Sepia mich mit einem Anflug von Verlegenheit wieder von sich weg.

»So, und jetzt sollten wir erst mal was trinken«, schlägt Sonja vor.

Wir setzen uns in die nächste Snackbar und bestellen Eistee.

»War doch interessant, die Fahrt, nicht wahr?«, nimmt Sonja das Gespräch wieder auf, nachdem die Kellnerin uns bedient hat.

»Sicher, falls man darauf steht, platt gequetscht zu werden«, meine ich sarkastisch.

»Zugegeben, du hattest Pech mit deinem Platz«, räumt sie ein. »Aber die Badetruppe war nicht schlecht, das musst du zugeben.«

»Ging so! Also gut, was machen wir als Nächstes?«, wechsle ich dann das Thema.

Es ist erst zwei, also bleibt uns noch eine Menge Zeit, um dem Tag etwas Sinnvolles abzugewinnen.

Sonja hat den Taschenreiseführer mit. Sie beginnt, darin zu blättern.

»Wie wär's mit dem Botanischen Garten?«, schlägt sie vor.

»Was gibt's da zu sehen?«

»Pflanzen, Kakteen hauptsächlich, den Bildern nach.«

»Hm.« Ich sehe Sepia fragend an. »Was meinst du?«

»Nee, keinen Bock«, antwortet die. »Kakteen kann ich mir auch bei meiner Oma ansehen, die hat die ganze Wohnung voll davon. Was gibt's sonst noch?«

Sonja blättert weiter.

»Das Musée Océanographique. Das hört sich interessant an.«

»Was gibt's da?«, frage ich.

»Na, was wohl? Fische«, vermutet Sepia mit verächtlich gekräuselten Lippen.

»Ja, aber ziemlich interessante Arten, und außerdem eine Ausstellung über Jacques Cousteau«, liest Sonja vor.

»Jacques *wer?*«, fragt Sepia.

»Jacques Cousteau, der berühmte Meeresforscher.«

»Na, so berühmt kann der auch wieder nicht sein, sonst hätte ich schon von ihm gehört«, meint Sepia mit einer abfälligen Handbewegung »Aber ein bisschen Bewegung könnte uns eigentlich nicht schaden, sehen wir's uns also an.«

15

Das Erste, was wir im Ozeanografischen Museum sehen, ist ein Polarbär.

»Auch wenn ich einiges erwartet hätte, aber einen Bären in einem Meeresmuseum auszustellen, das kann nur den Franzosen einfallen«, mokiert sich Sepia.

»Monegassen«, korrigiere ich sie.

»Ist doch dasselbe«, behauptet Sepia.

»Habt ihr übrigens gewusst, dass das der größte Fleischfresser der Welt ist?«, berichtet Sonja, während sie die Informationstafel neben dem ausgestopften Vieh liest.

»Ah ja, interessant«, gebe ich lahm zurück, während Sepia ausgiebig gähnt.

Als Nächstes begeben wir uns zur Unterwasserausstellung, und die ist schon viel besser. Erstens ist es dort herrlich kühl, und zweitens gibt es gleich beim Abgang einen Getränkeautomaten, aus dem wir uns ein paar eiskalte Dosen Cola ziehen.

Dann stehen wir andächtig vor einem riesigen Aquarium. Darin schwimmt allerlei Getier, von verschiedenen Fischen bis hin zu Meeresschildkröten, und auch Clownfische wie in *Findet Nemo* entdecken wir. Sie sehen besonders niedlich aus.

Aber dann plötzlich, im Hintergrund, ein Hai! Der ist bedeutend größer als die anderen Fische und steuert geradewegs auf einen ganz kleinen bunten Kerl zu, und der scheint das gefräßige Monster gar nicht zu bemerken.

Moment mal, das soll hier jetzt aber nicht so etwas wie eine Lebendfütterung werden, oder?

»Hau ab, Kleiner, schnell!«, rufe ich, und als er nicht reagiert, hämmere ich gegen die Scheibe.

»Was hast du denn?«, fragt Sonja erstaunt.

»Der verdammte Hai will den Kleinen fressen!«

Sonja lacht. »Unsinn, das sind doch zwei getrennte Aquarien. Der Hai befindet sich hinter einer Trennscheibe.«

»Bist du dir sicher?«

»Ja. Sieh nur, da oben kannst du den Rand der Scheibe erkennen.«

Sie hat recht, und ich atme erleichtert auf. So muss ich den Kleinen wenigstens nicht rächen, indem ich beim nächsten Restaurantbesuch Haifischsteak esse. Zufrieden gehen wir einen Stock tiefer. Dort ist es ziemlich dunkel, und man kann sehen, dass es im Haifischbecken nur so wimmelt von diesen Fressmaschinen. Aber auch in den anderen Becken gibt es jede Menge unheimlicher Meereswesen. Wir entdecken riesige Stachelrochen, Skorpionfische, furchterregende Muränen und gigantische Quallen. Langsam frage ich mich, wie überhaupt noch ein Mensch auf dem offenen Meer ins Wasser springen kann, wenn solche Monster darin schwimmen.

»Das reinste Gruselkabinett«, stelle ich fest. »Wenn ich da an die Verrückten denke, die vorhin ins Wasser gesprungen sind, kann ich nur sagen, ganz schön leichtsinnig.«

»Na ja, in diesen Gewässern sind solche Viecher ja nicht besonders häufig«, schwächt Sonja ab.

»Trotzdem, mir würde es schon reichen, wenn nur eines von diesen Horrorgeschöpfen daherkäme. Okay, für meinen Teil bin ich hier durch. Was gibt es sonst noch in dem Laden?«, frage ich.

»Die Jacques-Cousteau-Ausstellung, die ist im oberen Stock«, sagt sie.

»Gut, sehen wir sie uns an, wenn wir schon mal hier sind.«

Die Ausstellung besteht hauptsächlich aus langweiligen Fotos von Booten und Tauchern.

»Ziemlich öde, findet ihr nicht?«, meine ich schon nach wenigen Minuten.

»Stinklangweilig«, stimmt Sepia mir zu. »Lasst uns gehen!«

Wir nehmen beim Getränkeautomaten noch drei Dosen mit, dann spazieren wir wieder Richtung Théâtre du Fort Antoine.

Dort legen wir eine kurze Rast ein, indem wir uns auf die obersten Stufen setzen und den Ausblick auf den Hafen genießen.

»Sagte Bodo nicht, er hätte zu arbeiten?«, fragt Sonja auf einmal.

»Ja, wieso?«

»Weil er gerade faul in der Sonne liegt, wenn ich mich nicht irre. Das ist doch die Scene it, dort neben dem Segler?« Sie zeigt in die Richtung, und ich strenge meine Augen an.

Tatsächlich, Bodo scheint es sich auf dem Sonnendeck gemütlich gemacht zu haben, genau wie ich vorhin.

»Ja, das müsste er sein«, sage ich.

»Nach Arbeit sieht das aber nicht aus«, meint jetzt auch Sepia mit einem aufsässigen Unterton in ihrer Stimme.

»Vielleicht ist er schon fertig, er sprach bloß von ein paar Telefonaten«, suche ich nach einer Erklärung. »Oder er legt eine Pause ein.«

»Oder er wollte bloß seine Ruhe haben«, schlussfolgert Sonja.

Ja, weil ihr ihm auf den Wecker geht, denke ich gereizt.

Es stört mich, dass sie sich so viele Gedanken darüber machen, was Bodo mit seiner Zeit anstellt. Er wird schon wissen, wann er zu arbeiten hat, und wann nicht. Bei Geschäftsleuten ist das eben so, die müssen nicht täglich acht Stunden im Büro hocken.

»Wir können ja bei ihm vorbeischauen, dann werden wir es gleich erfahren«, vermelde ich kurz entschlossen, und um weitere Kommentare zu vermeiden, marschiere ich los.

Wieder am Hafen angelangt, kommen wir an drei Jetskis vorbei, die an Halteleinen im Wasser hängen.

»Wow, geil, mit so einem Ding wollte ich schon immer fahren!«, begeistert sich Sepia sofort dafür.

»Sag bloß, du bist noch nie mit so etwas gefahren?«, fragt Sonja amüsiert.

Es klingt wirklich seltsam, dass ausgerechnet Sepia noch nie mit einem Jetski gefahren ist, wo einem die Gefährte doch in jedem Ferienklub förmlich aufgedrängt werden.

»Nein, hat noch nie hingehauen«, bekennt Sepia und beäugt mit funkelnden Augen die bunten Flitzer.

»Und du, Heidi, bist du schon mal mit so einem gefahren?«, fragt Sonja mich.

»Logo, schon vor einer Ewigkeit in Griechenland, und auch danach diverse Male«, gebe ich lässig zurück.

Wobei das mit Griechenland stimmt, da habe ich das tatsächlich einmal ausprobiert, allerdings eher passiv, als Beifahrerin bei meinem damaligen Freund, und es hat Spaß gemacht. Aber die Einzelheiten lasse ich natürlich weg, weil es mich reizt, Sepia glauben zu lassen, dass es ein motorisiertes Fahrzeug auf dieser Welt gibt, das ich schon gefahren bin und sie nicht. Und mit dem Zusatz »diverse Male« habe ich noch zusätzlich Wirkung erzielt.

»Das darf doch wohl nicht wahr sein!«, stöhnt Sepia auf. »Ihr zwei Trantüten habt das schon ausprobiert und ich nicht, das kann ich nicht auf mir sitzen lassen. Sonja, frag mal, ob man sich die ausleihen kann!«, fordert sie plötzlich.

»Fragen? Wen denn?«, fragt Sonja entgeistert.

Es ist weit und breit niemand zu sehen, der für die Jetskis zuständig wäre, und ich bin heilfroh darüber. Obwohl ich es damals in Griechenland lustig gefunden habe, bin ich mir doch nicht ganz sicher, ob es dasselbe ist, wenn man selbst am Steuer sitzt.

Aber Sepia gibt jetzt keine Ruhe mehr. »Was weiß ich, irgendjemandem müssen die doch gehören. Frag im Jachtklub!«

»Im Jachtklub? Glaubst du etwa, die Snobs vom Jachtklub verleihen Jetskis?«, wehrt Sonja ab.

»Hm«, macht Sepia, dann runzelt sie nachdenklich die Stirn. »Ich hab's: Wir fragen Bodo, der kennt doch die ganzen Leute hier!«

Ohne uns weiter nach unserer Meinung zu fragen, latscht sie drauflos, und uns bleibt nichts anderes übrig, als ihr hinterherzurennen. Bodo blinzelt überrascht, als sie plötzlich vor ihm steht und ihm die Sonne nimmt.

»Bodo, wir wollen Jetski fahren!«, konfrontiert sie ihn übergangslos mit ihrem Wunsch.

»Ah ja?«, reagiert er säuerlich. »Ich will zum Mond fliegen, und das interessiert auch keinen.«

»Das ist etwas ganz anderes. Da drüben stehen Jetskis!« Sepia zeigt zur Pier hinüber. »Kann man die ausleihen?«

Bodo setzt sich auf und schirmt die Augen mit der Hand ab, während er ihrem Blick folgt.

»Ach so, die. Die gehören Bertrand«, meint er dann.

»Und, kann man die ausleihen?«

»Normalerweise nicht«, winkt Bodo ab. »Die sind privat.«

»Was heißt *normalerweise?*«, hakt Sepia nach.

»Das heißt, dass Bertrand sie normalerweise nicht an Touristen verleiht«, versucht Bodo zu präzisieren.

»Und wenn er jemanden kennt, macht er dann mal eine Ausnahme?«

Bodo zuckt die Achseln.

»Kann schon sein, aber ihr kennt ihn ja nicht.«

»Aber *du* kennst ihn!«, argumentiert Sepia beharrlich weiter. »Komm mit rüber, wir fragen ihn.«

Bodo zögert.

»So gut kenne ich ihn auch wieder nicht, außerdem will ich das nicht ausnutzen«, hält er dagegen.

»Du kannst doch wenigstens fragen«, drängt Sepia. »Heidi zuliebe!«, fügt sie dann plötzlich hinzu.

Heidi zuliebe? Hat sie noch alle Tassen im Schrank?

Bodo zieht eine Augenbraue in die Höhe.

»Will Heidi denn auch fahren?«, fragt er verwundert.

»Ja, will sie«, behauptet Sepia, bevor ich noch etwas sagen kann.

»Könnt ihr das denn überhaupt?«, versucht Bodo einen letzten Einwand.

»Heidi ist ein alter Hase auf dem Gebiet«, erklärt Sepia, und der Ausdruck »alter Hase« passt mir eigentlich überhaupt nicht. »Sonja kann es auch, und ich fahre Motorradrennen, also werde ich wohl auch mit so einem Wassermoped zurechtkommen.«

»*Moped* würde ich die Dinger nicht nennen, das sind immerhin Elfhunderter«, betont Bodo. »Du fährst wirklich Motorradrennen?«, fragt er dann.

»Allerdings!«, sagt Sepia trotzig.

»Auf welchem Motorrad denn?«

»Auf einer FZR 1000.«

»Eine FZR 1000? Nicht schlecht.« Bodo nickt anerkennend, dann gibt er seinen Widerstand endgültig auf und wuchtet sich in die Höhe. »Also gut, ich kann Bertrand ja mal fragen«, meint er achselzuckend.

Und dann: »Heidi zuliebe!«

Erika Eleniak hat es meines Wissens nie getan, und Alexandra Paul auch nicht. Auch nicht Carmen Electra, ja nicht einmal Pamela Anderson, wobei es bei der wahrscheinlich eher daran lag, dass *Baywatch* am Nachmittag lief und die Szenen deswegen jugendfrei bleiben mussten.

Sie alle haben nie Bikinis getragen, wenn sie sich auf einen Jetski schwangen, und die haben genau gewusst, warum.

Bodo hat Bertrand – einen schmierigen Typen in mittleren Jahren, den man auf den ersten Blick als Drogenschmuggler einstufen würde – im Hafenbüro ausfindig gemacht, und als er ihm jetzt unsere Wünsche auseinandersetzt, setzt der sofort ein anzügliches Grinsen auf. Dann sagt er etwas in einem Kauderwelsch aus Englisch und Französisch und mustert uns drei von oben bis unten.

»Was sagt er?«, will Sepia wissen.

»Er fragt, ob ihr überhaupt Badekleidung mithabt«, übersetzt Bodo.

Das bejahen wir, denn auch Sonja und Sepia tragen unter ihren Kleidern Bikinis, vermutlich, weil sie insgeheim auch auf ein Sonnenbad an Deck der Scene it gehofft haben.

»Also, wie sieht's aus? Dürfen wir fahren?«, zappelt Sepia ungeduldig herum, während Bodo noch mit Bertrand verhandelt.

»Alles klar, ihr dürft«, erklärt Bodo dann und erntet dafür helle Begeisterung von Sepia. »Ihr sollt euch schon mal die Kleider ausziehen, er holt inzwischen Schwimmwesten und Sturzhelme.«

Ich zucke unwillkürlich ein bisschen zusammen. Sturzhelme?

Ist das denn nötig? Wir wollen doch keinen Geschwindigkeitsweltrekord aufstellen.

Beim Ausziehen der Kleider bemerke ich, dass Sepia einen Stringbikini trägt.

»Äh, Sepia, findest du nicht, dass das etwas gewagt aussieht auf so einem Ding?«, frage ich vorsichtig.

»Mir doch egal«, kommt es resolut zurück. »Wir sind hier schließlich an der Côte d'Azur, da sollen die Promis ruhig was zu sehen kriegen.«

Okay, wenn sie meint. Als Bertrand mit den Schwimmwesten und Helmen zurückkommt, grinst er noch unverschämter als vorhin, und jetzt ist mir auch klar, dass er die paar Liter Benzin nur dafür opfert, dass wir vor ihm einen Striptease hinlegen.

»So, wer von euch fährt am besten?«, übersetzt Bodo dann eine Frage von ihm.

»Heidi«, antworten Sonja und Sepia wie aus einem Mund.

»Wozu will er das wissen?«, frage ich mit leichtem Unbehagen.

»Dann kannst du den Roten nehmen, das ist der Schnellste«, kommt es als Erklärung.

Der *Schnellste?* Mir wird sofort mulmig. Andererseits, niemand sagt, dass ich Vollgas geben muss, nicht wahr?

Schließlich hocken wir auf den Jetskis, und zu meiner Beruhigung liegen diese Gefährte recht stabil im Wasser. Bertrand hat jeder von uns einen Anhänger mit einer Art Zündschlüssel um das rechte Handgelenk gebunden, dann erklärt er uns gestenreich, wie man diese Dinger startet. Vorsichtig drücke ich den Startknopf, und mit einem drohenden Schütteln erwacht die Maschine unter mir zum Leben. Bertrand löst die Halteleinen hinter uns.

»Die Hafeneinfahrt seht ihr ja«, ruft Bodo zur Erklärung. »Ihr müsst nur um die eine Pier herumfahren, dann kommt ihr geradewegs dorthin. Und im Hafen nicht zu viel Gas geben, das sieht der Hafenmeister nicht gern! Ach ja, und Heidi ...«

»Ja?« Ich drehe mich um.

»Bertrand sagt, du sollst es besser vorsichtig angehen, dein Ding geht nämlich höllisch ab!«

Vorsichtig angehen?

Worauf er wetten kann!

»Alles klar!«

Ich drücke mit einem Heidenrespekt ganz sachte aufs Gas, der Motor kommt auf Drehzahl, und plötzlich – setzt sich der Jetski in Bewegung.

Ich werd verrückt. Das funktioniert ja wirklich. Ich *fahre!*

Okay, mal sehen. Wie steuert man denn nun dieses Ding? Vorsichtig drehe ich den Lenker einen Tick nach rechts, und der Jetski fährt nach rechts. Ich gebe einen Millimeter mehr Gas, und er beschleunigt, und zwar ganz gemächlich, genau so, wie ich es mir wünsche. Dann lenke ich nach links, und ich fahre nach links, einfach so.

Das ist ja kinderleicht!

Und ich naives Lieschen habe immer einen Riesenrespekt vor den wilden Kerlen gehabt, die damit übermütig auf dem Wasser herumtobten – dabei kann das doch *jeder!*

Die Erkenntnis lässt mich gleich ein bisschen lockerer werden. Ich lege noch ein bisschen an Tempo zu und steuere die Wasserdurchfahrt zwischen den Jachten an. Zufrieden registriere ich die bewundernden Blicke der Menschen auf den Booten, was auch kein Wunder ist, sehen wir in unseren schwarzen Schwimmwesten und den Helmen samt Sonnenbrillen doch aus wie schwarze Ritter, und unsere Kehrseiten in den Bikinihöschen, die man unweigerlich rausstrecken muss, wenn man auf einem Jetski sitzt, bilden dazu sicher einen reizvollen Kontrast. Ich fahre als Erste, und als ich mich umdrehe, sehe ich Sonja und Sepia, die mir gehorsam folgen.

Ha! Das finde ich jetzt gleich noch besser. Ich komme mir vor wie der Staffelführer eines Düsenjetgeschwaders, schade nur, dass wir keine Funkverbindung haben wie in diesen coolen Fliegerfilmen.

»Foxtrott an Leader, Foxtrott an Leader! Wo fahren wir überhaupt hin?«, würde es dann von den anderen kommen, und ich könnte antworten: »Leader an Foxtrott! Leader an Foxtrott!

Klappe halten, Foxtrott, sonst fällt Leader noch auf die Schnauze!«, denn ein bisschen konzentrieren muss ich mich natürlich schon noch am Anfang, habe ich doch das heißeste Gerät von uns dreien unter mir.

Nachdem wir den Anlegebereich der Jachten hinter uns gelassen haben, kommen wir zur breiten Hafenausfahrt, vorbei an der Stelle, wo die großen Passagierschiffe anlegen. Die Touristen an Bord machen natürlich sofort große Augen, als wir an ihnen vorbeiziehen, und zücken sensationslüstern ihre Kameras, um Fotos von den vermeintlichen Society-Tussis zu schießen, die auf ihren Jetskis durch fürstliche Hoheitsgewässer pflügen.

Dann endlich das offene Meer. Die plötzliche Weite macht mir ein bisschen Angst, andererseits ist es aber auch eine gute Gelegenheit, um ein bisschen Dampf zu machen. Ich drücke wieder leicht am Gashebel, und ohne Vorwarnung macht mein Jetski einen Satz und schießt vorwärts. Es ist wie ein Schock. Bertrand hat kein bisschen übertrieben mit seiner Warnung, das ist wahrhaftig ein Höllengefährt. Meine Geschwindigkeit ist jetzt so hoch, dass ich bei jeder noch so kleinen Welle abhebe, und erschrocken nehme ich das Gas wieder zurück, um mich erst einmal an das Tempo zu gewöhnen.

Dann plötzlich, ohne jede Vorwarnung, taucht er vor meinen Augen auf: Der Spanner vom Segelboot! Er hockt immer noch in seinem lächerlichen Kajak – oder schon wieder, denn so lange kann er doch unmöglich herumgepaddelt sein. Er befindet sich etwa hundert Meter vor mir und steuert geradewegs auf den Hafen zu.

Was mich ganz spontan auf eine Idee bringt.

Mit dem Helm und der Sonnenbrille kann er mein Gesicht nicht erkennen, und falls doch – ist es mir eigentlich auch völlig schnuppe, weil ich finde, dass er eine kleine Strafe verdient hat für seine widerwärtige Zudringlichkeit. Also gebe ich wieder mehr Gas. Der Jetski reagiert sofort darauf, indem er vorne hochsteigt und in wildem Galopp über die Wellen zu fliegen beginnt, und mit rasender Geschwindigkeit schieße ich auf den Mann zu.

Der registriert erst jetzt, dass ich geradewegs auf ihn zuhalte, und ich glaube zu erkennen, dass seine Augen unter der Krempe des Käppis riesengroß werden. In geradezu lächerlicher Hilflosigkeit reißt er sein Paddel in die Höhe und beginnt wie wild damit herumzufuchteln, um mich auf ihn aufmerksam zu machen.

Was ich natürlich ignoriere, und erst im allerletzten Moment ziehe ich den Jetski nach links. Dabei unterschätze ich mein Tempo ein bisschen, weshalb ich noch knapper an ihm vorbeiziehe als ursprünglich geplant. Und dennoch: Das Ergebnis ist allererste Sahne. Ich knalle so dicht an ihm vorbei, dass ich ihm mühelos sein doofes Käppi vom Kopf ziehen könnte, und als ich mich nach ihm umdrehe, vollführt er eine perfekte Eskimorolle. Aber auch das hilft ihm nicht lange, denn schon in der nächsten Sekunde donnert auch Sepia, die mir natürlich in rennmäßigem Ehrgeiz gefolgt ist und ihn erst im allerletzten Moment gesehen hat, in Zentimeterabstand an ihm vorbei, und in seiner Panik geht er gleich noch einmal auf Tauchstation. Als er erneut hochkommt, hat er sein Käppi verloren und schüttelt sich wie ein nasser Hund.

Ich grinse bis über beide Ohren. Das hat gesessen. Der Widerling hat gekriegt, was er verdient hat.

Sepia fährt näher an mich heran, als ich meine Fahrt verlangsame, und dann auch Sonja, die vorhin etwas zurückgefallen war. Beide schütteln fassungslos die Köpfe.

»Heidi, bist du verrückt geworden?! Hast du den Mann gar nicht gesehen?«, ruft Sepia.

»Keine Bange, der hatte das verdient!«, gebe ich zurück.

»Willst du etwa sagen, das war *Absicht?*«

»Ja, aber das erkläre ich euch später! Und jetzt seht doch mal zu, ob ihr mir nachkommt!«, rufe ich übermütig, dann gebe ich wieder Gas.

Mein Jetski schießt sofort wieder los, und ich ducke mich tief über den Lenker und schieße mit Höllentempo über das Wasser. Dann, als ich gerade den Geschwindigkeitsrausch genieße und mir gleichzeitig Gedanken darüber mache, wie weit Korsika eigentlich von der französischen Küste entfernt ist, weil ich dort nicht aus Versehen an Land krachen will, zieht plötzlich ein halb nackter schmaler Hintern an mir vorbei.

Sepia!

Was erlaubt die sich eigentlich? Die überholt doch glatt ihren Leader!

Hätte ich jetzt Sprechfunk, würde ich sie natürlich sofort zurückpfeifen: »Leader an Little Butt! Leader an Little Butt! Gehen sie sofort wieder zurück in die Formation, Little Butt!« Aber diese Möglichkeit habe ich ja nicht, also bleibt mir nichts anderes übrig, als ihr anderweitig Respekt beizubringen – indem ich ihr zum Beispiel zeige, wer der wahre Meister ist.

Ich habe ja noch Reserven, also gebe ich Vollgas. Jetzt erst zeigt mein Jetski, was wirklich in ihm steckt. Ich habe keine Ahnung, womit Bertrand das Ding aufgetankt hat, aber es muss eine Mischung aus Raketentreibstoff und Nitroglyzerin gewesen sein. Der Jetski berührt die Wasseroberfläche kaum noch, nur dann und wann knallt er mit harten Schlägen und aufheulendem Motor auf die Wellenkämme, und mit zusammengebissenen Zähnen rausche ich wild entschlossen an Sepia vorbei. Gleichzeitig drehe ich den Kopf nach ihr und jauchze übermütig auf, doch keine Sekunde später mache ich die Erfahrung, dass man eben das nicht machen sollte, wenn man gerade mit Überschallgeschwindigkeit übers Wasser rast.

Ich muss eine größere Welle übersehen haben oder etwas Ähnliches, denn plötzlich fühle ich, wie ich in die Luft katapultiert werde, und als ich wieder nach vorne blicke, sehe ich mich schon im Sturzflug auf die Wasseroberfläche zurasen. Dann schlage ich ein wie ein Kugelblitz und verliere augenblicklich die Orientierung. Schlagartig wird es unwirklich leise um mich herum. Ich vernehme bloß noch ein leises Blubbern, vermischt mit dem entfernten Geräusch von Motoren. Als ich die Augen wieder öffne, schwebe ich auf einer Wolke, die mich höher und höher trägt, dann sehe ich ein Licht, das auf mich zuzukommen scheint. Es wird immer heller, und die Berichte von Leuten mit Nahtoderfahrungen zucken durch mein Gehirn: Wie sie dem ewigen Licht entgegenschwebten, und wie angenehm das für sie war, und wie befreiend. So ist es jetzt auch bei mir, dieses Licht ist im Moment alles, wonach ich mich sehne, und es kommt näher und näher. Ich strecke meine Hand aus, will danach greifen, und dann – tauche ich aus dem Wasser auf und schnappe gierig nach Luft.

Ich sehe, dass sich mein Jetski inzwischen wieder aufgerichtet hat und herrenlos auf dem Wasser treibt. Auch Sepia und Sonja sind da, und sie schauen sorgenvoll auf mich herunter.

»Mensch, Heidi, hast du dich verletzt?«, ruft Sonja.

Ich treibe auf der Wasseroberfläche wie ein harpunierter Fisch und muss mich erst einmal sammeln.

»Alles in Ordnung bei dir, Heidi?«, fragt auch Sepia sorgenvoll, als ich nicht gleich antworte.

Ich versuche, meine Beine zu bewegen, und dann meine Arme, und alles scheint unversehrt zu sein.

»Ich bin okay, macht euch keine Sorgen«, sage ich so lässig wie möglich.

»Bist du dir sicher?«, fragt Sonja. »Dein Sturz sah wirklich böse aus.«

»Ach, das war doch eine Kleinigkeit, so etwas kann passieren«, beruhige ich sie und ärgere mich gleichzeitig über meine wackelige Stimme. »Und kaputtgegangen ist auch nichts.«

»Na ja, jedenfalls *fast* nichts«, bemerkt Sepia plötzlich.

»Was meinst du damit?«

Sepia sieht an meinem Körper entlang ins Wasser hinunter.

»Deine Bikinihose ...«, sagt sie dann.

»Meine Bikinihose? Was ist damit?« Ich greife hastig nach unten – und erstarre. Da ist nichts – jedenfalls keine Bikinihose –, und ich taste weiter in der Hoffnung, dass sie vielleicht nur etwas tiefer gerutscht ist, aber auch an meinen Beinen kann ich sie nicht finden.

»Verdammt, wo ist die denn hin?«, rufe ich aus und blicke mich suchend um. »Seht ihr sie von da oben?«

Auch Sonja und Sepia beginnen die Wasseroberfläche abzusuchen.

»Ich kann sie nirgendwo sehen«, schüttelt Sonja den Kopf.

»Ich auch nicht«, bekennt Sepia.

»Das gibt's doch nicht, die kann sich doch nicht in Luft aufgelöst haben!« Mit zunehmender Verzweiflung suche ich weiter. Langsam wird es mir unheimlich, hier so weit von der Küste entfernt im Wasser zu treiben. Die Unterwasserausstellung fällt mir wieder ein, mit den Haien und Muränen und Skorpionfischen und den riesigen Quallen. Eine unkontrollierbare Panik erfasst mich. Das Wasser unter mir ist tiefschwarz. Wer weiß, was sich da unten schon alles zusammengerottet hat, möglicherweise stehe ich ja bereits auf dem Speiseplan eines gefräßigen Tiefseemonsters ...

Verdammt. Ich muss zusehen, dass ich aus diesem Wasser herauskomme, und zwar schnell!

Gerade will ich das meinen Freundinnen mitteilen, als Sonja plötzlich ihren Arm hochreißt und auf irgendetwas hinter mir deutet.

»Auweia! Seht mal, was da kommt!«, ruft sie aus.

Ich drehe mich hastig um, und dann sehe ich es auch.

Es kommt geradewegs auf uns zu, groß, bedrohlich und unaufhaltsam. Ich kenne es, ich habe es heute schon gesehen, und ich weiß, welche Gefahr von ihm ausgeht. Es ist das schrecklichste aller Monster!

Es ist die Neptun, und bei dem Kurs, den sie steuert, wird sie direkt an mir vorbeifahren, den Bauch voll gieriger Touristen samt ihren verdammten Kameras. Ich kann mir schon ausmalen, wie sie durcheinanderschnattern und sich an die Scheiben pressen, wie sie es vorhin bei den Nackten getan haben, die ins Wasser gesprungen waren.

Nur, diesmal bin *ich* die Nackte!

Mist, verdammter! Ich muss schleunigst raus hier, und genauso schleunigst brauche ich etwas zum Überziehen, denn auf der Neptun gibt es auch Fenster an Deck, wie ich nur zu gut weiß.

»Gebt mir was zum Anziehen, schnell!«, schreie ich.

»Was denn? Wir haben doch selber nichts an außer unseren Bikinis«, sagt Sonja hilflos.

»Zieh doch einfach deine Schwimmweste aus und unten rum an«, schlägt Sepia vor.

»Keine Chance, das schaffe ich nicht hier im Wasser«, rufe ich in zunehmender Verzweiflung, weil die Neptun immer näher kommt. Täusche ich mich, oder hat der Kapitän jetzt extra beschleunigt, um seinen Gästen eine kleine Show zu bieten? Dieser elende Mistkerl!

»Sepia, gib mir deine Schwimmweste!«, habe ich dann den rettenden Einfall. Wenn ich meine nicht ausziehen muss, müsste ich in ihre auch so hineinkommen.

»Wieso ich?«, ziert sie sich.

»Ist doch egal, wer von euch beiden, gebt mir einfach eine Weste!«, kreische ich unbeherrscht.

Endlich streift Sepia ihre Schwimmweste ab und wirft sie mir zu. Ich ergreife sie hastig und versuche, sie über meine Beine zu ziehen, aber auch das gestaltet sich schwieriger als gedacht, weil sich eine Schwimmweste aufgrund ihrer Konstruktion nicht so einfach unter Wasser drücken lässt. Ich unternehme mehrere Versuche, dann lege ich mich flach auf den Rücken und lasse meinen nackten Unterleib und meine Beine hochtreiben, um mit den Füßen voran in die Ausnehmungen für die Arme schlüpfen zu können, eine mehr als peinliche Prozedur vor meinen Freundinnen. Dann endlich gelingt es mir, die Weste an meinen Beinen hochzuziehen und die Haltebänder zu verknoten, und schließlich liege ich wie eine überdimensionale Knackwurst auf dem Rücken treibend im Wasser. Das Ganze hat seine Zeit gedauert, und die Touristen in der Neptun sind natürlich voll auf ihre Kosten gekommen bei meiner textilfreien Unterwasseraerobic.

So, jetzt muss ich nur noch auf meinen Jetski gelangen. Aus dem Wasser heraus ist das gar nicht so einfach, und wir brauchen zu dritt mehrere Anläufe, bis es endlich klappt.

Zu allem Überdruss verfallen Sonja und Sepia dann auch noch in völlig kindisches Gekicher, als ich in meiner Jumbo-Windelhose auf dem Jetski hocke, wodurch sich meine Laune nicht gerade bessert.

Aber das Schlimmste liegt noch vor mir: Die Rückkehr in den Hafen. Überflüssig zu beschreiben, welche Demütigung es bedeutet, in einem solchen Aufzug durch den Hafen von Monte Carlo zu kreuzen, und als ich dann von meinem Jetski klettere, bin ich natürlich der Mittelpunkt des allgemeinen Interesses.

Bertrand und Bodo – dem ich das übrigens ziemlich übel nehme – fallen fast um vor Lachen, als sie erfahren, dass da draußen jetzt möglicherweise ein weiblicher Hammerhai in einem Bikinihöschen von Hermès seine Runden zieht, und ich verziehe mich voller Scham und Wut zwischen ein paar Boote auf dem Trockendock, wo ich die beiden Schwimmwesten loswerden und mein Kleid wieder überstreifen kann.

Das Grinsen von Bertrand geht danach beinahe um seinen ganzen Kopf herum, weil er natürlich genau weiß, dass ich jetzt kein Höschen anhabe, und seine Einladung auf einen Drink lehne ich höflich, aber bestimmt ab.

Dann verabschiede ich mich mit knappen Worten und trete einen taktischen Rückzug an, weil mein Körper dringend eine Totalrestauration braucht.

Und von meinem Ego will ich jetzt gar nicht erst reden.

16

Es ist kurz vor sieben, als wir uns auf der White Cloud treffen. Sepia konnte es vor Ungeduld nicht mehr aushalten und ist deswegen schon vor uns da, und Sonja und ich sind nachgekommen.

Sonja sieht wieder einmal erstklassig aus. Diesmal trägt sie ein kleines Schwarzes zu schlanken Stilettos und einer Hochsteckfrisur, aber damit kann ich leben, weil ich ebenfalls tief in meine Trickkiste gegriffen habe. Ich habe mich für ein hauchdünnes, vanillefarbenes Sommerkleid entschieden, und meine frische Bräune unterstreiche ich mit einem dezenten Make-up und offenem Haar, das durch den Aufhellerspray einen guten Kontrast dazu bildet.

Ebenfalls einen Kontrast – zu uns beiden nämlich – bildet Sepia, die mal wieder ihren besonderen Geschmack demonstriert, indem sie ihre dürre Gestalt in ein grünes Kunstlederkleid gezwängt hat, sodass sie aussieht wie ein wandelndes Stück Gartenschlauch.

Heinz ist noch gar nicht da, wie wir erfahren, aber das hat Sepia nicht daran gehindert, die White Cloud auf eigene Faust genauer zu erkunden. Als Sonja und ich es uns auf der riesigen Sitzgarnitur gemütlich machen, benimmt sie sich bereits, als wäre sie die Herrin an Bord.

»Garçon!«, schreit sie in voller Lautstärke, und der Kellner vom Vorabend, der hier anscheinend zum festen Personal gehört, wieselt unterwürfig heran. »Champagner für mich und meine Freundinnen!«, befiehlt sie in strengem Ton, und dann noch: »Huit, huit!«

Der Kellner guckt ein bisschen irritiert, dampft dann aber wortlos ab.

»Was meintest du mit huit, huit?«, fragt Sonja.

»Na, schnell, schnell, so heißt das auf Französisch«, erklärt Sepia mit großer Geste.

»Äh ... schnell heißt vite, und das wird eigentlich ganz anders ausgesprochen«, weist Sonja sie vorsichtig zurecht.

»Ach ja? Und was habe ich dann gesagt?«

»Acht, acht.«

»Tatsächlich?« Sepia wedelt mit der Hand herum, als müsste sie eine lästige Fliege verscheuchen. »Na egal, Hauptsache, er hat mich verstanden.«

Wenig später bekommen wir acht Gläser Champagner serviert.

»Ah, der Champagner.« Sepia denkt gar nicht daran, ihren Fehler einzugestehen, stattdessen drückt sie jeder ein Glas in die Hand und prostet uns zu: »Auf unseren Urlaub, und auf Heinz, den edlen Spender!«

Wir trinken, und dann bietet Sepia uns eine kleine Führung an.

Die White Cloud ist einfach unglaublich. Sage und schreibe siebzig Meter lang, mit vier Decks – das oberste davon allein für den Eigner – Kinosaal, Billardzimmer, Fitnessraum, fünf Kabinen – was sage ich, Suiten! – für die Gäste, ein eigener Trakt nur für das Personal, und wohin man auch blickt, edelstes Wurzelholz, feines Leder und poliertes Messing – oder ist das etwa Gold?

Sonja und ich kommen aus dem Staunen gar nicht mehr heraus. Mit offenen Mündern lassen wir uns herumführen, und als wir wieder auf das Hauptdeck gelangen, sage ich scherzhaft: »Da fehlt nur noch der Hubschrauberlandeplatz!«

Sepia lächelt überlegen. »Gar nichts fehlt hier, der Hubschrauberlandeplatz befindet sich über dem Eignerdeck.«

»Sag bloß, Heinz hat auch einen Hubschrauber!«, entfährt es mir.

»Nein, hat er nicht. Mit dem könnte er nichts anfangen, er hat nämlich Flugangst«, meint Sepia mit verächtlich gekräuselten Lippen.

Darauf brauchen wir erst mal einen Schluck. Gerade haben wir es uns wieder bequem gemacht, als ein Mann die White Cloud betritt. Sepia erkennt ihn als Erste, während Sonja und ich noch ratlose Blicke wechseln.

»Heinz! Wow, das gibt's doch nicht!«, ruft sie begeistert aus.

Die nächsten Sekunden starren wir ihn nur wortlos an.

Heinz ist fast nicht wiederzuerkennen. Er hat auf einmal Koteletten an den Schläfen und den Rest des Haares mit einer Extraportion Haargel glatt zurückgelegt, dazu trägt er eine riesige Sonnenbrille und einen weißen Anzug mit hellblauen Pailletten und glitzerndem Strass, der obenrum eng ist, dafür aber mit Hosen, aus denen man auch Fallschirme hätte machen können. Und als i-Tüpfelchen: weiße Schlangenlederboots!

Wir ringen noch nach Worten, als Heinz seine Brille herunterreißt und voller Stolz fragt: »Na, was sagt ihr?« Dazu zwinkert er unablässig mit den Augen wie ein Blöder.

»Heinz, wie siehst *du* denn aus? Fast hätte ich dich nicht erkannt!«, ruft Sepia aus.

»Das war ja auch der Zweck der Übung«, erklärt Heinz in seinem flachen österreichischen Akzent. »Du hast gesagt, ich ziehe mich an wie ein Dodel, also habe ich etwas dagegen unternommen. Gefällt's dir?«

Autsch, das hätte er besser nicht fragen sollen. Ich bin gespannt, wie Sepia ihm jetzt beibringen wird, dass sich an seiner Stillosigkeit nicht das Geringste geändert hat. Im Gegenteil.

»Gefallen ist gar kein Ausdruck, das sieht spitze aus!«, erwidert Sepia jedoch, und einen Moment lang bin ich sprachlos. Wie weit kann ein Mensch gehen, um sich bei einem anderen einzuschleimen? Hat sie denn gar keine Würde?

Doch dann sehe ich das Leuchten in ihren Augen, und auf einmal begreife ich: Ihr gefällt sein Aufzug wirklich!

»Du siehst aber auch nicht schlecht aus«, gibt Heinz dann prompt zurück, bevor er mir und Sonja zuzwinkert: »Gefällt's euch auch?«

»Äh, ja sicher, es ist ... *extravagant*, auf alle Fälle«, würgt Sonja hervor. Dann nimmt sie hastig ihr Glas und kippt den Inhalt hinunter, als hätte sie gerade etwas furchtbar Scharfes gegessen.

»Ein ganz eigener Stil, das muss man dir lassen«, bringe auch ich über meine Lippen.

»Sag mal, Heinz, hast du was an deinen Augen?«, fragt Sepia, weil er immer noch wie verrückt zwinkert.

Heinz grinst mit sichtlicher Genugtuung. »Ist es dir aufgefallen?«

»Ja, du zwinkerst die ganze Zeit. Ist das Absicht?«, meint Sepia.

»Das ist wegen der Kontaktlinsen, an die muss ich mich erst noch gewöhnen«, informiert er uns. »Seht mal, kobaltblau!«

Genau, etwas hat gefehlt an ihm: seine Brenngläser.

»Der Hammer, echt!«, lobt Sepia ihn sofort.

Heinz scheint ganz ergriffen zu sein von so viel Anerkennung, als er sich zu uns setzt. Sepia drückt ihm ein Champagnerglas in die Hand, dann bringt sie einen Toast aus.

»Auf den neuen Modeguru von Monaco!«, ruft sie inbrünstig aus, und ich muss mich zusammennehmen, damit ich mich nicht verschlucke.

Anschließend plaudern wir ein bisschen, und bei der Gelegenheit erfahren wir, warum sich Heinz so ein Riesenschiff leisten kann.

»Wisst ihr, mit der Arbeit habe ich es nicht so, und als Genie bin ich auch nicht gerade bekannt«, erklärt er mit entwaffnender Offenheit. »Mein alter Herr hat das aber rechtzeitig erkannt und in etwas investiert, das nicht einmal ich verbocken kann.«

»Ein Unternehmen?«, fragt Sepia interessiert.

»So was Ähnliches – allerdings mit dem Vorteil, dass man dabei gar nichts tun muss: Wasserkraftwerke«, berichtet Heinz. »Das ist das Beste, was man sich vorstellen kann. Oben rinnt Wasser rein und unten kommt Strom heraus ... na ja, so ähnlich jedenfalls. Und ich kassiere dafür.«

Wasserkraftwerke? Ich wäre nie auf die Idee gekommen, dass eine Privatperson ein ganzes Kraftwerk besitzen könnte.

Warum bloß ist *mein* Papi nicht auf so eine Idee gekommen?

Dann wird es richtig aufregend: Heinz lädt uns ins Rampoldi ein, das ist ein absolutes Spitzenrestaurant in der Avenue des Spélugues gleich in der Nähe des Casinos, und vermutlich haben wir es nur seiner lokalen Prominenz zu verdanken, dass wir ohne Voranmeldung sofort einen Tisch bekommen.

Als wir dann die Speisekarten durchblättern, fallen uns fast die Augen aus dem Kopf. Nicht etwa nur wegen der vielen Leckerbissen, von denen ich die Hälfte nicht einmal kenne, sondern vor allem wegen der enormen Preise. Sepia erklärt natürlich gleich mit bemerkenswerter Taktlosigkeit, dass sie keinesfalls so dämlich sei, einen halben Monatslohn für ein paar eingeschrumpfte Wachteleier auszugeben. Das ist dann aber auch gar nicht nötig, denn Heinz erklärt die Preise für irrelevant – das sagt er wörtlich – und winkt dazu mit seiner goldenen Kreditkarte.

So kommen wir in den Genuss von winzigen Wachteleiern mit rotem Beluga-Kaviar, Spaghetti mit weißen Alba-Trüffeln – bisher kannte ich Trüffelgeschmack bloß von der Aldi-Schokolade – und Mousse au Chocolat mit echtem Blattgold darüber – von dem man übrigens gar nichts schmeckt.

Nachdem wir mehr als tausend Euro verfuttert haben, bin ich immer noch nicht satt, und die Blicke der anderen verraten, dass es ihnen ähnlich ergeht.

»So, die Damen, wie wär's denn jetzt mit einem Abstecher ins Casino?« Heinz nippt genussvoll an einem Cognac.

Das Casino? Allein bei der Erwähnung zucke ich unwillkürlich zusammen. Ich will ehrlich gesagt nicht riskieren, der zickigen Kuh vom Empfang noch einmal zu begegnen. Wahrscheinlich haben sie den Beschwerdebrief inzwischen geöffnet und mich zum Blödi des Monats erklärt oder so, und ich will auch nicht wieder so viel Geld verspielen.

»Nichts für mich«, winke ich daher schnell ab. »Mir reicht es noch vom letzten Mal.«

»Was reicht dir?«, fragt Heinz.

»Na, ich habe verspielt«, rücke ich heraus.

»So, wie viel denn?«, erkundigt er sich.

»Vierhundert Euro«, sage ich mit einer angemessenen Portion Empörung in der Stimme.

»Ja, und weiter ...?« Er zuckt die Achseln. Ganz offensichtlich versteht er nicht, wo das Problem liegt, doch als er unsere erstaunten Blicke sieht, fällt bei ihm der Groschen. »Ach, und das ist viel Geld für dich«, sagt er, dann legt er schnell nach: »Ich meine, das *ist* natürlich viel, für jeden, gar keine Frage!« Er bemüht sich um ein überzeugtes Gesicht, das ihm aber nicht so recht gelingen will.

»Lass gut sein, Heinz«, bremse ich ihn. »Für Leute wie dich ist das natürlich ein Klacks, aber einen Normalbürger trifft es schon ziemlich, das kannst du mir glauben.«

»Schon klar«, nickt er beflissen. »Womit verdienst du überhaupt dein Geld, wenn ich fragen darf?«

Mir stockt der Atem vor Überraschung. Das ist genau das Thema! Heinz wäre der perfekte Kunde für mich, und dass er selbst mir jetzt das Stichwort liefert, ist das Beste, was mir passieren kann. Aus den Augenwinkeln sehe ich, dass auch Sonja und Sepia uns plötzlich angespannt beobachten – war es doch ursprünglich sogar ihre Idee, mich bei Heinz ins Spiel zu bringen.

»Ich bin Persönlichkeitstrainerin«, antworte ich, und gleichzeitig ärgere ich mich über meine etwas zu hohe Stimme.

»Ah ja? Und was genau machst du da?«, fragt er mit höflichem Interesse.

»Nun, das kann alles Mögliche sein, je nach Bedarf des jeweiligen Kunden ...«, hole ich umständlich aus, »... persönliche Typberatung, Stärkung des Selbstbewusstseins, alle möglichen Arten von Kommunikationstraining ...«

»Heidi kann auch Hypnose!«, springt Sepia mir unvermittelt bei.

»Ja, aber das bildet keinen Schwerpunkt bei meiner Arbeit«, versuche ich schnell wieder davon abzuschweifen.

»Hypnose? Tatsächlich?« Heinz sieht auf einmal schwer beeindruckt aus.

Mist. War ja klar, dass er darauf anspringt!

Wieso kann Sepia auch ihre Klappe nicht halten? Hypnose ist so ziemlich das schwächste Glied in meiner Angebotskette, und ich werde noch eine Menge Übung brauchen, bis ich das beherrsche, deswegen hätte ich es Heinz gegenüber auch gar nicht erwähnt.

»Es gibt Fälle, bei denen es natürlich hilfreich sein kann ...«, winde ich mich.

»Dann könntest du mich jetzt also hypnotisieren?« Er scheint plötzlich ganz besessen von der Idee zu sein.

»Klar könnte sie, Heidi ist ein Ass darin!«, behauptet Sepia an meiner statt und zwinkert mir dabei auch noch verschwörerisch zu.

Vielen Dank auch, Sepia! Was denkt sie sich überhaupt, mir so einfach ...

»Okay, dann leg mal los!« Heinz hat sich zu mir nach vorn gebeugt und zwinkert mich aus seinen babyblauen Augen erwartungsvoll an.

»Wie, loslegen?«, gebe ich bestürzt zurück. »Das geht nicht so einfach, dazu braucht man eine ruhige Umgebung ...«

»Ich könnte den Kellner bitten, die Schiebetür zu schließen«, schlägt Heinz vor.

Ich sehe mich hektisch um. Wir haben einen Tisch im hinteren Teil des Lokals, den man *theoretisch* mit den großen Schiebetüren vom großen Saal abtrennen könnte.

»... und sanfte Musik im Hintergrund wäre auch hilfreich ...«, schiebe ich schnell nach.

»Ich habe tonnenweise Musik auf meinem iPhone, wie wär's mit Enya?«, bietet Sonja an, und im nächsten Moment dudelt auch schon *Only Time* los.

»Ja, äh ... und normalerweise verwende ich ein Pendel, das ich aber im Moment leider nicht bei mir habe!«, denke ich mir schnell noch eine Ausrede aus.

»Wie müsste das denn aussehen?«, fragt Sepia.

»Na ja, wie ein Pendel eben so aussieht ... eine Schnur mit irgendwas dran«, erkläre ich mit zunehmender Hilflosigkeit.

»Ginge meine Kette?«, fragt sie und nimmt ohne Umschweife ihren Amethyst ab, den sie an einer dünnen Lederschnur um den Hals getragen hat.

Sie blicken mich alle drei erwartungsvoll an, und ich starre einige Sekunden lang wortlos zurück. Die lassen mich nicht mehr vom Haken, das kann ich ihnen ansehen. Fieberhaft brüte ich noch über einer Ausrede, aber dann sehe ich ein, dass es keinen Sinn hat.

Also schön, von mir aus. Wenn sie darauf bestehen. Immerhin bin ich darin ausgebildet, und ich habe sogar ein Diplom, das das bestätigt. Ich und die anderen vierundzwanzig Kursteilnehmer, die auch allesamt bestanden haben ...

Egal. Macht ja nichts. Falls es nicht klappt, kann ich mich immer noch auf die fehlende Atmosphäre ausreden, oder behaupten, Österreicher wären hypnoseresistent oder so.

»Also gut«, füge ich mich in mein Schicksal und ernte begeisterte Zustimmung dafür. »Dann seht mal zu, dass diese Tür geschlossen wird.«

Ich hole tief Luft, während Heinz den Kellner zu sich heranwinkt. Er gibt ihm ein paar Anweisungen und steckt ihm einen Geldschein zu, woraufhin der wissend nickt, uns Frauen mit unverhohlener Anzüglichkeit zuzwinkert und dann die Tür schließt.

Schlagartig wird es ruhiger, und die einschläfernde Musik sorgt für eine ganz eigentümliche Atmosphäre.

Okay, Heidi, jetzt gilt es. Zeig ihnen, was du draufhast!

»Also gut, Heinz«, beginne ich, während ich mit dem Stuhl näher an ihn heranrücke und Sepias Halsband unmittelbar vor seine Nase halte. »Achte jetzt auf das Pendel!« Ich räuspere mich und hebe das Pendel ein paar Zentimeter höher, damit er sich anstrengen muss, um ihm mit den Augen zu folgen. Dann rede ich in möglichst monotonem Tonfall weiter, wie wir es auf dem Hypnoseseminar gelernt haben. »Du achtest jetzt nur auf das Pendel, und auf meine Stimme, und auf die Musik ...« Okay, das war jetzt nicht *exakt* der Text, den sie uns auf dem Seminar beigebracht haben, glaube ich, und auch das Pendel schwingt eine Spur zu hektisch über seiner Nase hin und her, während ich weiterrede: »Achte nur auf das Pendel ... deine Augen bleiben dabei geöffnet, achte auf das Pendel, und auf meine Stimme ... nichts anderes ist mehr von Bedeutung ...« Das Pendel schwingt jetzt wirklich ziemlich stark. Heinz gibt sich sichtlich Mühe, ihm mit den Augen zu folgen, und erschrocken sehe ich, dass er auf einmal zu schielen beginnt.

Verdammte Scheiße, beim Seminar ist das nie passiert! Was mache ich denn jetzt? Weiterreden, auf jeden Fall weiterreden! Er muss müde werden, das ist das Allerwichtigste!

»Achte auf das Pendel, fühle, wie müde deine Augenlider dabei werden ... achte nur auf das Pendel ... und auf meine Stimme und ... äh ... auf die Musik natürlich ...«

Die in diesem Moment verstummt, weil das verdammte Lied zu Ende ist. Einen Moment lang erfüllt erwartungsvolles Schweigen den Raum, dann flüstert Sonja mit einem Anflug von Hektik in der Stimme: »Soll ich's noch mal abspielen?«

Und von Heinz kommt: »Muss ich weiter auf das Pendel schauen?«

Mist. So wird das nie was. Ich kann diesen blöden Text nicht mehr, und abgesehen davon hat das schon auf dem Seminar nicht funktioniert, geschweige denn jetzt in dieser Umgebung. Kein Mensch könnte hier jemanden hypnotisieren!

Aus den Augenwinkeln sehe ich, dass Sepia und Sonja mich gespannt beobachten, während Heinz es kaum noch schafft, seine Augen offen zu halten. Ich denke schnell nach. Ich brauche eine effektivere Methode, etwas, wobei ich nicht so lange quatschen muss. Dann habe ich plötzlich eine Idee: Wir hatten doch auch das Thema Blitzhypnose, dabei muss man den Probanden eigentlich nur überrumpeln, um dann im richtigen Moment in sein Unterbewusstsein einzudringen. Wie ging dieser eine Trick schnell noch? Ah, ich hab's!

»Nein, nein, schon gut, Heinz, du kannst dich jetzt entspannen.« Ich senke das Pendel, was er mit einem dankbaren Seufzer quittiert.

»Bin ich jetzt in Hypnose?«, fragt er neugierig.

»Nein, noch nicht ... das war nur eine ... äh ... Vorbereitung zur eigentlichen Induktion – die wir *jetzt* machen!«, improvisiere ich hastig. »Also gut, rück auf deinem Stuhl ein Stück nach vorn, bis du die Lehne in deinem Rücken nicht mehr spürst ...« Er befolgt meine Anweisungen. »Okay, und jetzt schließt du die Augen und beginnst mit dem Oberkörper langsam vor und zurück zu schaukeln, ganz sachte ... Sonja, das Lied!«, raune ich ihr zwischendurch unauffällig zu.

Die Musik setzt wieder ein, und Heinz beginnt langsam vor und zurück zu schaukeln. Ich hole tief Luft. Jetzt gilt es. Ich habe das noch nie ausprobiert, aber bei den Vorführungen auf dem Hypnoseseminar war dieser Trick einfach der Knaller.

Ich warte noch ein paar Sekunden, bis Heinz in den richtigen Rhythmus kommt, und aus den Augenwinkeln sehe ich, dass Sepia und Sonja uns beide mit angehaltenem Atem beobachten. Dann rücke ich ganz nahe an Heinz heran, der jetzt in sanftem Rhythmus seinen Oberkörper vor und zurück wiegt. Ich hebe meine Hände an sein rechtes Ohr und warte, bis sein Kopf wieder nach hinten pendelt, dann klatsche ich direkt neben seinem Ohr kräftig in die Hände und schreie dazu laut: »Schlaf!«

Ich sehe, wie Heinz zusammenfährt, und auch Sepia und Sonja reißen erschrocken die Augen auf. Ich wage gar nicht zu atmen. Heinz macht keinen Mucks, und ich starre ihn ängstlich an.

Als er sich nach ein paar Sekunden immer noch nicht rührt, nehme ich all meinen Mut zusammen und gehe noch einen Schritt weiter. Ich tippe ihm mit dem Daumen an die Stirn und sage: »Du kannst dich jetzt zurücklehnen und sinkst dabei immer tiefer, immer tiefer wird dein Schlaf, und du fühlst dich dabei so wohl wie noch nie in deinem Leben ...«

Dann geschieht das Unfassbare. Fasziniert beobachten wir, wie Heinz ganz langsam nach hinten kippt, bis sein Körper die Lehne erreicht, und dann zerfließt sein Gesicht plötzlich in ein warmes, glückseliges Lächeln.

Keine von uns rührt sich.

»Ist er jetzt in Hypnose?«, wispert Sonja.

Gute Frage. Heinz bewegt sich nicht, er atmet dabei aber

gleichmäßig und entspannt, und dabei sieht er so richtig ... *glücklich* aus.

Ich fasse es nicht. Ich glaube, ich habe soeben zum allerersten Mal in meinem Leben einen Menschen hypnotisiert!

»Ich glaube, ja.« Ich räuspere mich, weil meine Stimme ganz kratzig klingt. »Ich meine, ja, klar, natürlich, er ist jetzt in Hypnose«, setze ich dann möglichst zuversichtlich nach und bete gleichzeitig, dass er es wirklich ist und uns nicht bloß einen Streich spielt und zum Beispiel im nächsten Moment aufspringt und uns allen einen Riesenschrecken versetzt.

Aber nichts dergleichen geschieht, stattdessen schlummert Heinz nur weiter sanft vor sich hin. Wahnsinn. Der ist wahrhaftig in Hypnose, und ich bin diejenige, die ihn in diesen Zustand versetzt hat!

»Heidi, du kannst das ja wirklich!«, meint Sonja ganz erstaunt.

»Ja, natürlich, was dachtest du denn?«, gebe ich mit gespielter Entrüstung zurück, dabei kann ich selbst noch nicht begreifen, was hier gerade geschehen ist.

»Und was machen wir jetzt mit ihm?«, fragt Sepia. Sie sieht aus, als hätte sie bei einem Spiel hundert Punkte erreicht und wüsste jetzt nicht, was sie damit anfangen soll.

»Keine Ahnung«, zucke ich die Schultern. Ah ja, genau, das sollte man eigentlich vor einer Hypnose mit dem Probanden besprechen. »Ich könnte ihm zum Beispiel eine Suggestion setzen«, biete ich an.

»Lass ihn doch eine Zitrone essen und rede ihm ein, sie wäre süß«, schlägt Sepia kichernd vor.

»Nein, so etwas mache ich nicht«, winke ich schnell ab. »Wir haben ja gar keine Ahnung, ob er Zitrusfrüchte überhaupt verträgt.«

»Stimmt, das lassen wir besser sein, sonst bekommt er noch einen allergischen Schock«, pflichtet Sonja mir bei.

Wir denken nach, und dann habe ich eine Idee: »Wisst ihr was, ich setze ihm einfach eine posthypnotische Suggestion.«

»Was genau ist das?«, will Sonja wissen.

»Das ist …« Ich zögere, dann sage ich: »Ach was, lasst euch einfach überraschen!«

Damit rücke ich ganz nahe an das Ohr von Heinz heran und beginne, ihm etwas zu flüstern.

17

»Ich kann es immer noch nicht glauben!« Sonja schüttelt aufgeregt den Kopf und schleckt gleichzeitig an ihrem Eis, das wir uns beim Häagen-Dazs-Shop gleich über dem Place de Casino geholt haben.

»Es war unglaublich, ich hätte nie gedacht, dass das so gut funktioniert«, pflichtet auch Sepia ihr begeistert bei.

Wir marschieren zu dritt Richtung Larvotto, um einen Abstecher ins Jimmy'z zu machen. Diesen Klub wollen wir uns auf keinen Fall entgehen lassen, und die Gelegenheit ist günstig, weil Heinz unbedingt noch ins Casino wollte und auch Bodo nicht dabei ist, der ja bekanntlich nichts von solchen Szenelokalen hält.

Mir fällt im Moment gar nichts dazu ein, weil ich immer noch ganz weg bin. Ich muss das erst einmal verdauen. Nicht genug damit, dass es mir völlig überraschend gelungen ist, Heinz zu hypnotisieren, ich habe ihm auch noch die posthypnotische Suggestion gesetzt, dass er, sobald der Kellner die Rechnung bringt, lauthals die österreichische Bundeshymne singen soll. Als es dann soweit war – ich hatte Heinz wieder aus der Hypnose aufgeweckt; er konnte sich an nichts erinnern, wie ich es ihm suggeriert hatte, und die Schiebetüren standen längst wieder offen – hat Heinz auf einmal losgeschmettert wie ein klassischer Heldentenor, und allen Anwesenden einschließlich Sepia und Sonja wären fast die Augen aus dem Kopf gefallen. Heinz hat sich davon jedoch nicht stören lassen und voller Begeisterung weitergesungen, und die Textstellen, die er nicht kannte, einfach mit inbrünstigem »Lalala« überbrückt. Als er dann fertig war, haben ein paar der Gäste verlegen geklatscht, und danach haben natürlich alle die Köpfe zusammengesteckt und getuschelt und uns mit scheuen Blicken bedacht. Am meisten überrascht aber war Heinz selbst gewesen, dem wir erklären mussten, warum er so unversehens in

Placido Domingos Fußstapfen getreten ist, und am Ende waren alle schwer beeindruckt von meinen magischen Künsten.

»Aber eines haben wir gelernt«, lacht Sonja, »auch unter Hypnose wird aus einem schlechten Sänger kein guter. Habt ihr gesehen, einige der Gäste haben sich sogar die Ohren zugehalten!«

»Ja, ich dachte schon, die schmeißen uns raus«, grinst Sepia. »Wie bist du überhaupt auf die Idee mit der Hymne gekommen, Heidi?«

»Keine Ahnung«, zucke ich die Schultern. »Ich dachte mir einfach, das wäre harmlos und lustig ... was es ja auch war.«

»Und eines muss man Heinz hoch anrechnen: Er hat dir das kein bisschen übel genommen«, meint sie.

»Ja, genau, der ist kein Spielverderber, im Gegenteil, er schien sogar ziemlich begeistert zu sein«, nicke ich, und darüber bin ich ehrlich gesagt auch ziemlich erleichtert.

»Seht mal, da vorne ist es schon!« Sonja zeigt auf eine Leuchtreklame ein paar Hundert Meter vor uns.

»JIMMY'Z, Monte Carlo«, steht da, und unwillkürlich beschleunigen wir unsere Schritte. Das Jimmy'z ist einer der coolsten Klubs auf der ganzen Welt, und will man in Monaco Prominente treffen, soll das der beste Ort überhaupt sein.

»Ob die uns überhaupt reinlassen?«, meint Sonja skeptisch.

»Sicher, warum denn nicht?«, gibt Sepia zurück. »Gerade solche Klubs leben davon, dass scharfe Frauen im Publikum sind.« Sie geht jetzt so schnell, dass Sonja und ich kaum Schritt halten können, und ihre sehnigen Oberarme schwingen dabei im Takt mit. »Und falls nicht, können wir es immer noch machen wie die Russen ...«

»Bloß nicht wieder diese Russennummer, Sepia!«, falle ich ihr ins Wort.

»Und wieso nicht?« Sie streift mich mit einem trotzigen Blick. »Im Café de Paris hat's doch auch funktioniert.«

»Ja, aber dort gab es keine Türsteher«, antworte ich. »Und jetzt mach gefälligst freundliche Nasenlöcher!«

Wir haben den Eingang erreicht. Drei riesige Kerle in schwarzen Anzügen haben sich davor aufgebaut und sortieren die Leute aus, die sie nicht in ihrem Etablissement haben wollen. Wir stellen uns brav in die Reihe, und bis wir drankommen, haben sie mindestens zwei Drittel der Wartenden wieder weggeschickt. Als sie uns zu sich heranwinken, habe ich ein extrem ungutes Gefühl. Sonja tritt als Erste vor, und der Wortführer der Security fragt sie etwas auf Englisch. Sonja gibt Antwort und deutet auf Sepia und mich, woraufhin die drei uns begutachten wie Kühe auf dem Markt. Dann stecken sie die Köpfe zusammen und tuscheln miteinander, und schließlich lachen sie.

»Was haben die denn?«, fragt Sepia mit verdächtig schmalen Lippen.

»Sepia, halt dich bloß zurück!«, raune ich ihr unauffällig zu.

»Es geht um dein Kleid«, meint Sonja zögernd.

»Wieso, was ist denn damit?« Auweia, Sepias Körperhaltung zeigt mir eindeutig, dass sie auf Krawall gebürstet ist.

»Nun, ich glaube ...« Sonjas Blick beginnt hektisch zu flackern, als auf einmal der eine Securitymann gutmütig auflacht und etwas sagt, das unter anderem wie »okay« klingt. »... sie finden es *gut!*«, vollendet Sonja erleichtert ihren Satz. »Großartig, wir können rein!«

»Gott sei Dank!«, entfährt es mir, während Sepia den Bodyguards zuzwinkert und im Vorbeigehen noch eine Pirouette vollführt, woraufhin die die Augen verdrehen und sich gegenseitig vielsagend angrinsen.

Als wir den Klub betreten, wummert uns die Musik entgegen. Grelle Discobeleuchtung zuckt durch den Raum, und gut gelaunte Menschen tummeln sich ausgelassen auf der Tanzfläche und an der Bar. Wir schieben uns langsam durch die Menschenmenge, und ich ertappe mich dabei, wie ich unwillkürlich Ausschau nach irgendwelchen Promis halte. Da hinten in der Ecke, ist das nicht dieser französische Pianist, wie hieß der schnell noch ... und dort, der eine Typ mit den wuscheligen, dunklen Haaren im roten Seidenhemd, das ist doch Antonio Banderas! Nein, ist er nicht, erkenne ich enttäuscht, als die Frau sich umdreht. Aber die eine

Dürre, die auf der Tanzfläche gerade so abgeht, die sieht aus wie diese Modedesignerin aus dem Fernsehen, die behauptet hat, Heidi Klum wäre in Wirklichkeit ein Transvestit ...

Ich bin ganz kribbelig vor Anspannung, und als wir an der Tanzfläche vorbei sind, gelangen wir zu einem breiten Ausgang, der auf eine Terrasse hinausführt, auf der sich eine weitere Tanzfläche sowie mehrere Tische befinden.

»Seht mal, da drüben!« Sonja deutet verzückt auf das Meer hinaus, wo sich die Lichter von Monte Carlo auf der schwarzen Wasseroberfläche verführerisch spiegeln. Ich kann ihre Begeisterung verstehen, diese Szenerie ist geradezu unwirklich schön. Wir betrachten eine Weile schwärmerisch die faszinierende Kulisse, dann meint Sonja mit einem Seufzer: »Es ist wie im Film, findet ihr nicht?«

»Ja, das sieht toll aus«, nickt Sepia. »Aber davon mal abgesehen tun mir die Füße weh vom Laufen, und Durst habe ich auch. Hat eine von euch vielleicht einen freien Tisch entdeckt, an dem wir uns setzen können?«

Ich schüttle den Kopf. »Im großen Saal war alles besetzt, soviel ich gesehen habe, aber es gab da ein paar Türen, die möglicherweise zu irgendwelchen Seitenräumen führen. Wie wär's, wenn ihr an der Theke Getränke holt und ich sehe inzwischen, ob ich uns einen Tisch besorgen kann?«, schlage ich vor.

Die beiden sind einverstanden, und wir machen uns auf den Weg. Wieder im Gebäude, biegen sie gleich zur Theke ab, während ich mich nach links schlage und die erste Tür ansteuere, die ich sehe. Unauffällig versuche ich sie aufzudrücken, doch enttäuscht stelle ich fest, dass sie versperrt ist. Okay, dann eben die nächste. Ich dränge mich an ein paar kichernden Gören in ultrakurzen Miniröcken vorbei – Moment mal, war die eine etwa Ashley Tisdale? – dann gelange ich zur nächsten Tür, und die lässt sich zu meiner Überraschung beiseiteschieben. Neugierig spähe ich hinein. Na bitte, passt doch! Mehrere Sitzgruppen stehen hier herum, dick gepolstert und mit rötlich braunem Leder überzogen, und das Beste daran: Hier ist alles noch frei!

Na, wenn das kein glücklicher Zufall ist. Ich schiebe die Tür wieder vor, damit die anderen Gäste uns nicht die Plätze wegschnappen können, dann sehe ich mich schnell nach Sonja und Sepia um. Es dauert ein paar Sekunden, bis ich sie in der Menge ausfindig machen kann, und ich winke aufgeregt mit beiden Händen, bis sie mich entdecken.

»Weißt du, was die für drei Mineralwasser verlangen?«, empört sich Sepia, als sie heran ist. »Hundertzwanzig Euro!«, liefert sie dann auch gleich die Antwort dazu, als ich nicht schnell genug nachfrage.

»Was, so viel?«, sage ich ein bisschen kraftlos, um dann gleich freudig erregt loszulegen: »Soll uns aber egal sein. Dass das hier nicht billig wird, war klar, und ich habe dafür klasse Sitzplätze für uns. Seht nur!« Ich schiebe die Tür wieder zur Seite und lasse sie einen Blick auf die dicken Ledermöbel werfen.

»Super«, murmelt Sonja mit einer Mischung aus Begeisterung und Ehrfurcht. »Und du meinst, wir können uns da einfach so hinpflanzen?«

»Ja, klar, warum denn nicht?« Ohne ihre Antwort abzuwarten, husche ich hinein und lasse mich in einen der superbequemen Fauteuils plumpsen.

»Heidi hat recht«, schließt sich Sepia mir an. »Bei diesen Wucherpreisen wird man doch wenigstens gut sitzen dürfen.« Sie wuchtet ihren knochigen Körper in den Sessel neben mir.

»Also gut.« Sonja schiebt sich zögerlich herein und nimmt ebenfalls Platz.

Nachdem sie mir mein Mineralwasser in die Hand gedrückt hat, trinken wir. Dann lehnen wir uns genießerisch zurück.

»Wisst ihr was?«, sagt Sonja nachdenklich. »Dieser ganze Urlaub kommt mir wie ein einziger, phantastischer Traum vor.«

»Wie meinst du das?«, frage ich, obwohl ich ihre Antwort bereits erahne – weil ich genau wie sie empfinde.

»Na, überlegt doch mal: Abgesehen davon, dass mir Monaco insgesamt gefällt ...« Sie hält ihre Finger hoch, um mitzuzählen. »Wir waren im Café de Paris, im Casino, im Fürstenpalast, und wir kennen nicht bloß *einen* Millionär, sondern gleich *zwei*, wir haben gerade in einem der exklusivsten Restaurants der Welt zu Abend gegessen, ohne einen Cent dafür zu bezahlen, und jetzt ...« Sie deutet mit einer begeisterten Geste durch den Raum. »... hocken wir hier in einem der berühmtesten Klubs überhaupt, als wäre es das Normalste auf der Welt für uns. Das ist doch einfach nur irre, oder nicht?«

Es stimmt. Sonja hat völlig recht, es ist wirklich wie im Märchen. Gerade will ich etwas zur Bestätigung sagen, als sich plötzlich jemand an der Schiebetür zu schaffen macht. Sie schwebt noch ein Stück weiter zur Seite, und ein Mann in dunklem Zwirn tritt herein. Als er uns erblickt, bleibt er wie angewurzelt auf der Schwelle stehen und legt sofort die Stirn in Falten. Er fragt etwas auf Französisch, das nicht gerade freundlich klingt, dann dreht er sich um und ruft etwas nach draußen.

»Was will er denn?«, frage ich Sonja, aber auch die schüttelt nur hilflos den Kopf.

»Ich bin mir nicht sicher, er hat so schnell gesprochen ... aber ich fürchte, es geht um die Plätze hier«, murmelt sie.

Dann taucht noch ein Mann auf. Er ist ziemlich groß und breit, und er gibt dem anderen offensichtlich Anweisungen.

Der nickt in unterwürfigem Gehorsam und lässt dann in schnellem Englisch eine kurze Redeflut auf uns los, der ich beim besten Willen nicht folgen kann.

Aber Sonja hat ihn verstanden. »Wir können hier nicht bleiben«, übersetzt sie für uns. »Diese Plätze sind heute Abend für besondere Gäste reserviert.« Sie macht Anstalten, aufzustehen, doch Sepia packt sie im selben Moment an der Schulter und drückt sie wieder zurück in ihren Sitz.

»So weit kommt's noch!«, ruft sie mit wilder Entschlossenheit aus. »Wir bezahlen doch keine vierzig Piepen für ein lausiges Mineralwasser, um uns dann nicht einmal hinsetzen zu dürfen. Und mein Wasser ist noch dazu ganz warm!«, fügt sie empört hinzu, als würde ihr dafür eine Entschädigung zustehen.

»Sepia, lass gut sein«, sagt Sonja mit einem besorgten Seitenblick auf die beiden Männer. »Wir finden sicher draußen noch Platz.«

»Wo denn, bitteschön, wenn alles voll ist?«, fragt Sepia aufgebracht zurück. »Außerdem kann ich mir nicht vorstellen, dass sie *alle* Plätze hier brauchen, so viele großkotzige VIPs auf einmal werden doch wohl nicht aufkreuzen, oder? Los, sag ihm das!«, verlangt sie von Sonja.

Die wechselt widerstrebend ein paar Worte mit den Männern, aber an deren Mienen kann man eindeutig ablesen, dass sie keine Lust haben, noch länger zu diskutieren. Der Wortwechsel wird jetzt immer heftiger, und Sepia deponiert zwischendurch: »Dann sollen sie uns doch raustragen!« und schwingt gleichzeitig drohend ihre Handtasche.

Eine mittelschwere Panik überkommt mich. Das gibt hier gleich ein Massaker. »Sepia, hör auf damit, das ist hier keine Umweltdemo!«, zische ich ihr zu. »Lass uns einfach gehen!«

»Ich denke ja gar nicht daran!«, gibt sie kampfeslustig zurück. »Falls ihr es noch nicht bemerkt hab: Die sind nur zwei, und wir sind zu dritt, die schaffen wir doch locker.«

Das darf doch wohl nicht wahr sein, sie würde sich doch glatt auf eine Prügelei mit den Typen einlassen! Gerade will ich ihr eine scharfe Antwort geben, als sich der größere der beiden Männer plötzlich abwendet und anscheinend mit einer anderen Person ein paar Worte wechselt, die draußen neben der Tür steht, sodass ich sie von meinem Platz aus nicht sehen kann. Der Große wirkt auf einmal ganz nervös, und nachdem er hastig etwas auf Französisch erklärt hat, das wie eine Entschuldigung klingt, kommen ein paar Sätze als Antwort, die ich zwar nicht verstehen kann, bei deren Klang mir aber fast das Herz stehen bleibt!

»... man darf sich doch nicht alles gefallen lassen von diesen Snobs ...« schimpft Sepia währenddessen unverdrossen vor sich hin.

»Halt die Klappe, Sepia!«, herrsche ich sie an.

»Wie bitte ...?« Sie reißt verdattert den Kopf zu mir herum.

»Scht!« Ich bedeute ihr, zu schweigen, weil ich diese Stimme unbedingt noch einmal hören will.

»Was hast du, Heidi?«, will auch Sonja wissen, der mein Verhalten aufgefallen ist.

»Schscht! Jetzt seid doch mal ruhig!« Ich unterstreiche meine Aufforderung mit einer herrischen Geste.

Da, schon wieder! Diese Stimme ... die kenne ich doch!

»Nur zu deiner Information, mein Wasser ist *wirklich* warm ...« Sepia ist einfach nicht stumm zu kriegen.

Und dann erklingt wieder diese Stimme.

Das ist doch ... aber natürlich, das ist ... Ach, du meine Güte, diese *besonderen Gäste* ... sollten das etwa ... ist das ...

»Wisst ihr, wer das ist?«, hauche ich fassungslos.

»Wer *wer* ist?«, fragt Sepia verdutzt.

»Der Mann da vor der Tür ... diese besonderen Gäste ... das muss ... das ist ...«, stottere ich, und ich muss den Namen gar nicht mehr aussprechen, denn in diesem Moment steckt er schon seinen Kopf zur Tür herein.

Es ist, als hätte jemand einen Knopf gedrückt und uns damit binnen Sekundenbruchteilen schockgefrostet. Schlagartig sind alle Gespräche verstummt, und wir starren *ihn* nur sprachlos an.

Er tritt herein, und die beiden Bediensteten weichen unterwürfig zur Seite. Wahrhaftig, er ist es. Das freundliche Gesicht mit den wachen Augen, die Brille, das schüttere Haar, die gedrungene Gestalt ...

Albert von Monaco steht vor uns!

Er trägt legere Jeans und ein dunkelblaues Polohemd mit einem beigen Sakko darüber, und Gott sei Dank ... er lächelt!

»Guten Abend, die Damen«, setzt er in lupenreinem Deutsch an, und seine Stimme ist eins zu eins die vom Tonband bei der Palastführung. »Jean-Pierre hat vermutet, dass Sie Deutsche sind. Ist das richtig?«

Deutsche? Das ist jetzt hoffentlich nicht negativ gemeint, weil Sepia sich so aufgeführt hat, oder?

Sonja und ich wechseln einen hastigen Blick, während Sepia

Albert immer noch mit offenem Mund anglotzt wie einen Außerirdischen.

Sonja findet dann als Erste ihre Sprache wieder: »Ja, das ist richtig«, antwortet sie, und sogar unter ihrer Schminke kann man erkennen, dass sie knallrot anläuft. »Und wir wollten keine Unannehmlichkeiten bereiten, wir dachten nur, nachdem die Plätze hier alle frei waren ...«

Der Kellner fährt ihr dazwischen, indem er sie neuerlich mit einem heftigen Wortschwall überschüttet, doch auf einmal hebt Albert gebieterisch seine Hand und bringt ihn damit schlagartig zum Verstummen. Hoppla, das war jetzt wie in meinem Traum mit den Dellberts. Wusst ich's doch, der Mann besitzt Autorität!

»Das ist ...«, setzt Sepia zu einem Satz an, um dann jedoch erneut in ungläubiges Staunen zu verfallen.

»Ich denke, das ist kein großes Problem«, erklärt Albert in lockerem Plauderton. »Ich erwarte zwar ein paar Freunde, aber bis die eingetroffen sind, können Sie gerne auf ihren Plätzen bleiben.« Er spricht ein paar Worte auf Französisch zum Kellner, woraufhin der verwundert die Augenbrauen hochzieht, unterwürfig nickt und sich dann verzieht.

»Der Mann da ist ... *Albert!*«, kommt es jetzt aus Sepias Mund. Ihre Erstarrung beginnt sich langsam zu lösen, und ihr Blick zuckt zwischen Sonja, Albert und mir hin und her. »Das ist der Fürst ... das ist Albert von Monaco!«, betont sie noch einmal, als wären wir schwer von Begriff.

»Ja, Sepia, wir haben's kapiert«, raune ich ihr zu. »Und jetzt mach deinen Mund wieder zu, langsam wird das peinlich.«

»Vielen Dank, das ist sehr freundlich von Ihnen, Herr ...«, sagt Sonja zu Albert und sucht nach der passenden Anrede. »... *Fürst?*«, versucht sie dann, und es klingt dermaßen doof, dass ich mir auf die Zunge beißen muss, um nicht loszukichern.

»Warum so förmlich? Wir sind hier auf keinem Staatsempfang. Nennen Sie mich doch einfach Albert«, bietet er an, und ich kann kaum fassen, wie umgänglich dieser Mann ist.

Ich meine, das muss man sich einmal geben. Er ist der Fürst, der Herrscher über dieses Land, und im Vergleich dazu sind wir doch ... *nichts.* Und dennoch ist er so nett zu uns.

»Wie bitte? Ich meine ... sehr gern«, stottert Sonja herum. »Nochmals vielen Dank, das ist wirklich sehr liebenswürdig von Ihnen ... *Albert.*« Sie verschluckt sich beinahe, als sie seinen Namen ausspricht.

»Kein Problem«, gibt er zurück, dann stellt er schnell klar: »Ich muss mich nur schon im Voraus entschuldigen: Wenn meine Gesellschaft eintrifft, müsste ich Sie bitten, diese Plätze zu räumen.« Er sieht auf die Uhr. »Aber ich denke, uns bleibt noch ein bisschen Zeit.« Dann winkt er jemandem hinter ihm, und ein zweiter Mann erscheint. Er ist bedeutend größer und trägt einen dunklen Anzug, und als er uns mit einem kurzen, aber wachsamen Blick mustert und dann im Hintergrund Stellung bezieht, begreife ich, dass er ein Bodyguard ist.

»Ich darf den Damen doch Gesellschaft leisten?«, fragt Albert und setzt sich dann ohne Umschweife zu uns.

Wir nicken alle drei wie auf Kommando. Als er so neben mir sitzt, überkommt es mich auf einmal wie ein verzögerter, aber dafür umso tiefer gehender Schock.

Albert von Monaco hat soeben neben mir Platz genommen ... und reicht mir jetzt auch noch die Hand, als Sonja uns nacheinander vorstellt!

»Angenehm.« Sein Lächeln wirkt offen und ehrlich, und ich versinke fast in meinem Fauteuil.

Ich muss das träumen. Ja, genau, das ist bloß wieder so ein dämlicher Traum, und wahrscheinlich rennen im nächsten Moment die Dellberts um die Ecke und ...

»Heidi!« Sonjas Stimme reißt mich aus meinen Gedanken.

»Ja?«, antworte ich automatisch. Ach nö, jetzt hat sie mich aus meinem Traum gerissen ...

Nein, hat sie nicht! Albert sitzt immer noch da und sieht mich fragend an.

»Albert hat gefragt, ob du auch Champagner möchtest«, sagt Sonja mit eindringlichem Blick.

Oh. Der Kellner ist tatsächlich mit einer Flasche Schampus zurück und wartet nun darauf, ob er mein Glas füllen soll.

»Oh, ja, sehr gerne.«

»Betrachten Sie es als kleine Wiedergutmachung dafür, dass ich Sie später vertreiben muss«, zwinkert Albert uns zu, dann hebt er sein Glas, und wir trinken.

»Gut«, meint er dann. »Nachdem wir uns also kennengelernt haben ... dürfte ich erfahren, was Sie in unser schönes Land geführt hat?«

Okay, das wird jetzt ein kleines bisschen schwierig. Small Talk mit einem Fürsten, wie macht man das denn eigentlich? Ich meine, ich kann ihm ja schlecht erzählen, dass Gerhard mich betrogen hat und wir deshalb diesen im Grunde genommen völlig idiotischen Weibertrip gemacht haben, weil ich mich gerächt habe und deswegen ...

»Also, die Idee zu dieser Reise kam uns eigentlich, als ...«, hebt Sonja an, doch im selben Augenblick ist Sepia wieder vollständig zum Leben erwacht und fällt ihr rücksichtslos ins Wort.

»Es war so«, legt sie ohne Vorwarnung los. »Heidi wurde von ihrem Kerl betrogen, dann hat sie sich gerächt, indem sie ihm einen schwulen Friseur ins Bett gelegt hat, Sonja hat eine erwachsene Tochter und ist geschieden, und ich bin überhaupt solo, und deswegen sind wir hierhergefahren, weil es hier so viele Millionäre gibt und ... äh ... um ein bisschen Urlaub zu machen«, korrigiert sie sich im letzten Moment und trotzdem viel zu spät.

Na, vielen Dank auch, Sepia! Ist echt klasse, dass sie das mit Gerhard und Honzo ausgeplaudert hat, das ist sicher genau das Thema, das einen Fürsten interessiert.

»... und Heidi kann Hypnose!«, schiebt sie dann auf einmal noch nach.

»Sepia!«, zische ich sie wütend an. »Halt endlich den Mund, das interessiert Albert doch alles nicht.«

»Aber nicht doch, natürlich interessiert mich das«, korrigiert Albert mich amüsiert. Dann sieht er mir direkt in die Augen.

»Sagen Sie, stimmt das?«, fragt er, und ich fühle, wie mir augenblicklich das Blut ins Gesicht schießt.

Herrje, Sepia! Jetzt hat sie mich mit ihrem losen Mundwerk schon wieder in die Bredouille geritten. Alberts Blick ruht interessiert auf mir, und ich räuspere mich verlegen, bevor ich antworte.

»Also, ja, zum Teil. Gerhard – das ist ... *war* mein Freund – hat mich wirklich betrogen, und das mit Honzo war dann ...«

»Ich meinte das mit der Hypnose«, unterbricht Albert mich sanft.

»Oh, das ... ja, das ist wahr!« Ganz anders als vorhin bei Heinz macht mich das Thema jetzt gar nicht mehr unsicher, weil ich bei Heinz einen so unglaublichen Treffer gelandet habe.

»Machen Sie das beruflich?«, fragt Albert interessiert weiter.

»Nein ... also, ich meine, ich mache nicht nur Hypnose, sondern hauptsächlich mentales Training, und dabei arbeite ich unter anderem auch mit dieser Methode«, erkläre ich, und als ich ihm jetzt so direkt Rede und Antwort stehen muss, packt mich gleich wieder heftige Nervosität.

»Aber Hypnose ist ihr Spezialgebiet, da gehört sie zu den besten überhaupt«, mischt sich Sepia erneut ein.

Ich werfe ihr einen verärgerten Blick zu. Wie kommt sie denn auf diesen Quatsch? Als ich sie jetzt ansehe, entdecke ich auf einmal einen ganz merkwürdigen Ausdruck in ihren Augen. Nanu, was hat sie denn vor? Will sie mir etwa auch bei Albert eine Schiene legen, um einen neuen Kundenkreis zu erschließen? Das wäre natürlich großartig, aber warum fixiert sie sich ausgerechnet wieder auf das Thema Hypnose?

»Heidi hat gerade vorhin im Rampoldi einen Multimillionär hypnotisiert, und ich wette, das könnte sie jetzt auch bei Ihnen«, reitet Sepia ungerührt auf ihrer Welle weiter, und dabei flackert ihr Blick ganz eigenartig zwischen Albert und mir hin und her.

Verdammt, worauf will sie denn hinaus? Sie wird doch nicht etwa glauben, dass Albert sich auf so einen Unfug einlässt?

»Sepia, hör auf damit!« Auch Sonja ist aufgefallen, dass das Gespräch eine merkwürdige Wendung genommen hat, und um ihren Worten Nachdruck zu verleihen, rammt sie Sepia zusätzlich den Ellbogen in die Seite.

»Wieso denn?« Sepia reibt sich trotzig die Rippen. »Du hast doch selber gesehen, wie sie Heinz hypnotisiert hat!« Dann wirft sie einen herausfordernden Blick auf Albert und schiebt in reichlich gestelztem Tonfall nach: »Aber natürlich erfordert es auch Mut, sich hypnotisieren zu lassen.«

Albert stutzt überrascht, bevor er antwortet: »Also, Mut wäre bei mir wohl nicht das Problem, ich bin immerhin zweimal die Paris-Dakar-Rallye gefahren ...«

»Eine Rallye ist aber keine Hypnose«, hält Sepia hochmütig dagegen.

»... und ich war vierfacher Olympionike im Zweierbob«, führt er weiter an.

»Auch Kinder fahren Bob«, wendet Sepia trocken ein.

»Aber nicht mit hundertvierzig Stundenkilometern im Eiskanal!«, hält Albert verblüfft dagegen. »Und ich bin auch zum Südpol marschiert, finden Sie das etwa auch nicht mutig?«

»Das ist ja alles schön und gut«, lächelt Sepia milde. »Aber bei Hypnose lässt man jemand anderen in sein Unterbewusstsein eindringen, und *das* erfordert wirklich Mut.«

Ich ziehe scharf die Luft ein. Ist Sepia jetzt völlig übergeschnappt? Ich kann sehen, dass Sonja ähnlich aus der Fassung geraten ist wie ich.

Albert starrt Sepia mit offenem Mund an, und ich befürchte, dass er schon im nächsten Moment mit den Fingern schnippen wird, damit uns seine Bodyguards an die Luft setzen.

»Hören Sie, Albert«, mische ich mich bestürzt ein. »Ich muss mich für meine Freundin entschuldigen, sie hat das sicher nicht so gemeint ... natürlich ist Bobfahren *viel mutiger* als sich hypnotisieren zu lassen ...«

Doch Albert hört mir gar nicht zu, sondern hebt stattdessen gebieterisch den Arm, was mich schlagartig verstummen lässt.

Er starrt noch eine Sekunde lang auf Sepia, dann sieht er mich an.

»Wie lange würde so etwas denn dauern?«, fragt er mit verwirrender Bestimmtheit.

»Sie zu hypnotisieren?«, hauche ich. »Bloß ein paar Minuten.«

»Und dabei könnten Sie mir eine posthypnotische Suggestion setzen?«, fragt er weiter.

»Ja, sicher, wenn Sie das möchten ... Was soll ich Ihnen denn suggerieren?«

»Also ...« Er beugt sich ein bisschen nach vorne, dann raunt er mir in vertraulichem Tonfall zu: »Ein bisschen weniger Appetit könnte zum Beispiel nicht schaden. Kriegen Sie das hin?«

»Ja ... äh, grundsätzlich schon«, gebe ich völlig überrumpelt zurück.

Er nimmt sich noch ein paar Sekunden, um seinen Entschluss zu fassen, dann sagt er auf einmal: »Tun Sie es!«

»Wie bitte?« Ich glaube mich verhört zu haben.

»Tun Sie es!«, wiederholt er. »Versetzen Sie mich in Hypnose und bauen Sie mir eine Appetitbremse ein.« Und mit einem Seitenblick auf Sepia fügt er hinzu: »Niemand sagt mir nach, ich hätte keinen Mut! Also, was müssen wir tun?«

Einen Moment lang bin ich wie gelähmt. Der Fürst von Monaco will sich von mir hypnotisieren lassen!

»Los, Heidi, jetzt mach schon!« Sepia wetzt aufgeregt auf ihrem Stuhl hin und her und nickt mir aufmunternd zu.

Also gut. Also gut! Wenn er es so will. Ich habe Heinz binnen weniger Sekunden in tiefe Trance versetzt, warum also sollte mir das jetzt nicht erneut gelingen? Albert ist schließlich auch nur ein Mensch, oder?

»Ja, also dann ...« Ich räuspere mich erneut, dann gebe ich meine Anweisungen: »Sepia, schließ die Tür, und Sonja ... die Musik, bitte!« Es dauert keine zwanzig Sekunden, dann ist es angenehm leise und Enya dudelt einschläfernd durch den Raum. Alberts Bodyguard hat unsere Aktivitäten argwöhnisch beobachtet, aber als er Anstalten macht einzuschreiten, stoppt Albert ihn mit ein paar knappen Sätzen, sodass er sich wieder auf seine Beobachterposition zurückzieht.

»Gut«, hebe ich erneut an, und ich fühle dabei, wie mein ganzer Körper zu kribbeln beginnt. »Dann rücken Sie jetzt bitte ein Stück auf Ihrem Sessel nach vorn ...« Er befolgt penibel meine Anweisung. »... ja, genau so ... und jetzt schließen Sie die Augen und konzentrieren sich nur noch auf meine Stimme ...« Ich vereinfache den Text jetzt gleich, indem ich das mit der Musik weglasse. »Alles andere ist völlig bedeutungslos für Sie, Sie hören nur noch auf meine Stimme ...« Ich lege eine kleine Pause ein, um seine Aufmerksamkeit zu erhöhen, dann fahre ich fort: »Und jetzt beginnen Sie mit ihrem Oberkörper ganz langsam vor und zurück zu schwingen ... ja, genau so ... gaanz langsam ... Sie schwingen vor und zurück ... und Sie fühlen sich dabei unglaublich wohl und völlig entspannt ...« Ich lasse ihn ein paarmal hin und her schaukeln, dann rücke ich näher an ihn heran und bringe meine Hände in Position. Aus den Augenwinkeln sehe ich, dass der Bodyguard uns argwöhnisch beobachtet, und Sonja und Sepia starren uns aus weit aufgerissenen Augen an. Dann fasse ich meinen ganzen Mut zusammen und atme tief durch. Wie vorhin bei Heinz klatsche ich mit aller Kraft in die Hände und schreie dazu: »Schlaf!«, und dabei wird mir selbst ganz schwummerig vor lauter Anspannung und Nervosität.

Es ist ähnlich wie vorhin. Sonja und Sepia zucken heftig zusammen, obwohl sie schon wussten, was kommt, und entsetzt sehe ich, wie die Hand des Bodyguards blitzartig in seine Sakkotasche gezuckt ist. Er fixiert mich mit einem warnenden Blick, und ich kann ihm ansehen, dass ihm die ganze Sache nicht geheuer ist. Vorsichtshalber bedeute ich ihm mit der Hand, dass alles in Ordnung ist, dann wende ich mich wieder Albert zu.

Ich kann es gar nicht glauben. Es ist genauso wie vorhin: Albert sitzt bewegungslos da, und er atmet ganz ruhig vor sich hin.

Oh mein Gott, es hat schon wieder funktioniert. Er ist in Trance! Dieser Trick ist echt der Hammer!

Also gut, dann wollen wir das Ganze noch zu Ende bringen.

Was hat er gesagt? Er will in Zukunft weniger Appetit haben. Unwillkürlich streift mein Blick sein Bäuchlein, und insgeheim kann ich ihm nur gratulieren zu seinem Wunsch.

Ich lege ihm meinen Daumen an die Stirn und sage: »Du sinkst jetzt tiefer und tiefer, und du fühlst dich dabei so wohl wie noch nie in deinem Leben …« Da, es funktioniert! Er lächelt! »… du sinkst tiefer und tiefer, und du hörst nur noch auf meine Stimme, nichts anderes ist von Bedeutung für dich …«

Ich rede noch ein bisschen weiter, bis ich mir absolut sicher bin, dass er in einer tiefen Trance ist, dann überlege ich mir schnell, wie ich das mit dem Appetit bei ihm verankern könnte. Auf dem Seminar haben sie uns beigebracht, dass man bei solchen Dingen vorsichtig sein soll, weil das Unterbewusstsein Suggestionen wörtlich nimmt. Würde ich ihm also suggerieren, er hätte gar keinen Appetit mehr, würde er unter Umständen die nächsten Tage gar nichts mehr essen … Aber ich könnte zum Beispiel sagen …

»Ist er in Hypnose?« Sepia ist auf einmal ganz dicht an mich herangerückt und betrachtet Albert neugierig.

»Ja, ist er«, antworte ich.

»Dann kannst du ihm jetzt also alles einreden, was du willst?«, setzt sie verdächtig aufgekratzt nach.

Ich habe keine Ahnung, worauf sie hinauswill, aber irgendein Gefühl lässt mich nichts Gutes erahnen.

»Na ja, fast alles«, gebe ich zurück. »Das haben wir ja vorhin bei Heinz gesehen. Ich könnte ihm allerdings nichts einreden, was absolut gegen seine Prinzipien verstoßen würde«, schränke ich dann ein.

»Klasse, das reicht mir schon!«, stößt sie aufgeregt hervor. »Dann sag ihm jetzt, dass er mich heiraten will!«

Ich soll *was*? Einen Moment lang fehlen mir die Worte.

»Sepia, hast du sie noch alle?«, fahre ich sie dann empört an. »Das werde ich natürlich nicht tun, wir haben ausgemacht, dass ich seinen Appetit einbremse, und nichts weiter.«

»Aber Heidi, begreifst du denn nicht?« Sie sieht mich eindringlich an. »Das ist *die* Chance. Wenn es klappt, werde ich die Fürstin von Monaco.«

Sepia von Monaco. Na, das würde ja passen. Die High Society würde sicher Augen machen bei diesem Musterbeispiel an Anmut und Eleganz.

»Sepia, vergiss es, das geht doch gar nicht«, wehre ich mich erneut.

»Aber warum denn nicht?«, will sie aufgebracht wissen. »Wenn Heinz im Rampoldi seine bescheuerte Hymne singen konnte, dann wird Albert mich doch wohl auch heiraten können.«

»Aber das ist etwas ganz anderes!«

»Heidi, bitte«, verlegt sie sich auf einmal aufs Betteln. »Tu es mir zuliebe, für deine beste Freundin ... Und was kann schon passieren? Im schlimmsten Fall klappt es eben nicht, und er kann sich hinterher ohnehin an nichts mehr erinnern ...«

Ich kann sehen, dass der Bodyguard langsam unruhig wird, weil er merkt, dass hier irgendetwas ganz und gar nicht programmmäßig verläuft, und auch Sonja ist das schon aufgefallen.

»Sepia, jetzt lass Heidi endlich machen!«, springt sie mir bei. »Der Leibwächter guckt schon ganz streng.«

»Dann soll Heidi mir doch einfach den kleinen Gefallen tun!«, fordert Sepia stur.

Jetzt schlägt's dreizehn. Wie hat sie das gerade genannt? *Kleiner Gefallen?* Die Frau hat echt Nerven ... und meine geben langsam ihren Geist auf.

Schlagartig wird mir klar, dass Sepia mir keine Ruhe lassen wird, bis ich ihr ihren beknackten Wunsch erfüllt habe.

Und eigentlich hat sie ja auch recht. Es kann schließlich wirklich nichts passieren. Erstens wird es sowieso nicht klappen, und selbst wenn: Dann wäre Albert eben ein paar Tage lang in meine Freundin verliebt, denn die Wirkung einer Hypnose lässt ja bekanntlich mit der Zeit nach, wenn man keine speziellen Verstärker in das Unterbewusstsein des Probanden einbaut, und damit würde sich das Problem ganz von allein wieder in Luft auflösen.

»Heidi, bitte, bitte«, legt Sepia ganz zappelig nach.

Ich sehe sie einen Moment lang an, dann zucke ich resignierend die Schultern.

»Also schön, ich kann's versuchen«, gebe ich nach, was sie mit einer jubelnden Geste quittiert. »Aber ich kann dir auch gleich versprechen, dass es nicht klappen wird«, füge ich hinzu.

»Egal, versuch es einfach«, sagt sie. »Wir werden schon sehen, was dabei rauskommt.«

»Okay ...« Ich überlege schnell, wie so etwas funktionieren könnte. Da Albert Sepia kaum kennt, kann ich nicht einfach sagen: »Du willst Sepia heiraten!«, denn das würde überhaupt nicht seinem Empfinden entsprechen und damit von vornherein zum Scheitern verurteilt sein. Hm. Ich könnte ihm aber vielleicht einen Floh ins Ohr setzen, dass er sie zum Beispiel als Person attraktiv findet, und wenn er sie dann ansieht, dann wäre das so ähnlich wie Liebe auf den ersten Blick ...

Egal, ich sage jetzt einfach *irgendwas*, damit wir endlich weitermachen können.

»Gut, Albert«, nehme ich wieder den Kontakt zu ihm auf. »Du fühlst dich immer noch völlig entspannt und so wohl wie schon lange nicht mehr, und du hörst nur auf meine Stimme ... ich möchte dir jetzt jemanden vorstellen ...« Ich lasse meine grauen Zellen rotieren. Ja, so könnte es gehen! »... es ist eine wundervolle Frau, und dein sehnlichster Wunsch wird es sein, sie zu heiraten ...« Ups, damit habe ich mich jetzt vielleicht ein bisschen weit aus dem Fenster gelehnt. Vielleicht hätte ich doch nicht gleich vom Heiraten reden sollen, wo er sich doch seit Jahren hartnäckig dagegen wehrt, seine eigene Freundin zu heiraten. Mit angehaltenem Atem beobachte ich seine Reaktion – doch er lächelt nur mit einem dusselig-glückseligen Gesichtsausdruck weiter, als wäre er mit allem einverstanden.

»Ich werde dir diese Frau jetzt beschreiben ...«, rede ich erleichtert weiter, während ich gleichzeitig nervös registriere, dass der Bodyguard mich jetzt scharf ins Visier genommen hat und argwöhnisch jede meiner Bewegungen verfolgt. Bloß gut, dass der kein Deutsch kann, sonst hätte er uns schon längst an die Luft gesetzt, da bin ich mir sicher. Ich werfe einen hektischen Blick auf Sepia und überlege mir, wie ich sie am treffendsten beschreiben kann, sodass Albert sie hinterher als die Dame seines Herzens wiedererkennt. Dann fahre ich fort: »Sie ist groß ... womöglich sogar größer als du ...« Sepia ist größer als die meisten Männer, also dürfte sie auch Albert überragen. »Und sie hat breite Schultern ...«, fahre ich fort, während Sepia überrascht eine Augenbraue in die Höhe zieht. Ich mache schnell eine hilflose Geste. »Ich muss dich doch so beschreiben, dass er dich später wiedererkennt«, flüstere ich ihr zu. Und dann wieder zu Albert: »Sie hat starke, sehnige Oberarme ...« Mein Blick streift Sepia abermals auf der Suche nach weiteren auffälligen Merkmalen. »... Und ihr Gesicht ist schmal ... sehr schmal ... geradezu *kantig* ... und sie hat blonde Haare, die sie kurz und nach hinten gekämmt trägt ...« Mein Blick zuckt erneut zu Sepia, die jetzt ein bisschen säuerlich guckt, und dann fällt mir noch etwas an ihr auf, das sie unverkennbar macht. »Und ihre Ohren stehen ein wenig ab ...«, füge ich hinzu und vermeide es dabei, sie anzusehen. »In diese Frau wirst du dich verlieben, und du willst sie unbedingt heiraten ...« Dann fällt mir noch etwas enorm Wichtiges ein, damit er hinterher nicht mich beschuldigen kann. »Sobald du aus dieser Hypnose erwacht bist, wirst du diese Frau heiraten wollen, aber du kannst dich nicht mehr daran erinnern, dass ich dich in Hypnose versetzt habe ...«

Auf einmal vernehme ich Geräusche, die mich aufschrecken lassen. Auweia, das kam von draußen. Sonjas Lied ist längst zu Ende, und jetzt kann man ganz deutlich laute Stimmen vernehmen, ganz so, als würde vor der Tür jemand lautstark diskutieren. Auch der Bodyguard hat es jetzt gehört, und entsetzt sehe ich, wie er sich von seinem Platz löst und langsam auf uns zukommt.

Mist. Das werden wahrscheinlich Alberts Gäste sein. Ich muss zusehen, dass ich hier zu einem Ende komme.

Hastig sage ich zu Albert: »Wenn ich jetzt bis drei zähle, wirst du erwachen, und du wirst dich an nichts mehr erinnern können, außer dass du diese Frau heiraten willst, und ...« Ich zögere. Das mit dem Appetit muss ich ja auch noch unterbringen. Aber wie mache ich das, so auf die Schnelle? Ah, ich hab's. »Und du wirst dich in nächster Zeit nur vegetarisch ernähren wollen und absolut nichts Süßes mögen ...« Genau, das ist gut. Bei dem vegetarischen Zeugs nimmt man doch automatisch ab, und gesund ist das ja angeblich auch, nicht wahr?

Der Bodyguard hat sich uns jetzt bereits bedenklich genähert, und im selben Augenblick werden auch die Schiebetüren beiseitegeschoben.

»Eins, zwei, drei, du bist jetzt wach!«, rufe ich Albert schnell zu, dann weiche ich von ihm zurück und lasse mich in meinen Fauteuil fallen, als wäre nichts gewesen.

Der große Mann von vorhin steht jetzt an der Tür. Er wechselt ein paar Worte mit dem Bodyguard, wobei der ihm den Gesten nach erklärt, dass hier etwas total Schräges stattgefunden hat, dann tritt er an Albert heran und sagt etwas zu ihm.

Albert hat seine Augen wieder geöffnet, wirkt aber etwas weggetreten, was auch kein Wunder ist, blieb mir doch für die Rücknahme der Hypnose viel zu wenig Zeit. Aber wenigstens ist er wach, und seine Benommenheit wird sich bald wieder von selbst legen.

Die anderen Gäste strömen jetzt nach und nach herein, und sie mustern uns drei dabei ganz merkwürdig.

Sonja und ich tauschen fragende Blicke aus, weil wir beide nicht wissen, wie wir uns in dieser Situation verhalten sollen, während Sepia nur Augen für Albert hat. »Heidi, was ist denn nun mit ihm?«, fragt sie mich, ohne den Blick von ihm zu nehmen. »Denkst du, es hat funktioniert?«

Ich werfe einen schnellen Blick auf Albert, der sich immer noch ein bisschen bedröppelt umsieht.

»Nein, ich glaube nicht«, antworte ich ganz offen. »Ich glaube, es hätte sowieso nicht funktioniert, außerdem hatte ich viel zu wenig Zeit ...«

Alberts Blick fällt jetzt auf mich, und dann auf Sepia, und dabei leuchten seine Augen auf einmal ein bisschen auf.

Das gibt's doch gar nicht! Sollte es tatsächlich funktioniert haben? Ich starre ihn gebannt an. Ganz offensichtlich tut sich in seinem Gehirn etwas bei ihrem Anblick. Ich warte schon darauf, dass er etwas zu ihr sagt, ihr vielleicht seine Liebe erklären wird ...

Doch nichts dergleichen geschieht. Stattdessen sagt er nur zu mir: »So, meine Damen, es tut mir leid, ich muss Sie nun verabschieden.« Er zuckt mit höflichem Bedauern die Schultern, dann steht er auf und reicht uns nacheinander die Hand. Bei Sepia verharrt er ein bisschen und wirkt einen Moment lang verwirrt und gleichzeitig nachdenklich, doch dann lässt er sie ohne weiteren Kommentar einfach gehen.

Ich kann ihr ansehen, wie enttäuscht sie ist, und ich kann ihr kaum folgen, als sie sich grob zwischen den hereinströmenden Menschen durchrempelt.

»Sepia, jetzt sei nicht eingeschnappt!«, rufe ich ihr nach. »Ich habe dir doch gesagt, dass das nicht klappen wird!«

Doch sie ignoriert mich und bahnt sich nur stur weiter ihren Weg Richtung Ausgang. Ich habe sie beinahe eingeholt, als ich plötzlich mit einer anderen Person zusammenstoße, die in die entgegengesetzte Richtung will. Ich werde ziemlich heftig zur Seite geschleudert und bin ein wenig überrascht von der Härte des Aufpralls. Einen knappen Moment lang stehen wir uns gegenüber, und bei der Gelegenheit kann ich mir die Person ansehen: Es ist eine Frau, ziemlich groß, mindestens so groß wie Sepia, und sie wirkt überaus kräftig, obwohl sie ein ganz schmales Gesicht hat. Und dann erkenne ich sie plötzlich wieder. Das ist doch diese Schwimmerin, wie hieß die schnell noch ... ah ja, Charlene Wittstock.

Und sie ist die Freundin von Albert!

Okay, jetzt nur nichts falsch machen. Bloß nicht diskutieren und stattdessen schleunigst zusehen, dass ich von hier wegkomme, bevor sie womöglich noch Wind davon bekommt, dass ich soeben ihren Fürsten mit meiner Freundin verkuppeln wollte ...

18

Jetzt ist schon wieder etwas Sonderbares im Gange.

Ich werde mitten in der Nacht wach und weiß anfangs gar nicht, weshalb. Also bleibe ich still liegen und lausche, kann jedoch nichts hören außer dem sanften Plätschern der Wellen, die den Rumpf der Scene it zart umschmeicheln.

Moment mal, wieso bin ich überhaupt wieder an Bord der Scene it? Schnell rufe ich mir den gestrigen Abend ins Gedächtnis. Nachdem wir Jimmy'z verlassen hatten (Habe ich das geträumt, oder habe ich tatsächlich Albert von Monaco hypnotisiert?!), sind wir noch auf ein paar Drinks ins Le Shangri-La, wo ich mir ziemliche Vorhaltungen von Sepia anhören musste, weil das mit Albert in die Hose gegangen war (Ja, genau! Habe ich ihn also doch hypnotisiert! Ich glaube, ich spinne!), und dann bin ich an Bord der Scene it, wie ich es Bodo am Nachmittag zugesagt hatte. Er hat dann aber schon geschlafen, also habe ich es mir wieder in meiner Kabine vom Vortag gemütlich gemacht. So weit, so gut.

Was aber hat mich jetzt geweckt? Ich horche weiter in die Finsternis hinein, kann jedoch nichts hören außer den Wellen und zwischendurch Bodos Schnarchen, anscheinend fester Bestandteil seiner nächtlichen Regenerationsphasen.

Dann plötzlich ein Geräusch! Es klingt wie ein Knarren, und gleich darauf folgt ein leichtes Klopfen. Und Schritte. Sie klingen jedoch nicht so, als kämen sie von der Scene it, sondern vielmehr von der Windkiss. Und dann plötzlich Stimmen, unterdrückt und undeutlich.

Männerstimmen!

Ich setze mich erschrocken auf. Was geht da vor sich?

Ich lausche erneut, und wieder vernehme ich Geräusche, und dann wieder Stimmen, die ziemlich verdächtig miteinander flüstern.

Bei aller Aufregung packt mich jetzt spontan die Neugierde.

Was um alles in der Welt treiben diese Typen mitten in der Nacht an Deck ihres Schiffes? Und warum *flüstern* sie?

Okay, zu nachtschlafender Zeit in einem Hafen erfordert es schon die allgemeine Rücksichtnahme, dass man nicht allzu viel Lärm macht, aber dieses merkwürdige Flüstern, das geht doch eindeutig darüber hinaus, finde ich.

Dann fällt mir plötzlich wieder ein, was Bodo gestern Nachmittag ganz beiläufig erwähnt hat: Monaco habe ein allgemeines Problem mit kriminellen Elementen, weil ein Land, in dem Reichtum nicht weiter auffalle und das so leicht zugänglich sei, logischerweise auch zwielichtige Subjekte anziehe.

Ach, du meine Güte, das ist es! Genau so klingen die Geräusche von der Windkiss: Zwielichtig!

Ich krabble hastig aus meinem Bett und überlege einen Moment lang, ob ich das Licht anmachen soll. Dann verzichte ich jedoch darauf, weil ich bezweifle, dass die Jalousie so dicht ist, dass man das von außen nicht bemerken würde. Stattdessen taste ich mich im Finsteren bis zur Luke vor, ziehe ganz vorsichtig die Jalousie einen Spaltbreit zur Seite und luge durch den winzigen Spalt nach draußen. Mein Sichtfeld ist ziemlich eingeschränkt, wie ich schnell bemerke, ich kann lediglich den hinteren Teil der Windkiss sehen, und im schwachen Schein der Hafenbeleuchtung ist da im Moment eigentlich nichts Besonderes zu entdecken. Dann plötzlich taucht wie aus dem Nichts eine dunkle Gestalt auf. Ich zucke unwillkürlich ein paar Zentimeter zurück, ohne jedoch den Blick von ihr zu nehmen. Sie überquert jetzt das Heck der Jacht und ist dann wieder aus meinem Blickfeld verschwunden. Und dann schon wieder: Flüstern, und Geräusche, als würden mehrere Leute an irgendetwas herumwerken.

Was um alles in der Welt treiben die da?

Ich schiebe die Jalousie noch ein bisschen weiter zur Seite und presse zusätzlich mein Gesicht gegen die Scheibe, um besser sehen zu können. Keine Sekunde später ist die finstere Gestalt wieder da, und dann plötzlich, als sie genau auf meiner Höhe ist, dreht sie den Kopf und starrt mich unvermittelt an. Ich pralle heftig zurück und falle rückwärts auf das Bett. Mit weit aufgerissenen Augen und wild pochendem Herzen bleibe ich liegen und rühre mich keinen Millimeter.

Ob er mich entdeckt hat?

Nein, unmöglich, sage ich mir schnell, in meiner Kabine herrscht doch absolute Dunkelheit. Andererseits, wer weiß? Ich habe mein Gesicht nah an die Scheibe gehalten, sodass möglicherweise Licht von draußen auf mich gefallen ist ...

Jedenfalls bleibe ich sicherheitshalber einige Minuten lang regungslos liegen, bevor ich es wieder wage aufzustehen, und diesmal auch nur, um die Jalousie vorsichtig wieder zu schließen.

Hastig überlege ich, ob ich Bodo wecken soll, doch dann fällt mir wieder ein, wie ich ihn am Vortag in seinem Bett vorgefunden habe, und bekomme Angst, dass er die Situation missverstehen könnte. Also kontrolliere ich fürs Erste bloß, ob meine Kabinentür gut verschlossen ist, krabble wieder in mein Bett und ziehe mir die Decke über den Kopf.

Natürlich sperre ich weiter die Ohren auf, und die Geräusche dauern an. Dann, als ich mich beinahe daran gewöhnt habe und wieder knapp vorm Einschlafen bin, verspüre ich plötzlich ein sanftes Schaukeln, und dann wieder Schritte. Moment mal. Dieses Schaukeln gerade eben ... Das kommt jetzt aber nicht von nebenan, sondern vom Deck der Scene it!

Oh mein Gott. Die sind hier an Bord!

Nackte Panik erfasst mich.

Würde ich mich jetzt noch aus meiner Kabine trauen, wären mir Bodos nächtliche Erektionen schnurzpiepegal, aber dafür ist es jetzt zu spät. Das Einzige, wozu ich jetzt noch imstande bin, ist, mir die Decke noch weiter über den Kopf zu ziehen und mich heftig zitternd einzurollen wie ein Igel, dem Gefahr droht. Entsetzt höre ich, wie jemand genau über mir herumgeht und halte unwillkürlich die Luft an. Ich vernehme ein Knarren, ein Schaben, und wieder Schritte, dann spüre ich erneut ein Schaukeln, und schließlich werden die Geräusche wieder leiser.

Ich atme erleichtert auf. Anscheinend haben sie die Scene it wieder verlassen. Gott sei Dank. Gott sei Dank! Sicherheitshalber bleibe ich aber weiter unter meiner Decke eingerollt, denn die Geräusche an Bord des anderen Schiffs dauern an. Angestrengt lausche ich weiter, ohne jedoch verstehen zu können, worüber sie reden. Irgendwann gebe ich es dann auf, und die Müdigkeit gewinnt wieder die Oberhand, sodass ich in unruhigen Schlaf falle.

»Unsinn.«

Ich muss schon sagen, Bodo hat echt die Ruhe weg, und das nervt mich mittlerweile gewaltig. »Das musst du dir einbilden. Was sollen die denn an Bord der Scene it getan haben?«, verlegt er sich jetzt auch noch aufs Argumentieren.

»Das weiß ich doch nicht! Aber sie waren da!«, behaupte ich wütend.

»Wahrscheinlich ein paar Betrunkene, die sich im Boot geirrt haben«, versucht er den Vorfall herunterzuspielen. »Du sagst ja selbst, dass sie gleich wieder weg waren.«

»Die waren aber nicht *gleich* wieder weg, sondern erst, nachdem sie eine ganze Weile herumgekramt haben!«

»Auf dem hinteren Deck gibt es nicht viel herumzukramen, da sind doch bloß Sitzmöbel und die Staufächer für das Bordwerkzeug«, sagt Bodo. Dann, nach einer Pause, lenkt er versöhnlich ein: »Jetzt komm schon, Heidi, lass uns deswegen nicht streiten! Genießen wir doch lieber die Fahrt.«

Was allerdings auch nicht übel ist.

Heute früh gleich nach dem Aufwachen hatte Bodo spontan die Idee gehabt, einen kleinen Ausflug zu machen, nur wir zwei, und ich habe natürlich sofort eingewilligt. Ich habe mich schnell im Hotel frisch gemacht und alles Nötige eingepackt, in der kleinen Patisserie gefrühstückt, dann bin ich satt und gut gelaunt wieder auf die Scene it zurückgekehrt.

Dann sind wir auf unsere Reise gegangen. Aus dem Hafen hinaus hat Bodo gesteuert – die Scene it mit ihren zwanzig Metern ist schließlich nichts für Anfänger –, aber dann hat er das Steuer mir überlassen! Und ich genieße das wie nur was.

Es ist ein unglaubliches Gefühl, mit leichtem Druck auf ein paar unscheinbare Hebelchen dieses Riesending zu steuern. Und es ist so einfach! Sogar noch einfacher als Jetski fahren, und dazu wesentlicher komfortabler. Ich sitze in einem bequemen Ledersessel mit breiten Armlehnen und dirigiere das schwere Boot mit leichten Bewegungen am griffigen Lenkrad, und die Scene it folgt lammfromm jedem meiner Kommandos.

»Siehst du, es ist gar nicht schwer«, lächelt Bodo ein wenig gönnerhaft. Er sitzt in dem zweiten Sessel neben mir und beobachtet aufmerksam die Wasseroberfläche vor uns.

»Wie schnell fährt so eine Jacht überhaupt?«, frage ich nebenbei.

»Kommt darauf an«, meint er. »Auf die Rumpfkonstruktion und die Motorisierung. Die Scene it ist übrigens ziemlich schnell, die macht an die fünfzig Knoten.«

Knoten?

Wieder so ein Begriff, mit dem ein Normalbürger nichts anzufangen weiß. Diese Seefahrer sind echt ein komisches Volk, die haben für alles Bezeichnungen, die sonst kein Mensch verwendet. Die sagen Steuerbord und Backbord statt rechts und links, hinten heißt achtern und statt Seile sagen sie Leinen, woran ich ja eher einen Hund hängen würde als eine Jacht. Und als Bodo mich vorhin ans Steuer ließ, fragte er: »Willst du mal ans Ruder?«, woraufhin ich meinte: »Wieso, ist der Sprit alle?« Er hat dann bloß gelacht und seinen Platz am Steuerrad geräumt, woraufhin ich beschämt kapierte, worum es ging.

Und jetzt: Was haben Knoten denn bitteschön mit Geschwindigkeit zu tun?

»Wie schnell ist das in Stundenkilometern?«, frage ich.

»Das musst du mal eins Komma acht rechnen«, erklärt er.

Ach so. Mal sehen, fünfzig mal eins Komma acht, das sind dann ... fünf mal acht, plus die fünfzig ...

»Neunzig Stundenkilometer«, verkürzt er meine Rechenarbeit.

»Neunzig?« Ich nicke beeindruckt. »Nicht schlecht, obwohl, im Vergleich zu einem Auto ...«

»Das kannst du gar nicht vergleichen, auf dem Wasser kommt dir das dreimal so schnell vor«, unterbricht er mich.

»So, meinst du? Wie schnell fahren wir denn jetzt?«

Er beugt sich zu mir herüber und linst auf die Bordinstrumente.

»Nicht mal zwanzig Knoten.«

»Was, nicht mal zwanzig?«

»Drück ruhig ein bisschen drauf«, fordert Bodo mich auf.

Ich schiebe den Gashebel weiter nach vorn, und die Scene it reagiert augenblicklich, indem sie sich majestätisch aus dem Wasser hebt und an Geschwindigkeit zulegt.

»Wahnsinn!«, rufe ich begeistert aus, »Du hast recht, das kommt einem wirklich irre schnell vor.«

Bodo lacht. »Sag ich doch. Und jetzt gib mal Vollgas!«

»Vollgas? Kann da auch nichts passieren?« Ich habe meinen Crash mit dem Jetski noch nicht ganz verdaut, und bei dem Wort Vollgas stellen sich mir augenblicklich die Nackenhaare auf.

»Keine Bange, sie ist dafür gebaut. Solange du geradeaus fährst, kann überhaupt nichts passieren«, zerstreut er meine Bedenken.

Also fasse ich mir ein Herz und schiebe den Gashebel bis zum Anschlag vor, und jetzt zeigt die Scene it, was wirklich in ihr steckt. Die Motoren brüllen auf, gleichzeitig wird der Bug regelrecht aus dem Wasser gerissen, und der Koloss schießt mit rasender Geschwindigkeit über die Wasseroberfläche. Für einen kurzen Moment bekomme ich es mit der Angst zu tun, aber dann merke ich, dass sie völlig problemlos ihre Spur zieht, und meine Angst verwandelt sich in helle Begeisterung.

»Nicht schlecht, was?«, sagt Bodo jetzt lauter, um das Brüllen der Motoren zu übertönen.

»*Nicht schlecht*? Es ist der Hammer!«, rufe ich begeistert aus.

Es ist, als würden wir übers Wasser schweben. Plötzlich fühle ich mich völlig losgelöst von allen Sorgen und Problemen, und ich wünschte, es würde nie zu Ende gehen.

»Dreh mal wieder ein bisschen zurück!«, ruft Bodo dann zu meiner Enttäuschung. »Bei voller Fahrt säuft sie einen arm!«

Widerstrebend reduziere ich die Geschwindigkeit wieder auf zwanzig Knoten.

»Und jetzt geh auf vierzig Grad«, kommandiert Bodo.

Was will er? Soll ich etwa den Salon aufheizen?

»Wieso, ist dir kalt?«, frage ich erstaunt.

»Kalt?« Bodo sieht mich überrascht an, dann lacht er auf. »Mit vierzig Grad meinte ich den Kompass, damit steuert man den Kurs auf einem Schiff«, erklärt er.

»Ach, *das* meinst du!« Ich bin mir immer noch nicht sicher, was er damit meint, also frage ich beiläufig: »Und wie geht das genau?«

»Das ist der Kompass.« Er deutet auf ein Instrument, das aussieht wie eine Eieruhr. »Jetzt geh auf Steuerbord, bis sich die rote Markierung auf vierzig Grad befindet.«

»Ist Steuerbord rechts oder links?«, frage ich, weil ich Steuerbord und Backbord immer noch verwechsle.

»Rechts«, sagt er mit einem Anflug von Resignation in der Stimme. »Du sollst nach rechts fahren, bis wir auf Vierzig-Grad-Kurs sind.«

»Alles klar, dann also nach rechts. Wäre eigentlich einfacher, wenn du *gleich* rechts sagen würdest.« Das konnte ich mir jetzt nicht verkneifen. Blöde Seemannssprache, ist doch wahr!

Wir folgen diesem Kurs, bis wir auf Höhe von Cap Martin sind, und dort gehen wir vor Anker. Bodo hat sich vor der Abfahrt um die Verpflegung gekümmert, sodass wir bestens versorgt sind. Wir cremen uns großzügig mit Sonnenschutz ein und machen es uns auf dem Sonnendeck gemütlich.

Um das zu tun, was jeder vernünftige Reiche tun sollte: Gar nichts.

»Und du bist dir sicher, dass das Albert war?« Bodo blickt nachdenklich zum Felsen von Monaco mit dem Fürstenpalast hinüber.

Ich habe ihm gerade von unserer Begegnung mit Albert erzählt, und natürlich auch von meinem fehlgeschlagenen Hypnoseversuch.

»Ja, hundertprozentig«, behaupte ich. »Du kannst Sonja und Sepia fragen.«

»Na ja, auf einen Doppelgänger wären die vermutlich genauso reingefallen wie du«, wendet er nicht ohne Logik ein.

»Ja, schon, aber du hättest sehen sollen, wie das Personal um ihn herumscharwenzelt ist«, halte ich leicht verärgert dagegen. »Und die werden ihn da ja wohl kennen, oder etwa nicht?«

»Hm, möglich«, weicht er aus, und ich kann ihm ansehen, dass er mir nicht glaubt. »Jedenfalls sind das arme Schweine«, schiebt er dann nach.

»Wer ist ein armes Schwein?«, frage ich, nachdem er keine Anstalten macht, von sich aus weiterzureden.

»Na, die Fürstenfamilie«, meint er.

Ich setze mich überrascht auf.

»Wieso, bitteschön, sollen die arm sein? Die sind im Gegenteil stinkreich, und außerdem sind sie ... na, die Fürstenfamilie!«

»Das ist ja das Problem«, meint er gewichtig.

»Das kapier ich jetzt nicht«, gestehe ich ein.

Er sieht mich an. »Okay, dann stell dir mal vor, wir beide wären jetzt das Fürstenpaar ...«

»Wir beide?« Die Vorstellung ist ehrlich gesagt ein bisschen merkwürdig.

»Genau, wir beide«, führt er weiter aus. »Dann könnten wir zum Beispiel *das hier* nicht machen. Dann würde es hier nur so wimmeln von Reportern, und morgen könntest du in der Klatschpresse lesen, dass Fürst Bodo und Fürstin Heidi den ganzen Tag in der Sonne gebraten und sich die Wampe vollgeschlagen haben.«

Jetzt kapier ich, worauf er hinauswill.

»Hm, stimmt«, nicke ich nachdenklich.

Oh Mann, das wäre vielleicht was. Bei dem Bericht bräuchten sie eine Doppelseite, um alles aufzulisten, was Bodo und ich inzwischen verdrückt haben.

»Ein Scheißleben muss das sein«, fährt Bodo voller Inbrunst fort. »Die können überhaupt nichts machen ohne Reporter im Windschatten. Glaub mir, da verzichte ich gerne auf den Palast und das ganze Geld.«

Er hat völlig recht. Das Leben eines Fürsten kann bei genauerer Betrachtung gar nicht so einfach sein ... woraus sich die logische Schlussfolgerung ergibt, dass zum Beispiel Bodo eigentlich eine weit bessere Partie wäre als Fürst Albert.

Wobei es auch da ein klitzekleines Problem gibt.

Irgendwie werde ich aus Bodo nämlich nicht schlau. Nicht dass er kein Interesse an meiner Person hätte, ganz im Gegenteil, er behandelt mich ausgesprochen fürsorglich, und auch sein sexuelles Begehren ist eindeutig. Erst vorhin, als er mich zärtlich eincremte, war nicht zu übersehen, dass sich auch sein kleiner Bodo allzu gern aktiv daran beteiligt hätte.

Das Problem liegt also nicht auf Bodos Seite, sondern vielmehr auf meiner. Ich kann mich einfach nicht dazu entschließen, den entscheidenden Schritt zu tun. Ihn zu küssen, zum Beispiel, oder gar noch einen Schritt weiter zu gehen. Wobei eigentlich nichts dagegen spräche, ich meine, Bodo ist ein ausgesprochen lieber Mann, und er hat einen ziemlich ansehnlichen Körper, und er ist wirklich ... *nett*.

Was also hält mich davon ab, Nägel mit Köpfen zu machen?

»Woran denkst du gerade?«, fragt Bodo plötzlich, und ich fühle mich ertappt.

»Ach, nichts Besonderes«, antworte ich schnell. »Mir ist nur langweilig, und von der Sonne habe ich langsam auch genug.«

»Geht mir genauso«, meint er. »Was machen wir also?«

»Fahren wir zurück in den Hafen, mal sehen, ob die anderen auftauchen?«

»Okay.«

»Und was jetzt?«, frage ich eine halbe Stunde später, als wir im Hafen bei einem kühlen Getränk auf dem hinteren Deck sitzen.

»Also, ich weiß nur eins«, sagt Bodo, während er sich mit der flachen Hand auf den Bauch klopft, »wenn wir so weitermachen, sehe ich in ein paar Tagen aus wie ein Mastschwein.«

Ich mustere ihn unauffällig. Er hat tatsächlich eine kleine Wampe gekriegt, seit ich ihn das erste Mal getroffen habe, und das Schlimme daran ist, dass es sich bei mir ähnlich verhält.

»Und was willst du dagegen unternehmen?«, frage ich. »Denkst du etwa an eine Diät?«

»Nee, Diät ist nicht in den Ferien«, grinst er. »Ich hätte eine andere Idee: Hast du Monaco schon mal von oben gesehen?«

Plant er etwa einen Hubschrauberrundflug? Das wäre toll. Aber nimmt man dabei ab?

»Willst du einen Rundflug machen?«, frage ich.

»Nein, keinen Rundflug«, schüttelt er den Kopf. Dann zeigt er auf das steil aufragende Bergmassiv hinter Monaco. »Les Hauts de Monte Carlo, hast du davon schon mal gehört?«

»Nö, kenne ich nicht. Was soll das sein?«

»Da gibt es eine Aussichtsplattform, von der man einen traumhaften Überblick über die Stadt hat. Sie ist gleich da oben.«

»Klingt interessant. Willst du da hinauffahren?«

»Ja, das wäre doch eine gute Idee. Zeit hätten wir genug, und bei der Gelegenheit könnten wir ein paar Pfunde loswerden.«

Ein paar Pfunde loswerden? Wie viele Kalorien verbrennt man schon, indem man in einem Wagen einen Berg hochfährt? Also, wenn er sich von der Aktion mal nicht zu viel verspricht.

Er wirft einen Blick auf meine Beine. »Du siehst aus, als machtest du Sport«, stellt er fest. »Fährst du auch Rad?«

Nanu, sieht man mir das an? Es stimmt nämlich, ich fahre regelmäßig Rad, und zwar in meinem Fitnessstudio, auf diesen praktischen Ergometern mit bequemer Rückenlehne. Da kann man während des Trainings Videos gucken oder eine Zeitschrift lesen, und dabei kann es schon mal passieren, dass ich eine ganze Stunde strample, weil ich gerade einen spannenden Bericht lese oder ein paar Sonderseiten über raffinierte Kochrezepte.

Radfahren kann ich also, keine Frage.

»Auf dem Rad bin ich ein halber Profi«, kläre ich Bodo auf.

»Das dachte ich mir schon«, nickt er anerkennend. »Und die Ausrüstung wäre auch kein Problem, ich kenne ein Sportgeschäft ganz in der Nähe, da können wir uns die Sachen ausborgen. Was meinst du, fragen wir auch die anderen, ob sie mitkommen?«

Ausrüstung? Sportgeschäft? Ausborgen?

Oh Mann, jetzt kapiere ich: Er will eine Radtour machen!

Ich werfe schnell einen prüfenden Blick auf die Anhöhe, die er mir gezeigt hat. Der Mount Everest ist das ja nicht gerade, und sicher gibt es auch eine Serpentinenstraße, um die Steigung zu entschärfen. Also ehrlich, was kann da schon schiefgehen? Ich bin eine geübte Radfahrerin, außerdem verfügen moderne Räder über zig Gänge, sodass einem selbst die ärgste Steigung wie ein leichtes Gefälle vorkommt. Erst kürzlich habe ich beim Fernsehen zufällig bei einer Tour-de-France-Etappe reingeschaltet, und so mühelos, wie die da nach dreihundert Kilometern einen Berg hochgestrampelt sind, muss das mit diesen Rädern doch das reinste Kinderspiel sein.

Was man nicht im Kopf hat, das hat man in den Beinen.

Wenn an dieser alten Weisheit irgendetwas dran ist, dann muss ich als Umkehrschluss gewaltig was im Kopf haben, denn in meinen Beinen habe ich *absolut gar nichts.*

Schon beim ersten kleinen Anstieg – und da befanden wir uns noch mitten in Monte Carlo auf dem Weg zur Moyenne Corniche auf einer geradezu lächerlichen Steigung –, musste ich die bittere Erfahrung machen, dass Studioergometer die reinsten Betrugsmaschinen sind. Die erzeugen nämlich im Vergleich zu echten Fahrrädern so gut wie keinen Widerstand an den Pedalen, und auf den niedrigen Stufen haben sie wahrscheinlich sogar einen kleinen Hilfsmotor, der die Pedale samt den darauf ruhenden Beinen von selbst antreibt. Anders ist es nämlich nicht zu erklären, dass ich nach jahrelangen Trainingseinheiten so völlig frei von Kondition geblieben bin und die Milchsäure mir jetzt wie aus Rieseninjektionen in die Oberschenkel fährt.

Dabei hatte es eigentlich so gut begonnen. Wir hatten Sepia

und Sonja auf der White Cloud aufgestöbert, und Sepia war begeistert gewesen von Bodos Idee, während Sonja mit dem Verweis auf ihre fehlenden sportlichen Ambitionen abgewunken hatte.

Dann hatten wir in dem Sportgeschäft die Sachen anprobiert, die uns Bodos Bekannter zur Verfügung stellte, und bei der Gelegenheit konnte ich feststellen, dass man in Radlerhosen ganz automatisch supersportlich aussieht. Bodo hat das auch gleich bestätigt, als ich aus der Kabine kam: »Wow, Heidi. Eins kann ich dir sagen, wenn du *so* vor mir herfährst, lasse ich mich garantiert nicht abhängen.« Ein Kompliment, das mir natürlich zusätzlich Motivation verlieh.

Und dann erst die Fahrräder: ultramoderne Mountainbikes mit siebenundzwanzig Gängen, und ich war mir absolut sicher, dass dieser lächerliche Hügel damit ein Kinderspiel sein würde.

Und jetzt das! Bodo und Sepia sind die leichte Steigung hochgezogen, als hätten sie einen Orkan im Rücken, ich dagegen kämpfe schon auf den ersten paar Metern wie ein altersschwaches Walross.

»Alles okay bei dir, Heidi?«, fragt Bodo besorgt, nachdem sie auf der Geraden auf mich gewartet haben.

»Sicher, kein Problem!«, bemühe ich mich, meinen drohenden Hinterwandinfarkt zu verbergen. »Es dauert immer ein bisschen, bis ich meinen Rhythmus finde, wisst ihr, aber dann geht die Post ab«, erkläre ich keuchend.

»Willst du vielleicht vorausfahren, damit wir uns deinem Tempo anpassen können?«, bietet Sepia an.

Bloß nicht, denke ich. Dann wäre es gleich wieder vorbei mit meinem Neopseudosupersportimage.

»Nein, mir wär's lieber, wenn ihr vorausfahrt, dann kann ich mich besser auf mich selbst konzentrieren.« Ich wedle möglichst lässig mit der Hand herum. »Ich hole euch schon wieder ein, und falls nicht, treffen wir uns einfach oben.«

»Wie du meinst«, zuckt Bodo die Schultern. »Achte jedenfalls auf die Abzweigung Richtung Eze Village, die geht nach circa einem halben Kilometer rechts weg, und dann immer weiter Richtung La Turbie. Merkst du dir das, falls wir uns aus den Augen verlieren?«

»Aber klar doch, kein Problem.«

Diese paar Namen sind auch nicht das Problem, aber die nächste Steigung, die ist definitiv eins. Die beginnt nämlich gleich nach der Abzweigung Richtung Eze Village, und im Gegensatz zu dem Mini-Anstieg vorhin ist die *wirklich* steil. Und um meine Verzweiflung komplett zu machen, führt die Straße von da weg in endlosen Serpentinen in die Höhe, viel weiter, als es vorhin vom Hafen aus gewirkt hat, und schon nach wenigen Metern muss ich einsehen, dass ich diesen Berg unmöglich mit dem Rad bezwingen kann. Bodo und Sepia dagegen klettern munter voran, als hätten sie gemeinsam eine Familienpackung Dopamin inhaliert, und es dauert keine fünf Minuten, dann habe ich sie aus den Augen verloren.

Was andererseits auch wieder gut ist.

Denn so kann ich wenigstens unbeobachtet anhalten und von meinem störrischen Drahtesel steigen. Meine Beine zittern wie Espenlaub, und ich bin heilfroh, dass Bodos Bekannter uns Trinkflaschen mit auf die Reise gegeben hat, sodass ich wenigstens meinen mittlerweile enormen Flüssigkeitsverlust wieder auffüllen kann.

Dann lehne ich mich auf mein Rad und überlege. Was soll ich jetzt tun? Zurück zum Hafen fahren und zugeben, dass ich mich total überschätzt habe? Dass ich sportlich eine Null bin?

Nie und nimmer, entscheide ich grimmig, da muss es auch andere Möglichkeiten geben. Autos fahren an mir vorbei, und ganz nebenbei registriere ich interessierte Männerblicke. Ja, ja, diese Radlerhosen, die verfehlen ihre Wirkung nicht. Ich nehme noch einen Schluck Wasser und denke weiter nach. Jetzt hab ich's. Ich lasse einfach die Luft aus meinen Reifen, kehre zum Sportgeschäft zurück und beschwere mich ordentlich über den mangelhaften Zustand des Rades. Genau, das ist gut, so kann mir hinterher wenigstens keiner dumm kommen.

Andererseits widerstrebt mir aber auch der Gedanke, klein

beizugeben. Ich habe bei meinen Freunden den Eindruck erzeugt, dass ich über ein gewisses Maß an Sportlichkeit verfüge, und jetzt möchte ich diesen Eindruck auch bestätigen. Bloß, wie kann ich es bewerkstelligen, auf diesen Berg zu kommen, und zwar mit Fahrrad und in weniger als zehn Stunden – so lange würde es nämlich garantiert dauern, um das Ding hinaufzuschieben?

Mal sehen: Das Einzige, worin ich Profi bin, ist die Manipulation von Menschen. Aber wen könnte ich in dieser Situation manipulieren, damit er mich da hochbringt?

Der nächste Wagen zieht an mir vorbei, aus dem ein paar Jungs übermütig winken und auf Französisch etwas rufen, das vermutlich unanständig ist. Ich bin mir noch nicht sicher, ob ich mich darüber ärgern oder freuen soll, als es plötzlich Klick macht.

Genau das ist die Lösung. Ich bin eine Frau, und ich sehe verdammt sexy aus in diesen Radlerhosen. Dass ich da nicht gleich drauf gekommen bin!

Okay, was würden die Typen denn am liebsten sehen? Ich könnte zum Beispiel ... Ah, ich weiß schon. Ich beuge mich tief über mein Rad, als würde ich gerade einen Defekt untersuchen, und strecke dabei meinen Allerwertesten in Richtung Straße raus. Also bitte, wenn *das* nicht wirkt, dann weiß ich auch nicht. So, jetzt muss nur noch ein fetter Fisch in einem geräumigen Kombi oder Geländewagen anbeißen. Es dauert ein bisschen, bis ich den nächsten Wagen hören kann, und ich bücke mich noch ein Stück tiefer, um auf Nummer sicher zu gehen. Super, das muss ein großer Wagen sein, so laut und kräftig, wie der klingt. Ich tippe auf einen großen Geländewagen, und er kommt näher und näher. Dann, als ich schon fürchte, er würde vorbeifahren, etwa weil der Fahrer homosexuell ist oder seine zickige Angetraute auf dem Beifahrersitz hockt, höre ich plötzlich, wie er auf meiner Höhe stoppt. Mein Herz macht einen kleinen Hüpfer vor Freude, ich bleibe aber trotzdem in Position, damit er es sich nicht im letzten Moment noch anders überlegt. Angespannt höre ich, wie eine Wagentür geöffnet wird und wenige Sekunden später ein Mann etwas sagt.

Alles klar, Heidi, hau ihn um! Ich setze mein charmantestes Lächeln auf, richte mich auf, drehe mich um – und reiße überrascht die Augen auf. Ein alter Opi steht vor mir, klein und schmächtig, und er taxiert mich von oben bis unten und grinst dabei verschmitzt. Dann fällt mein Blick verblüfft auf seinen Wagen. Es ist ein uralter Kleinlaster, und der Motor ist vermutlich nur deswegen so laut, weil der Auspuff defekt oder im Lauf der Jahre vielleicht überhaupt abhandengekommen ist. Als der Opi meinen erstaunten Blick bemerkt, fragt er mich etwas, und ich krame in meinem Sprachrepertoire verzweifelt nach geeigneten Vokabeln. Da man von einem französischen Bergbauern kaum erwarten kann, dass er Deutsch spricht, versuche ich es als Erstes mit Englisch: »Would you please help me, my bicycle has a damage and ...« Doch schon nach wenigen Worten wird mir klar, dass er mich ebenso wenig versteht wie ich ihn. Er sagt wieder etwas, und ich schüttle nur den Kopf. Er versucht es erneut, und ich mache mit meinen Händen eine hilflose Geste. Er probiert es noch einmal, wieder mit demselben Ergebnis. Dann plötzlich entfährt ihm ein: »Merde!«, und obwohl ich mir nicht sicher bin, was das genau heißt, kapiere ich doch, dass ich seine Geduld nicht überstrapazieren darf.

Also schön. Dann eben die Sprache, die jeder versteht. Ich zeige auf mein Fahrrad und mache mit dem Finger die Geste des Halsabschneidens als Zeichen für »Fahrrad kaputt«. Dann deute ich auf mich und wieder auf das Fahrrad und dann hinauf zur Anhöhe, was so viel bedeuten soll wie »Fahrrad und ich wollen trotzdem nach oben«. Schließlich zeige ich auf seinen alten Laster und schicke einen flehenden Blick hinterher, soll jetzt heißen: »Mit deiner alten Rostlaube!«

Und siehe da: Der Opi nickt mit freudigem Eifer, dann gestikuliert und schwafelt er munter drauflos, während er mein Fahrrad packt und es zum Heck des Lasters schleppt.

Das funktioniert ja prächtig!

Während er mein Rad verstaut, werde ich es mir schon mal auf dem Beifahrersitz gemütlich machen. Ich öffne die Tür – und stoße einen kleinen Überraschungsschrei aus. In dieser Karre gibt es gar keinen Beifahrersitz, sondern bloß einen Kaninchenkäfig, aus dem eine ganze Schar von kleinen Mümmelmännern mir mit vibrierenden Nasenspitzen erwartungsvoll entgegenschaut.

Der Opi hat inzwischen mitbekommen, dass ich mich ans falsche Ende seines Lasters verirrt habe. Er nimmt mich am Arm und führt mich nach hinten, natürlich nicht, ohne unaufhörlich auf mich einzureden. Alles klar, hab schon kapiert. Muss ich eben auf der Ladefläche mitfahren. Auch egal, immer noch besser als diesen Berg mit Muskelkraft zu erklimmen, nicht wahr?

Doch als ich die aufgespreizte Hecktür umrunde, gleich die nächste Überraschung: Der Laderaum des Lasters ist beinahe zur Gänze vollgeräumt mit Kisten, nur am hintersten Ende gibt es noch einen Platz von etwa einem Meter Tiefe. Das wäre auch locker groß genug für mich, das Problem ist nur, dass diese Fläche schon von einem anderen Fahrgast besetzt ist, und das ist nicht etwa die Frau des Bauern, wie man jetzt vermuten könnte, sondern – ein Ziegenbock! Der ist dort festgebunden und glotzt mich jetzt ebenso blöde und misstrauisch an wie ich ihn, und jetzt überkommen mich doch gröbere Bedenken.

Als der Alte merkt, dass ich dem Vieh nicht traue, beginnt er sogleich wieder heftig gestikulierend auf mich einzureden. Ich habe keine Ahnung, was er sagt, vermutlich will er mich mit dem Bock bekannt machen, oder möglicherweise verbietet er mir auch bloß, das Tier während der Fahrt heimlich zu verspeisen, auf jeden Fall klingt es so, als müsste ich keine Angst haben, und zu guter Letzt deutet er auf den Ziegenbock und sagt stolz: »C'est Alfons!«

Das ist anscheinend der Name des Kleinen. Hm, Alfons. Das klingt doch eigentlich ganz niedlich.

Okay, mal kurz überlegen. Mein Fahrrad ist bereits mit Haltegurten an den Seitenwänden festgezurrt, und Alfons ist nicht besonders groß – wie ein Cockerspaniel höchstens –, also sollte ich eigentlich mit ihm fertigwerden, falls er frech wird. Überdies ist er mit einem Strick an der linken Wand festgebunden, und der Opi hat vorsorglich eine leere Holzkiste auf der gegenüberliegenden, rechten Seite für mich bereitgestellt, sodass der Kleine mich eigentlich gar nicht erreichen kann.

Ach, was soll's, wird schon schiefgehen. Ich gebe mir einen Ruck und dem überraschten Alfons als Zeichen meiner friedlichen Absichten schnell ein paar leichte Klapse auf den Hinterkopf, dann klettere ich auf die Ladefläche und hocke mich auf die Holzkiste.

Der Alte ruft: »Formidable!« und noch eine ganze Menge mehr, dann wirft er die Tür zu und klettert wieder auf den Fahrersitz. Als er Gas gibt, stimmt er gleichzeitig lautstark die Marseillaise an, und ich muss mich mit Händen und Füßen abstützen, um nicht von meiner Kiste zu fallen. Alfons geht es nicht besser, er stemmt auch alle viere in den Boden, und dann fahren wir endlich.

Und so schlecht ist das jetzt eigentlich gar nicht.

Meine Sitzposition ist zwar nicht die bequemste, weil ich mich auf der wackeligen Kiste weiterhin abstützen muss, aber für die paar Minuten Fahrt ist das völlig okay. Und wenn ich mich ein bisschen hochstemme, kann ich sogar unauffällig beobachten, wann wir Sepia und Bodo überholen, um mir dann in Ruhe alles Weitere zu überlegen. Das Wichtigste jedoch: Ich werde diesen Berg hinaufbefördert, ohne einen Tropfen Schweiß zu verströmen.

Gar nicht mal übel.

»Na, Alfons, geht's uns beiden nicht gut?«, sage ich zu Alfons.

Der guckt zwar immer noch ein bisschen misstrauisch, aber gleichzeitig schnuppert er auch ganz aufgeregt in meine Richtung. Das wundert mich nicht, vermutlich hat er noch nie in seinem Leben Angel gerochen, oder Sonnencreme, oder auch nur Seife, so wie ich sein singendes Herrchen einschätze. Der freundliche Klang meiner Worte macht Alfons jetzt ein bisschen mutiger, er rückt noch näher an mich heran und schnuppert dabei immer gieriger.

»Ja, ja, bist ein Guter«, sage ich und tätschle sein kleines Köpfchen, und jetzt scheint er endgültig zu kapieren, dass ihm von mir keinerlei Gefahr droht. Er kommt jetzt so nahe, wie es sein Strick gerade noch zulässt – das ist bis zu meinen Beinen –, und schleckt mir zum Zeichen seiner Freundschaft über mein rechtes Knie.

»Ja, ich hab dich auch lieb, Alfons.« Ich gebe ihm wieder ein paar Klapse auf den Hinterkopf, und Alfons reagiert sofort darauf, indem er gierig meine nackten Beine abzuschlecken beginnt. Ach du Schreck, das kitzelt ja fürchterlich. Ich versuche schnell, ihn wieder zurückzuschieben, woraufhin er sich mir jedoch trotzig entgegenstemmt.

»Alfons, lass das!«, versuche ich es mit einem strengen Kommando, aber er ignoriert das völlig. Ich probiere es mit: »Gsch, gsch!«, aber auch das ist ihm völlig egal. Jetzt kann ich nicht mehr anders, ich muss lauthals auflachen, und der Opi scheint zu glauben, dass mir diese Fahrt und sein Gesang solches Vergnügen bereiten, denn er ruft etwas nach hinten und singt dann gleich in doppelter Lautstärke weiter.

Verzweifelt versuche ich, Alfons mit den Händen von mir wegzuschieben, und der nimmt das als Gelegenheit, um jetzt auch noch meine Unterarme abzuschlecken. Schön langsam dämmert es mir, warum er so gierig auf mich ist. Dem geht es gar nicht um Freundlichkeit und Zuneigung, dem scheint vielmehr die Sonnenlotion zu schmecken, mit der Bodo mich so üppig eingerieben hat. Es ist das Kokosaroma, das ihn beinahe um den Verstand bringt! »Alfons, lass den Quatsch!«, kichere ich wie eine Irre, und zwischendurch blicke ich immer wieder verzweifelt nach vorn, um zu sehen, ob wir Sepia und Bodo inzwischen eingeholt haben. Aber es dauert unerträglich lange, was auch kein Wunder ist bei dem Tempo dieses alten Lasters, und Alfons nützt das schamlos aus, indem er unverdrossen an mir schleckt und mich von einem Lachkrampf in den nächsten treibt.

Dann endlich, nach unzähligen Steigungen und Serpentinen, taucht vor uns ein Parkplatz auf. Zwei Autos stehen da, und auch ein Fahrrad. Als wir näher kommen, glaube ich zu erkennen, dass das Bodos Fahrrad ist. Es hat ein auffälliges Blau, und es ist an einen dürren Baum gekettet. Von Bodo jedoch kann ich weit und breit nichts entdecken, aber als wir näher kommen, sehe ich, dass von dem Parkplatz ein Weg irgendwohin führt, vielleicht zu einem Aussichtsplatz oder einer Toilettenanlage – was Bodos Stopp erklären würde.

Ich bin neugierig, wie weit Sepia inzwischen gekommen ist, und nach der nächsten Kurve sehe ich sie auch schon. Sie tritt in die Pedale, als wäre sie eben erst gestartet, und dem Opi gelingt es nur mit Mühe, sie zu überholen. Als wir endlich an ihr vorbeikriechen, ducke ich mich und kichere gleichzeitig wie verrückt, aber nicht etwa, weil ich sie so clever ausgetrickst habe, sondern weil Alfons' Zunge mindestens ebenso unermüdlich ist wie Sepias Beine.

Dann, nach ein paar weiteren Kurven – ich bin schon einer Ohnmacht nahe – taucht endlich ein Ortsschild auf: La Turbie. Ich stoße einen Freudenschrei aus, und nur wenige Hundert Meter weiter sehe ich das lang ersehnte Straßenschild, das den Weg nach Les Hauts de Monte Carlo weist.

Mit letzter Kraft schreie ich: »Stopp!«, und der Opa unterbricht seinen Gesang und fragt irgendetwas. Ich schreie noch einmal »Stopp!«, und endlich hält er an. Alfons nutzt die paar Sekunden, bis der Alte die Tür öffnet, noch aus, um auch noch die letzten Reste meines Sonnenschutzes zu vertilgen, dann endlich kann ich ins Freie springen. Der Opi plappert aufgeregt, während er mein Fahrrad losbindet, dann schicke ich ihn und seinen leckfreudigen Alfons mit einem vielfachen »Merci« und ungeduldigen Gesten weiter.

Also gut, dann wollen wir das Ganze noch zu einem passenden Abschluss bringen. Ich schnappe mein Rad und verziehe mich schnell in die nächste Hauseinfahrt, dort drücke ich mich flach an die Hauswand und warte. Es dauert keine zwei Minuten, dann zieht Sepia auch schon vorbei. Ich gebe ihr ein paar Hundert Meter Vorsprung, dann schwinge ich mich ebenfalls auf mein Rad und radle in aller Frische hinterher. Die letzten Meter schaffe ich ohne besondere Mühe, weil es nur mehr eine unbedeutende

Steigung ist, und dann macht Sepia große Augen, als ich zu ihr stoße.

»Respekt, Heidi, das hätte ich dir gar nicht zugetraut«, sagt sie anerkennend. »Und du hast sogar Bodo überholt.«

»Echt?«, spiele ich die Unwissende. »Ist mir gar nicht aufgefallen. Ich dachte, ihr beide wärt zusammengeblieben.«

»Das waren wir auch, eine Zeit lang«, sagt Sepia und nimmt einen Schluck aus ihrer Trinkflasche. »Aber als wir bei einem Aussichtsplatz vorbeikamen, musste er plötzlich ganz dringend aufs Klo.« Sie verzieht ihr Gesicht zu einem schiefen Grinsen. »In Wirklichkeit glaube ich, dass er es nur zu schnell angegangen ist und dringend eine Pause benötigte, aber du weißt ja, wie Männer sind: Die suchen immer nach Ausreden, um nicht vor einer Frau klein beigeben zu müssen.«

»Ja, so sind sie nun mal, besessen von ihrem Ehrgeiz«, zucke ich die Achseln. »Bemitleidenswert irgendwie, findest du nicht?«

»Allerdings.« Sepia steht jetzt neben mir, und wir genießen zum ersten Mal die schöne Aussicht. Dann plötzlich zieht sie tief die Luft ein. »Sag mal, wonach riechst du eigentlich?«

Nach Alfons mit der flinken Zunge, liegt es mir auf den Lippen, aber das werde ich ihr natürlich nicht verraten.

»Das habe ich mich auch schon gefragt«, sage ich und tue so, als schnüffelte ich an meinem Trikot. »Ich frage mich, womit die das Zeug gewaschen haben. Ist mir übrigens an dir auch schon aufgefallen«, schiebe ich dann hinterher und trinke ebenfalls.

»Wirklich?« Sepia zieht ihr Trikot an ihre Nase heran. »Tatsächlich, jetzt, wo du es sagst«, meint sie dann verwundert.

Sag ich doch. Manipulation, das hat schon was.

19

In Monaco, da ist das Meer so blau, und die Heidi, die ist ganz schön schlau.

Schon seltsam, was einem alles so einfällt, wenn man gerade ein Erfolgserlebnis gehabt hat. Ich stehe im Badezimmer meiner Kabine an Bord der Scene it und genieße die heiße Dusche sowie die Genugtuung wegen meines genialen Tricks. Bodo ist ganz außer sich gewesen, als er mit einer satten halben Stunde Verspätung auf den Gipfel kam und feststellte, dass nicht nur Sepia ihn um Längen geschlagen, sondern auch ich ihn noch locker überholt hatte.

»Ihr seid mir echt über«, hat er gekeucht, und wir mussten ihm dann eine ausgedehnte Verschnaufpause gönnen, ehe wir uns wieder an die Abfahrt ins Tal machen konnten. Bodo hat sich dann noch um die Rückgabe der Räder gekümmert, und ich bin schon mal zur Scene it vorausgegangen, um mir in aller Ruhe den Geruch von Alfons und den Angstschweiß von der Abfahrt vom Körper zu schrubben.

Besser hätte ich es nach dem schlechten Start also gar nicht hindrehen können, und ich fühle mich jetzt so richtig gut.

Nach der Dusche trockne ich mich ab, wickle mich in ein Badetuch und mache mich auf die Suche nach einer Körperlotion oder Ähnlichem, weil sich meine Haut nach den Strapazen völlig ausgetrocknet anfühlt. Während ich so herumstöbere, höre ich plötzlich ein Geräusch aus dem Salon.

Ah, Bodo, denke ich, das trifft sich ja gut.

»Sag mal, Bodo, gibt's hier irgendwo Körperlotion?«, rufe ich durch die geschlossene Tür.

Er gibt keine Antwort. Anscheinend hat er mich nicht gehört.

»Bodo, hast du hier irgendwo Körperlotion?«, rufe ich noch einmal.

Wieder keine Antwort, dafür aber wieder ein Geräusch.

Das gibt's doch nicht. Ist der schwerhörig, oder was?

Ich knote mein Badetuch fester und öffne die Tür.

»Bodo?« Ich strecke meinen Kopf hinaus, und in derselben Sekunde sehe ich gerade noch die Rückenansicht einer Person, die fluchtartig die Treppe nach oben sprintet.

»Bodo?«, rufe ich erstaunt – und dann erst schalte ich.

Wer auch immer das gerade gewesen ist, er hatte leicht angegrautes, volles Haar, und Bodo trägt doch seine militärische Bürste auf dem Kopf.

Das war also gar nicht Bodo!

Aber wer war das dann?

Blöde Frage, wer kann das wohl gewesen sein?

Besitzt der Spanner von der Windkiss jetzt also auch noch die Dreistigkeit, am helllichten Tag an Bord eines fremden Schiffes zu gehen! Aber was kann er hier gewollt haben? Ist er etwa ein professioneller Dieb auf der Suche nach Wertsachen?

Meine Handtasche!, schießt es mir durch den Kopf. Ich habe sie im Salon mitten auf dem Tisch liegen gelassen, und meine Kreditkarte und mein ganzes Bargeld befinden sich darin!

Mein Blick zuckt zum Tisch hinüber. Gott sei Dank, die Tasche ist noch da! Ich haste hin und durchsuche sie, und schnell merke ich, dass überhaupt nichts fehlt.

Ein ganz und gar übler Gedanke beschleicht mich. Hat der Mann mir etwa auflauern wollen? Genügt es ihm womöglich nicht mehr, mich mit seinen Blicken zu belästigen, will er sich jetzt auch noch an mir *vergreifen?*

Obwohl, wenn er das vorgehabt hätte, wieso ist er dann geflüchtet, als ich aus der Kabine kam? Das wäre doch *die* Gelegenheit gewesen, um meiner habhaft zu werden, noch dazu, wo ich frisch geduscht bin, nicht wahr?

Ist er etwa pervers und mag keine frisch geduschten Frauen?

Ich kann mir jedenfalls keinen Reim darauf machen, daher ziehe ich als Erstes meine Kleider an und gehe dann an Deck, um mich umzusehen. Von Bodo noch immer keine Spur, wahrscheinlich genehmigen er und sein Freund vom Sportgeschäft sich noch ein paar Bierchen, wie Männer das eben so machen. So oder so, ich habe eine gehörige Portion Wut im Bauch, mehr noch, ich bin dermaßen geladen, dass ich ohne langes Nachdenken von Bord gehe und kurz entschlossen zur Windkiss hinübermarschiere. Dort ist natürlich niemand zu sehen, vermutlich hat der Spanner sich unter Deck verkrochen, um der verdienten Standpauke zu entgehen.

Aber nicht mit mir!

»Hallo, Sie da!«, rufe ich von der Pier hinüber.

Keine Antwort.

»Hallo?! Kommen Sie da raus!«, rufe ich noch einmal in strengstem Oberlehrertonfall.

Wieder keine Reaktion. Ich sehe mich schnell um, aber die Pier ist menschenleer. Kein Bodo, kein Spanner, keine Freundinnen.

»Hallo?!«, rufe ich noch einmal.

Aber wieder nur Schweigen. Und dann überkommt mich plötzlich eine Ahnung, dass der Mann gar nicht an Bord der Windkiss gegangen ist. Der hat wohl eher das Weite gesucht, weil er damit rechnen musste, dass ich mir seine Frechheiten diesmal nicht mehr gefallen lassen würde. Nennen wir es weibliche Intuition, aber plötzlich bin ich mir hundertprozentig sicher, dass die Windkiss ohne Besatzung ist.

Was jetzt eine einmalige Gelegenheit für mich darstellt.

Bodo hat mich nämlich vorhin, als wir mit der Scene it anlegten, auf etwas besonders Wichtiges beim Vertäuen eines Schiffes aufmerksam gemacht: Auf die Muring. Ich dachte zuerst, das sei eine neugierige Mischung aus Muräne und Hering, die man beim Anlegen aus Versehen platt quetschen kann oder so ähnlich, aber Bodo erklärte mir dann, dass die Muring ein Haltetau ist, das in Häfen unter den Anlegeplätzen liegt, damit man das Boot auch am Bug festzurren kann.

Das klingt jetzt nicht wirklich aufregend, aber Bodo erklärte mir dann auch, weshalb diese Muring ein wahrer Schrecken für Seefahrer sein kann: Wenn man nämlich nicht achtgibt und die falsche Muring aus dem Wasser fischt – die des nächsten Liegeplatzes zum Beispiel – dann spannt sich unter der Wasseroberfläche ein Seil quer unter das danebenliegende Boot, und der Skipper desselben hat dann Pech, wenn er am nächsten Tag starten will. Sobald er nämlich dieses heimtückische Seil überfährt, wickelt sich dieses Seil um seine Schiffsschraube wie ein überlanger Spaghetti um Bud Spencers Gabel, und um das wieder abzubekommen, braucht man dann den Hafentaucher mit einem extrascharfen Messer, eine Prozedur, die nicht nur eine Stange Geld kostet, sondern obendrein auch noch megapeinlich ist.

Eine feine Sache also, um jemandem so richtig in die Suppe zu spucken. Ich vergewissere mich schnell, dass niemand in Sichtweite ist, dann schnappe ich mir den Enterhaken aus dem Werkzeugfach der Scene it und pirsche damit zum Halteseil des übernächsten Anlegeplatzes. Ein letztes Mal halte ich unauffällig Ausschau nach unliebsamen Zeugen, und als die Luft rein ist, handle ich blitzschnell. Ich angle das Halteseil aus dem Wasser, gehe an Bord der Windkiss und führe das verhängnisvolle Ding außen um die Reling herum, bis ich wieder an der Seite der Scene it bin. Dann springe ich mit dem Enterhaken in der Hand wieder zurück auf die Scene it – den knappen Meter schaffe sogar ich –, öffne den Knoten der Muring, an der unser Boot hängt, und befestige stattdessen die Muring des übernächsten Anlegeplatzes an der Klampe.

Das Ganze ist blitzschnell gegangen, und mein Herzschlag rast vor Aufregung. Ich sehe mich hastig um, doch von den Besitzern der anderen Jachten scheint niemand etwas bemerkt zu haben. Erleichtert atme ich auf. Mission erfüllt!

Nur zu gern würde ich das Gesicht des Spanners sehen, wenn er morgen früh starten will, und ich bin mir auch ziemlich sicher, dass er kein großes Theater machen wird wegen unserer falsch befestigten Muring, sondern angesichts seines schlechten Gewissens schön brav die Klappe halten und die ganze Schmach auf seine Kappe nehmen wird.

Als Bodo eine halbe Stunde später antanzt, lasse ich den ganzen Vorfall unerwähnt, weil ich nicht schon wieder eine aussichtslose Diskussion vom Zaun brechen will, und später treffen wir uns dann wie verabredet mit unseren Freunden an Bord der White Cloud.

Heinz führt uns ins Stars'n'Bars, das ist ein Lokal nicht weit vom Hafen, wo wir köstliche Spareribs futtern und mexikanisches Bier trinken. Bereits gegen zehn verkündet Bodo dann, dass er ins Bett wolle, um sich mal so richtig auszuschlafen, aber ich begleite ihn dieses Mal nicht. Ich will ihn nicht schon wieder vertrösten, aber ich bin auch noch nicht bereit für eine Vertiefung unserer Beziehung. Mit leichter Enttäuschung trottet er davon.

»Was läuft denn jetzt eigentlich zwischen dir und Bodo?«, fragt Sonja neugierig, als er weg ist.

»Das weiß ich selber nicht so genau«, gebe ich wahrheitsgemäß zurück.

»Und woran liegt das, an ihm oder an dir?«, mischt sich Sepia ein.

»An mir. Ich bin mir einfach noch nicht sicher«, antworte ich.

»Du bist dir *nicht sicher?*«, fragt Sepia ungläubig. »Was stört dich denn an ihm? Er ist doch ein unheimlich netter Typ, und einen Haufen Geld hat er obendrein.«

Sepia hat natürlich recht. Bodo ist ganz sicher ein toller Mann. Aber wie kann ich ihr eine Antwort geben, die ich selbst nicht kenne? Ich zucke also nur ratlos die Achseln.

»Und was ist mit Gerhard, hast du von dem inzwischen was gehört?«, fragt Sonja dann.

Auch so eine Frage. Ich habe gar nicht mehr daran gedacht, ein Ladekabel aufzutreiben. Sieht ganz so aus, als hätte mein Unterbewusstsein dieses Thema in einer Warteschleife geparkt.

»Nein, wie denn? Mein Handy ist ja noch immer außer Betrieb.«

»Vielleicht hat er dir eine E-Mail geschrieben, nachdem du auf seine SMS nicht reagiert hast«, überlegt Sepia.

»Schon möglich, aber wie soll ich das herausfinden, wenn ich achthundert Kilometer von meinem Computer entfernt bin?«

»Ich bitte dich, das ist doch kein Problem«, meint Sepia. »Ist dein Computer online?«

»Ich glaube, schon.« Wenn online bedeutet, dass er eingeschaltet ist ...

»Dann kannst du deine Mails auch von hier abrufen«, klärt sie mich auf.

»Echt, das geht?«, frage ich überrascht. Schon bemerkenswert, was die moderne Technik alles zu leisten imstande ist. Und ebenso bemerkenswert, wie wenig ich davon verstehe.

»Ja, klar, wir brauchen nur einen Internetanschluss, den Namen deines Netzanbieters und dein Passwort«, erklärt Sepia.

Netzanbieter und Passwort weiß ich, aber wo zum Kuckuck sollen wir jetzt einen Internetanschluss hernehmen?

»Heinz, hast du Internet auf der White Cloud?«, nimmt Sepia das Problem gleich in Angriff.

»Sicher, im Büro«, gibt der gelangweilt zurück, als wäre es selbstverständlich, auf einer Jacht ein Büro mit Internetanschluss zu haben.

»Na also, dann sehen wir doch einfach nach«, sagt Sepia voller Tatendrang.

Als wir uns an den Computer setzen, loggt sie sich mit ein paar schnellen Tastengriffen bei meinem Netzanbieter ein, dann sagt sie: »So, jetzt brauche ich nur noch dein Passwort.«

Ich zögere.

»Heidi, dein Passwort!« Sepia mustert mich mit hochgezogenen Augenbrauen.

»Also, das wäre ...« Ach, was soll's. Ich gebe mir einen Ruck: »Tom Turbo!«

»Tom Turbo?!« Sepia setzt sofort ein Grinsen auf. »Ist das nicht eine Kindersendung, mit so einem doofen, sprechenden Fahrrad?«

Quatsch, damit hat das doch gar nichts zu tun. Tom steht für Tom Cruise, und Turbo habe ich gewählt, weil ich einmal geträumt habe, dass er mich auf dem Rücksitz seines Autos ... Aber das geht natürlich niemanden etwas an.

»Äh, ja, genau«, quetsche ich heraus und fühle, wie ich dabei rot anlaufe. »Los, gib es ein!«

Sepia zaubert ein paar Sekunden lang mit Maus und Tastatur, dann ist sie auf einmal im Menü meines Computers. Die reinste Hexerei ist das für mich. Langsam werde ich echt nervös, und auch Sonja platzt beinahe vor Neugierde.

»Und, gibt es Nachrichten von Gerhard?«, drängt sie ungeduldig.

Sepia stöbert in der Nachrichtenliste des E-Mail-Zugangs. »Allerdings, zwei sogar. Und auch eine von Honzo.«

Zwei von Gerhard und eine von Honzo? Ich fühle, wie meine Hände feucht werden. Dann schlägt jetzt also die Stunde der Wahrheit.

»Mach sie auf!«, fordere ich mit belegter Stimme. »Zuerst die von Gerhard.«

Sepia öffnet die erste E-Mail des treulosen Schuftes. Wir lesen mit angehaltenem Atem, und als ich sie durch habe, kippe ich fast aus meinen Flip-Flops.

»Liebste Heidi«, steht da, »Du bist der mit Abstand großzügigste und selbstloseste Mensch der Welt. Ich weiß nicht, woran Du meine wahren Sehnsüchte erkennen konntest, aber Du hast mich endgültig von meiner Blindheit befreit. Die Erfahrungen mit Per-Pieter haben mein ganzes Leben verändert, und das alles habe ich nur Dir zu verdanken. Ich werde für den Rest meines Lebens in Deiner Schuld stehen. In ewiger Dankbarkeit und Zuneigung, Dein Gerhard.«

Ich stehe da wie vom Donner gerührt.

Großzügig? Sehnsüchte? Blindheit? Und wieso nennt er Honzo Per-Pieter und ist mir auch noch *dankbar*?!

Sepia räuspert sich verlegen. »Tja, scheint so, als wäre dein Rachefeldzug irgendwie mächtig in die Hose gegangen«, meint sie.

»Mach die zweite E-Mail auf«, fordere ich tonlos.

»Okay.«

Und da steht: »Liebe Heidi, ich nehme an, dass Du ohnehin

daran gedacht hättest, aber zur Sicherheit möchte ich Dich daran erinnern, dass ich im Hinblick auf meine berufliche Position auf Deine Diskretion bezüglich meiner neuen beziehungsmäßigen Orientierung zähle. Dein Dir auf ewig treu ergebener Gerhard.«

Neue beziehungsmäßige Orientierung?!

Sonja hat jetzt auch geschnallt, was da abgelaufen ist. »Dem hat das *gefallen!*«, ruft sie aus. »Das darf doch wohl nicht wahr sein!«

»Nicht zu fassen!«, meint Sepia.

»Und jetzt mach die von Honzo auf!«, presse ich zwischen schmalen Lippen hervor.

Sepia folgt wortlos meinem Wunsch, und jetzt lesen wir: »Mein armes Schätzchen, ich hoffe, Du bist mir nicht böse, aber Gerard war für mich einfach ein Geschenk des Himmels. Und da Du jetzt ohnehin keine Verwendung mehr für ihn hast, wirst Du mir mein Glück auch ganz gewiss nicht neiden, oder? Ich schicke dir viele Hundert Küsschen dafür. Übrigens: Nach Amors Volltreffer hielt ich es für besser, Gerhard nichts von unserem ursprünglichen Plan zu erzählen, ich hoffe, Du bist damit einverstanden. P.S.: Deine nächste Frisur geht auf Haus, versteht sich! Dein Honzolein!«

Für ein paar Sekunden herrscht betretenes Schweigen, dann murmelt Sepia: »Also, das nenne ich Liebe auf den ersten Blick.«

»Aber Heidi, sagtest du nicht immer, Gerhard habe eine Heidenangst vor Homosexuellen?«, fragt Sonja dann noch zu allem Überdruss.

Okay, irgendetwas ist da mächtig schiefgelaufen. Ich hatte Gerhard als Strafe für seine Untreue in die Hölle schicken wollen – und der Mistkerl ist geradewegs im Paradies gelandet!

Alles mal herhören! Ich habe soeben etwas gelernt: Gerechtigkeit ist ein Mythos!

»Ich werd verrückt!«, stößt Sepia auf einmal hervor. Sie starrt auf den Bildschirm, als hätte sie gerade ein Gespenst entdeckt.

»Was ist denn noch?«, fragt Sonja verwundert, und auch ich bücke mich erneut über den Monitor.

»Da, seht!«, ruft Sepia aus. »Und sagt mir nicht dass es das ist, was ich glaube!«, schiebt sie grimmig hinterher.

Dann sehen wir es auch. Der Monitor scheint als Bildschirmschoner die Titelseite einer hiesigen Zeitung aufgerufen zu haben, und da prangt mit riesigen Lettern irgendetwas über Albert und seine Charlene, die auf einem Foto darunter Arm in Arm glücklich in die Kamera lächeln.

»Und, Sonja, was genau steht da?«, will Sepia ungeduldig wissen.

»Ja, also ...« Man kann Sonja ansehen, dass sie sich am liebsten um die Antwort drücken würde. »Dass Albert sich gestern Abend mit Charlene verlobt hat, glaube ich.«

»Das dachte ich mir doch!« Sepias Kopf ruckt zu mir herum. »Kannst du mir das erklären?«

»Wieso soll *ich* dir das erklären?«, frage ich bestürzt zurück.

»Na, wie es zum Beispiel kommt, dass Albert sich mit dieser Tussi verlobt, wo du ihm doch suggerieren solltest, dass er *mich* heiratet!« Sie steht jetzt knapp an der Grenze zur Hysterie.

»Aber dafür kann ich doch nichts«, jaule ich auf.

»Natürlich kannst du was dafür«, behauptet sie vorwurfsvoll. »So, wie du mich beschrieben hast, *konnte* er mich ja gar nicht wiedererkennen!«

»Also gut, vielleicht habe ich in der Eile nicht ganz die richtigen Worte gefunden«, räume ich ein, um sie zu besänftigen, obwohl ich insgeheim weiß, dass ich sie sogar *sehr gut* beschrieben habe.

»Leute, hört auf ...«, versucht Sonja sich einzuschalten.

»Nicht ganz die richtigen Worte ist gut!« Sepia lässt jetzt ihren ganzen Frust an mir aus. »Was hast du da überhaupt gefaselt, von wegen groß und kräftig, und breite Schultern und starke Arme, und überhaupt ...« Jetzt scheint ihr alles wieder einzufallen. »... wie kommst du dazu, mein Gesicht als kantig zu bezeichnen, und seit wann habe ich abstehende Ohren?«, empört sie sich.

»Leute ...« Sonja nimmt einen zweiten Anlauf, während ich noch nach der passenden Antwort krame. »Seht doch nur!«

»Was denn?«, schnauzt Sepia sie an.

»Dieses Foto von Charlene ...« Sonja deutet auf den Monitor. »... und die Beschreibung von Heidi ...«

»Was ist damit?«, fragt Sepia ungehalten, dann starren wir zu dritt auf das Foto. Es wird mucksmäuschenstill im Raum.

Charlene steht auf dem Foto direkt neben Albert und überragt ihn um mehrere Zentimeter, und ihr Sommerkleid mit den zarten Spaghettiträgern gibt den Blick auf ihre breiten Schultern und sehnigen Oberarme frei. Man sieht ihr an, dass sie einmal Leistungssportlerin war, ihr Gesicht ist schmal und wirkt ein wenig ausgezehrt – man könnte es auch *kantig* nennen –, und da sie ihre blonden Haare glatt zurückgelegt hat, sehen sie aus, als wären sie ganz kurz, und ihre Ohren stehen ein wenig ab ...

Oh mein Gott! Die Beschreibung, die ich Albert für seine Traumfrau geliefert habe, trifft eins zu eins auf Charlene Wittstock zu!

»Verdammter Mist, verdammter«, murmelt Sepia fassungslos. »Du hast *sie* beschrieben und nicht mich!«

»Na ja«, wendet Sonja vorsichtig ein. »Eigentlich hat Heidi *euch beide* beschrieben.«

»Willst du etwa sagen, ich sehe *der* ähnlich?«, schnaubt Sepia, als wäre das die allergrößte Zumutung.

»Also, wie man's nimmt ...«, versucht Sonja die Kurve zu kriegen. »Ein bisschen schon, finde ich ... du musst zugeben, sie ist doch ziemlich hübsch, und auch sehr sportlich ...« Sie bricht ab und hustet ein wenig gekünstelt.

Sepia starrt sie an. »Und jetzt hat der Blödmann *ihr* einen Antrag gemacht, weil Heidi ihm das suggeriert hat«, schlussfolgert sie.

»Das kann aber natürlich auch purer Zufall sein«, werfe ich schnell ein. »Vielleicht hatte er ohnehin vor, sich mit ihr zu verloben, das wissen wir doch nicht.«

»Nein, das glaube ich nicht«, entgegnet Sonja.

»Und wieso nicht?« Ich sehe sie verärgert an.

Wieso lässt sie mir diesen Ausweg nicht? Das würde mir doch weitere Vorhaltungen von Sepia ersparen.

»Weil in dem Artikel auch noch steht, dass Albert sich in Zukunft gesünder ernähren will«, meint Sonja und hält meinem Blick dabei stand. »Hältst du das etwa auch für einen Zufall?«

20

»Der sieht nicht schlecht aus, was?«, strahlt Bodo.

Einen Moment lang weiß ich nicht, was ich sagen soll, aber um ehrlich zu sein, bin ich doch ein wenig enttäuscht. Nicht dass er nicht hübsch wäre, aber er passt so gar nicht zu einem Mann mit einer Zweimillionenjacht. Und peinlicherweise scheint Bodo auch noch mächtig stolz darauf zu sein.

Wir stehen an der Zufahrtsstraße zum Hafen. Ich habe Bodo schon entdeckt, als ich von der Avenue d'Ostende herunterkam. Er hat im Kofferraum seines Wagens herumgekramt, und ich dachte, er hätte Verpflegung für die Scene it eingekauft.

»Ja, hübsch«, sage ich jetzt vorsichtig.

»Das sind Siebzehn-Zoll-Alus, und chipgetunt ist er auch. Der bringt hundertsiebzig PS bei nicht einmal sechs Litern Verbrauch«, berichtet er mit leuchtenden Augen.

»Wow!« Keine Ahnung, ob das gut ist. Ich weiß nur, dass diese aufgemotzte Knallerbse zu keinem erwachsenen Mann passt. Doch das sage ich jetzt nicht, weil es mir schwer genug fällt, ihm mitzuteilen, was ich mir die halbe Nacht lang überlegt habe.

Ich habe nämlich einen Entschluss gefasst. Ich kann es drehen und wenden, wie ich will, aber ich empfinde für Bodo einfach nicht das, was man für jemanden empfinden sollte, mit dem man eine ernsthafte Beziehung eingeht. Und ich will ihn nicht länger hinhalten. Ich werde ihm reinen Wein einschenken, auf die Gefahr hin, dass ich von nun an auf die Annehmlichkeiten seiner Jacht verzichten muss, weil er es als Erfolgsmensch vermutlich nicht akzeptieren kann, von einer Frau zurückgewiesen zu werden. Genau genommen ist es überhaupt ein Wunder, dass er meine Zurückhaltung so lange hingenommen hat.

Bloß wie soll ich ihm das jetzt beibringen, wo er so vor mir steht mit seinen unschuldigen Kuhaugen?

Himmel noch mal, das ist schwerer, als ich dachte.

»Bodo, ich muss mit dir reden«, beginne ich schweren Herzens.

»Ah ja? Das trifft sich gut, ich wollte nämlich auch mit dir reden«, sagt er, und er scheint erleichtert zu sein, dass ich mit dem Thema begonnen habe.

Oje, das macht es noch viel schlimmer. Er will wahrscheinlich unsere gemeinsame Zukunft diskutieren – die es aber nicht geben wird.

»Wollen wir nicht erst mal was trinken?«, schlage ich vor, um ihm die Sache zu erleichtern. Trinken ist wichtig in solchen Situationen, das sieht man doch in jedem Film. Mit einem Glas Wasser lassen sich selbst schwerste Schicksalsschläge überwinden.

»Gute Idee, gehen wir rüber ins Bistro«, meint er locker.

Als wir sitzen und Cappuccino und Mineralwasser serviert bekommen haben, sage ich behutsam: »Also, Bodo, was ich sagen wollte …«

»Heidi«, unterbricht er mich, dann beugt er sich auf einmal vor und nimmt meine Hände zärtlich in die seinen.

Herrje, jetzt kommt bestimmt ein Heiratsantrag!

»Heidi«, sagt er noch einmal, und dabei schaut er mir tief in die Augen. »Alles, was ich mir je gewünscht habe, ist ein Kind von der Frau, die ich liebe …«

Oh nein, oh nein! Der arme Mann! Er liebt mich nicht nur, er wünscht sich auch noch ein Kind von mir! Wie soll ich ihm jetzt bloß beibringen, dass …

»… und jetzt ist es endlich soweit«, platzt er auf einmal strahlend heraus.

Mein Hirn nimmt für die nächsten drei Sekunden eine Auszeit.

Wie bitte? *Was* ist soweit?

Ist mir da etwas entgangen? Haben wir also doch Sex gehabt in dieser ersten Nacht auf der Scene it? Doch selbst wenn, wie kommt er nur darauf, dass ich schwanger sei? Erstens gibt es dafür keinerlei Anzeichen, und zweitens bestehen kaum Chancen, sofern meine Pille einigermaßen zuverlässig funktioniert …

»Bodo …«, setze ich erneut an.

»Lass mich bitte ausreden, Heidi«, fällt er mir erneut ins Wort. »Du bist die unglaublichste Frau, der ich jemals begegnet bin …«

Mann, der trägt aber dick auf. Nicht dass es mich stören würde, nur …

»… aber wir haben wohl beide gemerkt, dass das zwischen uns nichts werden kann«, redet er weiter, »weil du … wie soll ich es sagen … zu viel Stil hast, und so gebildet bist, und mir ist auch aufgefallen, dass ich dich oft nerve, vermutlich weil du dachtest, ich wollte dich unbedingt ins Bett kriegen. Was natürlich für jeden Mann ein absoluter *Traum* wäre«, fügt er schnell hinzu.

Okay, irgendwie scheint er da ein kleines Problem mit den Zusammenhängen zu haben. Er hat also auch erkannt, dass das nichts werden kann mit uns beiden, und trotzdem will er ein Kind von mir? Also, für meinen Geschmack passt das nicht ganz zusammen.

»… und als dann dieser Anruf heute Morgen kam …«, fährt er ganz aufgekratzt fort. »… und ich Claudias Stimme hörte, da wusste ich plötzlich wieder, zu wem ich gehöre. Nach unserem Streit hatte ich Zweifel, aber jetzt weiß ich, dass Claudia die richtige Frau für mich ist. Nicht zu vergleichen mit dir natürlich, aber Claudia und ich stehen wenigstens auf einer Stufe, verstehst du? Wir passen zueinander, und dass sie jetzt schwanger ist, ist das Allergrößte für mich.«

Aha.

Ein paar wortlose Sekunden lang lasse ich mir seine Worte durch den Kopf gehen. Er hat also eine niveaulose, schwangere Claudia zu Hause. Ist es das, was er mir sagen wollte?

»Heidi, was hast du?«, fragt Bodo besorgt, als ich nicht antworte.

»Nichts, Bodo«, würge ich hervor. »Es ist nur … na ja, schon ein bisschen überraschend für mich. Du hast nie etwas erwähnt von deiner Claudia.«

»Ich weiß, und das war nicht richtig«, nickt er zerknirscht. »Ich habe sie nicht erwähnt, weil wir letzte Woche diesen blöden Streit hatten, und das war auch der Grund, warum ich alleine hier war. Außerdem ...« Er kratzt sich verlegen hinter dem Ohr. »... hat es mich auch gereizt, mit dir anzugeben, weißt du? Ich hoffe, du nimmst mir das nicht übel.«

Er wollte mit mir angeben? Das schmeichelt mir natürlich. Ich bin also eine Frau, mit der man angeben kann. Bleibt nur die nicht unbedeutende Frage, wieso Gerhard dann lieber mit Honzo zusammen ist und Bodo lieber mit seiner Claudia ...

»Heidi, du bist mir doch nicht böse?« Bodo setzt sicherheitshalber seinen allerliebsten Welpenblick auf.

»Böse? Nein, Bodo, wie könnte ich dir böse sein?«, bemühe ich mich um einen möglichst entspannten Tonfall.

Er atmet sichtlich auf. »Na, da bin ich aber froh!« Dann wirft er einen hektischen Blick auf die Uhr. »So, jetzt muss ich aber, die Familie wartet.« Er legt Geld auf den Tisch. »Die Getränke gehen natürlich auf mich, und meine Telefonnummer hast du ja. Ruf mich an, wir treffen uns dann mal in Deutschland, okay?«

»Ja, sicher, ich melde mich«, höre ich mich sagen.

Dann drückt er mich noch einmal kräftig, steigt in seinen Fiat oder Citroën oder Renault oder was auch immer für einen Schlaglochstöpsel er da unterm Hintern hat und zischt mit röhrendem Auspuff ab.

Ja, und ich? Was ist denn mit mir? Interessiert es keinen, wie es mir bei der ganzen Sache geht? Da zerbreche ich dumme Pute mir den Kopf, wie ich ihm möglichst schonend beibringen kann, dass ich nicht seine Partnerin werden kann, und er hat Frau und So-gut-wie-Kind zu Hause, und an mich hätte er sich ohnehin nicht rangewagt, weil mein Niveau zu hoch ist?

Das hat man nun von seiner verdammten Bildung!

Mit jäher Wucht erfasst mich die Enttäuschung wie eine riesige Flutwelle, weil ... ja, genau, weil ich dieses Ende unserer Beziehung *so* nicht verdient habe. Wenn schon, dann hätte *ich* die Sache beenden müssen, anstatt von ihm so mir nichts, dir nichts abserviert zu werden. Und langsam dämmert es mir auch, was mich an der Sache am allermeisten stört: So, wie es aussieht, bin im

Moment ich die Einzige, die einen Verlust verkraften muss, denn allen anderen geht es ja prächtig. Bodo ist glücklich, Gerhard ist glücklich, Honzo ist glücklich, nur ich, ich bin kein bisschen glücklich. Ganz im Gegenteil, ich komme mir plötzlich vor wie eine Aussätzige, denn so wie es aussieht, will mich keiner haben, der eine, weil er unversehens schwul geworden ist, und der andere, weil er zu niveaulos ist. Echt tolle Erkenntnisse sind das.

Tief in meine düsteren Gedanken versunken schlendere ich über die Pier in Richtung Scene it, doch dann fällt mir ein, dass ich diesen Weg völlig umsonst gehe. Dort gibt es keinen Bodo mehr, der auf mich wartet, und kein Bodo bedeutet auch keine Luxusjacht. Fein, dann kann ich mir diesen Luxus also auch abschminken.

Ich bin schon auf Höhe der Windkiss, als ich unschlüssig stehen bleibe.

Was soll ich denn jetzt tun?

Einfach zusammenpacken, nach Hause fahren und mich wieder an meine Arbeit machen, als wäre nichts geschehen? Von Selbstzweifeln geplagte Verlierer therapieren, am besten, indem ich mich selbst als Beispiel nehme, wie man es *nicht* machen soll?

»Warten Sie!«

Ich bin so tief in meine Gedanken versunken, dass ich die Stimme anfangs gar nicht registriere. Der Mann kommt so schnell aus dem Niedergang der Windkiss hoch, dass ich ihn viel zu spät bemerke, um noch fliehen zu können. Er dagegen scheint mich schon vorher entdeckt zu haben, denn er kommt über die Passarella direkt auf mich zu. Ich fühle, wie sich meine Muskeln als natürliche Fluchtreaktion unwillkürlich anspannen, aber wie soll ich ihm denn davonlaufen mit meinen Flip-Flops?

»Ich habe schon auf Sie gewartet!«, sagt er, als er heran ist, und ich ziehe ganz automatisch den Kopf ein, weil ich das Schlimmste befürchte. Er steht jetzt direkt vor mir, und er hat einen besorgniserregend strengen Gesichtsausdruck. Sicher hat er mitbekommen, dass ich es war, die ihn mit dem Jetski versenkt hat, und dass ich die Muring heimtückisch unter sein Boot gespannt habe.

Klar, natürlich war ich im Recht, er hätte mich nicht begaffen dürfen, und was er an Bord von Bodos Jacht zu suchen gehabt hat, würde mich auch noch interessieren, aber als ich ihm jetzt so schutzlos gegenüberstehe, fällt meine ganze Entrüstung plötzlich zu seinem winzigen Häufchen Elend zusammen.

Ich stehe kurz davor, wie ein kleines Kind hilflos in Tränen auszubrechen, dann sagt er plötzlich: »Wir müssen miteinander reden!«

Reden? Das ist alles, was er will? Reden?

Okay, das könnte ich gerade noch aushalten. Mir ist schon klar, dass er versuchen wird, mich fertigzumachen, aber bei einem vernünftigen Gespräch hätte ich wenigstens auch ein paar gute Argumente auf meiner Seite.

»Sie wollen reden? Worüber denn?«, frage ich, um Zeit zu gewinnen.

Jetzt, als er direkt vor mir steht, merke ich, dass er viel größer ist, als aus der Entfernung angenommen, mindestens eins neunzig, und schätzungsweise um die fünfzig. Er hat eine noch tiefere Bräune als Bodo, und seine Augenfarbe ist eine intensive Mischung aus Grün und Blau.

»Über vieles«, sagt er, und jetzt wirkt er auf einmal viel friedlicher als gerade eben noch. »Wissen Sie was? Gehen wir doch auf mein Boot und trinken etwas«, schlägt er plötzlich vor.

Wie bitte? Ich soll mit ihm auf die Windkiss gehen?

Ich zögere. Vielleicht ist das eine Falle. Womöglich will er mich nur unter Deck locken, um mich dort dann richtig zur Schnecke zu machen ...

»Nur, wenn Sie möchten, natürlich«, fügt er schnell hinzu, als er mein Zögern bemerkt. Dann lächelt er auf einmal. »Jetzt kommen Sie schon, ich beiße nicht.«

Nanu, der sieht ja ganz okay aus, wenn er freundlich guckt. Ich weiß, das klingt jetzt reichlich unvernünftig, aber mit diesem Lächeln bricht er binnen Sekunden meinen Widerstand. »Also gut«, gebe ich nach. »Aber wir bleiben an Deck«, stelle ich schnell klar.

»Ja, natürlich, was denn sonst?«, gibt er ein wenig erstaunt zurück. Dann dreht er sich um und geht an Bord der – Scene it!

»Was wollen Sie denn *da?*«, frage ich verwirrt. »Ich dachte, wir gehen auf die Windkiss?«

»Nein, wozu denn? Auf der Scene it haben wir es doch viel bequemer«, gibt er zurück.

»Das ist mir schon klar«, sage ich, »aber die Scene it gehört doch Bodo, und der ist gerade nach Hause gefahren. Wir können da nicht einfach an Bord gehen!«

Er stemmt die Hände in die Hüften, mustert mich irritiert, und auf einmal lacht er auf.

»Was gibt es denn da zu lachen?«, will ich wissen.

»Das werde ich Ihnen gleich erklären«, grinst er. »Wir haben wohl wirklich eine ganze Menge zu besprechen. So wie es scheint, gibt es ein paar beträchtliche Irrtümer aufzuklären.«

Irrtümer? Ich wüsste nicht, welche Irrtümer es zwischen uns beiden geben sollte. Dennoch hat er mich jetzt neugierig gemacht, also folge ich ihm auf die Scene it.

»Bitte, nehmen Sie doch Platz«, fordert er mich auf, als wäre er hier der Herr im Haus, und ich setze mich nach einem kurzen Zögern. »Was wollen Sie trinken?«

»Ich weiß nicht, irgendwas.« Angesichts der verrückten Situation hätte ich am liebsten einen Schnaps, aber das würde am helllichten Tag wahrscheinlich nicht gut rüberkommen.

»Also, ich brauche erst einmal einen Cognac«, stellt er ohne Umschweife klar.

»Also gut, dann nehme ich auch einen«, schließe ich mich schnell an, »mit ein bisschen Apfelsaft.«

»Apfelsaft? Zu Cognac?« Er zieht überrascht eine Augenbraue hoch.

»Ja, das passt hervorragend«, nicke ich. »Haben Sie das noch nie probiert?«

»Um ehrlich zu sein, nein, auf den Gedanken bin ich noch nicht gekommen«, schüttelt er den Kopf.

Und dann geschieht etwas ganz und gar Merkwürdiges: Er

nimmt einen Schlüssel, sperrt die Tür zum Salon auf und geht hinein.

Nanu, hat Bodo ihm etwa die Schlüssel für seine Jacht gegeben? Und wenn ja, warum? Kennt er diesen Mann etwa? Das Ganze wird ja immer mysteriöser.

Als die Gläser vor uns stehen, hält er das seine hoch und sagt: »So, als Erstes muss ich mich vorstellen, um endlich reinen Tisch zu machen: Mein Name ist Martin Baumann, und ich bin Filmproduzent.«

»Wie bitte, Sie sind auch Filmproduzent?«, frage ich überrascht.

»Wieso, wer denn noch?«, fragt er verdutzt zurück.

»Na, Bodo, der Besitzer dieser Jacht.«

»Bodo?« Seine Augen blitzen auf. »Hat er etwa behauptet, er wäre der Besitzer der Scene it?«

»Behauptet?« Darüber muss ich kurz nachdenken. »Also, er hat es nicht direkt ausgesprochen, aber nachdem er hier wohnte und wir damit herumfuhren ...«

Auf einmal bricht Martin Baumann in lautes Gelächter aus. »Meine Güte, Bodo, dieser verrückte Kerl ... er hat Sie also einfach in dem Glauben gelassen?«

»Wieso, wem gehört denn nun die Scene it?«

»Na, mir«, behauptet er.

»Ihnen?!« Das kapier ich jetzt nicht. »Und wem gehört dann die Windkiss?«

»Die gehört einem Freund von mir, ich habe sie mir nur geliehen für die Regatta.«

»Welche Regatta denn?«

»Den South-French-Cup«, erklärt er. »Das ist eine dreitägige Regatta, sie führt über Cannes nach Marseille und San Remo und dann wieder hierher zurück. An der wollte ich teilnehmen, und heute Morgen war der Start.«

»Und wieso sind Sie dann noch hier?«

»Tja, das ist so eine Sache.« Er nimmt noch einen Schluck von seinem Cognac und lehnt sich zurück. »Wissen Sie, ich hatte die letzten Tage eine unglaubliche Pechsträhne. Angefangen hat es damit, dass ich beim Kajakfahren von ein paar Verrückten beinahe über den Haufen gefahren worden wäre, dann gab es Probleme mit dem Heckruder, und heute Morgen, als ich mit meinem Team endlich losstarten wollte, habe ich mich an der verdammten Muring festgefahren, weil irgendein Idiot sie falsch festgemacht hatte. Und damit war die Regatta für uns gelaufen.« Er grinst ein wenig verkniffen.

Ich starre ihn an, während die Rädchen in meinem Gehirn langsam ineinanderrasten. »Tja, das war ja wirklich eine Menge äh ... Pech.« Ich räuspere mich. »Aber eines verstehe ich nicht: Wieso liegen Sie direkt neben Ihrer eigenen Jacht im Hafen und tun dann so, als ginge die Sie gar nichts an?«

»Tja, das war auch so eine verzwickte Geschichte ...« Er unterbricht sich. »Aber wollen wir nicht lieber Du sagen? Ich hasse Förmlichkeiten.«

»Klar, warum nicht?« Ich hebe mein Glas. »Ich bin die Heidi.«

»Heidi?«

»Ja, Heidi Mertens.«

»Freut mich, Heidi«, sagt er, und seine Stimme bekommt auf einmal einen ganz warmen Unterton. »Martin. Prost.«

»Prost. Also, erzählen Sie ... ich meine, *erzähl* weiter!« Ich bin jetzt ganz gierig auf die ganze Wahrheit.

»Gut. Also, angefangen hat es damit, dass meine kleine Nichte in den Swimmingpool gefallen ist ...« Die Erinnerung daran erzeugt eine tiefe Falte auf seiner Stirn. »Und Bodo hat sie in letzter Sekunde rausgezogen.«

»Ach herrje«, stoße ich hervor. »Der Kleinen ist doch hoffentlich nichts zugestoßen!«

»Nein, dank Bodo«, meint Martin nachdenklich. »Die Ärzte sagten später, hätte er sie nicht so perfekt reanimiert, wäre sie nicht ohne bleibende Schäden davongekommen.«

»Dann bist du Bodo also zu großem Dank verpflichtet.«

»Mehr als nur das, Sandra bedeutet mir sehr viel ...« Er stockt. Ich lasse ihm ein paar Sekunden, bevor ich frage: »Und weiter?«

»Na ja, und um mich bei Bodo dafür zu bedanken, stellte ich ihm einen Wunsch frei, ganz egal was, und er entschied sich für eine Woche auf der Scene it.«

»Und weshalb dann dieses Theater, von wegen, dass ihr euch nicht kennt?«, frage ich.

»Das war ein Teil von Bodos Wunsch. Er war ja vorher schon öfter auf der Scene it, um Servicearbeiten zu machen oder eine Überstellung ...«

»Dann ist er dein Angestellter?«, unterbreche ich ihn überrascht.

»Nein, er ist nicht direkt angestellt bei mir. Bodo hat eine kleine Dienstleistungsfirma, und da bin ich sein Hauptkunde«, erzählt Martin weiter. »Auf jeden Fall wollte er mit seiner Verlobten hierher fahren, und er meinte, sie könnten das nicht richtig genießen, wenn alle Welt weiß, dass die Scene it gar nicht seine Jacht ist ...«

»Er wollte angeben«, bringe ich es auf den Punkt.

»Ja, so könnte man es auch nennen. Aber nicht dass du ihn jetzt falsch einschätzt, Bodo ist wirklich ein feiner Kerl«, beeilt Martin sich zu sagen.

»Keine Frage, den Eindruck hatte ich auch«, bestätige ich schnell.

»Ja ... also schlug ich ihm vor, dass wir einfach so tun, als würden wir uns gar nicht kennen.«

»Und das ist euch auch gelungen.«

Das erklärt natürlich vieles. Und jetzt weiß ich auch, warum Bodo Martin immer in Schutz genommen hat.

»Ja, aber dann nahm die Geschichte einen unschönen Verlauf. Bodo hatte Streit mit Claudia, und dann ist er aus Trotz alleine hierher gefahren. Und als du dann plötzlich aufgetaucht bist ...«

»Unser Kennenlernen war übrigens reiner Zufall«, rechtfertige ich mich.

»Natürlich, und es ging mich auch gar nichts an«, rudert Martin rasch zurück. »Aber mir widerstrebte einfach der Gedanke, dass Bodo eine Affäre hat, während seine Claudia zu Hause wahrscheinlich auf eine Versöhnung hofft, außerdem ...«, will er weiterreden, doch dann stoppt er plötzlich verlegen.

»Außerdem?«

Er zögert, bevor er weiterredet: »Außerdem wollte ich nicht dass du dich auf ihn einlässt«, ringt er sich dann ab.

»Wegen seiner Claudia? Verstehe!«, nicke ich.

»Nicht wegen Claudia, wegen *dir*«, sagt er auf einmal.

»Wegen mir?« Ich fühle, wie mein Herz ganz aufgeregt zu hüpfen beginnt.

»Ja.« Er sieht mich durchdringend an. »Ich fand dich vom ersten Augenblick an interessant.«

»Soweit ich mich erinnern kann, lag ich schnarchend auf dem Rücken, als du mich das erste Mal sahst.« Bei der Erinnerung daran entfährt mir ein Kichern.

»Ja, und das war keine Absicht von mir«, sagt er schnell. »Ich war nur so überrascht, als ich dich da liegen sah ...«

Das glaube ich ihm aufs Wort. »Und vorgestern Nacht, was habt ihr da angestellt?«, frage ich dann.

»Oh, das ... ich hatte schon befürchtet, dass wir euch wecken würden. Hast du da bei Bodo geschlafen?«, fragt er auf einmal.

»Nein, da war ich auch wieder in der hinteren Kabine. Zwischen Bodo und mir lief rein gar nichts, wir verstanden uns einfach nur gut«, erkläre ich, und jetzt kann ich Martin deutlich ansehen, dass ihm ein Riesenstein vom Herzen fällt.

»Ach so«, stößt er eine Spur zu hastig hervor. »Ja, also, wir wollten in dieser Nacht ein paar Veränderungen an der Windkiss vornehmen ...«

»Mitten in der Nacht?«, frage ich ungläubig.

»Ja, es ging nicht anders, das durfte ja keiner mitkriegen.«

»Und warum nicht?«

»Weil es bei einer Regatta nicht erlaubt ist, das Schwert zu verlängern«, sagt er leicht betreten.

»Das *Schwert?*«

»Ja, das ist unten am Boot ... egal, das erklär ich dir ein andermal. Wir wollten sie ein bisschen frisieren, und dazu brauchten wir Werkzeug von der Scene it, du verstehst?«

Klar, verstehe ich. »Ihr wolltet schummeln!«, grinse ich.

»Ja, so kann man es auch nennen.« Er macht ein Gesicht, als hätte er in einen sauren Apfel gebissen. »Aber das machen alle so bei diesen Regatten, das kannst du mir glauben. Unser Fehler war nur, dass wir damit zu spät dran waren.«

Als er fertig ist, lehne ich mich zurück und mustere ihn nachdenklich. Okay, das war jetzt doch ziemlich aufschlussreich. Martin ist also gar kein Spanner, und auch seine nächtlichen Aktivitäten waren eigentlich ganz harmlos. Und unser lieber Bodo ist gar nicht reich, sondern er.

Martin lächelt wieder, während er meinen Blick erwidert. »Was denkst du?«, fragt er dann.

Ich fühle mich ein bisschen ertappt. »Wie bitte? Oh, also ... ich denke, du hattest recht. Es gab da anscheinend wirklich ein paar kleine Missverständnisse zwischen uns ...«

»Du dachtest wahrscheinlich, ich wäre ein Spanner, oder ein durchgeknallter Stalker, stimmt's?«, vermutet er lachend.

»Nein, wie käme ich denn darauf«, dementiere ich schnell, während meine Wangen ganz heiß werden. »Aber es gab natürlich schon ein paar Situationen, die mir komisch vorkamen ...« Ich trinke schnell einen Schluck und bemühe mich um eine unverfängliche Miene.

»Okay, nachdem das Eis gebrochen wäre ...«, setzt Martin von Neuem an. »Heidi, darf ich dich etwas fragen?«

Nanu, wieso wirkt er denn auf einmal wie ein schüchterner Teenager? Nicht dass es ihm schlecht stehen würde.

»Sicher, nur zu«, nicke ich und halte mich dabei unwillkürlich an meinem Glas fest.

Ich ahne, was jetzt kommen wird, und ich habe ehrlich gesagt keinen Schimmer, wie ich darauf reagieren soll. Er wird mich jetzt garantiert fragen, ob er mich näher kennenlernen darf, und dann will er sicher ...

Oh mein Gott. Das ist jetzt so ziemlich die allerletzte Wendung in dieser verrückten Geschichte, die ich erwartet hätte. Ich werfe ihm einen schnellen Blick zu. Hm. Er sieht eigentlich nicht übel aus, fit und durchtrainiert, und seine Augen sind ganz einfach eine Wucht. Aber sein Alter ... ist auch völlig bedeutungslos, sage ich mir im nächsten Moment, denn das nivelliert sich ja bekanntlich mit der Zeit. Ich meine, nur so über den Daumen geschätzt, wenn ich fünfzig bin, dann ist er auch gerade mal ... äh ... *siebzig?*

»Also, Heidi, ich weiß, das kommt jetzt ein bisschen plötzlich ...«, legt er los. »... und niemand macht dir einen Vorwurf, falls du ablehnst ...« Oh, oh, jetzt kommt's gleich! »... aber könntest du dir vorstellen, die nächsten Tage mit uns zu verbringen?«, fragt er dann.

Ha, wusst ich's doch! Er will mich näher kennenlernen – wobei er das jetzt durchaus romantischer hätte formulieren können. Aber egal, denn unter uns: Das tut so gut! Wenn man innerhalb weniger Tage gleich zweimal abserviert worden ist, hat man so ein Angebot nötiger als ein Straßenköter einen Knochen, und ich fühle, wie ich förmlich aufblühe vor Stolz und Freude.

»Ja, also, Martin ...« Ich räuspere mich, weil meine Stimme ein bisschen höher als beabsichtigt klingt. »... das kommt wirklich ein bisschen überraschend.« Ich mustere ihn noch einmal blitzschnell. Er ist ein gut aussehender Mann, keine Frage, und jetzt, wo er lächelt, wirkt er ausgesprochen sympathisch, und das Alter macht auch nichts, im Gegenteil, weiß doch jeder, dass ältere Männer die geduldigeren Liebhaber sind, nicht wahr?

»Aber ich könnte mir durchaus vorstellen ...«, will ich meine Rede fortsetzen, als er auf einmal ein Foto aus seiner Jackentasche zieht und es auf den Tisch legt. Es zeigt einen jungen Mann mit wirrem, lockigem Haar, braun gebrannt und ausgesprochen attraktiv.

Ich stoppe wie vor den Kopf geschlagen. Nein, nicht das schon wieder! Es ist wie ein verdammtes Déjà-vu! Nora von Kessler erscheint vor meinem geistigen Auge, wie sie mir das Foto ihrer Freundin präsentiert hat – ihrer lesbischen Freundin, wohlgemerkt. Und jetzt auch noch Martin mit seinem sensationell aussehenden, blutjungen Liebhaber!

Gibt es denn keinen ganz normalen Hetero mehr auf dieser Welt? Und dann bleibt natürlich auch noch die Frage, welche Rolle er mir in dieser ruchlosen Ménage à trois zugedacht hat. Aber egal, was er sich da zurechtgezimmert hat, nicht mit mir, das kann er sich gleich abschminken!

»Hör zu, Martin«, starte ich von Neuem mit äußerst strengem Tonfall. »Es geht mich natürlich nichts an, was du mit deinem Freund anstellst ...«

»Mit welchem Freund?«, fällt er mir erstaunt ins Wort. »Das ist mein Sohn Christoph.«

»Wie bitte? Dein *Sohn?*« Ups, da war ich wohl ein kleines bisschen voreilig. Muss an meinen überspannten Nerven liegen. Schnell schiebe ich nach: »Äh, ich meine, klar, das sieht man doch *sofort!*« Sieht man wirklich, bei objektiver, unschwuler Betrachtung! »Was ich meinte, war, was du mit deinen Segelfreunden anstellst, bei den Regatten und so, das geht mich nichts an ...« Was rede ich denn da für einen Mist? Er muss mich doch für völlig bescheuert halten.

»Okay, prima ...«, meint Martin ein bisschen irritiert. »Jedenfalls, was ich dir vorschlagen wollte, ist ein gemeinsamer Törn. Meine Frau und Christoph kommen heute Nachmittag hier an, und wir könnten dann nach Marseille runterfahren, oder auch nach Korsika oder Sardinien rüber, wenn dir das lieber ist. Du wärst natürlich eingeladen, und falls deine Freundinnen Lust hätten, sind sie natürlich auch willkommen!«

Kurze Auszeit. Das muss ich jetzt erst einmal sacken lassen. Er ist also nicht schwul, sondern im Gegenteil verheiratet, und der Halbgott auf diesem Foto ist sein Sohn ...

»Also, Martin, das klingt natürlich sehr verlockend«, gestehe ich ein. »Aber eines kapier ich dennoch nicht.«

»Ja, was denn?«

»Dein Sohn ... Christoph ... das ist doch ein ziemlich hübscher Junge ...«

»Sehe ich auch so.« Er zwinkert mir zu. »Ganz der Vater.«

»Äh, ja ... und du bist im Filmgeschäft, und ihr seid anscheinend nicht gerade arm ...«, führe ich weiter aus.

»Na ja, geht so. Und weiter?«, fragt er.

»Wenn Christoph also das alles hat ... wieso sollte er sich dann ausgerechnet für mich interessieren? Ihm müssen doch die Frauen reihenweise zu Füßen liegen, oder sehe ich das falsch?«

»Nein, nein, das stimmt schon«, räumt Martin ein. »Aber an der Sache gibt es einen Haken: Die Frauen, die er kennenlernt, sind großteils aus dem Filmgeschäft, oder besser gesagt, die meisten von ihnen wollen in das Geschäft hinein. Glaub mir, die meisten von denen sind Tussis wie aus einem Klatschmagazin entsprungen, und deswegen dachte ich mir, auf die Art könnte er vielleicht einmal eine vernünftige Frau kennenlernen ... ich will das übrigens auch nicht als plumpen Kuppelversuch verstanden wissen«, fügt er dann noch schnell dazwischen. »Ich dachte mir nur, wir könnten ein paar angenehme Tage in zwangloser, netter Gesellschaft verbringen, das ist alles.«

Ich betrachte ihn nachdenklich. Sein Vorschlag klingt eigentlich ganz vernünftig. Zeit hätte ich, und ein paar angenehme Tage in netter Gesellschaft könnten mir ganz sicher auch nicht schaden.

Wieso also eigentlich nicht? Was spricht dagegen? Ich bin eingeladen, und Martins Frau ist ja schließlich als Anstandswauwau dabei.

»Und meine Freundinnen könnten auch mitkommen?«, frage ich.

»Ja, sehr gerne«, nickt Martin. »Wir könnten sogar beide Boote nehmen, falls ihr auch Lust auf Segeln habt.«

Okay, das sind ja jetzt auf einmal völlig neue Perspektiven. Vor wenigen Minuten noch schien alles schiefzulaufen, und jetzt bietet sich mir auf einmal die Aussicht auf einen bezahlten Traumurlaub, bei dem ich auch noch ein paar höchst interessante Menschen kennenlernen kann.

»Weißt du was, Martin?«, sage ich und hebe gleichzeitig beschwingt mein Glas. »Ich finde dein Angebot äußerst großzügig, und ich werde es mir bis heute Nachtmittag in Ruhe überlegen, okay?«

»Ja, einverstanden!« Er lächelt, dann stößt er mit mir an, und wir trinken. »Aber vergiss dabei eines nicht, Heidi ...«

»Ja, was denn?«

»Ich würde mich wirklich *sehr* darüber freuen!«

Ich mich doch auch. Um ehrlich zu sein, freue ich mich darauf wie ein Kind auf Weihnachten, aber ich halte es dennoch für klüger, ihn noch ein bisschen zappeln zu lassen ...

Epilog

»Und, bist du mit ihnen mitgefahren?« Liliane kann es kaum erwarten, meine Antwort zu hören.

Was für eine Frage.

»Natürlich. Wer wäre da nicht mitgefahren?«, nicke ich.

»Und, wie war es?«, fragt sie mit glänzenden Augen.

»Es war traumhaft. Wir sind zuerst an der Côte d'Azur entlanggeschippert und danach auch noch rüber nach Korsika. Das ist das reinste Paradies dort, glaub mir«, gerate ich bei der Erinnerung ins Schwärmen.

»Und Christoph, Martins Sohn?« Lilianes Augen hängen an meinen Lippen. Vermutlich erwartet sie jetzt den Schluss von einem kitschigen Märchen. »Seid ihr jetzt ein Paar?«

»Nein, sind wir nicht«, schüttle ich lächelnd den Kopf.

»Und wieso nicht?«, fragt sie enttäuscht.

»Ach, dafür gab es mehrere Gründe«, winke ich ab.

»Er hat's im Bett nicht gebracht, stimmt's?«, rät sie.

»Nein, nein, Christoph ist ein Supertyp ... und *das* weiß ich auch gar nicht«, sage ich. »Aber ich habe Sonja auf die Reise mitgenommen.«

»Und sie hat ihn sich geschnappt!«, nickt Liliane erzürnt. »Weißt du, was ich mit der machen würde? Ich würde ihr mit einem elektrischen Vertikutierer ...«

»Lass gut sein, Liliane«, lache ich. »Das war nicht weiter schlimm. Als Christoph mit uns beiden flirtete, wurde mir klar, dass ich ihn ohnehin nicht lange halten könnte, dafür ist er einfach noch zu jung und ... na ja, zu verspielt, schätze ich. Also habe ich mich gar nicht erst auf ihn eingelassen. Und ich habe übrigens recht behalten, seine Beziehung mit Sonja hielt dann auch nicht lange.«

»Dann ist er jetzt also frei?« In Lilianes Blick schleicht sich unverhohlene Gier.

»Nein, Männer wie Christoph Baumann sind nie ganz frei«, nehme ich ihr die Illusion. »Abgesehen davon treibt er sich zurzeit in Los Angeles herum, soviel ich weiß.«

»Dann hast du also noch Kontakt mit ihm?«

»Nein, mehr mit Martin. Wir telefonieren regelmäßig und gehen manchmal zusammen essen, und er hat mir auch schon zu ein paar sehr guten Kunden verholfen.«

»Hm.« Liliane denkt nach, dann meint sie: »Und Albert hat also wirklich wegen dir geheiratet?«

»Ja, sieht so aus«, nicke ich.

»Wahnsinn. Das muss ich unbedingt meinen Freundinnen erzählen, die werden Augen machen.« Dann fällt ihr etwas ein: »Aber Moment mal, Heidi, sagtest du nicht, die Wirkung einer Hypnose lässt irgendwann nach?«

»Ja, sofern man keine Verstärker setzt«, bestätige ich.

»Aber ...« Auf einmal beäugt sie mich ganz misstrauisch. »... dann kann es doch gar nicht an deiner Hypnose liegen, dass Albert Charlene heiraten will, immerhin ist jetzt schon ein ganzes Jahr vergangen!«

»Darüber habe ich auch schon nachgedacht«, nicke ich. »Aber er versteht sich anscheinend gut mit Charlene, sonst wäre er doch vor der Verlobung nicht schon so lange mit ihr zusammen gewesen, und nachdem er ihr vor aller Welt einen Antrag gemacht hat, konnte er dann auch keinen Rückzieher mehr machen, nicht wahr? Und dass die Hypnosewirkung schon wieder verflogen ist, sieht man ja auch daran, dass er kein Vegetarier geblieben ist.«

»Ja, stimmt.« Liliane lässt sich meine Worte durch den Kopf gehen. Dann atmet sie voller Tatendrang tief durch und grinst mich an. »Okay, du Hypnoseass, dann wollen wir mal sehen, was du bei mir zustande bringst! Und denk dran: ich will mit dem Rauchen aufhören, Körbchengröße C ...«

»Von A auf C wird nicht gehen«, falle ich ihr ins Wort.

»Wie kommst du darauf, dass ich A habe? Ich habe B!«, behauptet sie.

»Wirklich? Okay, schon gut, dann also C«, gebe ich auf.

»Gut …« Sie überlegt, wo sie stehen geblieben war. »… dann also noch das Selbstbewusstsein … und wenn ich einen tollen Typen finde, dann muss ich ihn zu dir bringen, damit er mich heiratet, habe ich das richtig verstanden?«

»Äh, so ungefähr.«

»Okey-dokey.« Sie schüttelt sich, als müsste sie sich für einen Boxkampf lockern. »Dann leg mal los!«

Ich betrachte sie mit einem prüfenden Blick und überlege. Mit einer normalen Hypnose wird es bei ihr nicht gehen, dafür ist diese Frau viel zu aufgedreht. Bleibt also wieder nur die Holzhammermethode.

»Gut, Liliane, dann rück jetzt ein Stück nach vorn und schließ die Augen, und dann beginnst du mit deinem Oberkörper vor und zurück zu pendeln, ganz langsam und ruhig …«

Es dauert keine halbe Minute, dann habe ich sie so weit. Gleich nach dem Klatschen und meinem Kommando »Schlaf!« ist sie weggetreten, und ich atme erleichtert auf. Ich habe mit dieser Methode zwar Millionäre und Fürsten in Trance versetzt, aber Liliane Hofmann ist ein ganz spezieller Fall.

Also gut, dann werde ich sie noch ein bisschen tiefer führen, und dann …

»Rrcht«, ertönt es auf einmal.

Nanu, schnarcht die etwa?

Mist. Dann ist das also gar keine Hypnose, sondern sie ist bloß eingeschlafen. Egal, macht ja nichts, so ein kleines Schläfchen hat schließlich auch etwas Entspannendes, nicht wahr? Abgesehen davon weiß ich aus Erfahrung, dass, wenn ich ihr hinterher sage, dass die Sitzung erfolgreich verlaufen ist, sie in den nächsten Tagen definitiv weniger Lust auf Zigaretten haben wird – und jede Wette, dass sie glaubt, ihr Busen wächst!

Und das mit dem Selbstbewusstsein … Also, ganz ehrlich, unter uns, dafür hätte Liliane sich ganz gewiss nicht hypnotisieren lassen müssen.

So weit also alles bestens. Dann muss ich jetzt nur noch irgendwie die nächste halbe Stunde rumkriegen, denn ich kann ihr natürlich schwer erzählen, dass wir ein derart umfangreiches Programm innerhalb weniger Minuten abgespult haben, nicht wahr?

Mal sehen, womit könnte ich mich denn in der Zwischenzeit beschäftigen, ohne Gefahr zu laufen, dass sie hier ohne mich wieder aufwacht?

Ah, ich weiß schon. Das Internet wird mir aus der Patsche helfen. Meine Facebook-Gang, auf die ist wenigstens immer Verlass.

Ich ziehe meinen Laptop näher zu mir heran und klappe ihn auf. Dann wollen wir uns mal einloggen ...

Ich hämmere schnell meine E-Mail-Adresse in die Tasten, und dann das Passwort: *Princewhisperer.*

Alles klar, Freunde, ich bin online!

Hat noch irgendjemand Fragen?

Personality-Coaching
Heidi Mertens

Individuelles Coaching

Individuelle Persönlichkeitsberatung
Analyse von Körpersprache und Mimik
Motivationsreflexion und Zieldefinition
Taktiken zur Konfliktbewältigung
Genugtuungsmanagement
Wege zu Erfolg und Zufriedenheit

Manager
Politiker
Singles
Betrogene Frauen

NEU: Mittels Tiefenhypnose zu Ihrem Traumpartner!!!
(Sogar Fürsten möglich, aber auch für Brustvergrößerung, Gewichtsreduktion, Raucherentwöhnung etc. geeignet!!!)

home
profil
seminare
person
kontakt
impressum
links

Kurse/Termine/Kosten

Der Coachingprozess startet mit einem persönlichen und kostenfreien Orientierungsgespräch. Die Ziele des Coachings werden festgelegt, ebenso wie die Zahl der Treffen sowie die sonstigen Modalitäten. Ein individueller Coachingvertrag wird festgelegt. Preise nach Absprache.

Erfolgsgarantie!!!

(Keine Kostenrückerstattung, sondern neuerliches Coaching bis zum Erreichen der Coachingziele!)

🖎♋⬧ ☹♏♌♏■ ❍♏♓⬧⧫♏❒⧫ ❍♋■ ●⬈♍♒
♏●■♎📪 □♎♏❒ ✓♌♏❒♒♋◆◻⧫ ■♓♍♒⧫🖉

Danksagung

Es gibt so viele, denen ich danken muss:

Dem großartigen Team von Piper, diesmal vor allem Katrin Andres, Julia Eisele und Antje Steinhäuser für die wunderbar stimmige Zusammenarbeit.

Meiner Agentin Petra Hermanns, die zusammenbringt, was zusammengehört.

Meiner Familie, wie immer, für ihre Geduld, für ihre Unterstützung, und dafür, dass sie stets für mich da ist.

Meinen Freunden, die auch trübe Tage zu sonnigen machen.

Und wie immer meinen Lesern, denen ich gar nicht oft genug sagen kann, wie wichtig ihre Unterstützung für mich ist.

Leseprobe aus dem Roman von Kim Schneyder: »Im Bett mit Brad Pitt«

Erschienen im Piper Verlag

»Checken wir sicherheitshalber, ob wir auch alles haben.«

»Okay … da wären Wasser, Sonnencreme, Sonnenbrille, Kamera, zwei Snickers … und drei von meinen Drehbüchern«, zähle ich die wichtigsten Utensilien in meiner Handtasche auf.

Es ist elf Uhr vormittags, die Sonne scheint wie verrückt vom Himmel, und wir stehen direkt vor einer Tour durch die berühmten Universal-Filmstudios.

»Drehbücher?«, wundert sich Emma. »Ach, darum die riesige Tasche.«

»Ja, sicher, was denkst du denn? Das ist ein Filmstudio, was ja wohl bedeutet, dass es da nur so wimmelt von Regisseuren und Schauspielern.«

»Ah, jetzt verstehe ich auch, warum du unbedingt diese erweiterte Führung machen wolltest.«

Emma war der Meinung gewesen, dass die Standardführung reicht, aber als ich entdeckte, dass es auch Führungen gibt, bei denen man den einen oder anderen Blick hinter die Kulissen bekommt, war meine Entscheidung gefallen, und die siebzig Dollar Aufpreis habe ich sogar höchstpersönlich beigesteuert.

»So, Herrschaften, da kommt schon unser Wagen!« Diesmal heißt unser Führer Gary, ein smarter Puertoricaner, der unsere Gruppe von circa dreißig Personen direkt bei der Information abgeholt und über mehrere Rolltreppen herunter zum Tourstart gelotst hat.

Ein Bus hält direkt vor uns. Er ist ziemlich breit, an den Seiten offen und verfügt über zehn oder zwölf Sitzreihen, auf die wir uns verteilen. Emma und ich haben wieder Plätze ganz am

Rand, damit wir nur ja nichts verpassen, und als wir lostuckern, machen wir als Erstes wieder unsere Kameras schussbereit. Wir rollen ein paar Serpentinen hinunter, dann kommen wir an einem Feuerwehrhäuschen vorbei, das alle ganz automatisch für eine Filmkulisse halten, bis Gary darauf hinweist, dass es zu den wenigen Sachen auf diesem Gelände gehört, die echt sind.

Dann aber ist es so weit: Die ersten Filmkulissen tauchen vor uns auf, prächtige Häuserzeilen, deren Wände sich aber als nichts anderes als Holzgerüste mit Plastikverkleidungen herausstellen. Kurz darauf erreichen wir eine riesige Halle, an deren Wand ein Schild prangt: *Stage 24*. Gary erklärt uns, dass das die Produktionshalle von CSI ist, Grund genug, um sofort begeistert die Außenwand zu fotografieren. Wir kommen zu weiteren Produktionshallen, und Gary überschüttet uns regelrecht mit Namen und Titeln von allen möglichen Filmen und Serien, die hier gedreht werden, und mit jedem werden wir ein kleines bisschen aufgekratzter.

Dann tauchen plötzlich ein paar unscheinbare graue Bungalows zu unserer Linken auf.

»Das hier sind übrigens keine Schauspielerwohnungen, wie die meisten Besucher glauben ...«, tönt Garys Stimme aus den Lautsprechern, »... sondern die Büros der Produktionsfirmen. Hier werden wichtige Entscheidungen getroffen, welcher Stoff verfilmt wird, zum Beispiel, und mit welchem Budget, und vor allem auch, mit welchen Schauspielern ...«

Ein Tausend-Volt-Stromstoß hätte nicht elektrisierender auf mich wirken können als diese Worte.

»Hast du das gehört, Emma? Da muss ich unbedingt hinein!«, zische ich ihr zu.

»Wo denn?« Sie hat Gary nicht zugehört oder seine Worte nicht verstanden, denn sie guckt in die verkehrte Richtung. »Sieh doch nur, da ist das Auto von *Columbo*!« Sie fotografiert ein völlig verrottetes altes Cabrio.

»Das da sind die Büros der Produktionsfirmen. Wenn ich da reinkomme, brauche ich gar keinen Agenten, verstehst du? Dann bin ich sozusagen direkt an der Quelle!«

»Vielleicht lässt Gary uns ja aussteigen.«

»Vergiss es, die lassen uns hier ganz sicher nicht einfach so herumlaufen«, überlege ich fieberhaft. »Nein, ich muss versuchen, mich aus dem Staub zu machen, wenn wir irgendwo anhalten. Ich glaube nicht, dass es auffällt, wenn jemand aus der Gruppe fehlt.«

»Du meinst zwei! Ich komme mit, die können sicher auch Schauspieler brauchen«, stellt Emma mit zusammengezogenen Augenbrauen klar.

Für den Bruchteil einer Sekunde schießt mir durch den Kopf, wie sie Barry Gracen die Vorzüge meiner *schwulen* Liebesromanze darlegen wollte.

»Das wäre keine gute Idee, Emma«, antworte ich deshalb vorsichtig. »Wenn wir beide abhauen, würde es mit Sicherheit auffallen. Und dich kann ich auch später noch ins Spiel bringen, wenn ich erst die richtigen Kontakte geknüpft habe.«

Sie denkt kurz darüber nach, und dann nickt sie: »Ja, ist vielleicht wirklich besser so.«

»Ganz sicher. So, jetzt müssen wir nur noch abwarten, bis wir irgendwo rauskönnen.«

Dummerweise macht der Fahrer jedoch keine Anstalten, stehen zu bleiben, sondern startet im Gegenteil wieder kräftig durch. Wir kommen an eine Flussdurchfahrt, an der eine Miniaturfilmkulisse von *King Kong* aufgebaut ist, und als Nächstes manövriert uns der Fahrer in eine dunkle Halle mit einer nachgebauten U-Bahnstation. Wir tuscheln und drehen erwartungsvoll die Köpfe, als plötzlich ohne jede Vorwarnung alles fürchterlich zu beben und zu wackeln beginnt. Als Nächstes stürzt eine Sturzflut zur Seite herein, ein U-Bahn-Waggon und ein Sattelschlepper kommen wie aus dem Nichts auf uns zugeschlittert, und als auch noch rundherum Flammen auflodern und Rauch aufsteigt, setzen ängstliches Gekreische und heftiges Fluchen ein.

Als wir danach wieder ins Freie gelangen, hat Gary ein breites Grinsen aufgesetzt, und insgeheim muss ich zugeben, dass ich ganz schön beeindruckt bin von diesen Kulissen.

Wir tuckern weiter eine Steigung hinauf und passieren ein

Westerndorf und dann die Kulisse von *Der Grinch*, die aussieht, als wäre sie durch und durch aus Zuckerguss, was uns wiederum an die Schokoriegel in unseren Taschen erinnert. Anschließend zuckeln wir durch ein von Rauchschwaden überzogenes Trümmerfeld aus Flugzeugteilen, angekokelten Autowracks und beschädigten Häusern, und zu einem entsprechenden Filmausschnitt auf den Monitoren über unseren Köpfen erläutert uns Gary, dass es sich hierbei um ein Set aus *Krieg der Welten* mit Tom Cruise handelt.

Alle sind schwer begeistert und schnattern aufgeregt durcheinander, und auch Emma stupst mich von der Seite an. »Irre, was?«, meint sie, während sie sich den letzten Rest ihres Riegels in den Mund schiebt, und ich nicke zustimmend.

So toll diese Tour aber auch ist, ich sitze wie auf Nadeln. Ich will hier raus und wieder zurück zu diesen Bungalows, das ist im Moment das Einzige, was mich wirklich interessiert. Einen Moment lang erwäge ich, Gary um einen Pinkelstopp zu bitten, doch dann verwerfe ich den Gedanken wieder. Hinterher würde es ihm nur umso mehr auffallen, wenn ich nicht wieder an Bord gehe. Stattdessen bleibe ich unauffällig und äußere mich nicht einmal, als er Fragen zu verschiedenen Filmen stellt, die ich mit Leichtigkeit beantworten könnte, und ertrage das dilettantische Geschwafel der anderen. Irgendwann, sage ich mir, *muss* dieser Bus doch stoppen.

Aber vorerst muss ich mich in Geduld üben. Die nächste Station ist *Amity Island*, und jetzt stecke auch ich neugierig meine Nase aus dem Wagen. Wer so wie ich alle Folgen von *Der weiße Hai* mindestens fünf Mal gesehen hat, *kann* bei dieser Kulisse einfach nicht ruhig bleiben. Gary erzählt über die Filme, während hinter ihm auf dem künstlichen See ein Plastiktaucher von der Bestie in die Tiefe gerissen wird. Dann fängt auf einmal ohne ersichtlichen Grund die Tankstelle neben unserem Gefährt zu brennen an, und während wir noch die Köpfe danach verdrehen, schießt plötzlich völlig unvermutet eine furchterregende Haiattrappe direkt neben uns aus dem Wasser und jagt uns einen gehörigen Schrecken ein.

Unsere Herzen pochen wie wild, als wir weiterfahren, und ein paar von den Fahrgästen sind ganz bleich geworden, aber alle sind restlos begeistert wegen dieses gelungenen Gags.

Der Bus nimmt wieder ein paar Kurven, und gerade als wir die Haiattacke halbwegs verdaut haben, taucht ein flaches, L-förmiges Gebäude vor uns auf, das mir verdächtig bekannt vorkommt. Als ich das Haus auf der Anhöhe dahinter erblicke, müsste Gary eigentlich gar nichts mehr dazu sagen.

»Und hier haben wir das *Bates Motel*…«, verkündet er, und ich muss mir auf die Lippen beißen, um nicht laut »Psycho« zu schreien, »… bekannt aus dem legendären Film *Psycho*«, vollendet er den Satz. »Aber was ist das?«, ruft er dann in gespielter Überraschung aus. »Scheint so, als wäre Norman Bates zurückgekehrt!«

Ein Mann kommt aus dem Motel. Er sieht wirklich aus wie Anthony Perkins damals, groß, hager, mit dunklem Haar und dem gleichen braunen Sakko, und er wuchtet etwas, das wie ein in einen Vorhang eingerollter menschlicher Körper aussieht, in den Kofferraum eines großen amerikanischen Wagens. Dann tut er so, als würde er uns erst jetzt bemerken, und plötzlich zückt er ein Messer und kommt drohend auf unseren Wagen zu.

»Echt unheimlich, der Typ«, meint Emma.

»Das ist doch nur ein Schauspieler«, lache ich.

»Ein Grund mehr, ihm nicht zu trauen«, murmelt sie. »Weiß doch jeder, dass die meistens zugedröhnt sind. Sieh dir nur seine Augen an!«

»Quatsch, Emma!« Obwohl ich zugeben muss, dass er seine Sache ziemlich gut macht. Sein Blick ist starr auf uns gerichtet, das Messer hoch erhoben, und er ist nur noch wenige Meter entfernt…

Okay, der Fahrer könnte jetzt weiterfahren. Der tritt auch schon aufs Gas, aber es dauert, bis sich der Wagen wieder in Bewegung setzt, und jetzt ist der Schauspieler bereits ganz nahe heran. Er hat die Augen wild aufgerissen und stößt einen knurrenden Laut aus, gleichzeitig reißt er das riesige Messer noch ein

Stück höher, als würde er jeden Moment zustechen. Die Leute schreien auf, und aus den Augenwinkeln sehe ich, wie Emmas Hand in ihre Tasche zuckt, und dann ... schreit der Schauspieler auf! Er lässt das Messer fallen und schlägt sich die Hände vors Gesicht, gleichzeitig sinkt er auf die Knie und gibt einen ziemlich unchristlichen Fluch von sich. Entsetzt sehe ich, wie Emma eine kleine Spraydose wieder zurück in ihre Tasche steckt.

»So, das hat er jetzt davon«, sagt sie voller Genugtuung.

»Emma, sag bloß, das war ...«, stottere ich.

»Pfefferspray«, ergänzt sie stolz.

»Aber woher hast du ... seit wann ...?«

»Den habe ich schon ewig«, erklärt sie. »Und ich ahnte schon, dass ich ihn hier in Los Angeles würde brauchen können.«

»Aber das war doch nur ein Schauspieler ... ein ziemlich furchterregender zwar, aber trotzdem ...«

»Egal, ich traue solchen Kerlen nicht«, sagt sie trotzig. »Und beim nächsten Mal wird er es sich zweimal überlegen, harmlose Leute zu erschrecken.«

Harmlose Leute? Fragt sich nur, wer da harmlos ist. Die anderen Fahrgäste tauschen murmelnd Meinungen aus und werfen dabei ängstliche Blicke auf Emma, und auch Gary meldet sich über sein Mikro. »Würden die Damen bitte damit aufhören, unsere Statisten mit Pfefferspray zu besprühen, sonst bekommen wir noch Probleme mit der Schauspielergewerkschaft«, meint er mit trockenem Humor, und ich bin heilfroh, dass er nicht weiter auf der Sache herumreitet.

»Bitte lass das in Zukunft«, zische ich Emma möglichst unauffällig zu, »ich will nicht noch mehr auffallen.«

»Ja, ja, schon gut«, meint sie, doch ich kann ihr ansehen, dass sie sich keiner Schuld bewusst ist.

Der Wagen nimmt jetzt eine kleine Kurve, und auf einmal geht ein Raunen durch die Gruppe.

»Die *Wisteria Lane*, meine Damen und Herren!« Gary ist aufgestanden und weist mit der Hand auf die Häuser hinter ihm. Dann springt er aus dem Bus und lässt den Sicherheitsbalken neben unseren Sitzreihen herunter. »Diesmal stelle ich die Frage verkehrt herum: Wer kennt sie *nicht*? Bitte sehr, Sie können nun aussteigen und sich alles in Ruhe ansehen.«

Alle klettern mit großen Augen aus dem Wagen, und auch ich bin ganz gebannt. Die *Wisteria Lane*, die Straße der *Desperate Housewives*. Ich liebe diese Serie, und ich erkenne die Häuser sofort wieder. Das gelbe da, das gehört *Gabrielle Solis*, und dort drüben, das muss das von *Bree Van De Kamp* sein, und das da ist *Susan Mayers*, die mag ich ganz besonders, weil sie so wunderbar chaotisch ist.

Wir strömen auseinander, und kleine Gruppen bilden sich, die die einzelnen Häuser abgehen und dabei angeregt diskutieren und Fotos schießen.

»Sieh mal, Emma, da hinten ist das Haus von *Edie Britt*!«, rufe ich aus. »Schade, dass sie die sterben ließen, ich fand Nicollette Sheridan klasse …«

»Lilly, das ist *die* Gelegenheit«, sagt Emma mit gedämpfter Stimme.

»Gelegenheit? Wozu denn?« Ich höre ihr gar nicht richtig zu, stattdessen schreite ich wie eine Schlafwandlerin die Straße entlang und fotografiere nach allen Seiten.

»Hallo, hörst du mir überhaupt zu?« Emma stellt sich mir in den Weg, mit dem Ergebnis, dass ich direkt in sie hineinrenne. »Von hier aus kannst du dich aus dem Staub machen, wie du es vorhattest, schon vergessen?«

Benommen sehe ich sie an. Aus dem Staub machen? Genau, das wollte ich doch. Und wozu? Ach ja, mein Drehbuch.

Schnell sehe ich mich um. Emma hat recht, das ist wirklich eine perfekte Gelegenheit. Ich könnte zum Beispiel hinter eines der Häuser verschwinden und dann warten … Was aber, wenn da ein Kojote oder so lauert? Und sind diese Häuser überhaupt zugesperrt?

Vorsichtig nähere ich mich dem Solis-Haus, das gleich vorne links steht und an dem die anderen schon vorbei sind. Ich trete auf die Veranda, weiter zur Tür, drücke auf die Klinke und … es ist offen! Mit angehaltenem Atem schiebe ich die Tür einen Spaltbreit auf, stecke dann den Kopf hinein – und stoße enttäuscht die Luft aus. Da ist nur ein großer, kahler Raum und sonst gar nichts. Nicht unbedingt der beste Ort, um sich zu verstecken. Vorsichtig schließe ich die Tür wieder.

»Und, wie sieht's da drinnen aus?«, fragt Emma, die an der Treppe Schmiere gestanden hat.

»Es ist leer, da kann ich mich nirgendwo verstecken. Versuchen wir's bei einem anderen.«

Wir schieben uns unauffällig wieder an die anderen heran, und auf einmal höre ich, wie Gary zu zwei älteren Damen sagt: »Die meisten Häuser sind gar nicht eingerichtet, sondern dienen nur als Außenkulisse. Nur das Haus von Edie Britt ist vollständig ausgestattet und das der Van De Kamps hier zum Teil.«

Mehr wollte ich gar nicht wissen. Emma und ich trippeln schnell weiter, bis wir beim Haus von Edie Britt angekommen sind.

»Okay, Emma, wir machen es folgendermaßen: Ich verschwinde jetzt da hinein und verstecke mich, und sobald ihr weiterfahrt, schickst du mir eine SMS, damit ich weiß, dass die Luft rein ist. Dann schlage ich mich zu Fuß bis zu den Bungalows durch und sehe, ob ich irgendwo reinkomme. Danach melde ich mich wieder bei dir. Alles klar?«

Emma sieht sich um wie eine Geheimagentin. »Klar doch, bereitmachen zum Vorrücken!«

Vorrücken? Könnte es sein, dass sie das hier ein bisschen zu ernst nimmt? Egal. Ich tue so, als würde ich mich für ein Foto vor die Haustür stellen, und als gerade niemand hersieht, reiße ich sie auf und husche blitzschnell hinein.

»Wow!«, entfährt es mir.

Das Haus ist vollständig eingerichtet, mit Wohnzimmer und Küche und allem, was dazugehört, und eine Treppe führt sogar ins Obergeschoss. Ob es da auch eine Einrichtung gibt, ein Badezimmer zum Beispiel? Das wäre nämlich ganz hervorragend, müsste ich doch gerade ganz dringend für kleine Mädchen. Zögernd taste ich mich die Treppe hoch, und zu meiner Erleichterung finde ich ein komplett ausgestattetes Obergeschoss vor. Ich reiße nacheinander die Türen auf, bis ich endlich das

Badezimmer gefunden habe, und lasse mich erleichtert auf die Toilette nieder. Ob Nicollette Sheridan auch hier gesessen hat?, schießt es mir durch den Kopf. Warum eigentlich nicht, sofern die Spülung funktioniert … Ups, die habe ich gar nicht ausprobiert. Ich drehe meinen Oberkörper und drücke vorsichtig den Hebel am Spülkasten – Gott sei Dank, *das* wäre vielleicht peinlich gewesen.

Ich habe gerade meine Jeans wieder hochgezogen, als mein Handy summt. Die SMS von Emma!

Ziehen gerade ab! Kannst ausschwärmen! Over!

Sie sind weg. Großartig. Ich werfe noch einen wehmütigen Blick auf die Schränke, in die ich nur zu gerne noch einen Blick geworfen hätte, begnüge mich dann aber damit, mir schnell die Hände zu waschen, und husche wieder hinunter ins Wohnzimmer. Beim Spiegel im Vorraum richte ich noch mein Haar zurecht, dann reiße ich die Tür auf und – pralle zurück, als wäre ich gegen eine Wand gelaufen.

Ein Touristenbus parkt vor mir, und diesmal nicht nur der Bus, sondern dahinter auch noch drei Waggons, die an ihm dranhängen, und sie sind gerammelt voll mit Touristen.

»Sieh mal, Papi, eine Schauspielerin!«, kommt es von einem kleinen Mädchen. Köpfe werden herumgerissen, und ein kollektives »Aaaah« ertönt. Mindestens hundert Kameras nehmen mich ins Visier.

Auch der Tourführer guckt erstaunt. »Wer sind *Sie* denn?«, fragt er, und durch sein umgehängtes Mikro können es alle bis in die letzten Reihen hören. »Ich wusste gar nicht, dass heute hier gedreht wird.«

»Spielst du jetzt auch eine verrückte Hausfrau?«, will das Mädchen wissen.

»Die sind nur *verzweifelt*, Meredith, nicht verrückt«, korrigiert ihre Mutter sie.

»Ich? Tja, also …« Ich werfe einen Hilfe suchenden Blick auf das Haus, als könnte es mir soufflieren. »Ja!«, improvisiere ich dann. »Ich bin die Neue, der Ersatz für Edie Britt, weil die ja leider in diesen Mast gedonnert ist …«

»Und wie ist Ihr Serienname?«, fragt ein Teenager mit Zahnspange.

»Lill… äh… *Lillifee…*« Mein Blick streift die Wasserflasche einer älteren Dame. »… *Springwater*!«

Für Sekundenbruchteile gaffen mich alle schweigend an, dann schnattern sie aufgeregt durcheinander.

»Habt ihr gehört, sie ist neu in der Serie…«

»Lillifee Springwater, ich kannte mal eine, die hieß auch so…«

»Sie kommt aus England, das höre ich…«

»Edies Titten fand ich besser…«

Der Tourführer meldet sich jetzt auch wieder zu Wort: »Und was tun Sie hier so ganz alleine?«, fragt er mit einem Anflug von Misstrauen in seiner Stimme.

»Ich… stimme mich auf die Umgebung ein«, behaupte ich. »Das ist enorm wichtig, um mich später richtig in die Rolle hineinversetzen zu können, wenn der Dreh dann losgeht mit Teri, Marcia, Felicity und meinen anderen neuen Kollegen…«

Unfassbar, was für einen Müll ich da rede. Ich bin inzwischen natürlich knallrot angelaufen, der Schweiß rinnt mir in Bächen den Rücken hinunter, und ich weiß, dass ich das nicht mehr lange durchhalten werde. Da meldet sich mein Handy wieder. Eine Ablenkung, Gott sei Dank! Ich zerre es hastig hervor und lese die Nachricht:

Nicht ausschwärmen! Nicht ausschwärmen! Großer feindlicher Trupp im Anmarsch! Over!

Gut nur, dass ich diese Nachricht schon jetzt bekomme! Wütend stopfe ich das Handy wieder zurück in die Tasche.

»Ich sehe gerade, dass ich weg muss zu… einer Drehbesprechung mit dem Regisseur. Sie sehen mich dann ja… im Fernsehen.«

»Sie können bei uns mitfahren«, bietet der Tourführer an.

»Nein, danke, ist mir zu langsam.« Und als mir bewusst wird, wie blöd sich das anhört, schiebe ich schnell nach: »Ich wollte nämlich noch ein bisschen joggen, damit ich dann richtig in Form bin für den Drehstart.«

Damit stürme ich los, an den Leuten vorbei, die mich um Autogramme anbetteln, die *Wisteria Lane* entlang bis zur Einfahrt, dann biege ich auf die Straße ein und renne bergab, als wäre der Teufel hinter mir her. An der nächsten Abzweigung bleibe ich stehen, einerseits, um Atem zu holen, und um mich andererseits zu orientieren, und zu meinem Schrecken sehe ich, wie der Tourbus oben am *Housewives*-Set gerade um die Kurve biegt und geradewegs auf mich zukommt. Ich bin eindeutig zu langsam, die werden mich gleich einholen, und auf Dauer kann ich ihre lästigen Fragen nicht beantworten, ohne Verdacht zu erregen.

Mir bleibt keine Wahl, ich muss eine Abkürzung nehmen. Mit einem schnellen Blick versuche ich die Richtung auszumachen, in die ich muss, dann schlage ich mich kurzerhand seitwärts in die Büsche. Zweige schlagen mir ins Gesicht, als ich eine Böschung hinunterstolpere. Ich habe alle Mühe, nicht zu Fall zu kommen, dennoch werde ich nicht langsamer, sondern presse nur meine Tasche an mich und renne weiter, ohne mich umzublicken. Meiner Einschätzung nach müssen mindestens fünf Minuten vergangen sein, als ich vor mir wieder eine asphaltierte Fläche erkenne. Ich schlage die letzten Äste zur Seite, trete aus dem Dickicht heraus ins Freie – und staune.

Da soll noch einer sagen, wir Frauen hätten keine Orientierung. Ich habe die Richtung so genau getroffen, dass direkt vor mir dieser alte Wagen steht, den Emma vorhin fotografiert hat, und gleich dahinter sind die Produktionshallen und direkt daneben die Bungalows.

Halleluja, ich hab's geschafft!

»Dürfte ich erfahren, was Sie hier machen, Ma'am?«, reißt mich eine tiefe Männerstimme aus meinen Jubelträumen.

Der dazugehörige Mann steht auf einem dieser Roller, wie ihn Kevin James in *Der Kaufhaus-Cop* hatte, und auch er trägt eine Uniform mit der Aufschrift *Security*.

O nein, bitte nicht! Nicht jetzt, wo ich so knapp vor meinem Ziel stehe!

»Es ist Ihnen nicht gestattet, sich von Ihrer Gruppe zu entfernen«, hängt er gleich eine strenge Rüge an. »Das wissen Sie doch?«

»Ja … äh … nein, ich meine, ich bin doch keine *Touristin*«, würge ich zusammen mit einem künstlichen Lachen hervor. »Ich bin Drehbuchautorin und war gerade auf dem Weg zu meinem Termin mit Mr … *Johnson* von … *Constantin Films*«, nenne ich die erstbeste Produktionsfirma, die mir einfällt.

Die Augen des Wachmannes werden ganz schmal, und ein paar Sekunden lang stehen wir uns wie bei einem Revolverduell gegenüber. Dann sagt er mit unheilvoller Ruhe in seiner Stimme: »*Constantin* hat hier gar kein Büro.«

Okay, der lässt sich keinen Bären aufbinden. Dann eben Plan B.

Ich mache auf dem Absatz kehrt und renne los, was das Zeug hält. Ich muss nur vor ihm bei den Produktionshallen sein, dort werde ich ihn schon irgendwo abschütteln können …

Hinter mir höre ich ein leises Surren, das vermutlich von seinem Roller stammt, und ich höre, wie er über Funk Verstärkung anfordert: »Pete, hier ist Jack. Wir haben hier ein Problem …«

Ich habe die erste Halle beinahe erreicht, doch ich kann hören, wie er immer näher kommt. »Ma'am, bleiben Sie sofort stehen!«, ruft er, doch ich denke gar nicht daran.

Da! Eine Tür an der Hallenwand geht gerade auf, und ein junger Bursche mit einem Tablett in der Hand kommt heraus. Ich halte auf ihn zu, er reißt die Augen auf und ruft: »Moment, Sie können da nicht rein, die drehen gerade!«, aber ich ignoriere das und schlüpfe blitzschnell ins Innere, bevor die Tür hinter mir ins Schloss fällt.

Zitternd lehne ich mich gegen die Wand und schnappe nach Luft. Das Licht hier drinnen ist gedämpft, und nach dem grellen Sonnenlicht brauche ich ein paar Sekunden, bis ich überhaupt etwas erkennen kann. Von innen ist die Halle riesig, und seltsamerweise riecht es intensiv nach frischem Kaffee. Irgendwo in der Mitte entdecke ich eine Gruppe von Leuten, umgeben von Kameras und großen Scheinwerfern. Die scheinen tatsächlich was zu drehen, schade nur, dass ich keine Zeit zum Zugucken habe. Stattdessen schiebe ich mich vorsichtig weiter die Wand entlang, um von dieser Tür wegzukommen, und im selben Moment höre ich schon, wie sich jemand daran zu schaffen macht. Dieser Jack scheint ja ein besonders Hartnäckiger zu sein. Verzweifelt sehe ich mich um. Der riesige Schuppen muss doch einen zweiten Eingang haben, durch den ich mich aus dem Staub machen kann. Dann werde ich mich einfach wieder nach oben in den Themenpark begeben, ein oder zwei Stunden vergehen lassen, bis Jack und Pete die Suche aufgegeben haben, und dann kann ich ja immer noch …

Ach du meine Güte, die Tür geht auf! Jack kommt in geduckter Haltung herein, in der Rechten eine große Stablampe wie die Cops in den Filmen. Wie es scheint, hat auch er Probleme mit dem Lichtwechsel, und während er noch orientierungslos herumtappt, nutze ich die Zeit, um mich weiter abzusetzen.

Irgendwo bei den Kameras ruft jemand: »Und Action!«, und als wäre das sein Stichwort, heftet Jack plötzlich seinen Blick auf mich. Er macht ein grimmiges Zeichen, das im besten Fall heißen kann, dass er mich jetzt schnappen wird, dann kommt er mit entschlossener Miene auf mich zu. Ich haste weiter und suche mit zunehmender Verzweiflung nach einem Ausweg. Ein kurzer Blick zurück zeigt mir, dass Jack auch ohne seinen Roller ganz schön schnell ist. Ich renne beinahe gegen einen großen Blechkasten, der sich plötzlich vor mir auftut, und direkt vor meinen Augen sehe ich eine Vielzahl von Schaltern und Knöpfen, darunter auch ein großer Schiebeschalter, auf dem *Hauptsicherung* steht.

Jack ist jetzt beinahe in Reichweite, und verzweifelt reiße ich in letzter Sekunde den Schalter nach unten. Es gibt einen Knall, und mit einem Mal ist es stockdunkel.

»Verdammte Scheiße! Welcher Vollidiot war das?« Drüben bei der Filmcrew scheint jemand mächtig sauer zu sein, aber darauf kann ich im Moment keine Rücksicht nehmen. Vorsichtig mache ich ein paar Schritte zur Seite, damit Jack mich nicht noch im Finsteren zu fassen bekommt, und versuche die ungefähre Richtung zurück zur Tür einzuschlagen. Drüben beim Aufnahmeteam hat jetzt ein lautes Stimmengewirr eingesetzt, das ich zu meiner Orientierung nutze. Erst nach mehreren Schritten wird mir bewusst, wie lächerlich meine gebückte Schleichhaltung in dieser Dunkelheit ist, und ich richte mich wieder auf. Besser, viel besser, so bin ich wesentlich schneller.

Schon kann ich die Umrisse des Türrahmens erkennen, durch dessen Spalten einzelne Lichtstrahlen dringen. Nur noch ein paar Schritte, dann heißt es *Hasta la vista, Jack*. Ich lege an Tempo zu, bin schon ganz nahe bei der Tür, da geht plötzlich wieder das Licht an.

»Halt, bleiben Sie endlich stehen!«, ertönt es unmittelbar hinter mir.

Ich erstarre, und als ich mich umdrehe, sehe ich einen Mann, der den Hauptschalter wieder nach oben geschoben hat, und ich sehe auch Jack, der keine zwei Meter von mir entfernt ist und sich nun drohend vor mir aufbaut. »Hi, Jack«, sage ich unsicher. Im selben Moment geht die Tür hinter mir auf, und ein zweiter Uniformierter versperrt mir den Weg nach draußen. »Und Sie müssen dann wohl Pete sein, nehme ich an«, murmle ich, und er glotzt mich verblüfft an.

»Sie werden jetzt schön brav mitkommen«, sagt Jack streng, während er mich am Arm packt.

»Verdammt, Jack, wie ist denn diese Verrückte hier hereingekommen?« Der Mann, der das zu uns herübergebrüllt hat, muss der Regisseur sein, denn er hat ein Megafon in der Hand und trägt sogar hier in der Halle eine Sonnenbrille, was ich einigermaßen lächerlich finde.

»Tut mir leid, Sir, wird nicht wieder vorkommen«, gibt Jack unterwürfig zurück. »Sie wissen ja, wie diese verrückten Fans sind, die tun alles, um in die Nähe eines Stars zu kommen.«

Stars? Welche *Stars* denn?

Plötzlich schiebt sich eine schlanke Gestalt in einem gut sitzenden grauen Anzug neben den Regisseur.

Der sieht ihn an und sagt: »Tja, dumm gelaufen, George. Was meinst du, können wir noch einen Take machen?«

George? Der meint jetzt aber nicht *den* George, oder?

Nein, das kann doch gar nicht sein.

Aber verdammt ähnlich sieht er ihm schon …

Ich kneife meine Augen zusammen, um das Gesicht des Mannes gegen den hellen Hintergrund der Drehkulisse besser erkennen zu können, und im nächsten Moment bin ich froh, dass Jack und Pete mich von beiden Seiten gepackt halten, sodass ich nicht zusammenklappen kann.

George dagegen setzt sein unverschämt gut aussehendes Lächeln auf, dann zwinkert er mir zu und sagt: »*What else?*«

Kim Schneyder

Im Bett mit Brad Pitt

Roman. 304 Seiten.
Piper Taschenbuch

»Hi, ich bin Lilly Tanner. Echt klasse, dass meine Freundin Emma mich zu diesem Trip nach Hollywood eingeladen hat. Wir werden jede Menge Spaß haben, und schätzungsweise werden wir auch ein paar echt coole Stars kennenlernen, vor allem aber kann ich dort endlich mein Drehbuch verkaufen. Ich meine, jetzt mal im Ernst, Leute, das ist *Hollywood,* was soll da schon schiefgehen?«
Eine ganze Menge, wie Lilly schon bald erfahren muss. Denn Fettnäpfchen lauern zur Genüge in der Traumfabrik, ob in der Schauspielschule, hinter den Türen schräger Agenturen oder in der angesagten Promibar. Und es kann schon mal vorkommen, dass man über Nacht zu Brad Pitts hemmungsloser Gespielin wird, wenn man unvorsichtig ist. Und damit geht das Chaos erst so richtig los …

05/2583/02/L

Kim Schneyder

Hilfe, ich bin reich!

Roman. 288 Seiten.
Piper Taschenbuch

»Hallo, ich heiße Molly Becker. Ehrlich gesagt habe ich in meinem Leben nie etwas auf die Reihe gekriegt – bis dann dieser Lottosechser kam. Natürlich war ich so clever, niemandem davon zu erzählen. Ein Superplan, nur leider ist er ziemlich danebengegangen …« Anderthalb Millionen auf einen Schlag! Vorsichtshalber beschließt Molly, ihren Gewinn vorerst geheim zu halten. Doch das ist nicht so einfach, denn ein paar Wünsche hätte sie schon, und ihren Eltern würde sie auch gerne bei der Hypothek unter die Arme greifen. Die staunen nicht schlecht, als ein Schreiben ihrer Bank eintrifft, dass ihnen anlässlich eines Jubiläums sämtliche Schulden erlassen werden. Dumm nur, dass Mollys Mutter nichts für sich behalten kann. Und damit fangen ihre Probleme erst so richtig an …

05/2483/01/R